# Varusfluch

Jürgen Reitemeier
Wolfram Tewes

Verlag topp+möller
Detmold 2008

Herzlichen Dank für eure Mühen im Kampf gegen unsere Fehler sagen wir Christiane Fischer, Ingrid Neese, Petra Wirtz-Kaltenberg, Andreas Kuhlmann, Karlheinz Seiler und all den Menschen, die uns nahe stehen und uns bei der Arbeit den Rücken gestärkt haben.

Immer wieder staunen wir über das kreative Potential eines Alfons Holtgreve, dem wir auch diesmal wieder das Titelbild verdanken.

**Bibliografische Information Der Deutschen Bibliothek**
Die Deutsche Bibliothek verzeichnet diese Publikation in der Deutschen Nationalbibliografie; detaillierte bibliografische Daten sind im Internet über http://dnb.ddb.de abrufbar.

ISBN: 978-3-936867-28-2

Erste Auflage 2008


Verlag und Gesamtherstellung: topp+möller, Detmold
Lektorat: Andreas Schmitt

Das ist der Teutoburger Wald,
Den Tacitus beschrieben,
Das ist der klassische Morast,
Wo Varus steckengeblieben.
...
...
...

O Hermann, dir verdanken wir das!
Drum wird dir, wie sich gebühret,
Zu Detmold ein Monument gesetzt;
Hab selber subskribieret.

*Heinrich Heine*
*Deutschland – ein Wintermärchen*

Sollte jemand beim Lesen dieses Buches den Eindruck haben, es gäbe Ähnlichkeiten mit lebenden Personen, so ist dies reiner Zufall und von uns nicht beabsichtigt.

Kommunalpolitiker sind das Salz in der Suppe eines jeden Regionalkrimis. Auch wir können nicht ohne dieses Grundgewürz auskommen. In dieser Geschichte konnte auf Ämter und Funktionen nicht verzichtet werden. Dabei ist uns bewusst, dass Mandate von Menschen bekleidet werden, denen wir an keiner Stelle zu nahe treten wollen. Es ist wieder einmal alles reine Phantasie!

## Prolog

Die Freundschaft hatte er schon abgeschrieben. Doch dann kam die Einladung. Da er noch nie in seinem Leben nachtragend gewesen war, hatte er sie ohne zu zögern angenommen. Jetzt stand er hier, allein in dem alten Gemäuer.

Der Mann war aufgeregt, als er den spärlich beleuchteten Gang betrat. Ein seltsamer Ort für eine Verabredung, ging es ihm durch den Kopf. Die Luft war feucht und roch nach Moder. Die Bruchsteinwände schimmerten tiefgrau, es hatte sich Kondenswasser gebildet. Der Boden aus gestampftem Lehm dämpfte seine Schritte. Nach wenigen Metern änderte sich die Richtung des Gangs, es wurde noch dunkler, und er stand plötzlich vor einer alten Holztür. Er wartete einige Minuten. Es schien niemand in der Nähe zu sein. Als er die Tür öffnete, quietschte es in den Angeln. Er betrat ein Kellergewölbe. Durch ein vergittertes Fenster fielen Sonnenstrahlen auf das glänzende Metall einiger Waffen und Rüstungen. Wie kamen die denn hier her?

Der Besucher strich mit der rechten Hand über die kalte, glatte Fläche eines Schwertes und bewunderte die exzellente Arbeit. Wahrhaft meisterlich, dachte er.

In einer Ecke des Kellerraumes entdeckte er einige nagelneue Ziegelsteine.

Plötzlich wurde ihm vieles klar. Hier ging es nicht mehr darum, was wo geschehen war, wer auf welcher Seite stand, und wer Recht oder Unrecht hatte. Hier ging es nur noch um Reputation und Geld – viel Geld! Freundschaft interessierte ebenso niemanden mehr wie die gemeinsam geschlagenen Schlachten und die gemeinsam verlebten, schönen Tage.

Als er so da stand und auf die römischen Waffen sah, konnte er plötzlich ganz klar denken. Die Tatsache, dass er sich den Forderungen seines vermeintlichen Freundes nicht gebeugt hatte, hatte ihn in große Gefahr gebracht. Er musste sofort weg von diesem Ort. Als er sich hastig umdrehte, stand plötzlich ein ganz in schwarz gekleideter Mann da, ihm wohlbekannt, der ihn aus kalten Augen anstarrte. Der einsame Besucher hatte das Gefühl, dass ein eisiger Luftzug von seinem Gegenüber ausging, der seinen Körper erstarren ließ. Der Schwarze ging langsam auf ihn zu, ein Messer in der Hand, und griff an. Im nächsten Moment spürte das Opfer einen stechenden Schmerz in der Brust. Während alles Leben aus seinem Körper wich, zuckten vor seinen Augen grelle Blitze. Er fiel in ein unendliches schwarzes Nichts.

# 1

Der Regen wurde vom Wind gegen die Fenster gepeitscht. Stephan Rathmeier, Förster des Landesverbandes Lippe, saß in seinem Büro. Es schien ihm, dass aus einer riesigen Gießkanne Wasser in rauen Mengen auf sein Haus gegossen wurde. Immer wieder klingelte das Telefon. Meist handelte es sich um Autofahrer, die meldeten, dass irgendwo wieder ein Baum auf einer Straße lag und die Durchfahrt unmöglich machte. In den lippischen Wäldern wütete das Tief „Emma". Feuerwehr und Waldarbeiter würden in der kommenden Nacht und den nächsten Tagen genug zu tun haben. Gerade hatte ein wohl lebensmüder Beschäftigter des WDR angerufen, der dem Sendemast auf dem Bielstein einen Besuch hatte abstatten wollte. Weit war er nicht gekommen, denn schon nach wenigen hundert Metern lagen die ersten Bäume auf der Senderstraße. Die nächsten Tage würden für Rathmeier heftig werden, denn der gerade wütende Sturm, da war er sich sicher, würde eine Menge zusätzliche Arbeit bedeuten. Außerdem musste er auch noch einen Kollegen vertreten, der Urlaub hatte.

Der Förster schaltete seinen PC aus. Das lange Starren auf den Bildschirm war anstrengend. Für ihn war jetzt Feierabend. Morgen war auch noch ein Tag. Er stellte das Diensttelefon auf sein Handy um und verließ sein Büro.

Der Sturm tobte bis zum frühen Morgen. Doch mit Sonnenaufgang verzogen sich die Wolken, und es kündigte sich ein herrlicher kalter Februartag an.

Stephan Rathmeier liebte dieses Wetter. Schon früh war er auf den Beinen. Nach einer Tasse Kaffee machte er sich auf den Weg. Er wollte sein Jagdrevier durchqueren und sich dabei gleich einen Eindruck davon verschaffen, was Emma so angerichtet hatte.

Zunächst fuhr er zur Senderstraße. Die Hiddeser Feuerwehr hatte die meisten Bäume schon von der Straße geräumt. Doch oben – kurz unter dem Gebirgskamm – ragten noch einige umgeknickte Fichten auf die Straße. Sie stellten jedoch keine wirkliche Behinderung da. Doch weiter unterhalb im Tal, in der Nähe der deutlich zu erkennenden bronzezeitlichen Fahrrinnen, lagen einige Bäume kreuz und quer. Der Förster stoppte seinen Wagen. Er kletterte über die Leitplanke und stieg hinab zu den vom Sturm gefällten Bäumen. Es handelte sich um einige ca. achtzig Jahre alte Fichten. Die hätten sowieso bald gefällt werden können, dachte er. Jetzt hatte der Sturm die Angelegenheit etwas forciert. Die Bergung der Stämme würde nicht ganz einfach werden, weil man natürlich auf die archäologische Fundstelle Rücksicht nehmen musste. Da konnte man nicht einfach mit schwerem Gerät in den Wald fahren, um die Bäume abzutransportieren. Der Förster kletterte über einen mächtigen Stamm und stand vor einem gewaltigen Krater, in dem noch gestern der Wurzelballen einer riesigen Fichte gesteckt hatte. Die herumliegenden Bäume machten Rathmeier unmissverständlich deutlich, welche Kraft von den immer häufiger auftretenden Stürmen ausging. Da wurden Bäume mit fast zwei Metern Stammumfang gefällt wie Streichhölzer.

In dem trichterförmigen Loch hatte sich schon Wasser gesammelt. Der Förster begutachtete die Beschaffenheit des Bodens. Plötzlich entdeckte er etwas, das ihn zum Staunen brachte! Dort, wo der Wurzelballen wie eine drei Meter hohe Wand in den Himmel ragte, steckte da nicht ein Schwert? Sicher war es nur ein Ast, der einer solchen Waffe ähnlich sah. Rathmeier versuchte, danach zu greifen. Doch trockenen Fußes war es unmöglich, an den Gegenstand zu gelangen. Sollte er sich nasse Füße holen?

Nach kurzer Überlegung siegte jedoch seine Neugierde. Er stieg vorsichtig in den Tümpel. Vielleicht war es ja nicht so tief. Doch da hatte er sich geirrt. Als er wieder festen Boden unter der Stiefelsohle fühlte, stand er bis zu den Knien im Wasser. Seltsam, er stand nicht etwa auf matschigem

Untergrund, sondern auf etwas Glattem, Hartem. Er zog den anderen Fuß nach und rutschte auf dem Untergrund aus, als wäre es eine Eisfläche. Im nächsten Moment schlug schlammiges Wasser über seinem Kopf zusammen. Prustend tauchte er kurz darauf ärgerlich fluchend wieder aus der schmutzigen Brühe auf. Jetzt war es sowieso egal. Er griff in den Tümpel hinein und fühlte etwas Glattes, Kaltes. Tastend suchte er nach einer Kante, dann konnte er mit den Fingern unter die Platte greifen. Nachdem er das kalte Etwas an die Oberfläche gewuchtet hatte, starrte er auf ein Rechteck aus Metall. War das etwa? Das war doch ein Schild! Er legte den Fund auf den Waldboden. Dann watete er zu dem anderen Gegenstand, von dem er glaubte, es handele sich um ein Schwert. Er hatte sich nicht geirrt, er hielt eine geschmiedete Klinge in der Hand! Das gab es doch nicht! Noch vor einigen Jahren hatten hier keine hundert Meter von dieser Stelle entfernt Grabungen stattgefunden. Man hatte damals nichts Wesentliches gefunden. Und heute förderte er gleich zwei Artefakte an den Tag, die unter Umständen der Diskussion um den Ort der Hermannschlacht neue Nahrung geben könnten. Wenn das, was er da in der Hand hielt, wirklich römische Waffen waren, dann konnten sich die in Kalkriese warm anziehen!

Obwohl Stephan Rathmeier bis auf die Knochen nass war, spürte er die Kälte nicht. Was war zu tun? Am heutigen Samstag war keine Menschenseele im Schloss. Im Lippischen Landesmuseum würde er niemanden mit dem nötigen Fachwissen erreichen, im Weserrenaissance-Museum erst recht nicht. Aber hier im Dreck lagen zwei Waffen, die unter Umständen von unschätzbarem Wert waren.

## 2

Soweit war er schon lange nicht mehr gelaufen. Seine Talente lagen woanders. Er konnte stundenlang tapfer sitzen, sei es am Schreibtisch, im Auto oder in der Kneipe. Kein Problem. Auch liegen war prima, keine Frage. Aber laufen?

Doch an diesem windigen und feuchtkalten Spätnachmittag im März stellte Hauptkommissar Josef Schulte zu seiner eigenen Überraschung plötzlich fest, dass er bereits seit über einer Stunde unterwegs war. Zu Fuß! Kreuz und quer war er durch Detmold marschiert, beide Hände in den Jackentaschen, den Kopf gesenkt, den Kragen hochgeschlagen. Nicht einmal den widerwärtigen Nieselregen spürte er, obwohl dieser ihm mittlerweile aus den Haaren ins Gesicht und in den Nacken rieselte. Nein, es war kein schönes Wetter. Aber es war auch kein schöner Tag und würde es wohl auch nicht mehr werden.

Den Vormittag hatte er in Warburg verbracht. In dieser Stadt hatte er vor rund fünfzig Jahren das Licht der Welt erblickt. Hier war er aufgewachsen. Und hier hatte er vor ein paar Stunden seine Mutter beerdigt. Es war keine große Beerdigung geworden. Seine Mutter hatte in den letzten Jahren sehr zurückgezogen gelebt. Schulte hatte keine Geschwister und konnte auch sonst nicht mit einer großen Familie aufwarten. Von seinem Eheversuch vor vielen Jahren waren nichts als Scherben geblieben. Danach hatte er es nie wieder versucht. Lena Wiesenthal, eine seiner beiden Töchter, lebte in Detmold und war bei der Beerdigung außer ihm selbst die einzige nahe Verwandte der Verstorbenen gewesen.

Schulte war kurz darauf wieder nach Hause gefahren. Es gab zwar noch einige offene Fragen zu klären, aber das konnte warten. An diesem Tag konnte und wollte er nicht darüber nachdenken, was aus dem Haus würde, wer in den nächsten Jahren das Grab pflegen sollte und so weiter.

Am liebsten wäre er am Nachmittag zur Arbeit gefahren, um auf andere Gedanken zu kommen. Aber er hatte nun mal den ganzen Tag Sonderurlaub, und außerdem fühlte er sich irgendwie verpflichtet, diesen Tag seiner Mutter zu widmen.

Im Haus hatte er es jedoch nicht lange ausgehalten. Er hatte sich in seine dicke Winterlederjacke gehüllt, den Kragen hochgeklappt und seinen Hund aufgefordert, ihm nach draußen zu folgen. Der aber hatte nur einen Schritt vor die Tür gemacht und war sofort wieder umgekehrt. Monster – so hatte Schulte den großen, schwarzen, zotteligen Hund genannt, als der ihm vor sieben Jahren mehr tot als lebendig zugelaufen war. Monster war mittlerweile ein alter Herr geworden, der die warme, trockene Wohnküche Schultes viel gemütlicher fand als dieses entsetzliche Märzwetter.

„Weichei!“ – Schulte hatte lächelnd den Kopf geschüttelt und war allein hinausgegangen. Da er nicht in seinem Dorf herumlaufen wollte, war er nach Detmold gefahren und dort ohne nachzudenken einfach drauflos getrabt.

Die Detmolder Innenstadt war nicht groß genug, um dort lange umherzulaufen, ohne immer wieder an dieselben Stellen zu gelangen. Außerdem war das Stadtzentrum wegen einiger Baustellen zurzeit kein wirkliches Vergnügen.

Schulte war es eigentlich völlig gleichgültig, durch welche Straßen er schlurfte, welche Fassaden er bereits mehrfach gesehen hatte. Nur das Unterwegssein zählte, in Bewegung bleiben, bloß nicht zuhause still sitzen. Denn das war das Schöne an diesem ziellosen Hin- und Herlaufen: Da er selbst keine Sekunde still stand, blieben auch seine Gedanken ständig in Bewegung und hatten keine Chance, sich länger als einige Sekunden festzusetzen.

Schulte war es nur recht so. Ihm gefiel nicht, was da so auf ihn einstürzte. Dieses brachiale Assoziationsgewitter war leichter zu ertragen als ein einzelner, quälend bis zum Ende durchlittener Gedankengang. Es war nicht nur der Tod seiner Mutter. Der war nicht überraschend gekommen, er hatte sich lange vorher angekündigt. Dennoch hatte ihn das Ereignis stärker getroffen, als er dies erwartet hatte. Es war das Gefühl, allein gelassen worden zu sein, als sei ihm ein Stück Boden unter den Füßen weggerissen worden. Vielleicht ist man erst dann richtig erwachsen, wenn kein Elternteil mehr lebt, grübelte er. Erwachsen und allein mit allen Problemen. Völlig unabhängig davon, wie alt man ist. Zwischendurch begann sein Gewissen spürbar zu pochen. Hatte er sich genug um seine Mutter gekümmert? Warum war er nicht öfter zu ihr gefahren, um mit ihr zu reden? Was wusste er tatsächlich von ihren Sorgen und Nöten? Hatte sie Angst vor dem Sterben gehabt? Wie oft mochte sie versucht haben, mit ihrem einzigen Kind darüber zu reden? Aber hatte er den Wink nicht verstanden? Oder hatte er ihn nicht verstehen wollen? Schulte musste sich eingestehen, dass er all dies nicht wusste. Immer war alles andere wichtiger und angenehmer gewesen als dieses Gespräch über die letzten Dinge des Lebens. Zu spät! Er hatte den Zeitpunkt verpasst.

Als wäre ein Deich gebrochen, stürzten nun Emotionen auf ihn ein, denen er sich nicht gewachsen fühlte. Nachdem er vor kurzem mit seinem fünfzigsten Geburtstag die Schallmauer überschritten hatte, ertappte er sich immer wieder bei der Frage: War's das? Oder kommt noch was? Er fand jedoch keine zufrieden stellenden Antworten. War sein ganz persönliches Leben gut gelaufen – oder hatte er es verbockt? Es trug mächtig zu seiner Verwirrung bei, dass er in dieser Frage keine eindeutige Position beziehen konnte. War er vielleicht nicht ganz normal? Empfanden auch andere Männer in seinem Alter so? Das konnte er sich beim besten Willen nicht vorstellen.

Und außerdem: was erwartete oder erhoffte er denn tatsächlich noch für sich? Endlich mal eine langfristig glückliche Beziehung zu einer Frau? Wurde es nicht langsam Zeit? Aus dem einsamen Wolf früherer Jahre war doch mittlerweile ein begossener Pudel geworden, wenn er ganz ehrlich zu sich war. Und seine Arbeit? Welche Perspektiven bot sie ihm noch? Sollte es für immer und ewig seine Aufgabe sein, den menschlichen Ausschuss dieser maroden, selbstsüchtigen Gesellschaft zu entsorgen? Unter Arbeitsbedingungen, die immer schlechter wurden? Kraft hatte er noch genug, das spürte er. Aber hatte er auch noch Lust? Vielleicht gab es ja irgendwo das verheißene Land, das er bloß noch nicht gesehen hatte. Was sprach dagegen, einfach mal nachzuschauen, einfach mal was Neues auszuprobieren? Zum Teufel mit den Pensionsansprüchen! Wenn alles schief ging, konnte er immer noch Fritzmeiers Hof übernehmen, Bauer werden und in der Scheune Marihuana anbauen. Oder so ähnlich.

Plötzlich stellte Schulte fest, dass er zitterte. Ihm wurde klar, dass dies nicht an seinen Nerven lag, zumindest nicht nur, sondern vor allem der unbestreitbaren Tatsache geschuldet war, dass er klatschnass und völlig durchgefroren sinnlos durch die menschenleeren Straßen Detmolds lief. Er zog den Kragen noch weiter hoch, beschleunigte seinen Schritt und ging zurück zum Auto.

Nach einem heißen Bad und mit einem gut gefüllten Glas Whisky in der Hand sah die Welt schon wieder etwas freundlicher aus. Was war das eben gewesen im Detmolder Regen? Eine kleine, durch plötzlich aufgetretene äußere Umstände ausgelöste Sinnkrise? Oder ein echter Nervenzusammenbruch? Brauchte er einfach nur Urlaub? Wann hatte er eigentlich seine letzten freien Tage genommen? Ja, das leuchtete ihm ein. Er brauchte einfach nur Ruhe, viel Ruhe. Dann würde sich alles wieder einrenken. Schließlich war er nun in einem Alter, in dem es nicht mehr peinlich sein muss, sein Bedürfnis nach Ruhe einzugestehen. Schön, sagte er sich. Dann will ich mal sehen, wie ich mein Leben vereinfachen und ruhiger gestalten kann.

Er unterstrich seine guten Vorsätze mit einem großen Schluck. Dann setzte er sich aufs Sofa und versuchte, sich auf die schönen, ruhigen Zeiten zu konzentrieren, die nun auf ihn warteten. Nach einer Viertelstunde riss ihn das Telefon aus den warmen Gedanken.

„Hallo Daddy! Hier ist Ina!“

Ina war Schultes andere Tochter. Sie war eine volle Woche jünger als ihre Halbschwester Lena. Dabei war sie von Schulte in derselben verhängnisvollen Nacht gezeugt worden. Allerdings mit einer anderen Mutter. Aber während die immer tüchtige und sehr ordentliche Lena es gar nicht abwarten konnte, auf die Welt zu kommen, hatte ihre Schwester, die in Sachen Ordnungsliebe mehr nach ihrem Vater kam und die auch sonst nur ungern den geraden und schnellen Weg ging, sich viel Zeit gelassen. Schulte hatte damals aus der Not heraus die Mutter von Ina heiraten müssen, weshalb sie auch mit Nachnamen Schulte hieß. Lenas Mutter hatte dagegen einen (wie sie sagte …) anständigeren Mann geheiratet und dadurch ihrer Tochter den Nachnamen Wiesenthal mitgegeben.

So gut sich Schultes Kontakt in den letzten Jahren zu der in Detmold wohnenden Lena Wiesenthal entwickelt hatte, so wenig vertraut war ihm seine andere Tochter, die zu allem Überfluss auch noch weit weg in Greifswald wohnte. Vor diesem Spross hatte Schulte sogar ein wenig Angst, denn Ina war nicht süß und nett und lebenstüchtig. Sie war struppig, widerborstig, geriet immer wieder an die falschen Kerle und bekam ihr Leben nicht so richtig in den Griff. Ende vergangenen Jahres war sie Mutter geworden. Noch vor Beendigung des Studiums und natürlich von einem jungen Mann, der bei dieser Nachricht panikartig die Flucht ergriffen hatte.

Vielleicht ganz gut, dass sie so weit weg war. Ina hielt sich nicht lange mit Höflichkeitsfloskeln auf.

„Du, ich habe ein Problem!“

Und dann berichtete sie ihrem wortlos und zunehmend sorgenvoll lauschenden Vater davon, dass sie nun, nach ihrem Diplom, arbeitslos sei, kein Einkommen habe und die Belastung durch das Kind einfach zu groß geworden sei. Aushilfsweise jobben wurde wegen des Kindes auch immer schwieriger, also konnte sie sich auch ihre Wohnung nicht mehr leisten. Und überhaupt hätte sie die „Schnauze voll“ von Greifswald und von den ständig jammernden Ossis. Sie hätte sich alles genau überlegt und wolle nun wieder zurück nach Ostwestfalen, um zuhause wieder neu anzufangen.

„Kann ich ’ne Zeit bei dir wohnen?“, fragte sie am Schluss ihrer „Ausführungen“. Schulte erstarrte vor Schreck und war erst einmal sprachlos. Dann versuchte er es mit schüchterner Gegenwehr.

„Aber wie stellst du dir das vor? Ich habe hier nur ’ne einfache Junggesellenbude. Wie soll das gehen?“

Das ließ Ina natürlich nicht gelten.

„Aber Lena hat doch auch schon mal ein ganzes Jahr bei dir gewohnt. Das ging doch auch.“

Stimmt! Lena hatte tatsächlich mal eine ganze Weile hier gewohnt. Und nachdem einige Startschwierigkeiten überwunden waren, hatte es ihm sogar gut gefallen. Lena war jedoch auch ein ganz anderer Typ. Sie war der komplette Gegenentwurf zu ihrem Vater. Dadurch hatten sich die beiden gut ergänzt. Aber Ina? War Ina nicht sein jugendliches, weibliches Abziehbild? Wollte er tatsächlich jemanden in seine Wohnung aufnehmen, der genauso chaotisch und eigenwillig war wie er selbst? Nein, das wollte er nicht unbedingt. Er wollte ganz im Gegenteil seine Ruhe haben. Nichts als Ruhe.

„Na, ja! Lena war auch allein hier. Du hast aber dein Kind. Wo soll das denn hin?“

„Mein Kind ist immerhin dein Enkelkind! Dein erstes und einziges Enkelkind. Eigentlich solltest du dich freuen, es endlich kennen zu lernen. Bisher hast du ja nicht gerade viel Enthusiasmus gezeigt. Weißt du eigentlich, wie süß der Kleine ist? Sollen wir etwa auf der Straße wohnen?“

Und so ging es weiter. Schulte wehrte sich tapfer, doch spürte er seine Niederlage schon heraufziehen. Diesen Argumenten hatte er nichts entgegen zu setzen. Nach einem zehnminütigen sinnlosen Rückzugsgefecht stimmte er schließlich seufzend zu. Ina freute sich.

„Prima! Alles klar! Wir kommen am Sonntag mit der Bahn. Holst du uns ab?"

Schulte blieb kurz in völliger Starre sitzen. Dann friemelte er steif den Telefonhörer in die Basisstation und trank mit einem Schluck den Rest des Glases leer. Noch bevor der erste sorgenvolle Gedanke an die Zukunft in ihm reifen konnte, hatte er die Whiskyflasche aus dem Schrank geholt und wieder eingegossen – randvoll.

## 3

Fröstelnd saß Karen Holzmeier, die Bodendenkmalpflegerin Lippes und Kustorin des Landesmuseums, im Büro des Hauptamtsleiters des Landesverbandes Lippe. Im Schloss Brake ist es immer kalt, dachte sie, während sie auf den Verwaltungschef und den Landesverbandsvorsteher wartete. Sie dachte an ihr gut geheiztes Büro in Detmold und fühlte eine angenehme Zufriedenheit. Außerdem war das politische Parkett des Schlosses weitaus glatter als das ihres beschaulichen Museums.

Heute Morgen, sie hatte kaum ihren Mantel ausgezogen, war Stephan Rathmeier, der Förster aus Hiddesen, in ihrem Büro aufgetaucht. In der Hand hielt er ein römisches Kurzschwert und einen Schild. Nachdem Rathmeier ihr berichtet hatte, wie er an die antiken Waffen gelangt war, hatte die Bodendenkmalpflegerin die Fundstücke unter die Lupe genommen. Auf den ersten Blick sahen Schwert und Schild verdammt echt aus. Vielleicht etwas zu gut erhalten für die lange Zeit, die sie da oben am Bielstein gelegen haben mussten. Aber dafür konnte es gute Gründe geben. Man musste die Fundstelle eben genauer untersuchen. Je länger sie sich die Artefakte ansah, umso nervöser wurde sie. Ihr Forschungsdrang nahm von Sekunde zu Sekunde weiter zu. Am liebsten wäre sie sofort nach Hause gefahren, hätte ihr bequemes, schickes Bürodress gegen Gummistiefel und Ölzeug getauscht und wäre mit dem Förster zu der Stelle aufgebrochen, an der er die Waffen gefunden hatte. Doch dieses Bedürfnis musste sie hinten anstellen. Auf Nachfragen hatte der Förster ihr versichert, dass er niemandem von dem Fund erzählt habe.

„Das ist auch gut so!“, bestätigte ihm Karen Holzmeier.

„Dieser Fund ist von höchster Brisanz. Wenn davon auch nur ein Wort an die Öffentlichkeit dringt, bevor wir die Stelle weiträumig abgesperrt und gesichert haben, ist da oben die

Hölle los. Die ganzen verrückten Hobbyarchäologen würden am Bielstein jeden Stein umdrehen und mehr zertreten, als sie jemals zu Tage fördern könnten. Und diese Leute nehmen ja in Lippe immer mehr zu. Von den Grabräubern und Plünderern antiker Kunstschätze ganz zu schweigen. Glauben Sie mal nicht, dass alle, die in den lippischen Wäldern etwas echt oder vermeintlich Antikes finden, dies auch melden. Geschweige denn, dass sie es abgeben. Da sind Sie schon eine rühmliche Ausnahme. Und wenn die beiden Fundstücke wirklich aus der Zeit der Varus-Schlacht stammen, dann sind sie mehr wert als ein Kleinwagen. Das sage ich Ihnen. Von ihrem ideellen Wert will ich erst gar nicht sprechen. Wenn die in Kalkriese von diesem Fund Wind bekommen, tritt in Osnabrück und Umgebung Alarmstufe Rot in Kraft. Also, Herr Rathmeier: Top Secret!"

Gleich nachdem der Förster das Büro der Bodendenkmalpflegerin verlassen hatte, hatte sie den Hauptamtsleiter des Landesverbandes angerufen. Der hatte sich alles interessiert angehört, die Bedeutung des Fundes aber nicht sofort einzuordnen gewusst. Doch als der Groschen gefallen war, hatte Karen Holzmeier die zunehmende Aufregung des Mannes durchs Telefon spüren können. Er hatte sie gebeten, sofort zu kommen, um das weitere Vorgehen zu besprechen.

Die Tür wurde vehement aufgestoßen und riss die Archäologin des Landesverbandes aus ihren Gedanken. Nach einer kurzen Begrüßung teilte ihr der Verwaltungschef mit, dass er den Landesverbandsvorsteher zum Gespräch hinzu gebeten habe. In dieser heiklen Angelegenheit wollte er nicht allein entscheiden.

„Also lassen Sie uns auf ihn warten."

Da klopfte es auch schon. Herein trat jedoch der Landrat. Verblüfft sahen ihn die beiden Beschäftigten des Landesverbandes an. „Was hat der denn hier zu suchen?", dachten

Verwaltungschef und Denkmalpflegerin gleichzeitig. Da schob sich auch der Landesverbandsvorsteher in den Raum.

Nach dem Begrüßungsritual ergriff Landesverbandsvorsteher Müller das Wort:

„Da der Landesverband bezüglich der Fragen und Planungen zur Zweitausendjahrfeier der Varus-Schlacht mit den verschiedensten Institutionen und Städten kooperiert, habe ich unseren wichtigsten Partner, unseren Landrat, zu diesem Gespräch hinzu gebeten. Ich denke, es liegt in unser aller Interesse, die kurzfristige Vorgehensweise gemeinsam zu besprechen."

An die Bodendenkmalpflegerin Lippes gewandt, bat er:

„Vielleicht setzen Sie uns erst mal vom Stand der Dinge in Kenntnis, Frau Holzmeier."

Die Archäologin berichtete ausführlich vom Fund des Försters, von dessen Bedeutung sowie den aus ihrer Sicht möglichen Gefahren, falls die Öffentlichkeit zum falschen Zeitpunkt von den beiden Artefakten erführe.

Gleich im Anschluss ergriff der Landrat das Wort. Auch er war der Meinung, der Fund müsse so lange wie möglich geheim gehalten werden, um nicht auf politischer Ebene für Unruhe zu sorgen. Er war sich ganz sicher, dass die Osnabrücker alles daransetzen würden, die Bedeutung der Waffen zu relativieren.

„Okay", meldete sich die Bodendenkmalpflegerin zu Wort. „Vorübergehend können wir Ihren Wünschen nachkommen. Genau so lange, bis wir die Möglichkeiten geschaffen haben, um mit den Grabungen zu beginnen. Doch wenn die Fundstätte gesichert ist, können wir den Beginn unserer Arbeit nicht mehr auf die lange Bank schieben. Vorher werden wir uns mit den nötigen Stellen in Verbindung setzen müssen. Wir benötigen die Unterstützung der Universität Münster, außerdem die nötigen Genehmigungen. Anschließend steht die wissenschaftliche Arbeit an erster Stelle. Auf politische Belange können wir dann keine Rücksicht mehr nehmen."

Der Landrat sah ziemlich angesäuert aus. Diese Antwort gefiel ihm gar nicht. Was bildete sich diese Frau ein? Wusste sie nicht, was für den Kreis Lippe auf dem Spiel stand? Wenn die im Kreishaus arbeiten würde …

Auch Landesverbandsvorsteher Müller sah nach der Antwort der Denkmalpflegerin wenig glücklich aus.

„Wenn es soweit ist, stimmen wir unser Vorgehen genau ab“, schlug er einen versöhnlichen Tonfall an. Die Archäologin war da völlig anderer Meinung, aber klug genug, zum jetzigen Zeitpunkt zu schweigen.

„Ich denke, wir haben alles besprochen“, sagte sie leichthin. „Falls Sie mich nicht mehr benötigen, würde ich jetzt gern zum Bielstein fahren und mir das Terrain in aller Ruhe ansehen.“

Müller bedeutete ihr mit einem missmutigen Nicken, dass er keine Einwände hatte. Und so machte sich die Bodendenkmalpflegerin auf den Weg. Die Männer verließen den Raum noch nicht. Sie hatten einiges zu besprechen. Alle drei waren der Meinung, hier bahne sich eine kleine Sensation an. Da musste man vorbereitet sein.

„Am Besten, wir setzen uns mit den lippischen Entscheidungsträgern zusammen, die die Zweitausendjahrfeier zur Varus-Schlacht gestalten. Darüber hinaus gehört auf jeden Fall Hans Peter Zahn dazu, von der S.E.L.F., der Stiftung zur Erforschung Lippischer Frühgeschichte, äußerte der Verwaltungschef, in dessen Kopf schon eine Einladungsliste entstand.

## 4

Gemeinsam mit dem Förster inspizierte die Bodendenkmalpflegerin die Gegend in der Nähe der bronzezeitlichen Fahrrinnen am Bielstein. Kaum zu glauben, dachte sie, keine hundert Meter von hier haben wir vor einigen Jahren den Wald umgegraben. Wir haben zwar nicht nach Funden der Varus-Schlacht gesucht, hätten wir aber auch nur das kleinste Artefakt aus der Römerzeit gefunden, wir wären der Sache mit aller Akribie nachgegangen. Und nun sollen, kaum hundert Meter von den damaligen Grabungen entfernt, Schild und Schwert gelegen haben?

„Wo genau haben Sie denn die Gegenstände gefunden?", fragte sie Rathmeier. Der wies auf ein kleines, gelbes Stück Trassierband, das dreißig Meter von ihnen entfernt an einem Wurzelballen im Wind flatterte.

Gemeinsam kämpften sie sich durch Brombeeren und über umgestürzte Bäume zur vom Förster gezeigten Stelle. Die Bodendenkmalpflegerin sah sich den Krater genauer an, der nun nicht mehr mit Wasser gefüllt war. Sie machte ein Gesicht, als stände die englische Queen im Jogging-Anzug vor ihr.

„Das gibt's doch nicht", sagte sie mehr zu sich selbst. „Was blinkt denn da?"

Als sie Anstalten machte, selbst in den Krater zu steigen, reichte ihr Stephan Rathmeier die Hand zur Hilfe. Die Archäologin stand auf dem matschigen Grund des Erdloches und griff nach dem blinkenden Etwas. Doch der Gegenstand klebte im Matsch. Es schien, als wolle der Waldboden das einmal Erlangte nicht mehr hergeben.

„Bitte helfen Sie mir", wandte sich Karen Holzmeier an den Förster. Der stieg nun ebenfalls in die trichterartige Grube. Gemeinsam zogen sie an dem metallischen Gegenstand. Mit einem Geräusch, als nähme man sich mit einem großen Löffel die erste Portion aus einer Schale Götterspeise, gab der Matsch langsam den Gegenstand frei. Sie hielten eine zerbeulte Metallplatte in der Hand. Beide starrten auf den Gegenstand. Die Archäologin sprach es zuerst aus:

„Der Brustpanzer vom Harnisch eines römischen Legionärs. Ich fasse es nicht! Hier muss ein Nest sein.“

Sie stiegen aus dem Erdloch. „Ich muss sofort zurück ins Museum“, sagte die Bodendenkmalpflegerin. „Noch heute müssen wir beginnen, dieses Areal weiträumig abzusperren. Wir benötigen Wachpersonal, damit sich hier keine unbefugte Person umsehen oder aufhalten kann. Und ich muss mich so schnell wie möglich mit dem Landesamt für Denkmalpflege in Verbindung setzen. Der Fund muss gemeldet werden. Nicht auszudenken, wenn hier noch mehr liegt. Was meinen Sie, was hier los ist, wenn das bekannt wird? Alle Schatzsucher und Grabungsplünderer der Republik werden sich hier ein Stelldichein geben. Von den Schaulustigen ganz zu schweigen. Außerdem wird es einen Riesenärger geben.“

„Ärger, wieso das denn?“, fragte der Förster verwundert.

„Na ja, der Landrat und der Landesverbandsvorsteher wollen die ganze Angelegenheit so lange wie möglich unter der Decke halten. Das ist natürlich nach diesem weiteren Fund überhaupt nicht mehr möglich. Ich käme in Teufels Küche, wenn ich die Entdeckung verheimlichen würde. Stellen Sie sich vor, einer von denen, die von dem Fund wissen, verplappert sich, und eine falsche Person bekommt Wind davon! Nicht auszudenken, wenn hier jemand herumschnüffelt. Wenn auch nur die kleinste Kleinigkeit der hier möglichen Funde verschwinden würde, wäre das eine Katastrophe. Politische Interessen hin oder her, ich muss mich mit der ganzen Angelegenheit an die offiziellen Stellen wenden, da führt kein Weg dran vorbei.“ Sie griff nach ihrem Handy. „Mist“, fluchte sie, „ein Funkloch! Kommen Sie, wir fahren nach Lemgo. Ich muss unbedingt mit unserem Verwaltungsleiter reden. Soll der doch die schlechten Botschaften, die ja eigentlich gute sind, an die Politik weitergeben.“

## 5

Die Archäologin war direkt nach Lemgo gefahren und hatte den Verwaltungsleiter über den neuerlichen Fund in Kenntnis gesetzt. Diese Nachricht löste in dem Mann ein Wechselbad der Gefühle aus. Einerseits war Lippe jetzt wahrscheinlich wieder im Rennen, wenn es um den wahren Austragungsort der Varus-Schlacht ging. Okay, das war ja ganz prima. Aber was das für einen Rattenschwanz nach sich ziehen würde! Landesverbandsvorsteher Müller hatte keine Durchsetzungskraft, der eigentliche Chef war der Landrat und dem ging es um die Kreisinteressen. Erst wenn alle zufrieden gestellt waren, war der Landesverband an der Reihe – keine Minute früher!

Jede Menge handelnder Personen wollten aus dem bevorstehenden Ereignis Kapital schlagen. Über alle Eitelkeiten der an der Ausrichtung der Feierlichkeiten *Zweitausend Jahre Varus-Schlacht* Beteiligten wollte er gar nicht nachdenken. Und er, der arme Verwaltungschef, saß zwischen allen Stühlen.

Von der Bodendenkmalpflegerin hatte er kein Verständnis für seine Situation zu erwarten, das war ihm völlig klar. Die sah als erstes ihre Trümmer und altertümlichen Artefakte. Danach kam eine ganze Weile nichts. Dann kam das Landesdenkmalamt. Wenn all diese Komponenten berücksichtigt waren, konnte man vielleicht mit ihr über Kompromisse reden.

Für ihn, der eine Verwaltungslaufbahn durchlebt hatte, gab es nichts Schlimmeres, als ständig taktierende Politiker und Wissenschaftler, die ihr Fachgebiet zu ihrem Lebensinhalt erklärt hatten. Von beiden Spezies gab es im Dunstkreis des Landesverbandes einige. Doch im Moment half es nicht, die Lage zu bejammern. Er musste versuchen, das Beste aus der unübersichtlichen Situation zu machen. Also nahm er sich zusammen und flehte die Archäologin fast an:

„Sie ahnen gar nicht, auf was für dünnem Eis ich mich im Moment bewege, Frau Holzmeier. Ich brauche unbedingt ein paar Bündnispartner. Und Sie spielen dabei eine wichtige Rolle. Wir müssen uns abstimmen. Ich bitte Sie! In Zukunft werden Sie auch einmal meine Hilfe benötigen. Ich sage sie Ihnen jetzt schon zu, blind! Nur, lassen Sie uns beim Vorgehen in Bezug auf die anstehenden Ausgrabungen kooperieren."

So hatte die Bodendenkmalpflegerin ihren Verwaltungschef noch nie erlebt. Im Moment konnte sie alles von ihm haben. Von einer neuen Büroeinrichtung bis hin zu den teuersten und seltensten Büchern, die sie als Archäologin des Landesverbandes benötigen würde. Doch gepokert wurde später. Erst mal hören, was er von ihr wollte.

Sie setzte sich wieder in den Besuchersessel, in dem sie heute Morgen schon einmal Platz genommen hatte, und fragte: „Wie stellen Sie sich denn diese so genannte Kooperation vor?"

Wenn ich ehrlich sein soll", antwortete der Verwaltungschef, „möchte ich mit der ganzen Grabungsgeschichte nichts zu tun haben. Wann immer die Politik etwas von Ihnen will, verweisen sie einfach auf das Landesdenkmalamt und irgendwelche Gesetze, die außer Ihnen niemand kennt. Von mir hingegen würde erwartet, dass die von politischer Seite an mich übertragenen Aufgaben eins zu eins erfüllt würden. Als Vermittler zwischen Ihnen und den Politikern würde ich aufgerieben wie ein Senfkorn zwischen zwei Mühlsteinen.

Ich möchte mich sozusagen ausklinken und immer dann, wenn es um die anstehenden Grabungen geht, sagen können: Tut mir leid, in dieser Frage habe ich keinerlei Informationen. Was die Grabungen angeht, so sind mir die Hände gebunden, da müssen Sie sich schon an die Bodendenkmalpflegerin wenden. Ich möchte Sie sozusagen als Institution vorschieben, wenn es um Ihre Belange geht. Das würde natürlich voraussetzen, dass Sie an allen in den nächsten Tagen und Wochen stattfindenden politischen Veranstaltungen teilnehmen, ohne dass ich dazwischen geschaltet wäre."

Die Archäologin ließ den Verwaltungschef länger zappeln, als er es ertragen konnte. Unruhig rutschte er auf dem Stuhl hin und her. Nach mehr als zwei Minuten Bedenkzeit sagte sie: „Okay, und Sie kommen mir dafür an anderer Stelle entgegen.",,Darauf können Sie sich hundertprozentig verlassen, Frau Holzmeier!", entgegnete der Verwaltungschef fast euphorisch.

„Dann schreiben Sie sich folgenden Termin schon mal ins Notizbuch", führte er das Gespräch fort. „Morgen früh um zehn Uhr Sitzung mit allen, die sich für wichtig halten. Die Fraktionsvorsitzenden der Verbandsversammlung, der Landrat, einige Bürgermeister, Vertreter von Werbegemeinschaften und einige Personen aus dem Tourismusmarketing."

„Bei dieser Truppe bleiben die Funde doch sowieso keine vierundzwanzig Stunden ein Geheimnis", entgegnete die Archäologin. „Da glauben doch die meisten sofort, sie wüssten etwas Außergewöhnliches, und mit diesem Wissensvorsprung werden sie noch am gleichen Tag hausieren gehen, um vor ihren politischen Freunden zu prahlen, wie gut sie informiert sind. Wenn ich es mir recht überlege, habe ich schon einen Wunsch, nein, eine Bedingung, die Sie mir unbedingt erfüllen müssen! Gleich morgen früh muss das Gelände am Bielstein großräumig abgesperrt werden. Ganz gleich, ob Sie eine Bundeswehrübung daraus machen, oder ob alle Forstwirte und polnischen Leiharbeiter, die in den Wäldern des Landesverbandes arbeiten, dorthin beordert werden. Mir völlig egal, Hauptsache, die Fundstelle gleicht einer Festung, sobald der Ort bekannt wird. In unser aller Interesse übrigens."

„Darauf können Sie sich verlassen, verehrte Kollegin. Darauf können Sie sich hundertprozentig verlassen!"

Am nächsten Morgen entschuldigte sich der Verwaltungschef mit dem Argument, er könne nicht an der anberaumten

Sitzung teilnehmen, da er die Organisation zur Absicherung der Fundstelle übernehmen müsse. Die Bodendenkmalpflegerin, die ja auch die geeignetere Person sei, würde jedoch an seiner Stelle teilnehmen.

Die Sitzung entwickelte sich – wie erwartet – chaotisch. Fast alle Anwesenden versuchten sich zu profilieren. Man stellte sein Wissen über die Varus-Schlacht vor und war natürlich auf seinen Vorteil bedacht. Der Landrat schwieg. Ebenso ein gut aussehender, elegant gekleideter, älterer Herr mit vollem Haar und grauen Schläfen. Die Archäologin kannte ihn, es handelte sich um Hans-Peter Zahn, eine in Lippe sehr angesehene Persönlichkeit. Zahn war Geschäftsführer der Stiftung S.E.L.F. Nachdem sich die meisten Anwesenden ausreichend in Szene gesetzt hatten, wollten sie von der Bodendenkmalpflegerin Einzelheiten zu den Funden wissen. Die machte jedoch zu den Gegenständen nur vage Angaben und zierte sich sogar, die genaue Fundstelle zu nennen. Darüber war die Masse der Anwesenden wenig erbaut. Nach einiger Zeit meldete sich Zahn zu Wort.

„Meine Herren, ich bitte Sie, regen Sie sich doch nicht über die Verschwiegenheit unsere verehrten Bodendenkmalpflegerin auf. Ich finde ihr Verhalten sehr professionell. Was denken Sie, was passiert, wenn der Geist aus der Flasche befreit worden ist? Dann wird es hier von Presse- und Fernsehteams wimmeln. Fachleute werden sich drängen, ihre Meinung über die Funde abzugeben. Und auch unsere Freunde aus Kalkriese legen ihre Hände mit Sicherheit nicht untätig in den Schoß. Wir werden Hunderten von Hobbyarchäologen den Spaten entreißen müssen, sonst wird oben am Bielstein jeder Krümel Waldboden umgegraben. Wenn Sie meine Meinung hören wollen, ich rate Ihnen, spielen Sie auf Zeit. Wir führen die Grabungen durch und lassen die Funde in den Archiven des Landesverbandes verschwinden. Für die Veranstaltungen im Jahr 2009 werden wir uns überlegen, ob und wie wir die Funde nutzen oder nicht. Auf jeden Fall sollten wir die Karten im Moment nicht aus der Hand geben. Sicher, wir werden die Grabungen nicht geheim halten können, aber die Ergebnisse, die halten wir unter dem Deckel.

Es wäre sehr ärgerlich, wenn drei Monate vor den Feierlichkeiten ans Licht käme, dass die Rüstungen eventuell aus einer anderen Epoche stammen oder sonst wie entwertet würden. Herkunft, Epoche und Echtheit, all das können wir auch nach den Festlichkeiten klären. Die Funde sind von so großer Bedeutung, da stricken wir nichts mit der heißen Nadel, nur weil zufällig gerade das Datum *Zweitausend Jahre Varus-Schlacht* ins Haus steht, zu dem die Rüstung, der Schild und das Schwert gut passen würden. Ich sage Ihnen, allein die Tatsache, dass etwas gefunden wurde, wertet uns in der Standortfrage enorm auf. Die Welle, auf der wir dann schwimmen, sollten wir nutzen."

Ringsum war zustimmendes Gemurmel zu hören. Dieser alte Fuchs ist doch mit allen Wassern gewaschen, dachte sich die Archäologin. Wenn die Rüstungen in unseren Archiven verschwinden, wird sich alle Welt darüber aufregen. Die Neugierde wächst, und ich kann in Ruhe meinen Forschungen nachgehen. Wenn ich doch irgendwann meine Meinung ändern sollte, kann ich mich immer noch aus dem Fenster lehnen.

„Ich bin dafür", fuhr Zahn fort, „dass wir in den nächsten Tagen eine Pressekonferenz einberufen. Ich finde, der Landrat, der Landesverbandsvorsteher und unsere verehrte Frau Dr. Holzmeier sollten dort anwesend sein."

„Und wie ist es mit Ihnen?", rief jemand, den die Archäologin nicht kannte.

„Na ja, wenn Sie mich so fragen. Ich will mich nicht aufdrängen, schließlich ist es ja Angelegenheit des Landesverbandes. Aber ich komme gern."

Die Anwesenden stimmten zu. Kurze Zeit später löste sich die Versammlung auf.

# 6

Eigentlich hätte Jupp Schulte an diesem Sonntag in aller Ruhe ausschlafen können. Er hatte keinen Wochenenddienst, die Blase regte sich noch nicht, selbst sein Hund lag noch im Tiefschlaf. Regen trommelte an die Fensterscheibe. Wahrscheinlich war es draußen auch noch windig und kalt. Normalerweise hätte ihn sonntags um halb neun, bei diesem Wetter, nichts dazu bringen können, aus dem kuschelig warmen Bett zu krabbeln. Aber heute war nichts normal. Er war schon mit einem unguten Gefühl ins Bett gegangen, hatte die ganze Nacht unruhig geschlafen. Wahrscheinlich war er von dem Gedanken an das, was heute auf ihn hereinbrechen würde, aus dem Schlaf gerissen worden. Es gab viel zu tun.

Heute Nachmittag würde seine Tochter Ina am Detmolder Bahnhof eintreffen und für unbestimmte Zeit bei ihm einziehen. Aber als wäre nicht das allein schon Anlass zur Sorge, hatte sie auch noch ihr Kind dabei, das Teil seines Lebens werden sollte. Ihr Kind, also sein Enkelkind! Dass er vor etwa zehn Monaten Opa geworden war, war für ihn zwar etwas befremdend, aber ein mehr theoretisches Problem gewesen, da zwischen ihm und seinem Enkel rund fünfhundert Kilometer lagen und er das Kind noch nie gesehen hatte. Er hatte immer eine Menge Arbeit vorschieben können und Ina war wohl zu stolz gewesen, um ihn zum Besuch zu drängen.

Und nun sollte dieser kleine Schreihals bei ihm zuhause wohnen? Die Nacht zum Tage machen? Nein, lange würde Schulte das nicht aushalten. Es musste schnellstens eine Lösung gefunden werden. Auch sein Vermieter, der alte Bauer Anton Fritzmeier, hatte äußerst skeptisch reagiert, als Schulte ihm vom Familienzuwachs berichtet hatte. Die beiden allein stehenden Männer, der Alte und der Mittelalte, hatten sich in den vergangenen zehn Jahren so aneinander gewöhnt, dass jeder Wandel auf dem Hof beide betraf. Fritzmeier mochte es immer gern so, wie er es gewöhnt war. Veränderungen machten ihn unsicher. Obwohl auch er in der letzten Zeit erstaunliche Häutungen durchlebt hatte.

Im letzten Sommer hatte Anton Fritzmeier bei einem Preisausschreiben eine Urlaubswoche auf Kreta gewonnen. Die Freude war schnell in blanken Schrecken umgeschlagen, als ihm bewusst wurde, dass er Haus und Hof gegen eine ihm völlig unbekannte Umgebung tauschen sollte. Dass ihm fremdes, vielleicht unbekömmliches Essen vorgesetzt werden könnte. Und vor allem, dass er fliegen würde. Er hatte alles versucht, den unerwünschten Gewinn zu verkaufen, aber niemand konnte ihm aus der Patsche helfen. Schulte hatte seine ganze Überzeugungskraft einsetzen müssen, um seinen alten Vermieter zu diesem Urlaub zu überreden. Letztendlich war Fritzmeier dann auch geflogen. Vorher hatte er aber mit seinem Leben abgeschlossen. Niemand war überraschter als Jupp Schulte, als ein total veränderter Fritzmeier aus dem Urlaub zurückgekehrt war. Ein fröhlicher Mann voller Tatendrang, der stundenlang begeistert von Kreta zu berichten wusste. Ursache für diesen krassen Wandel war seine Urlaubsbekanntschaft Elvira Kaufmann, eine ehemalige Lehrerin aus Bad Salzuflen. Fritzmeier war verliebt wie ein Teenager. Schulte hatte ihn seitdem etliche Male nach Bad Salzuflen gefahren, wo die beiden Alten wie die Turteltauben durch die Straßen der Kurstadt gebummelt waren und Kaffee und Kuchen genossen hatten. Erstaunlicherweise schien dieses späte Glück sehr dauerhaft zu sein, denn es hatte den ganzen Winter überdauert. Was die gebildete und vielseitig interessierte Siebzigjährige an dem über zehn Jahre älteren, schrulligen lippischen Dickschädel fand, war für Schulte mehr als rätselhaft.

Außer Fritzmeier – dem Besitzer des Hofes – und Schulte wohnte dort noch ein Mann Ende Dreißig. Alexander Kogge war vor einigen Jahren völlig pleite dort eingezogen, weil er dringend eine spottbillige Wohnung gesucht hatte. Auf

Empfehlung eines gemeinsamen Bekannten, Hermann Rodehutskors, war er dann auf dem Fritzmeierschen Hof untergetaucht. Kogge war ein angenehmer Nachbar, der sich aber aus dem Leben Schultes und Fritzmeiers immer herausgehalten hatte. Schulte sah ihn nur selten und schien manchmal direkt überrascht zu sein, überhaupt einen Nachbarn zu haben.

Um fünfzehn Uhr stand Jupp Schulte mit einem undefinierbaren Gefühl im Magen am Detmolder Bahnhof und wartete. Dass der Zug mit Verspätung ankam, überraschte ihn nicht. Aber der neu renovierte Bahnhof! Es war schon eine Zeit her, seit Schulte zum letzten Mal hier ein- oder ausgestiegen war. Mann, hier war aber was verändert worden! Er fragte sich, ob er seine Tochter Ina überhaupt erkennen würde. Seit wann hatte er sie eigentlich nicht mehr gesehen? Wie alt war sie damals gewesen? Der Kontakt zwischen beiden hatte sich jahrelang nur am Telefon abgespielt. Hin und wieder war Post von Ina gekommen, darin auch einige Fotos. Darauf sah sie so unterschiedlich aus, dass es genauso gut verschiedene Mädchen hätten gewesen sein können. Schulte hatte jedenfalls immer Mühe gehabt, so etwas wie einen roten Faden in der optischen Entwicklung seiner Tochter zu erkennen.

Der Zug lief endlich ein. Schulte starrte angestrengt hin und her, um Ina zu entdecken und ihr beim Aussteigen zu helfen. Sicher würde sie einen dieser riesigen unförmigen Kinderwagen mitführen, die mehr kosteten als ein Mittelklasseauto und überall im Weg standen. Dazu noch diverse Koffer für sich und ihren Bengel. Ach ja, und ganze Berge von Pampers! Was junge Mütter eben so mit sich herumschleppen.

Doch nirgendwo in der Menschenmenge erschien ein Kinderwagen. Schulte wurde noch unruhiger. Plötzlich, wie aus dem Nichts, tauchte direkt vor ihm eine junge Frau auf, die ihn fröhlich und erwartungsvoll anstrahlte. Schulte fragte sich gerade, was diese Frau wohl von ihm wollte, da fiel der Groschen.

Die junge Dame, die alles andere als damenhaft wirkte, hatte feuerrot gefärbte, schulterlange Haare, war von zierlicher, aber sportlicher Statur und bebte beinahe sichtbar vor Energie. Der Anblick erinnerte Schulte sofort an Franka Potente im Film *Lola rennt*. Und ähnlich außer Atem wirkte sie auch. Das mochte mit diesem merkwürdigen, unförmigen und sehr schwer wirkenden Ding zu tun haben, dass an ihrer Brust zu kleben schien. Eine Art Rucksack, aus dem ein kleiner, schwarzhaariger Hinterkopf herauslugte, den sie liebevoll mit einer Hand stützte. Schulte stand vor ihr wie ein tapsiger Pubertierender in der ersten Tanzstunde. Erst später wurde ihm klar, dass er wie ein Vollidiot gewirkt haben musste. Sie schien ihm dies aber nicht weiter übel zu nehmen, sondern lachte ihn mit einem fröhlichen „Hey" an. Schulte wusste nicht recht, wie er sie begrüßen sollte. Gibt man einer Tochter, die man Jahre nicht gesehen hat, die Hand? Einfach umarmen ging nicht wegen dieses Beutels mit dem kleinen, schwarzhaarigen Hinterkopf. Der durfte dabei nicht zerquetscht werden. Sie löste die Situation auf, indem sie auf den Beutel zeigte und stolz sagte: „Und das ist Linus!"

„Aha!" Das war das Einzige, was Schulte herausbekam. Eigentlich wäre er gern ganz locker gewesen, hätte den coolen Daddy gemimt. Aber er war merkwürdig gehemmt, ohne sich das erklären zu können. Inas gute Laune sank sichtbar. Schulte ärgerte sich über sich selbst und versuchte, sich zusammenzureißen.

„Entschuldige bitte", brummte er. „Ich bin ein wenig durcheinander. Wo hast du denn dein ganzes Gepäck?"

Sie konnte schon wieder lachen. „Gepäck? Habe ich doch dabei. Ein Stück vorn und eines hinten!" Und tatsächlich trug sie auf dem Rücken einen echten Rucksack.

„Das ist alles?", staunte Schulte. „Was ist mit deinem ganzen Hausrat?"

„Nichts! Viel hatte ich sowieso nie. Den Rest habe ich an Second Hand Läden verkauft. Alle Möbel und fast alle Klamotten. Und falls du einen Kinderwagen vermisst: Erstens hatte ich nie Geld dafür und zweitens finde ich diese Dinger furchtbar lästig. Und warum soll ich ’ne große Tüte Pampers von Greifswald nach Detmold transportieren? Die kosten hier das Gleiche. Es war doch deine Generation, die immer das Leben mit kleinem Gepäck idealisiert hat. Ich jedenfalls lebe danach.“

Endlich konnte Schulte etwas schmunzeln.

„Finde ich prima! Zumindest in der Theorie. In der Praxis wirst du feststellen, dass bei mir zuhause viel unsinniger Krempel herumliegt. Aber warum soll eine Tochter nicht klüger sein als ihr Vater?“

## 7

Der Schneeregen peitschte Peter Korbmacher ins Gesicht, als er vom Parkplatz an der Dorfstraße Jöllenbecks in die Amtsstraße einbog. Was für ein Scheißwetter, dachte er. Den ganzen Winter über hatte ein laues Lüftchen geweht und jetzt, wo alle auf den Frühling hofften, trieb das Wetter seine Kapriolen. Er war bei schönstem Sonnenschein zuhause losgefahren und jetzt natürlich völlig falsch angezogen. Wenn er nicht total durchnässt im *Heimathaus* ankommen wollte, musste er sich schnellstens irgendwo ins Trockene retten. Er stürmte geradezu in die *Jürmker Bücherstube*. Hier hatte er schon vor einer Woche einen Reprint des *Westfälischen Dampfbootes* bestellt. Eine Zeitung, die im Vormärz von 1845 bis 1848 aufklärend in die gesellschaftlichen und politischen Auseinandersetzungen der damaligen Zeit einzugreifen versucht hatte. Doch dann hatte Korbmacher aus Geldnot jeden Tag einen weiten Bogen um die Buchhandlung gemacht. Obwohl er einige Artikel aus dieser Zeitung für einen seiner jetzigen Aufträge gut hätte gebrauchen können.

Der Heimatverein Jöllenbeck beabsichtigte, ein Buch über die Geschichte und Lebensbedingungen der Leinenweber herauszugeben. Hierfür und für die damit verbundenen Forschungsarbeiten hatte man Peter Korbmacher gewinnen können.

Als Arbeitsplatz wurde ihm eine Ecke in der *Heimatstube* des 1801 errichteten und heutigen *Heimathauses Jöllenbeck* eingerichtet. Das Haus war ein für das Ravensberger Land typischer Bauernkotten, dessen Bewohner von der Landwirtschaft und der Leinenweberei gelebt hatten. Neben anderen historischen Gegenständen erinnerte ein originaler Webstuhl an den Erwerbszweig, der Bielefeld und seine Umgebung einst weit über seine Grenzen hinaus bekannt gemacht hatte.

Nur freitags von fünfzehn bis siebzehn Uhr musste Korbmacher das Feld räumen, denn dann wurde in seinem Arbeitszimmer Kaffee und Kuchen ausgeschenkt. Auch wurde er ab und zu gestört, wenn in dem alten Gebäude eine Trauung stattfand. Sonst konnte er allerdings ungestört seiner Arbeit nachgehen.

In der Buchhandlung war Korbmacher mittlerweile als guter Kunde bekannt. Mit dem Besitzer, der an der Arbeit des Archäologen und Historikers sehr interessiert war, hatte er sich etwas angefreundet.

Und so wurde er gleich, nachdem er die Eingangstür hinter sich geschlossen hatte, von einer Buchhändlerin freundlich begrüßt:

„Hallo, Herr Korbmacher! Lange nicht gesehen. Sie wollten sicher ihre Bücher abholen. Die sind schon seit letzter Woche da. Ich packe Sie Ihnen gleich ein.“

Korbmacher wurde verlegen. Ihm war es peinlich, dass er nicht das Geld hatte, um die Bücher zu bezahlen. Wie oft hatte er sich schon für seinen Eigensinn verflucht, damals ein Magisterstudium angetreten zu haben und nicht, wie alle seine Abiturkollegen, ein Lehrerstudium. Die waren jetzt alle im Staatsdienst und fein raus. Nur er musste sich seit über zwanzig Jahren – meist für einen Hungerlohn – von einer Arbeitsbeschaffungsmaßnahme zur anderen hangeln. Wenn er darüber hinaus mal den einen oder anderen kleinen Auftrag bekam, hatte er jedes Mal das Gefühl, im Geld zu schwimmen. Doch es handelte sich nur um gefühlten Reichtum. Real war und blieb er arm wie eine Kirchenmaus, und er musste sich auch weiterhin das Geld, das er für seine Bücher ausgab, regelrecht vom Munde absparen. Zwar hatte er in diesem Monat wieder einen befristeten Arbeitsvertrag bekommen (er würde die nächsten Jahre im Museum und Park Kalkriese arbeiten …), aber sein erstes Gehalt wäre frühestens in ein paar Wochen fällig.

„Tut mir leid", antwortete er daher verlegen. „Ich bin eigentlich nur vor dem Regen in Ihren Laden geflüchtet. Die Bücher hatte ich total vergessen. Heute habe ich mir nur einen 10-Euro-Schein eingesteckt. Morgen hole ich die Bestellung ab."

Die Buchhändlerin bemerkte die Verlegenheit Korbmachers. Um die Situation zu entkrampfen, signalisierte sie ihm, dass es kein Problem sei und bot ihm zum Aufwärmen eine Tasse Kaffee an, die er gerne nahm. Danach stöberte er durch die Regale. Sein Blick fiel auf die Lippekrimis. Die hatte er eigentlich alle gelesen. Doch dann zog er eines der Bücher aus dem Regal: *Jugendsünden! D*as war ihm wohl entgangen! Sobald er wieder Geld hatte, würde er nicht nur das *Westfälische Dampfboot* hier abholen, sondern auch den Lippekrimi, der ihm noch in seiner Sammlung fehlte.

Korbmacher wurde von einem Sonnenstrahl geblendet. Er sah aus dem Fenster. Dort, wo eben noch aus dicken, schwarzen Wolken Wasser wie aus Kübeln auf Jöllenbeck gefallen war, blitzte jetzt ein stahlblauer Himmel. Die Sonne tat ihr Bestes, um das Sauwetter von eben vergessen zu lassen. Lediglich am Horizont war der Himmel noch düster verhangen. Doch der Farbkontrast sowie die sich in den Regentropfen brechenden Sonnenstrahlen schufen eine ganz besondere Atmosphäre.

Korbmacher verabschiedete sich und betrat wenige Minuten später das *Heimathaus Jöllenbeck*. Hier war ihm ein Schrank zugewiesen worden, in dem er einen Großteil seiner Unterlagen deponiert hatte. Die erste Hälfte des Forschungsprojekts hatte er bereits abgeschlossen.

Heute wollte er den Text Korrektur lesen. Da kam ihm die Ruhe der *Heimatstube* gerade recht. Korbmacher griff nach oben auf den Schrank, in dem seine Utensilien lagen, und tastete nach dem Schlüssel, den er immer auf die gleiche Stelle legte, wenn er nach getaner Arbeit seine Utensilien in dem Schrank verschloss. Er öffnete er die Tür, nahm seine Unterlagen, breitete die Ausdrucke auf einem Tisch aus und begann die Texte neu zu sortieren.

Wenn Korbmacher konzentriert arbeitete, vergaß er alles um sich herum. Dieser Zustand wollte sich heute nicht einstellen. Seine Gedanken schweiften immer wieder ab. Heute Morgen hatte er mit einem alten Bekannten telefoniert. Schon nach wenigen Worten war es zu einem heftigen Streit gekommen. Der Gesprächspartner hatte den Hörer danach einfach aufgelegt, ohne das Gespräch formal zu beenden. Korbmacher hasste solche Situationen. Der Anruf machte ihm auch jetzt noch zu schaffen. Er konnte sich einfach nicht konzentrieren.

Während seiner Abwesenheit hatte sich offensichtlich jemand an seinem Schrank zu schaffen gemacht. Was war hier los? Unbewusst waren seine Sinne auf „Umgebung beobachten“ fokussiert. Als die Eingangstür im Untergeschoss, die manchmal klemmte, kraftvoll zugezogen wurde, fiel er vor Schreck fast vom Stuhl. Er lauschte angespannt. Treppenstufen knarrten. Obwohl es nicht ungewöhnlich war, dass jemand ins *Heimathaus* kam, um sich umzusehen, hatte er das Gefühl, dass der Besucher, der gerade die Treppe hinauf kam, Unheil mit sich brachte.

Jetzt wusste er es! Der Ankömmling bewegte sich unnatürlich leise. Woraus resultierte seine veränderte, geschärfte Wahrnehmung? Hing es mit dem heutigen Telefongespräch zusammen?

Die Tür zu seinem Arbeitszimmer öffnete sich, ein Mann trat ein. Es war beklemmend, der Andere sagte kein Wort. Er fixierte Korbmacher mit stechendem Blick und ging langsam auf ihn zu. Der Archäologe fühlte sich nun wirklich bedroht. Seine Hände begannen feucht zu werden, sein Herz schlug wie ein Dampfhammer in der Brust. Er wollte das Schweigen, das wie Blei auf die Atmosphäre drückte, brechen.

„Herr, äh Herr …?“

Plötzlich zückte der Mann ein Messer mit einer langen Klinge. Korbmachers Gesicht erstarrte. Bleich, mit aufgerissenen Augen, stierte er den Eindringling an und wich nach hinten zurück. Sein Gegenüber folgte ihm. Jetzt stand der Archäologe mit dem Rücken zur Wand. Er war vor Angst gelähmt, wollte schreien. Doch er brachte keinen Ton heraus. Der Angreifer richtete das Messer auf seine Brust. Korbmacher wurde seine Ausweglosigkeit bewusst. Mit dem Mut der Verzweiflung stürzte er sich auf den Mann mit dem Messer und griff nach dessen Hand. Der stieß mit der Waffe nach ihm und verletzte Korbmacher am Oberarm. Muskelfleisch wurde zerfetzt. Blut färbte sein Hemd rot, die ersten Tropfen fielen auf den Boden. Doch er spürte den Einstich kaum. Panisch versuchte er die Angriffe abzuwehren, indem er den Eindringling nach hinten stieß. Der Kampf um Leben und Tod weckte in ihm eine nicht vermutete Kraft. Wieder warf sich Korbmacher verzweifelt gegen den Messerstecher. Der war von der unerwarteten Gegenwehr völlig überrascht. Hektisch stach er mit dem Messer zu, um sich Raum zu verschaffen. Doch der Archäologe griff nach dem Arm und biss dem Eindringling mit aller Kraft in die Hand, die das Messer hielt. Der Mann schrie auf und ließ das Messer fallen. Er riss die Hand, in die Korbmacher seine Zähne geschlagen hatte, nach hinten. Jetzt schrie dieser auf. Es fühlte sich an, als würde ihm sein Gebiss aus dem Mund gerissen. Anschließend knallte ihm sein Gegner die Faust ins Gesicht. Der Schlag schleuderte Korbmacher gegen den Schrank. Er fiel und landete auf dem Rücken. Blut lief ihm in den Mund. Sein Gegner stürzte sich auf ihn. Korbmacher zog reflexartig die Beine an und ließ sie nach vorne schnellen. Er traf den Angreifer an den Hüftknochen und in den Unterleib. Wie von einem Katapult abgeschossen, flog der gegen die Eingangstür, die daraufhin nachgab. Korbmachers Widersacher kam direkt vor der Treppe zum Liegen. Schwer angeschlagen versuchte er sich aufzurichten. Doch der Archäologe war schneller. Er knallte dem Mann das Knie ins Gesicht. So getroffen, stürzte der Fremde die Stiege hinunter und blieb dort in unnatürlicher Haltung reglos liegen.

Schwer keuchend schleppte sich Korbmacher nach unten. Sein Gegner starrte mit leeren Augen in die Welt. Hatte er den Sturz nicht überlebt? Der Archäologe fiel von einem Extrem ins andere. Eben noch hatte er dem Tod ins Auge gesehen. Hatte er jetzt selbst jemanden getötet? Erneut ergriff ihn die Verzweiflung. Er musste weg! Während er seine Jacke überzog, stieg er hastig die Treppe hinauf. Dann stürzte er aus dem Haus. Es regnete wieder in Strömen.

## 8

Der Fahrer des Sattelschleppers fluchte laut. Was war das für eine verdammt enge Straße? Vorsichtig ließ er den Auflieger etwas zurückrollen. Da hupte hinter ihm jemand.

„Verdammte Scheiße, was willst du?", schrie der Fahrer aus dem Seitenfenster. „Wenn du mich hier nervst, tauschen wir einfach, und dann kannst *du* ja mal versuchen, diese Dreckskarre den Berg hinauf zu bringen."

Ein kleiner dicker Mann stieg aus einem silbergrauen Passat und kam lächelnd zum Führerhaus des LKWs.

„Ich kann auch einfach ruhig sein, mein Auto fünfzig Meter zurücksetzen und zusehen, wie sie gleich mit ihrem Laster ins Tal stürzen. Übrigens hängt ein Rad schon in der Luft."

Dem Fahrer wurde ganz anders. Aufgeregt legte er den Vorwärtsgang ein und lenkte einen Meter in Richtung Berg. Dann ging es einfach nicht mehr weiter. Rechterhand führte eine Felswand mindestens fünf Meter steil nach oben, gegen die der Lkw stoßen würde, wenn er auch nur noch einen Zentimeter weiter fuhr. Der Fahrer zog die Feststellbremse und stellte den Motor ab. Dann stieg er aus und machte sich selbst ein Bild von der im wahrsten Sinne des Wortes „verfahrenen" Situation.

„Wenn Sie ein wenig rangieren, schaffen Sie es schon", ermutigte der kleine Dicke den Fahrer.

„Ich werde Ihnen zur Hand gehen. Schließlich sind Sie nicht der erste, der mit einem LKW diesen Weg befährt. Ich bin mir sicher, dass hier schon hunderte Langholzwagen die Straße passiert haben."

„Ihr Wort in Gottes Gehörgang", sagte der Fahrer und setzte sich wieder hinter das Steuer.

Zehn Minuten später hatten sie es geschafft. Der mit flexiblen Metallzäunen beladene Lastwagen hatte sein Ziel erreicht. Vor ihm stand ein weiteres Fahrzeug, von dem gerade Zaunelemente und Betonsockel abgeladen wurden, die man dann irgendwie nach unten in die Schlucht beförderte. Unten im Wald hatte man bereits damit begonnen, Zäune zu errichten.

Auch der kleine Dicke hatte seinen Pkw gestoppt und war ausgestiegen. Sofort kam ein Wachmann auf ihn zu und forderte ihn auf, weiter zu fahren.

„Hier gibt es nichts zu sehen!"

„Oh, da bin ich aber anderer Meinung." Der Dicke nestelte einen Presseausweis aus der Innentasche seiner Jacke und hielt ihn dem Schwarzuniformierten unter die Nase. Der betrachtete die Plastikkarte einen Moment und entgegnete: „Reicht nicht aus, Herr Rodehutskors, es waren schon zwei Pressekollegen hier. Die durften auch wieder einsteigen und sich auf den Heimweg machen. Darüber hinaus handelt es sich um eine Ordnungswidrigkeit, diesen Weg ohne Erlaubnis zu befahren."

Die Rüstungsfunde werden langsam bekannt, dachte Rodehutskors. Dann geht es ja bald los. Wieder durchsuchte er seine Jackentasche und präsentierte einen weiteren Ausweis.

„Ich bin einer der stellvertretenden Vorsitzenden vom S.E.L.F."

„Nie gehört den Namen, was ist das denn für ein Verein?"

„Stiftung zur Erforschung Lippischer Frühgeschichte. Soll ich auch noch Ihre letzten Zweifel zerstreuen? "

Wieder griff der Dicke in seine Jacke, zog einen zerknitterten Zettel hervor und präsentierte dem Wachmann eine Genehmigung. Sie war unterschrieben, und zwar von Landesverbandsvorsteher Müller persönlich, und berechtigte ihn, die zum Landesverband Lippe gehörenden Wege der Liegenschaften zu befahren.

„Die galt nur bis gestern", versuchte sich der Wachmann durchzusetzen. „Seit hier am vergangenen Wochenende irgendwelche Waffen gefunden wurden, ist alles *Top Secret*. Also, setzen Sie sich in Ihr Auto und sehen Sie zu, dass Sie hier wegkommen!", schnauzte der Sicherheitsmann. Er war mittlerweile recht ungehalten. Denn auch die anderen Journalisten hatten sich nicht einfach abwimmeln lassen.

Doch er hatte die Rechnung ohne Rodehutskors gemacht. Gegen ihn waren alle Journalisten, die hier heute aufgekreuzt waren, Waisenknaben.

„Das soll mir der Müller selber sagen! Er hat mir erlaubt, mich hier aufzuhalten, und nur er kann es mir auch verbieten."

Rodehutskors sah sich um und erkannte einen Forstwirtschaftsmeister, der den Aufbau des Zaunes überwachte.

„Hallo Herbert", rief er vergnügt. „Wie geht's? Warte, ich komme mal runter!"

Noch ehe der Wachmann reagieren konnte, war Rodehutskors über die Leitplanke gestiegen und machte sich auf den Weg zu seinem gerade entdeckten Bekannten.

Der Beschäftigte des Landesverbandes begrüßte ihn und meinte:

„Na, dann mach noch schnell mal ein paar Fotos. In zwei Stunden kommt hier keiner mehr rein. Die Fundstücke liegen aber schon im Archiv des Landesmuseums."

„Schon fotografiert, die Dinger", schmunzelte der alte Journalist selbstzufrieden.

„Na ja, wenn du keine Kontakte hast, Hermann, wer sonst? Dann sieh mal zu, dass du deine Bilder schnell in den Kasten kriegst. Wie gesagt, lange kannst du hier nicht mehr fotografieren."

Das Computerzeitalter hatte doch seine Vorteile. Innerhalb kürzester Zeit waren die digitalen Fotos fertig. Nix mehr mit Entwicklerdose und Dunkelkammer. Einfach den Stöpsel in die Kamera stecken, ein paar Minuten warten und schon konnte man damit beginnen, die Fotos so zu bearbeiten, wie man sie benötigte. Grafenberg hatte sich zu einem Meister der Bildbearbeitung gemausert, das musste Rodehutskors neidlos zugeben. Technik war nicht seine Sache. Und so hatten die beiden Männer seit der Gründung der Presseagentur Hermanns Pressedienst – eigentlich von Anfang an nur HPD genannt – schnell eine Arbeitsteilung gefunden.

Rodehutskors war mehr der Schreiberling und Kontaktmann. Sein Kollege Grafenberg übernahm die technischen Aufgaben, die in der Agentur anfielen.

„Junge, unser Laden ist der einzige im ganzen Land, der Fotos von den Rüstungsfunden hat. Ich musste Zahn und dem Landrat zwar versprechen, erst die zu nehmen, auf denen die Artefakte nicht eindeutig zu erkennen sind, aber ich habe auch gestochen scharfe Detailaufnahmen, die wir dann in der zweiten Phase an den Mann bringen können."

Das Telefon klingelte. Rodehutskors nahm den Hörer ab. Am anderen Ende meldete sich eine junge Journalistin von einem großen Hamburger Nachrichtenmagazin. Er hörte sich ihre Wünsche an. „Ja, natürlich habe ich Fotos, Frau Kohlhagen. Sie wissen doch, in Lippe gibt es niemanden, der bessere Kontakte hat als ich."

Wieder lauschte er den Worten, die aus dem Hörer an sein Ohr drangen.

„Exklusiv ist sicher auch was möglich. Das ist natürlich eine Frage des Geldes. Sie können sich sicher denken, dass bei uns in den nächsten Stunden zahllose Anfragen kommen werden. Alle wollen etwas über die Waffenfunde wissen und natürlich auch Fotos kaufen.

Ganz nebenbei bemerkt, ich bin fast sicher, dass unsere Agentur die einzige ist, die schon jetzt einige Fotos von den Waffen und Rüstungsteilen anbieten kann. Wenn auch keine Detailaufnahmen, aber immerhin."

Wieder lauschte der Journalist.

„Okay, Frau Kohlhagen, besprechen Sie die Angelegenheit in der Redaktionssitzung und rufen Sie mich wieder an.

Für eineinhalb Stunden halte ich die Fotos und den Bericht für Sie zurück. Lipper müssen doch zusammenhalten."

Rodehutskors legte den Hörer auf und lächelte zufrieden. Das würde der Deal des Jahres werden. Noch während er sich auf ein gutes Geschäft freute, ging ein Fax ein. Er nahm es in die Hand und las es durch. Im *Heimathaus* in Jöllenbeck war eine Leiche gefunden worden. Zu einem anderen Zeitpunkt wäre Rodehutskors dieser Meldung mit Sicherheit nachgegangen, doch heute hatte er lukrativere Artikel zu bearbeiten. Zur Sicherheit könnte er morgen ja mal seinen Bekannten, Hauptkommissar Schulte, anrufen, Der würde ihm mit hoher Wahrscheinlichkeit den einen oder anderen Tipp geben, wenn aus dem Todesfall eine Story zu machen wäre.

Morgen musste der Landesverband eine Pressekonferenz abhalten, darauf wettete Rodehutskors, denn er hatte von dem Wachmann am Bielstein gehört, dass schon Journalisten-Kollegen an den Rüstungsfunden arbeiteten. Wenn man etwas unter die Leute bringen will, muss man nur drei Politikern einen Tipp unter dem Siegel der Verschwiegenheit geben. Dann weiß es spätestens am Abend halb Lippe. Bei allem Interesse, die Ergebnisse der Funde erst einmal geheim zu halten, der Druck würde dann aber relativ schnell so groß werden, dass der Landesverband mit der einen oder anderen Information herausrücken müsste, um die Medien zufrieden zu stellen, dachte Rodehutskors. Er war sich sicher, dass er nicht in allen Punkten mit dem Landesverband und dem S.E.L.F.-Vorsitzenden Zahn einig sein würde. Geschäft war eben Geschäft. Aber wenn er mit ein wenig Fingerspitzengefühl zu Werke ginge, würde er, was die Rüstungsfunde anging, mit Sicherheit lange an der Quelle sitzen.

## 9

Eigentlich hatte Hauptkommissar Wolf Muffen an diesem späten Mittwochnachmittag früher Feierabend machen wollen. Völlig überraschend aber musste er aufgrund eines kranken Kollegen einspringen. Wer fragte schon danach? Also standen eben noch ein paar Überstunden mehr auf der Liste. Überstunden, die er vermutlich sowieso nie abfeiern würde, weil die Personalsituation dies in der Praxis nicht hergab. So war das auch heute. Schon im Mantel, hatte er noch ein wenig mit einem Kollegen geplaudert, als das Telefon bimmelte. Ein Buchhändler aus Jöllenbeck hatte vor wenigen Minuten im *Jöllenbecker Heimathaus* eine männliche Leiche gefunden. Muffen seufzte und hakte gedanklich seinen Feierabend ab.

Kurz darauf saß er auf dem Beifahrersitz eines Streifenwagens und jagte mit Martinshorn und Blaulicht durch die völlig verstopfte Jöllenbecker Straße. Muffen liebte solche Einsätze. In voller Fahrt durch die Gasse der erschrocken zur Seite fahrenden Autos zu jagen, das dramatische Jaulen des Martinshorns, das munterte auf. Wolf Muffen war kein stiller Genießer. Er liebte es laut und lärmig. Man sah es ihm nicht an, wenn er – etwas zu klein geraten – mit leicht expandierendem Bauchansatz, mit Stirnglatze und Trachtenjacke da stand. Muffen liebte Heavy-Metal-Musik. Und nicht nur in der Theorie. Er hörte diese Musik, wo es nur ging – immer so laut wie möglich. Eigentlich war alles, was Muffen sagte oder machte, laut. Jupp Schulte war einmal in Muffens Privatwagen mitgefahren und hatte danach zwei Tage lang ein schrilles Pfeifen im Ohr gehabt. Jetzt, im Dienstwagen, konnte sich Muffen diese Eskapaden natürlich nicht erlauben. Da er aber nicht einfach still dasitzen konnte, kramte er sein Handy raus und rief Schulte an, um sich mit ihm am Tatort zu verabreden.

Trotz Martinshorn und Blaulicht war Muffen nur Zweiter, als er vor dem *Heimathaus Jöllenbeck* aus dem Dienstwagen kletterte. Jupp Schulte war zufällig in der Gegend gewesen und hatte den deutlich kürzeren Weg gehabt. Nun standen beide vor dem Fachwerkhaus und warteten. Auch als Hauptkommissar durfte Schulte nicht einfach in einen Tatort platzen und dort Spuren verwischen. Erst mussten die Profis ran.

„Wo bleibt denn die Spurensicherung?“, fragte Schulte. „Eigentlich sollten die immer die Ersten sein.“

„Das wird wohl damit zusammenhängen, dass wir eine neue Kollegin in der Abteilung haben. Die muss sich erst noch einleben“, schmunzelte Muffen.

Schulte war überrascht.

„Ne Neue? Von der weiß ich ja gar nichts. Und, wie isse so?“

„Oh, warte ab! Die wird dich umhauen. Eine ganz süße, kleine Flocke!“

Schultes Vorfreude war geweckt. Sekunden später hielt der VW-Bus der Spurensicherung. Zwei Männer im weißen Ganzkörperkondom sprangen heraus und begrüßten Muffen und Schulte.

„Die Chefin kommt gleich!“, riefen sie. „Sie ist mit dem eigenen Auto unterwegs.“

Und da kam auch schon ein BMW X5 mit polizeiwidrigem Tempo angerauscht und stoppte mit einer Vollbremsung direkt vor ihnen. Als die Frau aus dem Geländewagen ausstieg, war Schulte erst einmal sprachlos.

„Wenn das für dich eine süße, kleine Flocke ist, wie sieht denn dann bei dir ein Schneesturm aus?“, flüsterte er in Richtung Muffen, der sich ein Grinsen nicht verkneifen konnte.

Vor ihnen baute sich ein Berg von einer Frau auf. Sie war fast einen Meter neunzig groß und wirkte so massiv, dass sie jedem Tsunami hätte standhalten können. Bekleidet mit Jeans, kariertem Hemd und Wanderschuhen hätte sie selbst in einem kanadischen Holzfällercamp Eindruck gemacht. Schulte, der ja auch eher grob gestrickt war, wäre bei ihrem Händedruck beinahe wimmernd in die Knie gegangen.

„Renate Burghausen, Spurensicherung!“, stellte sie sich mit einer feinen, fast schon dünnen Stimme vor, die überhaupt nicht zu ihrer Erscheinung passen wollte. Am Telefon musste diese Frau wie eine Elfe wirken. Nachdem sie Schultes Namen erfahren hatte, fragte sie nach:

„Schulte? Etwa *der* Schulte? Ich habe schon viel von Ihnen gehört, Kollege. Ich hoffe trotzdem, wir werden gut zusammenarbeiten.“

Schulte war sich nicht sicher, ob er bei diesen Worten einen drohenden Unterton herausgehört hatte. Er entschied sich dafür, er habe sich das eingebildet.

Zusammen mit Muffen trottete er hinter der massiven Frau her.

„Echtes westfälisches Kaltblut!“ flüsterte er Muffen grinsend zu.

Am Tatort bewies Renate Burghausen dann, dass sie ihre Position nicht umsonst innehatte. Nachdem auch sie sich einen weißen Overall übergezogen hatte (figürlich geriet ihr dies nicht gerade zum Vorteil ...), zeigte sie, was sie drauf hatte. Sie wirkte ruhig und umsichtig, dabei aber bestimmt und klar in ihren Anweisungen. Schulte, der mit Muffen in der Eingangstür stehen geblieben war, staunte, wie effektiv sie die Männer ihres Teams einsetzte. Er bemerkte aber auch, dass dies in einem Tonfall geschah, der jeden Stabsunteroffizier neidisch gemacht hätte. Keiner der Männer gab Widerworte. Die beiden Hauptkommissare zogen innerlich den Hut vor diesem resoluten Weib.

Der Tote lag am Fuß einer Holztreppe auf dem Bauch, den Kopf auf dem Fußboden, die Füße noch auf den unteren Treppenstufen. Diese Position ließ zumindest auf den ersten Blick vermuten, dass der Mann die Treppe hinuntergestürzt war. Erst nachdem das Spurensicherungsteam alles ausgemessen und fotografiert hatte, durften Schulte und Muffen den Tatort betreten.

„Was meinen Sie, Kollegin?“, fragte Schulte vorsichtig. „Mord oder Unfall?“

Renate Burghausen entledigte sich langsam ihrer Gummihandschuhe. Irgendwie fand Schulte dies bedrohlich.

„Auf dem ersten Blick sieht es wie ein Unfall aus. Da ist jemand die Treppe hinuntergestürzt. So was kommt ja vor. Vielleicht betrunken. Das wird die Obduktion zeigen. Aber wenn Sie sich mal die obere Etage anschauen, werden Sie Ihre Meinung wahrscheinlich ändern. Da oben sieht es aus wie in meinem Büro. Ein wüstes Durcheinander. Es ist zwar nicht mein Job, das auszuwerten, aber meiner Meinung nach wurde da oben gekämpft. Wir haben auch Blutspuren gefunden. Entweder ist dieser Mann im Verlauf des Kampfes die Treppe hinuntergestürzt oder er wurde gestoßen. Aber das müssen Sie herausfinden. Über dem Schreibtisch oben hängt übrigens ein kleiner Schrank. Der stand sperrangelweit auf, und es liegen Papiere darin. Auch *auf* dem Schreibtisch. Die Papiere haben wir natürlich alle zur weiteren Untersuchung eingesackt. Können Sie sich ja denken, Fingerabdrücke und so. Mein Bericht liegt spätestens morgen früh auf Ihrem Tisch. Ach ja, der Tote wird gleich abgeholt. Die Kollegen müssen jede Sekunde hier sein. Bleiben Sie noch so lange? Viel Spaß dann noch!“

## 10

Hatte er alles falsch gemacht?

Seine Flucht aus dem Heimathaus war eine einzige Panikattacke gewesen. Er war einfach davongerannt, ohne auch nur einen klaren Gedanken zu fassen. Bloß raus! Weg von diesen weit aufgerissenen Augen, die ihn vorwurfsvoll und etwas verblüfft angestarrt hatten. Er war losgerannt, ohne sich auch nur einmal umzuschauen, hatte die Außentür des Heimathauses aufgerissen und war davon gestürmt. Raus in den erfrischenden Regen.

Der Nervenzusammenbruch erreichte ihn erst, als er in seinem Auto saß. Es hatte mit einem starken Kribbeln in den Füßen begonnen, dann waren heftiges Herzrasen und Schwindelanfälle dazugekommen. Er hatte versucht, tief und ruhig zu atmen, aber es war ihm minutenlang nicht gelungen. Immer wieder hatte er hektisch gehechelt und damit den Schwindel verstärkt. Als plötzlich jemand an die Scheibe des Autos geklopft und gefragt hatte, ob mit ihm alles in Ordnung sei oder ob er Hilfe brauche, wäre es ihm beinah schwarz vor Augen geworden. Mit letzter Kraft hatte er dem Mann mit einer Handbewegung zu verstehen gegeben, dass er okay sei und niemand sich um ihn sorgen müsse. Der alte Mann war, vermutlich wenig überzeugt, weiter gegangen.

Endlich hatte sich sein Atem etwas beruhigt, der Kopf war wieder klarer geworden. Nur die Herzschmerzen waren geblieben. Trotzdem hatte er den Wagen gestartet und war losgefahren.

Nun lief er in seiner Wohnung umher. Ohne jede Erinnerung daran, wie er die Strecke von Jöllenbeck bis Lage zurückgelegt hatte. Er war wie ferngesteuert gefahren. Eigentlich musste er die Polizei anrufen, das war ihm klar. Aber was sollte er denen sagen? Dass es ein Unfall war? Aber würde man ihm glauben? Ja, hätte er einen kühlen Kopf bewahrt und wäre am Unfallort geblieben, dann wäre er wesentlich glaubwürdiger. Aber so? „Wieso haben Sie nicht sofort angerufen?“, würde die Polizei fragen. „Warum haben Sie keinen Krankenwagen bestellt?“ Tatsächlich kam ihm erst jetzt mit heftigem Schrecken die Möglichkeit in den Sinn, dass der Mann vielleicht nur bewusstlos gewesen war. Was, wenn er nun aufgrund seiner unterlassenen Hilfeleistung sterben würde oder bereits gestorben war? Wieder setzten Panikattacken ein. Wieder benötigte er einige Minuten, um die Kontrolle wieder zu erlangen. Sollte er jetzt noch Polizei und Krankenwagen anrufen? Nein, entschied er. Dem Mann war sowieso nicht mehr zu helfen. Der war schon vorhin tot gewesen. Auch wenn Korbmacher nie zuvor einen Toten gesehen hatte, konnte es daran keine ernsthaften Zweifel geben. Diese völlig absurde Haltung des Kopfes konnte nur bedeuten, dass der Mann sich das Genick gebrochen hatte. Schließlich war er eine sehr steile Holztreppe hinuntergestürzt. Dabei hatte ihm Korbmacher, um ihn abzuwehren, nur einen kleinen Schubs gegeben. Der Mann musste das Gleichgewicht verloren haben, denn er war plötzlich ins Wanken geraten, hatte noch kräftig mit den Armen gerudert und war dann rückwärts die Treppe hinuntergepoltert und mit einem dumpfen Knall unten aufgeschlagen. Das hatte Korbmacher nicht gewollt. Er hatte sich nur gewehrt. Das war sein gutes Recht. Niemand würde ihm daraus einen Vorwurf machen können. Aber hätte er nicht bleiben und einen Notarzt rufen müssen? Stattdessen war er geflüchtet.

Die Erinnerung an die Geschehnisse quoll eiskalt in ihm hoch. Er war gesehen worden, wie er direkt vor dem Tatort, im Auto sitzend, mit seiner Panik gekämpft hatte. Spätestens, nachdem in Jöllenbeck die Nachricht von einem Toten im Heimathaus die Runde gemacht hätte, würde der alte Mann zur Polizei gehen und seine Beobachtung mitteilen. Und in diesem Moment, das war Korbmacher klar, wäre er für die Polizei der Täter. Und dann würde das Einsatzkommando kommen. Nachts um zwei Uhr. Sie würden ihn halb nackt aus dem Bett zerren und ihn in einen Gefangenentransporter stecken, ihn stundenlang verhören und demütigen. Wieder ging sein Atem so schnell, dass ihm schwindelig wurde. Diesmal jedoch wusste er sich zu helfen. Es war schließlich nicht die erste Panikattacke seines Lebens. Seit Jahren litt er darunter. Und fast genauso lange kannte er den Trick, in eine Papiertüte zu atmen.

Als er sich wieder gefangen hatte, stand sein Entschluss fest. Er würde abtauchen! Einfach verschwinden. Nicht auffindbar sein, bis sich jeder Verdacht gegen ihn in Luft aufgelöst haben würde. Schließlich hatte er doch den Schlüssel für die Wohnung eines seiner Kollegen in der Tasche. Der war für ein Jahr auf einem Lehrgang und hatte ihn gebeten, seine Blumen zu gießen und den Briefkasten zu leeren. Hier würde ihn also niemand suchen.

## 11

So, endlich Ruhe!

Nach vielen vergeblichen Anläufen hatte es Ina geschafft, ihren kleinen Racker zum Schlafen zu bringen. Erschöpft kam sie aus ihrem Zimmer, das sie sich mit Linus teilte. Mehr Platz bot die Schultesche Wohnung einfach nicht. Ihr Vater saß auf seinem alten durchgesessenen Sofa und versuchte, sich so still zu verhalten wie möglich. Er wollte auf keinen Fall den Kleinen wieder aufwecken. Selbst als er sich eine Flasche Bier aufmachte, war er bemüht, das sonst so beliebte Plopp-Geräusch nicht zu laut werden zu lassen.

„Ich habe dir auch 'ne Flasche aufgemacht", flüsterte er. Ina hatte ihr Kind schon lange abgestillt und kein Problem damit, Alkohol zu trinken.

„Danke!", sagte sie matt, aber in normaler Lautstärke. Sie setzte sich ihm gegenüber in einen Sessel und trank einen kleinen Schluck.

„Du musst aber jetzt nicht jeden Abend flüstern", sagte sie ernst. „Linus wird sich schon an Stimmen im Haus gewöhnen, wenn er schläft. Wir wollen deinen Alltag nicht mehr durcheinander bringen als unbedingt nötig!"

Schulte hüstelte und schluckte die Bemerkung herunter, die ihm auf der Zunge lag. Sein Alltag war bereits jetzt nicht mehr wieder zu erkennen.

„Du musst kein schlechtes Gewissen haben", sagte er tapfer. „Ist doch schließlich auch mein Enkel. Außerdem bin ich, wenn ich Dienst habe, sowieso meist abends nicht zuhause. Heute bin ich ja auch recht spät gekommen. Wir hatten noch einen Toten in Jöllenbeck. Das liegt hinter Bielefeld. Kennt kein Mensch."

Wenn es sich einrichten ließe, würde er in der nächsten Zeit so viele Nachtdienste machen wie möglich. Aber auch dies sprach er lieber nicht aus. Die beiden schwiegen eine Weile und nippten an ihren Bierflaschen.

„Übrigens“, sagte Schulte dann. „Mein Fernseher hat vor einem halben Jahr den Geist aufgegeben, und ich habe seitdem keinen neuen gekauft. Komme wunderbar ohne dieses Ding aus. Außer der Sportschau vermisse ich eigentlich nichts. Aber wenn du großen Wert darauf legst, werde ich morgen einen kaufen.“

„Bloß nicht!“, wehrte sie ab. „Ich hatte in Greifswald auch keinen Fernseher und nie das Gefühl, auf etwas Wertvolles verzichten zu müssen. Aber eine Stereoanlage hast du doch, oder?“

„Klar! Sogar 'ne gute. Aber ich glaube nicht, dass wir die abends benutzen können, oder?“

Ina dachte nach.

„Wenn du die Musik nicht zu laut machst, dürfte das kein Problem sein. Ich habe Linus schon ein paar Mal auf Partys mitgenommen. Da hat er beim größten Krach wunderbar geschlafen. Aber vielleicht sollten wir damit noch ein paar Tage warten, bis er sich hier eingelebt hat.“

Wieder schwiegen beide. Aus dem Nebenzimmer drangen die Geräusche des unruhig schlafenden Kindes. Beide versuchten so still wie möglich zu sein. Schulte ertappte sich dabei, dass er selbst seine Schluckgeräusche als laut wahrnahm. Er fühlte sich als Fremder in seiner eigenen Wohnung.

## 12

Wolf Muffen trommelte nervös mit den Fingern auf dem Besprechungstisch herum. Wieder mal so eine Besprechung, bei der alle pünktlich waren. Alle – bis auf einen. Hauptkommissar Jupp Schulte kam eigentlich immer zu spät. Nicht aus böser Absicht. Er war einfach eine Art Pünktlichkeitslegastheniker. Im entscheidenden Moment vergaß er, auf die Uhr zu schauen, immer schoss ihm eine Minute vor dem Besprechungstermin noch etwas durch den Kopf, was ganz dringend erledigt werden musste, und schon war es wieder soweit.

Alle anderen saßen schon genervt am ovalen Tisch und blickten ihn vorwurfsvoll an.

Die durch einen Unfall vor Jahren erblindete Polizeidirektorin Dr. Margarete Bülow räusperte sich und eröffnete die Morgenbesprechung. Sie war seit einem Jahr Chefin des so genannten ZDG, des Zentralen Dezernats Gewaltverbrechen. Nach einer kurzen Zusammenfassung der Meldungen und Ereignisse des vergangenen Tages stellte sie den anderen Besprechungsteilnehmern dazu gelegentlich einige Fragen. Die anderen, das waren Wolf Muffen, außerdem die neue Teamleiterin der Spurensucher, Renate Burghausen, drei weitere Beamte und eben Jupp Schulte. Als die Leiche im Jöllenbecker *Heimathaus* auf die Tagesordnung kam, bat Frau Dr. Bülow Wolf Muffen um einen Bericht.

„Uns liegt bisher kein Abschlussbericht der Obduktion vor. Der ist uns für heute Nachmittag zugesagt worden. Einer ersten Einschätzung des Pathologen zufolge ist der Mann wohl durch einen Genickbruch gestorben. Weiter will er sich noch nicht festlegen. Das heißt, wir wissen nicht, ob ein Fremdverschulden vorliegt oder ob es einfach nur ein dummer Unfall war. Allerdings kann ich mittlerweile etwas über den Mann selbst sagen. Wir wissen aufgrund der Papiere, die er bei sich trug, dass es sich um einen gewissen Volker

Kiebitz handelt. Er ist vierundvierzig Jahre alt geworden. Kiebitz wohnte in Osnabrück, deshalb haben wir die Osnabrücker Kollegen auch schon informiert. Sie haben versprochen, alle Daten zusammenzutragen und mich dann wieder anzurufen. Was Kiebitz an einem Mittwoch im Jöllenbecker Heimathaus zu suchen hatte, darüber fehlt uns zurzeit noch jede Information. Zu vermissen scheint ihn niemand. Der Mann hat völlig allein und zurückgezogen gelebt. War wohl ein eigenwilliger Typ. Ich werde versuchen, etwas mehr über seine Geschäfte herauszufinden."

Frau Dr. Bülow gab das Wort an Renate Burghausen weiter.

„Ich will der Obduktion nicht vorgreifen, und ich will auch noch nicht behaupten, dass eine Fremdeinwirkung vorliegt. Wenn Sie mir eine persönliche Einschätzung gestatten, möchte ich folgendes annehmen: Der Tote ist die Treppe hinuntergestürzt. Und zwar von ganz oben. Ob er gestoßen wurde oder ob er gestolpert ist, das vermag ich noch nicht zu sagen. Es gibt jedoch am oberen Treppenabsatz keine gefährliche Kante oder etwas Ähnliches. Sicher ist, dass dem Sturz offenbar ein Streit vorausgegangen ist. Dies belegen herumliegende Gegenstände, darunter auch eine zerbrochene Blumenvase. Die noch recht frischen Narzissen lagen auf dem Boden verstreut, das Wasser ist in den Dielenboden eingesickert. So etwas liegt in einem der Öffentlichkeit zugänglichen Haus nicht einfach so herum. Darüber hinaus haben wir Blutspuren gefunden. Zu klären, ob das Blut von dem Toten stammt, wird Bestandteil der Obduktion sein. Natürlich haben wir auch Fingerabdrücke gefunden, aber wie zu erwarten war, eher zu viele als zu wenige. Es handelt sich eben nicht um ein Privathaus, sondern um ein Museum. Wahrscheinlich hat dort schon jeder zweite Jöllenbecker seine Fingerabdrücke hinterlassen. Für Fußspuren gilt natürlich das Gleiche. Aber die werten wir dennoch aus."

Frau Dr. Bülow wandte ihren Kopf zu Schulte.

„Ist das auch für dich okay?“

Schulte nickte. Bislang hatte er noch nichts gesagt. Das war aber nicht ungewöhnlich, Schulte war kein großer Besprechungsmatador. Nur widerwillig gestand er zu, dass Meetings manchmal auch notwendig und in seltenen Fällen sogar hilfreich sein konnten. Aber im Großen und Ganzen hielt er deren beinah explosionsartig zunehmende Anzahl für reine Zeitverschwendung. Kaum vorstellbar, scherzte er oft, dass wir früher auch ohne dieses ständige Gequatsche unsere Ganoven erwischt haben. Seine Chefin fühlte sich durch seine Schweigsamkeit nicht provoziert. Sie nahm das nicht persönlich.

„Na gut“, meinte sie, „dann wollen wir doch mal schauen, was noch zu tun ist. Ich schlage vor, Jupp und Wolf kümmern sich um das Umfeld des Toten. Nachbarn und Bekannte befragen, ein etwas über seinen Lebenslauf in Erfahrung bringen und so weiter. Das muss ich Euch ja nicht erzählen. Ach ja, und schnüffelt auch in Jöllenbeck etwas herum. Wenn es in diesem so genannten Heimathaus tatsächlich eine heftige Streiterei gegeben hat, dann muss doch ein Nachbar oder ein zufällig vorbeikommender Fußgänger etwas davon gehört haben. Falls die Obduktion ergibt, dass kein Fremdverschulden vorliegt, waren wir eben etwas voreilig. Falls doch, haben wir jedenfalls keine wertvolle Zeit verschwendet. Frau Burghausen, ich denke, Ihre Aufgaben sind ebenfalls klar. Was haben wir denn sonst noch so auf der Liste?“

## 13

Es gab doch nichts Schöneres, als an einem Frühlingsmorgen bei Sonnenaufgang auf den Beinen zu sein. Dass die Vögel mit ihrem Gesang in einer bestimmten Reihenfolge den Tag begannen, hatte Landesverbandsvorsteher Müller bisher nie registriert. Er freute sich einfach, das morgendliche Konzert anhören zu dürfen. Denn das war das sichere Zeichen, dass dieser unselige Winter langsam aber sicher seinen Hut nehmen musste. Er war eh nicht das gewesen, was man in der Zeit von Dezember bis Anfang März für gewöhnlich erwartete. Keine Spur von Schnee und Eis. Nur Regen und trübe Tage. Es war zum depressiv werden. Doch nun, wo die ersten schönen Sonnentage Körper und Gemüt der Menschen hätten wärmen sollen, begann es zu schneien. Heute schien das Wetter anders zu werden. Zwar war es kalt, aber der Himmel war blau und die Sonne schien.

Gut gelaunt betrat Müller den Schlossplatz. Er hatte heute einen strammen Tag vor sich. Daher war er der alten Weisheit „der frühe Vogel fängt den Wurm“ gefolgt und hatte sich um fünf Uhr aus den Federn gequält. Jetzt war es halb sieben. Ihm standen also mindestens eineinhalb Stunden zur Verfügung, während der er ohne jede Störung arbeiten konnte. Fünf Minuten später fuhr er seinen Rechner hoch. Eine Tasse Kaffee stand schon dampfend auf seinem Schreibtisch. Die gute alte Thermoskanne, dachte er und gönnte sich den ersten Schluck.

„Na, dann wollen wir zunächst einmal unsere E-Mails checken“, sagte er laut, obwohl niemand in seinem Büro war. Die Liste der eingegangenen Nachrichten erschien auf seinem Bildschirm. Lippische Heimatzeitung, Neue Westfälische, Osnabrücker Zeitung, Stern, Spiegel, Bildzeitung. Ihm schwante, welchen Inhalts die elektronischen Briefe sein würden. Einer der in der Dienstagsrunde anwesenden Bürgermeister, Tourismusmanager oder anderen Verantwortlichen musste gequatscht haben. Vielleicht auch zwei oder drei. War also nichts mit dem schönen Plan, die Rüstungsfunde erst mal geheim zu halten. Er musste den Landrat anrufen. Wahrscheinlich war der ja noch nicht im Büro, aber er konnte ihm ja mal vorführen, wie früh ein Landesverbandsvorsteher zu arbeiten begann. Er würde ihm einfach auf die Mailbox sprechen. Doch kaum hatte er es einmal klingeln lassen, da hob der Landrat ab und meldete sich.

Auch er hatte schon seine Mails gelesen und war bestens im Bilde.

„Hätte ich mir denken können, dass die Runde nicht dicht hält“, sagte er lapidar. Dann müssen wir heute eben eine Pressekonferenz einberufen. Aber ich schwöre Ihnen, die ganze Journalistenmischpoke wird nach der Sitzung nicht klüger sein wie vorher. Wir werden sie hinhalten, bis wir sicher sind, dass unsere Funde zur Hermannschlacht passen. Sollte sich auch nur der kleinste Zweifel regen, bleiben sie in den Archiven, bis das ganze Spektakel vorbei ist. Und je mehr die Medien sich darüber aufregen, dass wir so gut wie keine Informationen herauslassen, umso besser ist die Werbung für uns.“

Müller teilte die Sichtweise des Landrates nicht uneingeschränkt. Aber er widersprach auch nicht. Gleich um neun Uhr würde er sich mit der Bodendenkmalpflegerin zusammensetzen und die Strategie absprechen. Was blieb ihm auch anderes übrig? Dann könnte man heute Nachmittag die Presse einladen.

Beim Landesverband hatte es schon öfter Anlässe gegeben, die auch von überregionalen Zeitungen registriert wurden. Doch der heutige Tag schlug alles. Jeder namhafte Fernsehsender hatte einen Übertragungswagen aufgefahren, verschiedene Radiostationen waren da, außerdem alle bedeutenden Zeitungen. Alle waren angespannt. Holzmeier und Müller hätten sich statt dieser Konferenz lieber eine andere

Beschäftigung gewünscht. Doch was sollten sie machen, da mussten sie durch.

„So ein Sch …“, fluchte Holzmeier. „Meine Kollegen aus Kalkriese haben schon angerufen und nachgefragt, wann sie unsere Funde denn mal in Augenschein nehmen dürfen. Einige archäologische Institute haben diesen Wunsch ebenfalls geäußert. Lange kann ich die Kolleginnen und Kollegen nicht mehr zurückhalten, sonst stelle ich mich ins Abseits. Unser Berufsstand ist ein relativ kleiner in Deutschland. Man kennt sich und kooperiert. Wenn ich da jetzt aus der Reihe tanze, habe ich von den Kollegen auch nichts mehr zu erwarten.“

„Streuen Sie Gerüchte. Halten Sie den Kenntnisstand vage. Meinetwegen sagen Sie auch die Wahrheit. Natürlich informell und unter dem Siegel der Verschwiegenheit“, entgegnete ihr Müller. „Sie haben eben einen Tyrannen als Chef, der Ihnen mit der Drohung, Sie zu feuern, verboten hat, die Funde vorzuführen. Je abenteuerlicher die Gerüchte um die Rüstungsfunde sind, umso besser für uns. Ich nehme das auf meine Kappe.“

Die Bodendenkmalpflegerin blies sich eine imaginäre Haarsträhne aus der Stirn und sah durch einen Türspalt in den Saal.

„Dann wollen wir mal“, sagte Müller. Gemeinsam betraten sie den Raum. Er begrüßte die Anwesenden und gab ihr anschließend sofort das Wort. Sie hatte ein kurzes Referat vorbereitet, in dem sie von den Fundstücken berichtete, außerdem ging sie auf Art und Zeitpunkt der Funde ein sowie darauf, dass der Beginn der Grabungen vorangetrieben würde. Erst anschließend könne man Näheres sagen. Jetzt ginge es erst einmal darum, die Funde fachgerecht zu säubern und zu analysieren.

„Nicht einmal beim Ötzi gab es eine solche Geheimniskrämerei“, rief jemand aus dem Plenum.

„Das war auch ein Einzelfund“, entgegnete Müller. „Wenn sich unsere Vermutungen bestätigen, dann ist das, was da oben am Bielstein im Boden schlummert, das umfangreichste Zeugnis zur Varus-Schlacht überhaupt. Schon jetzt kann ich sagen, dass die in Kalkriese im Museum lagernden Funde eher die Hinterlassenschaften eines kleinen Hinterhaltes waren, den einige Germanen einer Gruppe von Römern bereitet hatten. Aber nach den hier gemachten Funden hat die Schlacht selbst in Lippe stattgefunden, und zwar am Bielstein. Das ist so sicher wie das Amen in der Kirche. Klar ist außerdem: wenn Sie morgen über dieses Ereignis berichten, graben übermorgen hunderte Hobbyhistoriker den lippischen Wald um. Wir haben das Gelände zwar weiträumig abgesperrt, aber wir werden alle Mühe haben, dem illegalen Treiben ein Ende zu setzen."

„Gibt es Fotos von den Funden?", kam die Frage.

„Alles zu seiner Zeit", entgegnete Müller. „Im Moment können wir Ihnen leider nicht mehr berichten. Die Pressekonferenz ist beendet!"

„Was soll diese Geheimniskrämerei?", rief jemand, und: „Bei Ihrer Informationspolitik ist es doch kein Wunder, dass die Leute in den Wald gehen werden, um sich selbst einen Überblick zu verschaffen!"

„Bitte Ruhe! Die Pressekonferenz ist beendet. Sobald wir mehr wissen, werden wir Sie es hören lassen."

Müller und Holzmeier verließen den Raum, ohne die aufgebrachten Journalisten weiter zu beachten.

## 14

„So, meine Herren!“, eröffnete Polizeidirektorin Bülow die Besprechung am Freitagmittag. „Der Obduktionsbericht liegt vor. An die Arbeit!“

Jupp Schulte zog die Augenbrauen hoch. Das klang ja, als hätten sie in der letzten Zeit nichts zu tun gehabt, dachte er, sagte aber nichts. Auch Wolf Muffen stutzte bei den Worten seiner Chefin. Seit Wochen hatte er es nicht geschafft, seine Überstunden abzubauen, im Gegenteil, sie waren ständig angewachsen. Anderen Vorgesetzten hätten die beiden diese Worte sicher nicht unwidersprochen durchgehen lassen. Margarete Bülow aber konnte sich so etwas erlauben, ihre polizeiliche Kompetenz und ihr Einfühlungsvermögen für die Belange ihrer Leute standen außer Zweifel. Und irgendwie mochten sie ihre Chefin auch. Schließlich hatte sich zumindest Schulte im letzten Jahr freiwillig unter ihre Regentschaft begeben. Bis dahin war er selbst Chef dieser Abteilung gewesen, hatte aber schnell festgestellt, dass die Abteilungsleitung ein reiner Schreibtischjob und daher nichts für ihn war, den alten „Streetfighter“. Er hatte Frau Bülow geradezu überredet, seine Position zu übernehmen, um selbst wieder in die eigentliche Ermittlungsarbeit zurückkehren zu können. Viele hatten damals hinter seinem Rücken getuschelt, hatten ihn für verrückt erklärt, ihm die Fähigkeit und das Format abgesprochen, Verantwortung zu übernehmen. Doch das alles war Schulte egal. Die Karriere interessierte ihn nicht. Die Arbeit musste Spaß machen. Und das machte sie für ihn nicht, wenn er hinter dem Schreibtisch Moos ansetzte.

„Im Bericht ist vermerkt, dass der Tod durch Genickbruch hervorgerufen wurde. Vorher gab es anscheinend einen Kampf, in dessen Verlauf das Opfer diverse Blessuren davongetragen hat. Tödlich waren diese Verletzungen nicht.

Der Mann muss im Zuge dieser Auseinandersetzung die Treppe hinuntergestürzt sein, darauf lassen die Prellungen im Rückenbereich schließen. Ein Unglück war es demnach nicht. Nein, da hat ein anderer kräftig nachgeholfen. Diese Person gilt es zu finden, meine Herren! Ach ja, Tatzeit war laut Bericht der frühe Sonntagabend. Den Befund der Spurensicherung habt ihr ja schon vernommen. Das Heimathaus ist ein Museum und wird von vielen Leuten besucht. Wir haben einfach zu viele Spuren, als dass sie uns zum Ziel führen könnten. Immerhin, es deutet nichts auf einen Einbruch hin. Da das Heimathaus sonntags um diese Zeit längst geschlossen hat, ist zu klären, wie jemand hineinkommen konnte, ohne Spuren zu hinterlassen. Mir fällt dazu nur ein Haustürschlüssel ein. So, und wie war Euer Tag?"

Wolf Muffen berichtete zuerst. Er hatte noch einmal mit den Osnabrücker Kollegen gesprochen. Der Tote hatte tatsächlich allein gelebt, ohne nahe Verwandte und als Inhaber eines kleines Im- und Exportgeschäftes in Osnabrück.

„Er hat anscheinend alles gekauft und wieder verkauft, angefangen von Spirituosen über Computer bis hin zu Autos. Reich ist er damit nicht geworden, seine Wohnung in der Osnabrücker Innenstadt ist verhältnismäßig klein. Liegt auch nicht gerade in bester Lage. Über seine finanziellen Verhältnisse kann ich nichts weiter sagen, das wird noch geprüft. Die Osnabrücker Kollegen kannten ihn durchaus. Man hat ihm zwar nie etwas nachweisen können, aber er hat zweimal in Verdacht gestanden, Hehlerware an den Mann gebracht zu haben. Na ja, vielleicht hat er ja doch 'ne Menge Geld gemacht und hat das immer schön im schwarzen Aktenkoffer nach Liechtenstein gebracht. Wer weiß das schon?"

„Gibt es Informationen über eine Beziehung? Zu einer Frau oder zu einem Mann? Soll ja auch vorkommen", fragte Bülow.

„Zumindest ist unseren Kollegen nichts bekannt. Der Mann war wohl ein Einzelgänger. Übrigens habe ich auch ein Foto von ihm, kam per Mail. Vielleicht müssen wir das ja bei einer Zeugenbefragung mal einsetzen."

„Genau!" Margarete Bülow gab damit das Wort an Schulte weiter. „Apropos Zeugen. Hast du schon was rausfinden können, Jupp?"

Schulte räusperte sich.

„Nichts von Bedeutung. Praktisch nichts über den Toten und noch viel weniger über den Täter. Es hatte zur Tatzeit äußerst heftig geregnet. Da war natürlich kein Mensch auf der Straße. Und so starker prasselnder Regen überdeckt ja auch viele andere Geräusche. So haben selbst die unmittelbaren Nachbarn des Heimathauses keine ungewöhnlichen Geräusche gehört. So gesehen war meine Befragungsaktion in Jöllenbeck ein Flop. Eine Person namens Kiebitz kannte auch keiner. Schade, dass ich zu dem Zeitpunkt noch kein Foto hatte, das hätte vielleicht geholfen. Vielleicht müssen wir die Tour doch noch mal machen, wenn wir nicht anderweitig etwas erfahren. Aber …", Schulte hob bedeutungsvoll die Stimme.

„Es hat sich ein älterer Mann bei uns gemeldet, der vielleicht eine wichtige Beobachtung gemacht hat. Wenn ich seine Angaben richtig interpretiere, ist er eventuell dem Täter begegnet."

„Ach was!", Muffen starrte ihn überrascht an. „Und das erzählst du erst jetzt?"

Schulte mimte den Unschuldigen.

„Was heißt erst jetzt? Der Mann hat sich vor gerade mal drei Stunden auf der Jöllenbecker Dienststelle gemeldet. Bis mich die Kollegen vor Ort informiert hatten, ich dann dorthin gefahren war und ihm alles aus der Nase gezogen hatte, ist noch mal 'ne Menge Zeit vergangen. Für so etwas haben wir doch unser Meeting. Wenn ich meine Informationen immer sofort weitergeben würde, wäre unsere Besprechung überflüssig. Dann könnten wir unsere wertvolle Zeit damit verbringen, Verbrecher zu …"

„Stopp!“, fuhr Margarete Bülow scharf dazwischen. „Jupp, ich kenne deine Ansichten zum Thema Besprechungen. Aber wir können das nicht Tag für Tag aufs Neue debattieren. Also, wer war der Mann, und was hatte er zu berichten?“

Schulte zuckte zusammen. Er wusste ja selbst, dass er eine Nervensäge war, einfach nicht in der Lage, sich nahtlos in den Polizeiapparat einzufügen. Hatte er tatsächlich den falschen Beruf gewählt? Oder war er schlicht nicht teamfähig? Immer stärker beschäftigte ihn in den letzten Jahren dieser beunruhigende Gedanke. War vielleicht gar nicht die Bürokratie das Problem, sondern er selbst? Zu seinen Zeiten als einfacher Ermittler in Detmold hatte er weitgehend freie Hand bei seiner Arbeit gehabt. Die gelegentliche Zusammenarbeit mit Maren Köster und Axel Braunert war reibungslos verlaufen – abgesehen von seinen sehr speziellen und erfolglosen Bemühungen um die Gunst seiner Kollegin. Die beiden hatten ihn so genommen wie er war – gelegentlich murrend, aber im Wesentlichen einverstanden. Auch ein autoritärer Chef wie Klaus Erpentrup hatte daran nichts ändern können. Im Gegenteil, der hatte die Drei eher noch zusammengeschweißt. Hier in Bielefeld war das alles anders. Sicher, Wolf Muffen war ein feiner Kerl, eigentlich mochte er ihn. Aber Muffen war ihm als Typ zu ähnlich. Die beiden Männer ergänzten sich nicht, sie standen sich durch ihre Ähnlichkeit im Wege. Eigentlich waren sie beide ausgemachte Eigenbrödler, die nun als Team funktionieren sollten. Die anderen Kollegen im Team spielten keine große Rolle. Muffen und Schulte waren die dominierenden Köpfe, aber eben auch Antipoden.

„Du hast ja Recht“, brummte Schulte etwas zerknirscht. „Also, der Mann heißt Hans-Otto Kupfer und ist neunundsechzig Jahre alt. Er wohnt nicht in Jöllenbeck, sondern in Theesen. Es ist reiner Zufall, dass er sich offenbar zur richtigen Zeit in der Nähe des Tatortes aufhielt. Er hatte seiner

Tochter und deren Familie, die einige Häuser rechts neben dem Heimathaus wohnen, einen Sonntag-Nachmittagsbesuch abgestattet. Sein Auto hatte er auf einem größeren Parkplatz links neben dem Heimathaus geparkt. Nun blieb ihm nichts anderes übrig, als trotz des heftigen Regens zu Fuß zum Parkplatz zu gehen. Als er gerade am Museum vorbeiging, sah er auf dem kleinen Platz rechts neben dem Heimathaus ein Auto stehen. Darin saß ein junger Mann, der laut Kupfer kreidebleich war und nach Atem rang. Kupfer klopfte an die Scheibe und fragte, ob er helfen könne. Erst hatte er den Eindruck, der junge Mann würde ohnmächtig, dann schien er sich wieder zu fangen. Er winkte ab und gab Kupfer zu verstehen, dass alles okay sei. Der alte Herr hat ihm zwar nicht geglaubt, war aber der Meinung, seine Bürgerpflicht getan zu haben und dann weitergegangen. Kann ich ihm nicht verdenken. Als er heute Morgen von dem Toten im Heimathaus in der Zeitung las, zählte er zwei und zwei zusammen und meldete sich bei der Polizei."

„Und wie schätzt du diese Information ein?", fragte Frau Bülow.

„Der alte Mann ist unbedingt glaubwürdig! Ich bin sicher, dass er eine wichtige Beobachtung gemacht hat. Ob es tatsächlich der Täter war oder ein anderer, der vielleicht mit Glück entkommen konnte, wissen wir noch nicht. Auf jeden Fall kann uns diese Person etwas über den Tathergang mitteilen. Wir müssen sie so schnell wie möglich finden. Die Beschreibung, die Kupfer uns von diesem Mann im Auto gegeben hat, ist ungenau, aber ich habe alles protokolliert. Könnt Ihr nachlesen!"

Es war nicht etwa eine Grobheit Schultes, seine blinde Chefin einzubeziehen. Das Protokoll bekam sie durch das interne Netz zugestellt, auf ihren speziellen, mit Blindenschrift ausgerüsteten PC.

„Demnach ist der Mann im Auto so um die vierzig Jahre alt, hat volles, hellblondes Haar und ein schmales Gesicht.

Dass er sehr blass war, kann an seinem Typ liegen, wird aber wohl eher durch die Ausnahmesituation hervorgerufen worden sein. Ach ja, es handelte sich um einen roten VW Golf mit lippischem Kennzeichen. Das war ihm aufgefallen. Mehr konnte Kupfer nicht aussagen. Immerhin besser als nichts!“

Eine Weile kreisten die sonderbarsten Vermutungen durch den Besprechungsraum. Dann bat Margarete Bülow wieder um Ruhe.

„Ich denke, unsere Aufgabe ist klar! Wir müssen diesen Mann finden, von dem wir zwar nicht viel, aber immerhin einiges wissen. Vor allem müssen wir schleunigst herausfinden, wer einen Schlüssel zum Museum besitzt und was der Verdächtige am Sonntagabend gemacht hat. Oder ob er seinen Schlüssel vielleicht verliehen hatte oder, oder …! Dann mal los!“

## 15

Der Detmolder Marktplatz war schon seit einigen Monaten eine Baustelle. Nach Meinung einiger Anwohner handelte es sich wohl eher um einen Abenteuerspielplatz für Baggerführer. Ganz gleich, ob Erlebnispark für Bauarbeiter oder Großbaustelle – eins war jedenfalls sicher: Die Baustelle verursachte Lärm und Dreck. So auch heute. Eine Ramme trieb Metallpfeiler in den Boden. Durch dieses Geräusch erheblich gestört, ging der Bürgermeister zum Fenster und schloss es, um wenigstens in einer etwas leiseren Umgebung arbeiten zu können.

Da soll noch mal einer sagen, dass die Politiker und die Verwaltung nicht auch die Konsequenzen ihrer Entscheidungen zu tragen hätten, dachte er, wenig amüsiert. Schließlich war er einer der Hauptleidtragenden des von ihm und seiner Partei einst forcierten Projektes Marktplatzsanierung. Erst mussten er und seine Parteikollegen die Prügel einstecken, weil der Stadtrat das Fällen der dort stehenden Platanen beschlossen hatte. Nur ein Kompromiss hatte größeren politischen Schaden verhindert. Ein paar Bäume durften stehen bleiben. Und jetzt dieser permanente Baustellenlärm. Wie sollte man in einer solchen Umgebung vernünftig arbeiten?

Genervt setzte sich der Bürgermeister wieder an den Schreibtisch und zündete sich trotz des Rauchverbotes in allen öffentlichen Gebäuden eine Zigarette an. Genüsslich inhalierte er den Rauch. Die Gedanken an die Baustelle auf dem Marktplatz hatten ihn aus dem Tritt gebracht. Es fiel ihm schwer, sich wieder in seine Vorlage zu vertiefen. Da kam ihm die Störung durch seine Sekretärin gerade recht, die die Tür einen Spalt breit öffnete. Genau so weit, dass sie ihren Kopf ins Büro des Stadtoberhauptes stecken und sagen konnte: „Hier ist ein Mann, der heißt Osama Bin Laden oder so ähnlich. Er will Ihnen ein Geschäft vorschlagen und lässt sich von mir nicht abwimmeln."

Der Bürgermeister spielte erst den Genervten und dann den Großzügigen.

„Na, da will ich mir mal fünf Minuten Zeit nehmen und Sie von dem Störenfried erlösen. Schicken Sie den Mann mal rein. Aber wenn der wirklich Osama Bin Laden heißt, untersuchen Sie ihn erst auf Waffen", lachte er über seinen Witz. Die Sekretärin verstand ihn jedoch nicht. Sie sah ihn fragend an. Ihr Chef winkte ab, als er das Unverständnis registrierte und sagte: „Soll einfach herein kommen."

Eine Minute später stand ein elegant gekleideter, gut aussehender, orientalisch wirkender Mann im Büro des Detmolder Stadtoberhauptes.

„Raschid Bin Said", stellte sich der Mann vor. „Ich bin der Manager des Hotels Burj Al Arab in Dubai und Sohn von Scheich Ben Hur Bin Said. Wie Sie vielleicht gehört oder gelesen haben, planen mein Vater und mein Onkel Reza Bin Omar einen Skulpturenpark in der Umgebung des Hotels

Burj Al Arab. Sie haben die Absicht, die bedeutendsten Skulpturen und Denkmäler dieser Erde in diesem Park aufzustellen.

„Eine interessante Idee", entgegnete der Bürgermeister höflich. „Nur im Moment kann ich noch nicht ganz nachvollziehen, warum Sie mich deshalb aufsuchen?"

„Ganz einfach, mein Vater und mein Onkel sind der Meinung, dass das Hermannsdenkmal ein wichtiger Bestandteil des Skulpturenpark werden soll."

„Das Denkmal wird nicht von der Stadt Detmold verwaltet, sondern vom Landesverband. Aber ich sehe da keine großen Schwierigkeiten. Es existieren meines Wissens genügend Pläne, um eine Kopie der Figur und des Sockels anzufertigen."

„Sie haben mich nicht richtig verstanden", entgegnete der Araber. „Meine Familie will das Original."

Der Bürgermeister pfiff durch die Zähne. Er stieß ein freudloses Lachen aus. „Ich kann mir nicht vorstellen, dass Ihnen dieses Vorhaben gelingen wird. Den Hermann zu verkaufen, wäre ein politischer Skandal. Selbst wenn Sie dem Landesverband viel Geld bieten würden, würden sich weder Vorsteher noch Landrat in der Lage sehen, das Denkmal zu verkaufen. Ich glaube, der Volkszorn wäre so groß, dass der für den Verkauf Verantwortliche bestimmt seine lippische Heimat verlassen müsste."

„Ich glaube, es ist alles eine Frage des Geldes sowie der Art und Weise, wie man ein Geschäft miteinander abschließt. Würden Sie mir bitte einen Kontakt zum Landesverband herstellen? Sie können sich gar nicht vorstellen, wie schwierig es in Ihrem Lande für einen Araber ist, die Vorzimmerdamen von Bürgermeistern und Ministern hinter sich zu lassen."

Der Detmolder Verwaltungschef erfüllte ihm diesen Wunsch und griff sofort zum Telefonhörer. Keine zehn Minuten später war der Termin gemacht.

„Passt Ihnen Montag um zehn Uhr dreißig?"

## 16

„Wir haben ihn“, rief Muffen in den Raum. In einer Lautstärke, die die Phonzahl eines jeden Heavy-Metal-Konzerts in den Schatten gestellt hätte. Schulte hatte sich schon oft gefragt, ob Muffens musikalische Vorliebe bereits Hörschäden hervorgerufen haben mochte. Zumindest war seine Redelautstärke stets derart hoch, dass seine Gesprächspartner genervt die Augenbrauen hochzogen. Im Kollegenkreis war er aber durchaus beliebt. Er war ein meist gut gelaunter und fairer Kollege. Wäre da nur nicht immer dieser Lärm!

„Wen habt ihr?“, brummte Schulte, der wie fast immer in den letzten Tagen still und leicht reizbar war.

Wolf Muffen ließ sich von Schultes kurz angebundener Art nicht die Laune verderben.

„Den Mann, der aus dem Jöllenbecker Heimathaus geflüchtet ist! Der, den unser Zeuge gesehen hat.“

„Aha“, mehr schien Schulte dazu nicht einzufallen.

„Mein Gott, deine Euphorie ist ja mitreißend“, spottete Muffen. „Was ist passiert? Geht‘s dir nicht gut?“

Schulte drehte sich demonstrativ wieder zu seinem Bildschirm.

„Alles okay! Bin nur etwas überlastet!“

Muffen betrachtete seinen Kollegen skeptisch von hinten. Ihr Verhältnis war kollegial und sachlich. Privates kam nicht vor. Und so sollte es auch bleiben. Keiner von ihnen wollte es anders haben. Daher schluckte Muffen einfach herunter, was er eigentlich dachte und setzte sich an seinen Arbeitsplatz.

„Also, wir haben ihn natürlich noch nicht. Nicht körperlich. Aber wir wissen, wer es war. Das ist doch immerhin ein Anfang, oder?“

Aus Schultes Brummen konnte ein gutwilliger Zuhörer durchaus so etwas wie Zustimmung heraushören, wirklich eindeutig war es jedoch nicht.

„Wenn es dich nicht interessiert“, keifte Muffen nun zurück, „dann schreibe ich jetzt einfach alles auf und du kannst es demnächst mal nachlesen, wenn du wieder besser drauf bist. Wir wollen ja niemanden überlasten. Okay?“

„Schon gut, sorry“, murmelte Schulte leise. „Natürlich interessiert es mich. Leg mal los!“

„Es war eigentlich ganz einfach. Reine Routinesache. Ich habe direkt nach unserer Besprechung heute Mittag mit den Betreibern des Heimathauses in Jöllenbeck gesprochen. Es ist ja nichts anderes als ein Heimatmuseum und Bürgertreffpunkt, nur eben als Verein organisiert. Da jeder Verein einen Vorstand hat, war es nicht schwer, an die richtigen Leute heranzukommen. Die sind natürlich alle schwer schockiert, dass in ihrer Heimatidylle so was passieren konnte. Mit der Person des Toten konnte aber keiner von ihnen etwas anfangen. Auf meine Frage, wer denn zu diesem Zeitpunkt wohl in dem Museum gewesen sein könnte, kamen allerdings recht konkrete Hinweise. Einer davon brachte uns dann weiter. Der Verein beschäftigt vorübergehend für eine ganz spezielle Forschungsaufgabe einen Historiker. Beschäftigt ist ein wenig übertrieben, denn der arme Kerl erhält für seine Arbeit kein Geld, denn das hat der Verein natürlich nicht. Der Lohn für sein Wirken soll darin bestehen, dass er nach Beendigung der Forschung als Autor des Buches auftritt.“

Wieder brummte Schulte unwirsch.

„Für den Lohn würde ich morgens nicht mal aufstehen!“

„Ich auch nicht, Jupp! Das kannste mir glauben“, lachte Muffen. „Aber ich bin ja auch kein Historiker. Vielleicht sind die aus einem ganz besonderen Holz und extrem leidensfähig. Wie auch immer, ich habe mir die Beschreibung des Flüchtenden vorgenommen und sie den Herren vom Vorstand vorgelegt. Alle drei haben sich ohne Zögern darauf geeinigt, dass es sich hierbei nur um den Historiker handeln kann. Außerdem ist dieser Mann seitdem nicht mehr im

Heimathaus gesehen worden. Das muss nichts bedeuten, da er ja kein festes Arbeitsverhältnis dort hatte. Er kann kommen und gehen, wie und wann es ihm beliebt. Eigentlich hat er dort immer sehr regelmäßig gearbeitet. Seit Mittwochabend ist er aber nicht mehr aufgetaucht."

„Hat dieser geheimnisvolle Unbekannte auch einen Namen?"

Muffen nickte.

„Hat er. Er heißt Peter Korbmacher, ist zweiundvierzig Jahre alt, von Beruf Historiker. Hat übrigens auch einen richtigen Job, und zwar in Kalkriese, im Museum zur Varus-Schlacht. Er gehört dort zu einer Gruppe von Fachleuten, die im nächsten Jahr die Aktionen zur Zweitausendjahrfeier der Varus-Schlacht wissenschaftlich begleiten. Korbmacher wohnt übrigens bei dir in der Nähe, in Lage. Er …"

„Was?", rief Schulte verblüfft. „Er ist Lipper und arbeitet für Kalkriese? Für die Konkurrenz? So ein Verräter!"

Der Bielefelder Muffen hatte nicht die geringste Ahnung, wovon Schulte sprach. Er wusste nichts über den erbitterten Kampf um den Austragungsort der legendären Varus-Schlacht, die im Jahre neun nach Christus stattgefunden hatte und deren zweitausendjähriges Jubiläum man im ganz großen Stil im kommenden Jahr – also 2009 – feiern würde. Dass gefeiert würde, war keine Frage. Heftig umstritten war aber nach wie vor, wo die Feierlichkeiten berechtigterweise stattfinden durften. Schulte klärte seinen Kollegen mit knappen Worten über diese Zusammenhänge auf. Muffen zog gelangweilt die Augenbrauen hoch. Für ihn wäre es eine mittelschwere Katastrophe, wenn Arminia Bielefeld am Ende dieser Saison absteigen würde. Aber es berührte ihn überhaupt nicht, ob sich vor zweitausend Jahren Germanen und Römer hier oder dort verprügelt hatten.

„Ihr Landeier habt vielleicht Sorgen", stänkerte er. „Hier geht es jetzt um Mord. Also, ich habe sofort deine alten Kollegen in Detmold angerufen und sie gebeten, die Adresse in

Lage mal zu checken. Gesprochen habe ich mit einem jungen Mann, den ich noch nicht kannte. Hartel hieß der. Sagt dir der Name was?“

Schulte stöhnte auf.

„Und ob ich den kenne! Jung, brennt vor Ehrgeiz. Ein Schleimer und Korinthenkacker, wie er im Buche steht. Was hat er gesagt?“

„Erstmal hat er mir mitgeteilt, ich solle etwas leiser sprechen. Ich hätte doch schließlich ein Telefon, das wäre extra dafür erfunden worden, große Entfernungen auch mit normaler Stimme zu überbrücken. So eine Unverschämtheit habe ich lange nicht gehört! Was ist denn das für ein Stinkstiefel?“

Schulte lachte bitter.

„Das ist der Lieblingsbeamte von Erpentrup, dem Detmolder Chef. Zu Hartels Entschuldigung kann man nur anbringen, dass er in Düsseldorf aufgewachsen ist, da wird man leicht ein wenig arrogant.“

Das schien Muffen nicht zu überzeugen.

„Na ja. Auf jeden Fall hat dieser Hartel zugesagt, sich sofort auf den Weg nach Lage zu machen. Er hat auch bereits nach einer halben Stunde zurückgerufen und mir in wohlgesetzten Worten mitgeteilt, dass ich erst mit seinem Chef sprechen solle, wenn ich das nächste Mal das Bedürfnis hätte, einen Kollegen von seiner Arbeit abzuhalten. Er jedenfalls würde nicht mehr so kollegial sein und seine Zeit für mich verschwenden. Außerdem wolle er mir mitteilen, dass er unter Korbmachers Adresse niemanden angetroffen habe. In dessen Briefkasten stecke aber die Tageszeitung von gestern und heute, so dass Korbmacher also vermutlich schon seit zwei Tagen nicht mehr im Haus gewesen sei – So ein Kotzbrocken!“

Schulte fragte grinsend:

„War er denn wenigstens so clever, in Korbmachers Nachbarschaft etwas herumzuschnüffeln?“

„Das habe ich ihn auch gefragt. Weißt du, was er mir darauf geantwortet hat? Es wäre das gute Recht eines jeden Bürgers, mal zwei Tage nicht nach Hause zu kommen. Wenn wir daraus eine große Sache machen wollten, sei das unsere Sache. Er würde sich daran nur beteiligen, wenn sein Chef ihn ausdrücklich dazu anweisen würde. Was sagst du dazu?“

„Nichts! Dazu fällt mir auch nichts mehr ein“, lachte Schulte, wurde dann aber schnell sehr ernst. „Pass auf, das ziehen wir jetzt knallhart durch. Ich spreche sofort mit Margarete Bülow. Die wird dem feinen Polizeioberrat Erpentrup in Detmold schon den Marsch blasen. Der soll umgehend dafür sorgen, dass wir Klarheit in Bezug auf diesen Herrn Korbmacher bekommen. Heute noch! Die Zuständigkeit der Detmolder steht außer Frage. Die können sich da nicht einfach mit flotten Sprüchen raushalten. Diesen Klugscheißer Hartel muss doch mal einer auf den Topf setzen! Wir sind doch hier nicht im Kindergarten!“

Erstaunt registrierte Wolf Muffen, dass Schulte, der doch eben noch diesem Thema völlig gleichgültig gegenüber gestanden hatte, plötzlich zu großer Form auflief.

## 17

Nachdem Jupp Schulte mit Margarete Bülow gesprochen und noch eine Stunde lang Akten gewälzt hatte, konnte er sich endlich in den Feierabend verabschieden. Das Gespräch mit seiner Vorgesetzten war für ihn durchaus erfolgreich gewesen. Margarete Bülow hatte keine Sekunde gefackelt und sofort in Detmold angerufen. Offenbar hatte Klaus Erpentrup – der dortige Chef – strammgestanden, denn sie war bester Laune, als sie auflegte. Damit war auch Schulte zufrieden.

Nun saß er in seinem alten Volvo-Kombi, der in seinem früheren Autoleben als Leichenwagen unterwegs gewesen war. Schulte hatte ihn billig erworben und sich seitdem einen Spaß daraus gemacht, dass die in der Heckscheibe eingravierten Palmwedel nach wie vor Zeugnis ablegten, welcher Art die Transporte dieses Fahrzeuges früher gewesen waren. Er könne später einmal in seinem eigenen Leichenwagen zum Friedhof fahren, wo man ihn dann nur noch rauszerren und ins Loch werfen müsse, erzählte er oft, wenn wieder einmal jemand mit sichtbarem Unbehagen zu ihm ins Auto gestiegen war. Das entspräche doch durchaus der lippischen Neigung zur Sparsamkeit und zum Understatement, fand Schulte.

Er freute sich auf den Feierabend, öffnete in Gedanken schon die erste Flasche Bier und dachte daran, welche Musik er zu Hause laut aufdrehen würde. Dann fiel es ihm wieder ein: Diese herrlichen, unbeschwerten Zeiten waren ja erst einmal vorbei!

Er war neuerdings weder allein noch der Herr im Haus. Es war erst der dritte Tag mit seinen beiden Untermietern, aber Schultes Belastungsfähigkeit war bereits restlos ausgereizt. Die Vorfreude auf den Feierabend wurde ersetzt durch die Erwartung von Kindergeschrei, von überall herumstehenden Babyflaschen, Klamotten, vollen Pampers und so weiter. Wieder würde er den ganzen Abend lang versuchen, möglichst kein Geräusch zu machen. Ina mahnte ihn zwar ständig, sich völlig normal zu benehmen, da der Kleine sich daran gewöhnen müsse. Aber das war die Theorie. In der Praxis brauchte Schulte nur mal leise zu rülpsen, um seinen Enkel aufzuwecken. Linus begann dann auf eine Art und Weise zu schreien, die bei Schulte stets eine Gänsehaut hervorrief. Bei seinen eigenen Kindern war er glücklicherweise davon verschont geblieben. Inas Mutter hatte er damals zwar geheiratet, aber bereits zum Zeitpunkt von Inas Geburt war die Ehe so zerrüttet, dass Schulte ausziehen musste. Und nun fand er sich für die Kleinkind-Phase mindestens fünfzehn Jahre zu alt.

Es war der erste einigermaßen warme Tag in diesem noch jungen Frühling gewesen und selbst um halb sieben, als Schulte auf den Hofplatz fuhr, war es draußen noch angenehm.

Ina saß auf der kleinen Bank vor Schultes Wohnung, den Kleinen auf dem Schoß schaukelnd. Beide waren warm angezogen und genossen die Reste der Abendsonne. Schulte parkte seinen Leichenwagen und begrüßte die beiden. Er begann langsam, seine Tochter zu mögen, die er ja eigentlich jetzt erst kennen lernte. Eigentlich war ja auch der Kleine ganz süß, wenn er nicht gerade stank oder schrie oder beides gleichzeitig.

„Gut, dass du endlich kommst“, begrüßte ihn Ina. Dieses „endlich“ bezog sich jedoch nicht, wie Jupp für eine Sekunde hoffnungsvoll angenommen hatte, darauf, dass auf dem Herd ein wunderbares Abendessen stand und bei weiterer Verspätung zu verschmoren drohte, sondern auf was ganz anderes.

„Ich muss nämlich sofort los!“, zerrupfte sie unbarmherzig seine Illusionen. „Du hast doch heute Abend nichts vor, oder?“

Nein, natürlich hatte er nichts vor, aber sein Instinkt warnte ihn davor, dies einfach so einzugestehen.

„Was willst du denn machen?“, fragte er voll böser Vorahnung. Doch dann kam auch ein kleiner Hoffnungsschimmer: „Willst du mit dem Kleinen wegfahren?“

Ina lachte.

„Nein! Linus bleibt hier. Aber ich habe mich verabredet. Ich treffe mich mit einer Freundin aus meiner Schulzeit. Aus meiner Paderborner Schulzeit. Wir treffen uns in Detmold. Gleich, um acht Uhr. Du kannst doch auf Linus aufpassen, oder? Ich mache ihn noch fertig und bringe ihn auch ins Bett, keine Sorge. Machen brauchst du eigentlich nichts. Und falls er wirklich mal aufwachen sollte, was ich aber nicht glaube, dann gibst du ihm einfach die Flasche. Die stelle ich dir fix und fertig hin. Überhaupt kein Problem. Du kannst dir trotzdem einen schönen, gemütlichen Abend machen.“

Noch bevor Schulte dazu etwas sagen konnte, ging Ina mit dem Kind in die Wohnung. Schulte trottete hinterher. Von einem vorbereiteten Abendessen konnte natürlich keine Rede sein. Im Gegenteil! Seine Küche hätte schon vor Inas Einzug jeden ordentlichen Menschen in Schreckensstarre fallen lassen. Aber Inas Einfluss hatte das Problem potenziert. Ein Abendessen zu bereiten, wäre in diesem Chaos überhaupt nicht möglich. Warum hatte sie nur alle schlechten Eigenschaften von ihm geerbt? Hätte sie nicht ein wenig ihrer beinah auf den Tag gleichaltrigen Schwester ähneln können? Wehmütig dachte Jupp an das Jahr zurück, als Lena hier vorübergehend gewohnt hatte. Damals war er schon empört gewesen, weil sie plötzlich angefangen hatte, Struktur in sein Chaos zu bringen. Er schüttelte verständnislos den Kopf. Gern würde er sich nun diesem Problem gegenüber sehen. Damals hatte tatsächlich häufig ein leckeres Abendessen auf dem Herd gestanden.

Na ja, man muss jeden Menschen nehmen wie er ist, versuchte sich Schulte zu trösten. Seinen sauer verdienten Feierabend mit Aufräumen, Putzen und Kochen zu verplempern, fiel ihm natürlich auch nicht ein. Wenn Ina weg war und der Kleine schlief, würde er sich eine Pizza kommen lassen, beschloss er. Bis dahin musste er eben durchhalten. Vielleicht würde Fritzmeier rüberkommen und sie könnten bei einem Bier gemütlich plaudern, wenn auch mit leiser Stimme. Schultes Hund Monster fand es offenbar trotz allem wohnlich bei ihm, denn er hatte sich behaglich vor dem Heizkörper zusammengerollt und schnarchte.

Um viertel vor Acht wurde es für Ina höchste Zeit, loszukommen. Sie hatte nur das Allernötigste geschafft. Linus hatte zu essen bekommen, aber eine zusammengerollte, beschmutzte Pampers lag auf Schultes Sofa, diverse verklebte Tücher und Babyklamotten waren wüst verstreut. Baby Linus lag zwar im Bett, schrie aber wie am Spieß.

„Er ist total müde, der schläft gleich ein, keine Sorge! Das dauert nicht mehr lange. Seine Flasche steht im Kühlschrank, die muss dann nur noch in den Flaschenwärmer gestellt werden. Alles kein Problem, du wirst sehen. Wenn was ist, kannst du mich ja auf dem Handy erreichen. Ach übrigens: Kann ich dein Auto haben? Danke! Du schaffst das schon!“ Sie gab ihm einen Kuss auf die Wange und weg war sie. Schulte stand allein in diesem Chaos, im Nebenzimmer ein schreiendes Kleinkind. Der Hund war aufgewacht und blickte missmutig Richtung Lärmquelle.

Er ging sofort zum Telefon und orderte eine Pizza. Bis die da ist, schläft der Kleine tief und fest, hoffte er. Dann öffnete er eine Flasche Bier und stellte sie auf dem völlig vermüllten Küchentisch ab. Linus schrie weiterhin aus Leibeskräften, als wollte er seinem Opa zeigen, was für ein strammer Bengel er doch war. Fünf Minuten hielt Schulte durch, versuchte, das Geschrei zu überhören und sich ganz auf sein Bier zu konzentrieren. Dann gab er auf. Er ging ins Nebenzimmer. Linus gab noch ein paar Dezibel dazu, als Schulte die Tür öffnete und eintrat. Was tun? Es war ja nicht nur die

Tatsache, dass die Schreierei ihm auf die Nerven ging, er machte sich auch ernsthaft Sorgen um das Kind. Der Bengel hatte ja eventuell einen Grund zum Schreien. Hunger? Durst? Für Schulte beides nachvollziehbare Motive. Aber er war doch eben erst gefüttert worden. Tat ihm vielleicht etwas weh? Hatte er Angst, so allein mit diesem fast noch unbekannten Opa? Schulte stöhnte. Wie sollte er das rausfinden? Er trat an das Kinderbett und schaute mit einer Mischung aus Mitgefühl und innerer Abwehr auf das schreiende Kind. Dann überwand er seine Scheu und hob den Kleinen aus dem Bett. Augenblicklich endete das Geschrei! Linus grinste ihn ruhig und zufrieden an, als sei die Welt ein Hort reiner Freude. Prima, dachte Schulte und legte ihn zurück ins Bett. Sofort begann wieder das durch Mark und Bein gehende Schreien! Der arme Hauptkommissar wusste sich natürlich keinen besseren Rat, als seinen Enkel erneut auf dem Arm zu schaukeln. Wie ein Eiskunstläufer drehte er Pirouetten durch Wohnzimmer und Küche. Der Junge war offenbar begeistert von seinem Opa. Dann entdeckte er den großen, schwarzen Hund und wollte untersuchen, was Monster dazu brachte, sich winselnd in Sicherheit zu bringen.

Das Klingeln an der Haustür brachte ihn wieder in die Realität zurück. Besuch? Um Himmels Willen, wer konnte denn jetzt zu Besuch kommen? In diesem Augenblick, in diesem Zustand! Langsam ging er, nach wie vor Linus auf dem Arm, an die Wohnungstür und öffnete sie. Der Hund nutzte die Gunst der Stunde und schoss wie ein Blitz nach draußen. Der zu Tode erschrockene Pizzabote ließ beinah die flache Pappschachtel fallen. Er strahlte erst wieder, als er das fröhlich lachende Kind sah. Auf der Suche nach seinem Geld legte Jupp seinen Enkel kurz auf dem Sofa ab, was dieser offenbar so empörend fand, dass er wieder anfing zu schreien, als ginge es um Leben und Tod.

In dem Moment, als der Pizzabote ihm mit mitleidiger Miene das Wechselgeld in die Hand drücken wollte, fiel

Linus mit einem lauten Plumps vom Sofa. Da er ja auch schon vorher gebrüllt hatte, fiel es nicht weiter auf, dass er jetzt einfach weiter brüllte. Schulte erschrak dennoch so fürchterlich, dass er beinahe die Pizza fallen ließ. Er schaffte es gerade noch, die heiße Pappschachtel auf einem Stuhl abzulegen und widmete sich wieder dem schreienden Linus. Wieder das bekannte Phänomen. Kaum war der Bengel auf seinen Armen, war die Welt wieder in Ordnung. Okay, war ja alles besser als diese Schreierei. Doch wie sollte Schulte nun seine Pizza essen, mit Kind auf dem Arm?

Er setzte sich an den Tisch und packte die Pizza aus, Baby Linus immer auf seinem Schoß. Linus war natürlich so begeistert von der Farbenpracht, dass er mit der flachen Hand darauf patschte. Das Ergebnis: Kräftiges Brüllen, weil er sich verbrannt hatte. Schulte hielt die Kinderhand an die noch kühle Bierflasche und der Kleine beruhigte sich langsam. Dann schaffte es Jupp tatsächlich, in aller Eile eine halbe Pizza ohne weitere Zwischenfälle zu vertilgen, immer beobachtet von Linus, der sich über den guten Appetit seines Opas zu freuen schien. Als er dann aber fröhlich nach Schultes Bierflasche grapschte, nahm das Unheil seinen Lauf. Mit einem dumpfen Geräusch fiel der edle Gerstensaft um. Es wäre nicht mal so schade um das schöne Bier gewesen, denn die Flasche war ja nur noch halbvoll. Aber auch eine halbvolle Flasche Bier kann, wenn man sie sorgfältig über eine Pizza verteilt, diese restlos versauen. Schultes wollte gerade vor Wut laut aufschreien, bemerkte dann aber, wie glücklich sein Enkel über die gelungene Pizzabewässerungsaktion war. Er resignierte. Linus lachte und hatte Spaß. Er patschte immer wieder mit der Hand in die matschige Pizza und fand dies sehr unterhaltsam.

Wieder klingelte es.

Wer war das denn schon wieder? Schulte klemmte sich seinen Enkel unter den linken Arm und ging zur Tür. Von draußen grinste ihn Anton Fritzmeier an.

„Hallo Jupp! Komm mit, wir…“, die Begrüßung blieb dem fidelen Greis im Halse stecken, als er das Kind auf Schultes Arm und im Hintergrund das schier unglaubliche Küchenchaos sah.

„Was iss denn bei dir los?“, fragte er zögernd. „Hat ’ne Bombe eingeschlagen?“

Schulte schaute über die Schulter zurück.

„Ja, sieht so aus.“

Dann klärte er Fritzmeier auf, der sich Mühe gab, nicht schadenfroh zu lachen, dann aber meinte:

„Schade! Ich wollte dich eigentlich einladen. Kogge chibt einen aus und hat ’nen Kasten Bier kalt gestellt. Iss ja schade, aber so kannse wohl nicht kommen, oder?“

„Wieso gibt Kogge denn einen aus? Seit wann hat der Geld übrig?“, fragte Schulte.

„Weisse datt denn nich? Der zieht doch aus, nächste Woche. Und chetz chibt er ’nen Ausstand. Iss doch voll in Ordnung, oder? Also, kommsse chetz oder nich?“

„Ja, aber …“, Schulte stammelte. Nichts würde er lieber tun, als nun sein ganzes Chaos im Stich zu lassen, zu Kogge rüber zu gehen und in gemütlicher Männerrunde einen Kasten Bier niederzumachen. Erst wollte er, mit Hinweis auf seine Situation, bedauernd absagen. Dann fiel ihm ein, dass der Kleine ja nett und friedlich war, wenn man sich um ihn kümmerte. Warum ihn also nicht einfach mitnehmen? Gesagt, getan. Kurz darauf saßen vier Männer, einer davon schon über achtzig, einer gerade mal zehn Monate alt, in Kogges kleiner Wohnung und hatten Spaß. Es dauerte nicht lange und Linus lag friedlich schlummernd auf Kogges Sofa, während die Erwachsenen lauthals lärmten.

Zum Glück war die letzte Flasche bereits getrunken, als kurz nach Mitternacht Ina zur Tür herein stürzte.

„Hier seid ihr! Ich habe einen Todschrecken gekriegt. Die Wohnungstür steht auf, keiner zu Hause! Das kannst du doch nicht machen. Linus braucht doch seinen Schlaf!“

Schulte grinste mittelschwer angesäuselt, als Ina ihren schlafenden Sohn vorsichtig vom Sofa hob.

„Mach dir um den Bengel mal keine Sorgen, Ina. Er ist total zufrieden. Der weiß 'ne ordentliche Männerrunde zu schätzen. So, jetzt muss ich aber auch ins Bett. War doch 'n richtig netter Abend, muss ich schon sagen!"

## 18

Anton Fritzmeier fiel es nicht leicht, sich an Schultes zweite Tochter zu gewöhnen. An die Tochter, die zuerst hier gewohnt hatte, an Lena, hatte er nur gute Erinnerungen. Ein feines Mädchen! Lena hatte es verstanden, mit ihrer natürlichen und frischen, aber auch zuvorkommenden und freundlichen Art den alten Landwirt für sich einzunehmen. Fritzmeier hatte sie geschätzt, als wäre sie seine Enkelin. Aber nun, mit Ina, klappte das nicht so. Wie die schon herumlief! Immer in diesen schrillen Klamotten. Sicher, wenn sie gerade gute Laune hatte, dann war sie auch höflich. Aber wehe, wenn nicht. Dann brachte sie es fertig, über den Fritzmeierschen Hof zu laufen, ohne links und rechts zu gucken. Vom Grüßen ganz zu schweigen. Das konnte ein Anton Fritzmeier nicht vertragen. Und dass Ina ein Kind hatte, aber keinen Mann, auch das war ihm nicht geheuer. Zu seiner Zeit hätte so was ernste gesellschaftliche Konsequenzen gehabt. Wäre sie nicht die Tochter von Jupp Schulte, der ihm in den letzten Jahren nicht nur ein zuverlässiger Mieter, sondern auch ein guter Freund geworden war, dann würde er sie keinen Tag länger auf seinem Hof wohnen lassen, sagte er sich. Und nun musste er mit ansehen, wie eben dieser Schulte unter der Wohnsituation litt. Er kannte seinen Mieter gut und wusste, dass Schulte für diese Art von Familienleben nicht geschaffen war. Lange hielt der das nicht mehr aus. Fritzmeier machte sich Sorgen.

Dabei hatte er eigentlich dazu überhaupt keine Zeit. An diesem Samstag war sein Terminkalender rappelvoll. Gegen Mittag würde sein langjähriger Mieter Alexander Kogge endgültig ausziehen. Und für den Abend hatte sich seine Urlaubsbekanntschaft Elvira Kaufmann aus Bad Salzuflen angesagt. Sie wollte mit ihm ins Detmolder Landestheater. Irgendwas mit Tanzen, hatte sie gesagt. Den Namen des Stückes hatte er vergessen, irgendwas wie Ententeich, Gänsetümpel oder Schwanensee oder so. *Scheikowski* sollte der Mann heißen, der die Musik gemacht hatte. Den kannte Fritzmeier natürlich. Schließlich hatte es von 1963 bis 1968 einen Trainer des FC Bayern München mit diesem Namen gegeben. Er hatte auch einen drolligen Vornamen, nämlich Tschik. Das musste der sein, so oft kam dieser Name in Deutschland schließlich nicht vor. Ja, mit Fußball kannte Anton Fritzmeier sich aus. Da machte ihm keiner was vor. Dass dieser Mann auch Musik gemacht hatte, war ihm allerdings neu. Aber Ballett und Fußball, dass passte ja irgendwie ganz gut zusammen, fand Fritzmeier.

Vor Kogges Tür stand bereits ein Mercedes Sprinter. Größer musste ein Transporter nicht sein, um seine Besitztümer aufzunehmen. Der junge Mann hatte nichts besessen, als er hier eingezogen war und hatte es nie für nötig befunden, sich mit Einrichtungsgegenständen zu belasten. Diese Wohnung sei sowieso nur eine kurze Zwischenlösung, hatte er immer gesagt. Aus der kurzen Zwischenlösung waren immerhin vier volle Jahre geworden. Aber nun war endgültig Schluss. Kogge hatte nach langer Wartezeit endlich eine feste Anstellung bei einer Tageszeitung in Osnabrück gefunden. Fritzmeier ging nun rüber zu Kogges Wohnung, um bei Bedarf noch etwas zu helfen. Schwer tragen konnte er ja nicht mehr, aber kluge Ratschläge geben, das schaffte er immer noch.

Zu seinem Erstaunen sah Fritzmeier, dass Kogge eine fleißige Helferin hatte. Ina Schulte hatte ihr Kind wieder dem

Opa überlassen und fasste kräftig mit an. Dass Ina richtig körperlich arbeiten konnte, hätte Fritzmeier nicht für möglich gehalten. Sie stellte sich nicht einmal ungeschickt an. Ganz im Gegensatz zu Kogge, der sich bei der Arbeit derart dusselig anstellte, dass Fritzmeier sich nur vom Zusehen schon ganz elend fühlte. Es dauerte nicht lange und Ina übernahm das Kommando. Kogge fügte sich ohne Widerworte. Fritzmeiers negatives Bild der jungen Frau bekam erste Risse.

Da seine Hilfe offenbar nicht erforderlich war, trottete er weiter zu Schultes Wohnung. Der saß auf seinem Sofa und schaukelte seinen Enkel auf dem Schoß. Das hielt den Kleinen aber nicht davon ab, wütend zu krähen.

„Du muss ihm auch was vorsingen, Jupp", plapperte Fritzmeier schadenfroh. „Heile, heile Chänsken oder so. Happich früher mit mein Bengel auch immer chemacht. Meist war er dann auch ruhig."

„Ja, weil er von deinem Gesang so eingeschüchtert war. Kein Wunder", gab Schulte missmutig zurück. Eine kleine Weile sprach keiner der beiden Männer, nur Linus plärrte unverdrossen.

„Dass ein Mann im besten Alter mit so was seine Zeit verplempern muss", brummte Schulte dann. „Ich könnte sonst was machen, große Dinge tun. Stattdessen sitze ich hier herum und lasse mir die Ohren voll schreien."

„Sei doch froh! Besser hier auffem Sofa sitzen als nebenan das Sofa schleppen. Das macht chetz deine Tochter. Die hilft da kräftig mit. Macht se übrigens chanz chut. Hättich nich chedacht!"

„Warum nicht? Ist doch immerhin meine Tochter."

„Ja, eben deshalb", grinste Fritzmeier. Dann wurde er schnell wieder ernst.

„Sach mal, Jupp. Wie kommse denn eigentlich zurecht mit der neuen Situation? So als Vatter und Oppa. Is doch ziemlich eng hier für euch drei, oder? Wie hälsse das denn aus?"

Schulte schaute ihn überrascht an.

„Was soll ich denn machen? Ich kann das Mädchen doch nicht mit ihrem Bengel auf der Straße wohnen lassen. Irgendwas wird mir schon einfallen. Aber fürs Erste muss ich mich wohl mit dieser Situation abfinden. Ich bin nicht so reich, dass ich meiner Tochter mal eben ein Appartement kaufen kann."

Wieder schwiegen beide. Auch Linus war nun ruhig geworden. Er schien sich plötzlich stark für Anton Fritzmeier zu interessieren, der sich zu ihnen aufs Sofa gesetzt hatte. Der alte Bauer wurde aufmerksam von oben bis unten angeschaut, konnte aber mit diesem Interesse überhaupt nicht umgehen und grinste das Kind verlegen an. Dann straffte sich Fritzmeier und sagte:

„Sach ma, Jupp. Der Kogge zieht ja chrade aus, wie du weiß. Das heißt, dass auffem Hof wieder eine Wohnung frei iss. Ich werd natürlich einen neuen Mieter suchen, is ja klar. Brauche ja schließlich das Cheld. Was hälsse von folgender Idee? Deine Ina zieht mit ihrem Bengel in Kogges Wohnung und du hass wieder deine Ruhe. Was sachsse dazu?"

Schulte lachte bitter.

„Ist im Prinzip 'ne tolle Idee, Anton. Habe ich auch schon dran gedacht. Kommt aber nicht in Frage. Ina hat kein Einkommen und kann keine Miete zahlen. Und ich kann mir nicht zwei Mieten leisten, ausgeschlossen!"

Wieder schwiegen beide. Dann brach Fritzmeier das Schweigen. „Pass auf! Erstmal happich ja noch keinen neuen Mieter. Kann auch lange dauern, bis ich einen finde. Wer will schon auf sonn ollen Bauernhof wohnen? Und dann musser ja auch son bisschen hierhin passen, oder? Nehme ja nicht jeden. Solange happ ich dann sowieso keine Mieteinnahmen. Also kann deine Ina ruhig ersmal da einziehen. Auch ohne Miete. Aber so nachem Jahr, da müssen wir dann doch ma über Cheld sprechen. Bis dahin nehm ich von dir nix. Kansse dich auffen Kopp stellen. Bisse einverstanden?"

Schulte hatte es die Sprache verschlagen. Er schluckte mehrmals, auch Linus schien sich der Bedeutung des Augenblickes bewusst zu sein, denn er starrte Fritzmeier mit großen Augen an. Dann setzte Schulte seinen Enkel zwischen sich und Fritzmeier und gab dem alten Mann gerührt die Hand.

Um die entstandene Verlegenheit zu überspielen, grinste Fritzmeier und sagte:

„Aba die Nebenkosten, die musse bezahlen. Ich bin ja nich vonne Wohlfaht. So, denn will ich ma chehn und mich schönmachen. Elvira kommt chleich und die will ja nich mit so'n ollen Schlürsack ins Theater chehen. Dann will ich ma!"

## 19

„Kannst du nicht mal einfach mit mir zusammen fernsehen wie andere Ehemänner? Es ist Samstagabend, alle Ehepaare in unserem Alter sitzen jetzt schön gemütlich im Wohnzimmer und gucken sich was an. Bloß ich muss hier immer alleine sitzen, weil mein Herr Gemahl in seinem Arbeitszimmer hockt. Was machst du da eigentlich immer?"

Hermann Rodehutskors lockerte seinen Hemdkragen. Damit hatte er nicht gerechnet, als er sich klammheimlich in die obere Etage verzogen hatte. Er hatte eigentlich nichts Konkretes vor. Nur seine Ruhe wollte er haben. Seit Stunden hatte er sich bereits auf ein leckeres Glas Weinbrand und eine schöne Zigarre gefreut.

„Kommt denn heute Abend was Interessantes?", fragte er lustlos.

„Ja, gleich kommt Gottschalk. Geht in drei Minuten los. Ich stelle auch was zum Knabbern auf den Tisch."

Rodehutskors seufzte. Er konnte diesen Gottschalk nicht ausstehen. Aber schon wieder seine Frau enttäuschen? Sie war ja tatsächlich sehr oft allein. Resigniert setzte er sich aufs Sofa.

Thomas Gottschalk hatte gerade seinen ersten Auftritt, als das Telefon schrillte. Die beiden Eheleute sahen sich fragend an.

„Wer ruft denn jetzt an?“, rief sie erbost.

„Lass nur“, beruhigte er sie. „Ich gehe schon dran!“ Wer immer es sein mochte, in seinem Innersten war er dem Anrufer für die Störung dankbar.

„Entschuldigen Sie“, sprach eine leise, sehr sorgfältig artikulierende Männerstimme. „Aber ich brauche ihre Hilfe, Herr Rodehutskors. Es ist wirklich dringend!“

Rodehutskors horchte auf. Dann deutete er seiner Frau mit einem Heben der Augenbrauen sein tiefes Bedauern an, nahm den Telefonhörer und ging damit nach nebenan in die Küche. „Mit wem spreche ich?“, fragte er den Anrufer.

„Mein Name ist Peter Korbmacher. Wir kennen uns nicht, ich glaube aber, dass Sie mir helfen können. Ich stecke bis zum Scheitel in der Klemme. Keine Angst, ich will kein Geld von ihnen. Am besten fange ich von vorn an. Ich bin Archäologe und arbeitete hauptberuflich im Museum zur Varus-Schlacht in Kalkriese. Nebenbei …“

Rodehutskors war hellwach. Er kramte nach einem Blatt Papier und einem Bleistift, klemmte sich den Hörer mit der linken Schulter ans Ohr, schrieb den Namen auf und machte sich auch weiterhin Notizen.

„Nebenbei habe ich noch einen kleinen Forschungsauftrag im Heimathaus in Jöllenbeck bei Bielefeld. Und da ist mir am Mittwoch was ganz Blödes passiert. Ich hatte festgestellt, dass Leute, mit denen ich früher mal zusammengearbeitet hatte, im Begriff waren, meine Arbeit für betrügerische Zwecke zu nutzen. Das wollte ich unbedingt verhindern und hatte damit gedroht, alles der Polizei zu melden. Einer der Männer kam an diesem Abend zu mir in das Jöllenbecker Heimathaus und wollte mich einschüchtern. Es kam zum Gerangel und dabei ist der Mann so unglücklich die Treppe hinuntergestürzt, dass er an Ort und Stelle gestorben ist.

Ich habe dann den Kopf verloren und nicht die Polizei angerufen, sondern bin geflüchtet. Dabei hat mich jemand gesehen. Nun bin ich für die Polizei der Mörder dieses Mannes und werde gesucht. Ausgerechnet ich, der keiner Fliege was zuleide tun kann! Seitdem bin ich untergetaucht."

Rodehutskors fragte nach: „Aber heute ist Samstag! Die Geschichte ist doch schon ein paar Tage her. Warum sind Sie nicht mittlerweile zur Polizei gegangen und haben alles erzählt? Sie können doch alles aufklären!"

„Ja, das habe ich mir auch schon hundertmal gesagt!" Der Mann schien tatsächlich verzweifelt zu sein. „Aber ich habe die Kurve nicht gekriegt. Und jetzt ist es zu spät. Wenn ich jetzt zur Polizei gehe, dann sieht es aus, als hätte mich mein schlechtes Gewissen getrieben. Mir glaubt doch keiner mehr. Verstehen Sie jetzt, dass ich nicht zur Polizei gehen kann?"

„Nein!", entgegnete Rodehutskors gnadenlos. „Das leuchtet mir nicht ein. Wenn das alles stimmt, was Sie mir erzählt haben, dann haben Sie doch gar keine Wahl. Über kurz oder lang wird die Polizei Sie doch finden. Außerdem machen Sie mir nicht den Eindruck, als könnten Sie das lange aushalten. Tun Sie sich selbst den Gefallen und stellen Sie sich. Das ist das Beste, was ich Ihnen raten kann."

Korbmacher hüstelte verlegen.

„Ich wollte nicht Ihren Rat, Herr Rodehutskors. Ich wollte Ihre Hilfe."

„Ja, aber was kann ich für Sie tun? Wieso haben Sie überhaupt mich angerufen?"

„Weil ich von Ihnen mehr weiß, als Sie von mir. Ich weiß, dass Sie ein ehemaliger Journalist sind mit allerbestem Ruf. Ich weiß auch, dass Sie nach wie vor in diesem Metier tätig sind. Dass Sie als freies Pressebüro niemandem Rechenschaft schuldig sind und tun und lassen können, was Sie für richtig halten. Auch, dass Sie gute Kontakte zur Polizei haben. Und das alles kann mir nützen!"

Rodehutskors war verblüfft.

„Und wie? Und warum sollte ich mich da einmischen? Was habe ich davon?"

Der andere Mann schien nachzudenken.

„Dazu muss ich noch etwas über mich erzählen. Ich leide unter Panikattacken. Verstehen Sie mich bitte nicht falsch. Das sind nicht einfach Ängste. Wenn diese Attacken einsetzen, dann bin ich nicht mehr Herr der Lage. Eine solche Attacke hatte ich, als am Mittwoch dieser Unfall passierte. Deswegen habe ich nicht rational gehandelt, sondern bin geflüchtet. Seitdem hatte ich mehrmals solche Anfälle. Und ich habe eine panische Angst davor, mitten in der Nacht von einem Sondereinsatzkommando der Polizei aus dem Bett gerissen zu werden. Sie werden vielleicht sagen, das ist doch nicht so schlimm, wenn man ein reines Gewissen hat. Aber Sie haben keine Ahnung, was allein der Gedanke daran bei mir auslöst. Sie, Herr Rodehutskors, können mit Ihren guten Kontakten zur Polizei vielleicht für einen sanften Übergang sorgen. Helfen Sie mir dabei, mich zu stellen. Von mir bekommen Sie dafür eine spannende und gut verkäufliche Story aus einem Themenbereich, der Sie verblüffen wird!"

Es dauerte einige Zeit, bis Rodehutskors alles überschauen konnte.

„Dazu müssen wir uns aber persönlich treffen. Ich hänge mich da nicht rein, wenn ich Sie nicht persönlich kennen gelernt habe. Keine Sorge, ich will Ihnen keine Falle stellen."

Korbmacher brachte so etwas Ähnliches wie Lachen zustande.

„Da habe ich auch keine Sorgen. Wie gesagt, ich weiß ein wenig über Sie und bin sicher, dass ich Ihnen vertrauen kann. Haben Sie morgen Zeit? Und kennen Sie sich in Osnabrück aus?"

## 20

„Jupp, das chlaubse nich!“

Anton Fritzmeier stand auch am Sonntag noch unter dem Einfluss der ersten und vermutlich letzten Ballettvorführung seines Lebens. Es war Sonntagmittag geworden, und selbst Jupp Schulte kam gerade aus dem Bett. Ina war bei der Frage früh aufstehen oder liegen bleiben keine Wahl geblieben. Söhnchen Linus hatte morgens um sechs Uhr beschlossen, dass die Nacht zu Ende sei und nicht versäumt, mit seiner kräftigen Stimme alle anderen Mitbewohner darauf hinzuweisen. Ina hatte ihn versorgt, fand danach aber keine Bettruhe mehr. Aus Jupps Zimmer kamen nur ein paar mürrische Schnaufer, dann zog er sich einfach das Kissen über den Kopf träumte selig weiter, bis er am frühen Mittag von Fritzmeier geweckt wurde.

Der Bauer war bedingt durch seinen Beruf ein echter Frühaufsteher. Die Rindviecher hatten ihm nie eine Chance gelassen, einen anderen Rhythmus auszuprobieren. Auch an diesem Sonntag war er trotz des trüben Wetters und seines längeren Ausgehens am Abend zuvor seit vielen Stunden auf den Beinen. Elvira Kaufmann, seine Urlaubsbekanntschaft vom letzten Sommer, hatte ihn überredet, mit ihr zum Ballett ins Landestheater zu gehen – Schwanensee gucken! Sie war restlos begeistert, er dagegen total fassungslos! Wollte er nicht platzen, musste er darüber einfach sprechen.

„Stell dir diesen Quatsch ma vor!“, dröhnte er, noch immer sehr erregt. „Da iss sonne junge Frau tachsüber ’n Schwan und nachts ’ne chanz normale Frau. So was Blödes! Chibts doch charnich.“

Schulte hatte nicht die geringste Ahnung, wovon dieses berühmte Ballett handelt.

„Erzähl doch mal, Anton. Worum geht’s denn da?“, gähnte er.

„Ach", Fritzmeier machte eine wegwerfende Handbewegung. „Da iss so'n junger Kerl, so'n Prinz. Siegfried heißta. Erst dachtich ja, das wäre der mit dem Drachen, warer aber nich. Chlaube ich jedenfalls. Der soll heiraten. Und dann trifft er diesen Schwan. Also natürlich keinen echten Schwan, sondern diese verzauberte Frau. Und natürlich verliebt er sich, der Trottel. Sag ma selber, Jupp, was willse mit 'ner Frau, die den chanzen Tag auffem See rumschwimmt? Als Schwan. Wenn se wenigstens 'ne Chans oder 'ne Ente wäre, dann könnte man se Weihnachten innen Backofen stecken, aber 'nen Schwan? Wer will schon 'nen Schwan? Dabei werden ihm 'ne chanze Menge schöne Frauen vorgestellt, so zum Aussuchen. Volle Auswahl! Aber der Blödmann will nur diese eine. Dann rennt er zum See hin und heult seinem Schwan was vor. Von ewige Liebe und so'n Sermon. Und dann kommt 'ne Riesenwelle und alle denken, dass die beiden chetz ertrinken. Tun se aber nich! Ich meine, warum sollte so'n Schwan auch ertrinken? Aber wie der chute Siegfried da wieder raus chekommen is, habb ich nich kapiert. Das ching mir zu schnell. Ja, und dann war auch schon alles vorbei. Elvira meinte, normal wäre der Schluss anders. Normal würde Siegfried ertrinken oder der Schwan oder alle beide. Aber hier in Detmold würden se immer einen auf Heppi Ent machen, sacht se. Aber sie fand es trotzdem ziemlich chut."

„Und du nicht?"

„Hör auf, Jupp!", wieder machte Fritzmeier mit empörter Miene eine wegwerfende Handbewegung. „Die Mädels, die warn ja noch chanz nett anzukucken. Mit so kurzen Reifröckchen und so. Alle rank und schlank. Chut, dass ich meine Brille mitchenommen hatte. Aber die Kerle! Jupp, du chlaubses nich! Mit hautengen Strumpfhosen hoppsten die da übere Bühne. Die waren so eng, da konnteste das beste Stück in seiner chanzen Pracht sehen. Sag ma, das muss doch nich sein, oder? Was sind denn das für Männer? Is denen das charnich peinlich? Also, wenn mein Junge das chemacht hätte ..., Mann, dem hätte ich aber was erzählt. Und was das Chanze mit Tanzen zu tun hat, habbich auch nich kapiert. Die Männer sind eigentlich immer nur so rumchehopst und ham ab und zu ma eine von den Mädels chepackt und hochchehoben. Hättich vor vierzig Jahren chenauso chut hingekriegt. Nee, nee!"

Schulte grinste vergnügt.

„Wo ist denn deine Elvira jetzt? Hat sie hier übernachtet?"

Fritzmeier starrte ihn an, als hätte sich Schulte für die Streichung sämtlicher Agrarsubventionen ausgesprochen.

„Übernachtet? Hier? Bisse völlig verrückt? Wir sind nachem Theater noch inne Schloßwache chewesen und ham was chetrunken. Dann hat se sich 'n Taxi nach Salzuflen chenommen. Die hat doch 'ne chute Rente, kannse sich doch leisten. Un ich habb 'n Taxi nach hier chenommen. War ja nich so teuer."

„Aber …", Schulte rang nach den richtigen Worten. „Ich meine, wenn sich zwei Leute lieben, dann …, du weißt schon! Ist doch egal, wie alt die sind, oder?"

Es dauerte zwei bis drei Sekunden, dann begriff Fritzmeier und begann, dröhnend zu lachen.

„Jupp, Jupp! Was du immer denkst. Nee, aus dem Alter bin ich raus. Bei mir kannse keinen Eimer mehr dranhängen. Außerdem will ich hier zu Hause meine Ruhe haben. Is ja schön und chut, mit sonne Frau mal 'n bisschen was zu unternehmen. Macht schon Spass, wenn's nich cherade Ballett ist. Aber dann muss auch chut sein. Keine Übernachtung! Nee!"

Schulte prustete vor Überraschung los.

„Anton, wir beiden sind uns ähnlicher, als ich dachte. Genau meine Einstellung! Du hast es ja faustdick hinter den Ohren. Aber sag mal, ist deine Elvira denn damit zufrieden? Oder will die richtig einen auf Beziehung machen?"

Fritzmeier zögerte etwas mit der Antwort.

„So richtig sicher bin ich mir da nich. Aber ich chlaube, dass ihr das auch so ausreicht. Sie hat mir erzählt, dasse vor zehn Jahren mal wieder versucht hatte, mit einem Mann zusammen zu leben. So mit allem Drum und Dran. Iss aber chanz böse inne Hose chechangen. Ich chlaube, seit dem isse kuriert. So wie chetz is, isses für beide das Beste, chlaubs mir!“

Anschließend unterhielten die beiden sich über Inas Umzug. Die Wohnung von Kogge war nun zwar frei, aber Ina besaß nicht ein Möbelstück, geschweige denn Töpfe, Geschirr und Besteck. Aus den Zeiten mit seiner seligen Ehefrau hatte Fritzmeier davon allerdings mehr als genug. Da sein Sohn, der mittlerweile auch schon das Rentenalter erreicht hatte, allein in seiner kleinen Junggesellenbude in Lemgo lebte, hatte Fritzmeier keinen Erben für diese Schätzchen. Leider war Ina nicht dazu zu überreden, sich fürs Erste mit ein paar alten Möbeln von Fritzmeier einzurichten. Und Schulte war nicht bereit, für neue Möbel Geld auszugeben. Im Leben ist eben nie etwas wirklich perfekt.

## 21

Auf dem Weg nach Brake kam Landesverbandsvorsteher Müller ins Philosophieren. Wann würde es endlich wieder einmal ein Wochenende geben, an dem er sich so richtig erholen konnte? Lange würde seine Familie das nicht mehr mitmachen. Seine Frau war hoch sensibilisiert. Mittlerweile nahm sie jede Fahrigkeit oder Unaufmerksamkeit wahr und quittierte das Verhalten zumindest mit einem Nörgler.

Es war sogar schon zweimal zum handfesten Streit gekommen, nur weil er während eines Gespräches den Blickkontakt abgebrochen hatte und seine Augen die Platte des Küchentisches absuchten. Aber was sollte er machen?

Das Hermannsdenkmal und die Varus-Schlacht nahmen all seine Aufmerksamkeit in Anspruch. Schlimmer noch, sie raubten ihm den letzten Nerv. Seit dem Anruf des Detmolder Bürgermeisters hatte sich der Druck, der auf ihm lastete, noch erhöht. Er fand keine ruhige Minute mehr, die Nachricht des Detmolder Stadtoberhauptes hatte das Fass zum Überlaufen gebracht. An Nachtschlaf war kaum mehr zu denken, am Tag war er ständig abwesend und grüblerisch. Dass es jemanden gab, der das Hermannsdenkmal kaufen wollte, erschien ihm so absurd, dass es schon wieder real klang. Und der Detmolder Bürgermeister hatte es ihm so überzeugend dargestellt, das konnte kein Scherz sein.

Wären die verdammten Feierlichkeiten doch erst vorbei. Denn das, was ihm jetzt gerade zugemutet wurde, kam dem berühmten Tanz auf einer Rasierklinge nahe. Allein in Lippe waren mindestens zehn Akteure mit der Ausrichtung der Varus-Feierlichkeiten betraut. Dabei gab es mit Sicherheit sechs unterschiedliche Interessen. Einzig Klaus-Peter Zahn, der Vorsitzende von S.E.L.F., schien ihm ein wirklich verlässlicher Ratgeber und ein klug handelnder Mensch zu sein. Er schätzte ihn. Auch auf den Kämmerer und den Verwaltungsvorsteher konnte er sich verlassen. Mit dem Landrat musste er zusammenarbeiten, egal wie er mit ihm auskam. Alle anderen waren wie Quecksilberkügelchen – wie sie sich verformten oder in welche Richtung sie im nächsten Moment rollten, war nicht absehbar. Mit wem also sollte er zunächst über das anstehende Gespräch zum Verkauf des Herrmann reden? Am besten mit seinen beiden Kollegen. Klar, wenn es um Geld ginge, leuchteten in den Augen des Kämmerers Dollarzeichen. Es war ja auch sein Job. Der Verwaltungsvorsteher war anders, eher ruhige und sachlich. Wenn es um das Wohl des Landesverbandes ging, konnte der auch mal an hunderttausend Euro vorbei gehen. Den kannte er von der Pike auf. Er hatte damals seine Verwaltungsausbildung hier gemacht und anschließend die Ochsentour gewählt, bis zu der Position, die er jetzt erreicht hatte. Der stand zu seiner Behörde, komme, was da wolle.

Langsam wurde dem Landesverbandschef klar, wie er an diesem Montag vorgehen wollte.

Nach Ankunft im Büro rief er die Vorzimmer der beiden Führungskräfte an und bat zum Gespräch, sobald sie eingetroffen waren.

Zuerst steckte der Verwaltungschef den Kopf durch die Tür. Müller bat hin herein, froh, ihn vorab schon einmal informieren zu können. Als er die ganze, immer noch unglaubliche Geschichte erzählt hatte, schüttelte sein Zuhörer den Kopf.

„Das mit dem Skulpturenpark in Dubai habe ich auch schon in irgendeiner Zeitung gelesen. Was mich bei der Angelegenheit so stutzig macht, ist die Tatsache, dass der Detmolder Bürgermeister die Finger im Spiel hat. Der hat schon einiges angefasst, was dann nicht zustande kam. Er wollte die Landesgartenschau nach Detmold holen. Ich erinnere mich noch an die Werbekampagne und die Hochglanzbroschüre. Jetzt findet der ganze Spaß in Rietberg statt.

Klar, ein netter Kerl, aber das reicht mir nicht. Ich hab für mich die Regel aufgestellt, wenn mir so einer wie der

Bürgermeister einen Vorschlag macht, nehme ich das Gegenteil genau unter die Lupe. Denn nach meinen Erfahrungen tritt das dann meistens ein."

„Na ja, der Bürgermeister hat ja nur den Kontakt vermittelt. Der Verantwortliche, ein gewisser Raschid Bin Said, kommt heute vorbei und will die Angelegenheit mit uns persönlich besprechen."

„Okay, aber der Bürgermeister weiß Bescheid. Ich stelle mir die Frage, ob wir es dann nicht gleich in die Zeitung setzen können."

„Wenn die Angelegenheit wirklich für den Landesverband interessant ist, dann spielen wir sie erst einmal runter, falls aus Detmold Nachfragen kommen. Und wenn dann wirklich Nägel mit Köpfen gemacht werden sollten, müssen wir uns halt was einfallen lassen. Zur Not wird Detmold Nutznießer des Deals."

Noch einmal schaltete sich der Verwaltungschef ein: „Ich traue dem Detmolder einfach nicht …"

Noch ehe Müller antworten konnte, betrat der Kämmerer den Raum.

„Was gibt es denn Wichtiges so früh am Morgen?", fragte er, ohne zu grüßen.

Müller berichtete von der Anfrage.

„Na, das hört sich schon ein wenig abenteuerlich an", da waren sich beide Zuhörer einig. „Aber was soll's, vom Zuhören ist noch keiner dümmer geworden, hören wir uns das Angebot des Arabers einfach mal an", sagte der Kämmerer. „Dann können wir immer noch überlegen, wie wir damit umgehen."

Die drei Männer tranken gemeinsam einen Kaffee und legten ihre Strategie fest.

Pünktlich um halb elf klopfte Müllers Sekretärin an die Tür und kündigte den Gast an. Der wurde hereingebeten. Nach kurzem Smalltalk kam man zur Sache. Nachdem der Kaufinteressent aus Dubai sein Anliegen geschildert hatte, fragte der Kämmerer nach den finanziellen Vorstellungen der Scheichs.

„Fünfzehn Millionen Dollar und eine originalgetreue Kopie der Figur des Cheruskerfürsten bzw. des gesamten Denkmals“, war die Antwort des Unterhändlers.

Noch ehe Müller ob der Summe durch die Zähne pfeifen konnte, antwortete der Kämmerer gegen jede Absprache wie aus der Pistole geschossen: „Euro, Fünfzehn Millionen Euro.“

„Moment, meine Herren“, unterbrach Müller. „Verhandelt wird nicht. Wir nehmen das Angebot zur Kenntnis, und dann sehen wir weiter.“

Der Araber verbeugte sich höflich.„Kein Problem, meine Herren, überlegen Sie es sich reiflich und dann kommen Sie zu uns nach Dubai. Dort besprechen wir alles weitere.“

„Wieso Dubai? Können wir das Geschäft nicht weiter hier bei uns in Lippe verhandeln?“

„Tut mir leid, meine Herren, aber heute Abend habe ich einen Flug nach New York gebucht. Auch da habe ich die Absicht, eine kleine Skulptur zu kaufen. Sie verstehen ...“ Der arabische Geschäftsmann lächelte viel sagend.

„Besuchen Sie uns in Dubai, meiner schönen Heimatstadt. Ich lade Sie ein. Verbringen Sie ein paar Tage in unserem Hotel, dem Burj Al Arab. Lassen Sie sich verwöhnen! In einer solchen Atmosphäre verhandelt es sich am besten. Seien Sie die Gäste meiner Familie.“

Die drei Männer sahen sich staunend an.

„Hotel Burj Al Arab, das Gebäude, das aussieht wie ein Riesensegel?“, fragte der Kämmerer konsterniert.

„Genau“, nickte der Araber. „Hier meine Karte. Rufen Sie mich per Handy an, falls Sie sich dazu entschließen sollten, weiter mit mir zu verhandeln. Die Einladung ist nicht an einen Geschäftsabschluss gekoppelt. Wenn Sie die ehrliche Absicht haben, mit meiner Familie ins Geschäft zu kommen, sind Sie willkommen. Ob wir uns einig werden oder nicht.“

Der Mann verneigte sich. „Nehmen Sie es mir nicht übel, die Zeit drängt. Ich muss mich beeilen, um rechtzeitig in Frankfurt am Flughafen zu sein. Überlegen Sie sich alles. Und rufen Sie mich an. Fünfzehn Millionen Euro sind akzeptiert. Ich erwarte Sie!“

Bin Said drückte dem Landesverbandsvorsteher eine Visitenkarte in die Hand.

„Jetzt muss ich mich aber – wie sagt man – auf den Weg machen.“ Er verabschiedete sich und ließ drei sprachlose Männer zurück. Als diese allein in Müllers Büro verblieben, herrschte zunächst einmal verblüffte Stille.

## 22

Der Nieselregen veranlasste Hauptkommissar Adrian Valentin dazu, den Osnabrücker Kollegienwall im Laufschritt zu nehmen. Diese hektische Art der Fortbewegung entsprach ganz und gar nicht seiner Art. Im Allgemeinen ließ sein Gang die angemessene Würde erkennen, die ihm die Erziehung seiner längst vergangenen Kinderzeit implementiert hatte. Er war der Sohn eines der reichsten Stahlmagnaten der Gegend. Sein Vater war nie als solcher in Erscheinung getreten, hielt aber dennoch erhebliche Anteile an verschiedenen Schwerindustriezweigen der Republik. Adrian hatte in seine Fußstapfen treten sollen. Industrieanteile günstig kaufen und mit hohem Gewinn wieder verkaufen. Doch der Vater hatte die Rechung ohne seinen Sohn gemacht. Anstatt den Wirtschaftsteil der großen Zeitungen zu lesen, spielte Adrian in einer Osnabrücker Krautrock-Band Schlagzeug und war öfter in Amsterdam als im Gymnasium. Als gar nichts mehr ging, wurde er von seinem Vater in ein Internat gesteckt. Nach viel Druck und Mühe und mit dem Abitur in der Hand wurde er von seinem Vater mit einem Studienplatz an einer amerikanischen Edeluniversität überrascht. Doch der Sohn bewarb sich bei der Polizei und wurde genommen. Wieder versuchte Adrians Vater alle Register zu ziehen, um ihn von der Schnapsidee, wie er es nannte, abzubringen. Doch diesmal half nicht einmal die Drohung, ihn zu enterben. Adrian Valentin wurde Polizist. Und er wählte nicht etwa den höheren Dienst, sondern die Ochsentour vom Schutzpolizisten bis zum Hauptkommissar. Aber seine Vergangenheit wurde er nicht los. Ihm blieben die aristokratische Erziehung und sein Reichtum.

Auf der Polizeischule war er ein Außenseiter. Seine Art sich zu bewegen, zu sprechen und sich anzuziehen, machten ihn zum Sonderling und brachten ihm den Spitznamen Jopi Hesters ein. Adrian wusste bis heute nicht, warum er Gemeinsamkeiten mit diesem Schauspieler haben sollte. Der Spitzname war ihm aber ebenso geblieben wie seine Rolle. Er war beliebt bei seinen Kollegen, blieb aber Außenseiter. Sein Faible für extravagante Kleidung und Autos war allgemein bekannt. Kein Kollege wunderte sich, als Jopi erstmals mit dem Edel-Oldtimer *Jaguar E* zum Tatort kam oder in Anzügen erschien, die ein ganzes Monatsgehalt kosteten. Aber sie sahen ihn eben auch nicht als ihresgleichen an. Für sie war Adrian Valentin ein Reicher, der seiner Arbeit eher zum Vergnügen nachging.

In seinem Büro angekommen, zog Hauptkommissar Valentin seinen Mantel aus und hängte das edle Stück sorgfältig auf einen Kleiderbügel. Er hatte das Ritual noch nicht beendet, da schob ein dicker Mann, mit Bürstenschnitt und zerschlissenem grauen Anzug bekleidet, seinen massigen Körper in das Büro.

„Morgen Jopi, ich hab hier einen Fall für dich. In einem Kaff bei Bielefeld, Jöllenbeck oder so ähnlich, ist ein Typ zu Tode gekommen. Ob Mord oder Unfall ist noch nicht klar. Der Tote kommt aber aus Osnabrück. Hier ist die Akte! Kümmere dich mal drum!“ Er knallte eine dünne rote Pappmappe auf den peinlich aufgeräumten Schreibtisch seines

Kollegen. Tippte sich zum Abschiedsgruß mit dem Finger an die rechte Stirnseite und war wieder aus dem Zimmer, bevor Valentin auch nur ein Wort sagen konnte.

Er öffnete eine Schranktür und betätigte den Power-Schalter seiner kleinen, aber feinen *Jura*-Kaffeemaschine. Erst als ein *Cafè Crema* in seiner Tasse dampfte, setzte er sich an seinen Schreibtisch und begann, die Akte zu studieren. Die ermittelnden Bielefelder Beamten hießen Josef Schulte und Wolf Muffen. Sie schienen ihr Handwerk zu verstehen. Zwar ließ die Akte jene Genauigkeit vermissen, auf die Valentin so sehr Wert legte, aber die Ereignisse waren schnörkellos und deutlich zusammengefasst.

Der Osnabrücker Kommissar brauchte nur kurz, um die wesentlichen Fakten zu erkennen. Am Tatort hatte ein Kampf stattgefunden. Der mögliche Täter war ein Archäologe, der in Lage/Lippe wohnte und in der Nähe von Osnabrück arbeitete, in Kalkriese. Aus lippischer Sicht ein Vaterlandsverräter, dachte Valentin. Der Tote stammte dagegen aus Osnabrück. Er war selbstständiger Handelsvertreter und wohnte in der Bermer Straße.

Valentin zog die Augenbrauen hoch. Anscheinend war es Zufall, dass die Tat in Jöllenbeck verübt worden war. Möglicher Täter wie Opfer hatten aber eine Gemeinsamkeit, sie arbeiteten in Osnabrück. Okay, welche Berührungspunkte findet man zwischen einem Handelsvertreter und einem Archäologen? Man müsste sich das Umfeld ansehen. Das würde sicher auch die Bielefelder Kollegen interessieren.

Er überlegte. Eine Kooperation wäre sicher die vernünftigste Lösung. Wenn er den ersten Schritt machte und den Bielefeldern die Zusammenarbeit anböte, verringerte sich auf jeden Fall die Wahrscheinlichkeit, dass die Ostwestfalen hier auf eigene Faust herumschnüffelten. Also griff er zum Telefon und wählte die Nummer des ZDG.

„Ja!“, meldete sich jemand.

Valentin war verwundert.

„Hier spricht Hauptkommissar Valentin. Erstes Kommissariat Osnabrück. Bin ich mit dem ZDG Bielefeld verbunden?“

„Ja!“

Valentin wurde unsicher.

„Ich hätte gerne Hauptkommissar Schulte gesprochen.“

„Da hast du Glück, Kollege. Worum geht es?“

Hatte er diesem Mann schon einmal das *Du* angeboten?

„Ich bin der ermittelnde Beamte im Fall Kiebitz/Korbmacher.“

„Schön, ich auch. Was gibt es denn?“

„Ich habe die Absicht, mir den Arbeitsplatz des Verdächtigen in Kalkriese anzusehen. Sein Job in Jöllenbeck war ja nur eine Nebentätigkeit. Um eine reibungslose Zusammenarbeit zu gewährleisten, möchte ich Sie bitten, an der Durchsuchung teilzunehmen.“

„Sieh an, es gibt auch vernünftige Niedersachsen! Wann willst du die Durchsuchung denn vornehmen?“

Warum duzt dieser ungehobelte Kerl mich dauernd, dachte Valentin leicht verärgert.

„Ich setze mich gleich mit dem Staatsanwalt in Verbindung. Wenn es Ihnen passt, schlage ich vor, dass wir uns um vierzehn Uhr dreißig am Eingang des Ausstellungsgeländes Kalkriese treffen.“

„Meinst du, die lassen einen Lipper in ihre geheiligten Hallen?“

Valentin verstand nicht, was sein Kollege meinte. Wieso sollte ein Lipper die Ausstellung in Kalkriese nicht betreten dürfen?

„Okay Kollege, ich bin pünktlich. Wie heißt du noch mal?“

„Hauptkommissar Valentin!“

„Ich heiße Jupp. Also bis heute Nachmittag, Valentin.“

„Bis heute Nachmittag, Herr Schulte.“

Blasierter Affe, dachte Schulte, was das wohl noch gibt?

## 23

Wieder einmal verfluchte Rodehutskors seinen Stolz. Als er seinerzeit den silbergrauen Passat gekauft hatte, war ihm natürlich vom Autoverkäufer auch ein Navigationssystem angeboten worden. Das hatte er überlegen lächelnd abgelehnt. Als wenn er das nötig hätte! Bislang hatte er noch immer sein Ziel erreicht. Er fand es geradezu unsportlich, sich eines solchen Hilfsmittels zu bedienen. Für ihn stand ein Navi in einer Reihe mit einem Rollator, einem Rollstuhl, einem Hörgerät oder ähnlichen Hilfsmitteln. So etwas benutzte man nur, wenn man in irgendeiner Weise gehandicapt war.

Nun war er schon zweimal am Osnabrücker Hauptbahnhof vorbeigefahren. Dabei wollte er da gar nicht hin. Nun blieb ihm nur noch, das Äußerste zu wagen. Er hielt am Straßenrand an und fragte einen Passanten nach einem Parkhaus in der Nähe der Innenstadt. Obwohl dies ja eigentlich erst recht unter der Würde eines Mannes war. Männer fragen nicht nach dem Weg, nur Frauen. Sobald die Fahrtroute nicht hundertdreißigprozentig klar ist, wird die Scheibe runtergekurbelt und mit süßlicher Stimme der erstbeste Passant angequatscht. Wenn es sein muss, wird dieser Vorgang an der nächsten Kreuzung wiederholt. Männer halten es eher mit dem bewährten Prinzip von Versuch und Irrtum und kurven lieber mehrmals um die Innenstadt, bevor sie ihr Versagen eingestehen und nach dem Weg fragen.

Der freundliche Mann nannte ihm gleich drei verschiedene Parkhäuser und lieferte auch wortreich die Wegbeschreibung hinzu. Obwohl es Montagvormittag war und die Menschen im Allgemeinen zu dieser Zeit noch nicht sehr gesprächig sind. Anschließend war Rodehutskors verwirrter und orientierungsloser als zuvor. Sekunden später hatte er alles schon wieder vergessen. Plötzlich entdeckte er ein Hinweisschild zu einem *Parkhaus Salzhof*. Nach einer Vollbremsung konnte er von Glück sagen, dass der hinter ihm fahrende Opel genügend Abstand gehalten hatte. Endlich stand sein Passat mit qualmenden Reifen im Parkhaus. Rodehutskors fand direkt am Ausgang einen großen Kasten mit Stadtplan. Demnach stand er nun auf dem Salzmarkt. Wie hieß denn noch diese Straße, in der sich Korbmacher mit ihm treffen wollte? Ah ja, da stand es ja: Am Ledenhof. Leider war das nicht gerade in der Nähe. Besonders ärgerlich fand er, dass fast genau an seinem Zielort ebenfalls ein Parkhaus stand. Er hätte es nur finden müssen.

„Sch ... ist das weit weg!“, fluchte Rodehutskors.

Er überlegte kurz, wieder ins Auto zu steigen und das andere Parkhaus zu nehmen. Dann erinnerte er sich an die Sucherei von eben und seufzte. Dann lieber laufen, auch wenn es quer durch die Osnabrücker Innenstadt ging.

Als er die große St. Johann-Kirche mit der imposanten Fassade erreichte, verließ ihn jegliche Orientierung, und er musste erneut nach dem Weg fragen. Ein Mann, der das Obdachlosen-Magazin *Abseits* auf der Straße verkaufte, gab bereitwillig Auskunft. Rodehutskors bedankte sich für die Informationen, indem er eins der Magazine kaufte. Er schlenderte die Fußgängerzone hinauf, bis er am Ende der Johannisstraße eine belebte Kreuzung erreichte, den Neumarkt. Rechts lag das große Landgerichtsgebäude, geradeaus führte die Fußgängerzone weiter in den Kernbereich der Innenstadt. Der Journalist überquerte die stark befahrene Straße, fragte – da er sich nun daran gewöhnt hatte – wieder nach dem Weg und bog dann links in eine kleine autofreie Straße ein. Gern hätte er sich nun in eine Gaststätte verzogen, etwas zu Mittag gegessen und ein großes Bier getrunken. Er fühlte sich nach dem für seine Verhältnisse langen Fußmarsch etwas matt. Aber die Zeit drängte, er hatte sich mit Korbmacher auf 14.30 Uhr verabredet – er war bereits zehn Minuten zu spät. Würde er Korbmacher erkennen? Schließlich hatte er nicht die geringste Ahnung, wie der aussah. Korbmacher hatte es am Telefon nicht für nötig gehalten, sein Äußeres zu beschreiben. „Ich habe eine ungefähre Vorstellung, wie Sie aussehen, Herr Rodehutskors. Das wird reichen. Warten Sie einfach ab, ich spreche Sie schon an." Na, da war er ja mal gespannt. Aber erstmal musste er diese Straße finden!

Osnabrück hat es wohl nicht so mit Straßenschildern, dachte er ungeduldig. Er blickte sich ratlos um. Schön war es hier, das konnte er nicht bestreiten. Die Osnabrücker Altstadt war einen Besuch wert. Aber das half ihm im Moment nicht. Dann endlich entdeckte er am Beginn einer schmalen Gasse das Schild *Redlinger Straße*. Rodehutskors beschleunigte seinen Schritt, bis er auf der linken Straßenseite den Comicladen *Neunte Kunst* erreichte. Das war der Treffpunkt!

Im Laden standen eine Handvoll Leute vor den mit bunten Comic-Magazinen gefüllten Regalen. Rodehutskors wurde vom Besitzer des Ladens, einem grauhaarigen und bärtigen Mann so freundlich begrüßt, als wäre er ein Stammkunde. Um nicht unangenehm aufzufallen, blätterte er in einem der zahllosen ausgestellten Magazine. Altersmäßig passte er kaum zum Rest des Publikums. Außer ihm hielten sich noch zwei etwas schrille Frauen von Mitte Vierzig sowie drei sehr junge Männer in dem wirklich gut sortierten Laden auf. Keiner von ihnen konnte Peter Korbmacher sein. Rodehutskors wurde unruhig. Nachdem er fast zehn Minuten den Comic-Fan vorgetäuscht hatte, sprach er einfach den Inhaber des Ladens an:

„Ich hatte mich hier mit einem Bekannten verabredet, bin aber etwas spät gekommen. War hier vielleicht kurz vor mir ein Herr? Knapp über vierzig, würde ich sagen."

„Wie sah er denn aus?", fragte der Comicverkäufer zurück. Eine Frage, die Rodehutskors nur mit einem Schulterzucken beantworten konnte. Bevor er sich noch mehr zum Affen machte, verließ er den Laden – er war stinksauer! Da war er den weiten Weg von Detmold nach Osnabrück gefahren, hatte lange einen Parkplatz gesucht und dann einen mächtigen Fußmarsch hingelegt. Und dann sollte das alles umsonst gewesen sein? Hatte dieser Korbmacher ihn veräppeln wollen? Stand der jetzt vielleicht hinter einer Häuserecke, beobachtete ihn und lachte sich dabei ins Fäustchen? Hermann Rodehutskors war nun wirklich ein ausgeglichener, ruhiger Mann, der in keinster Weise zur Aggressivität neigte. Aber wenn er in diesem Augenblick den Korbmacher in die Finger bekommen hätte, dann …

## 24

Minuten, nachdem der arabische Gast das Büro des Landesverbandsvorstehers verlassen hatte, standen sich drei sprachlose Männer gegenüber. Sie konnten kaum fassen, was da vor wenigen Minuten passiert war.

„Ich muss mich jetzt erst einmal sammeln“, sagte der Kämmerer, „gebt mir zwei Stunden Zeit zum Nachdenken. Dann setzen wir uns wieder zusammen und beratschlagen weiter über das Angebot, das uns der Mann aus Dubai gemacht hat.“

„Ich schlage vor, vierzehn Uhr in meinem Büro“, sagte Verbandsvorsteher Müller, „und bis dahin kein Wort zu irgendjemand!“

Das Original Hermannsdenkmal verkaufen und dafür eine originalgetreue Kopie erhalten, plus Fünfzehn Millionen Euro, das war ein Wort zum Sonntag. Bei solchen Angeboten konnte ein braver Beamter schon einmal schwach werden, dachte der Kämmerer auf dem Weg zu seinem Büro.

Auf die Minute genau saßen die drei Männer, wie verabredet, wieder zusammen.

„Ich muss zugeben“, ergriff Müller das Wort, „Dieser Herr Bin Said hat uns ein lukratives Angebot gemacht. Da kann sogar ein echter Lipper ins Wanken geraten, obwohl es hier um eines der Wahrzeichen der Region geht.“

Der Kämmerer stimmte seinem Chef zu:

„In der Tat gefällt mir der Gedanke, fünfzehn Millionen Euro mehr in der Schatulle des Landesverbandes zu wissen. Das muss ich zugeben. Doch ich weiß noch nicht, wie wir es anfangen sollen. Wenn wir der Öffentlichkeit verklickern, dass wir ihren Hermann verkaufen wollen, trifft uns ohne Frage die geballte Wut der lippischen Volksseele mit aller Härte ...“

„Sie dürfen es eben nicht erfahren“, erwiderte Müller.

„Wie willst du das anstellen? Wenn wir auch nur ein Wort davon in der Verbandsversammlung zum Besten geben, weiß es doch eine halbe Stunde später die ganze Welt. Wenn wir uns jedoch dazu entschließen sollten, mit den Arabern ohne eine gewisse Absicherung durch die Politik über den Verkauf zu verhandeln, sind wir schneller tot, als uns lieb ist.“

„Ich denke da an die Fraktionsvorsitzenden“, dachte Müller laut. „Die müssten wir einweihen und den Landrat. Insgesamt also fünf Personen. Wenn die dicht halten, können wir fahren. Wenn einer von denen plaudert, dementieren wir einfach. Sagen sie von vornherein *nein*, müssen wir jedenfalls nicht eine Sekunde weiter darüber nachdenken, wie es weiter geht.“

„Ich habe da eine andere Idee“, sagte der Kämmerer, „wir machen erst Nägel mit Köpfen und dann reden wir mit der Politik.“

„Hört sich auch nicht schlecht an, aber wie soll das funktionieren? Ich habe keine Lust, mir die Reise nach Dubai von den Arabern sponsern zu lassen. Wenn das an die Öffentlichkeit käme, hätten wir den nächsten Stress. Ich sehe schon die Schlagzeilen: **Araber kaufen Landesverbandsvorsteher Müller** oder **Landesverbandsvorsteher Müller in einem arabischen Harem zum Verkauf des Hermanns überredet**. Nee, auf die Nummer kann ich gut verzichten.“

„Dass mit dem Geld lass mal meine Sorge sein. Ich wäre ein schlechter Kämmerer, wenn ich nicht ein paar stille

Reserven hätte, um den Flug zu buchen. Fragt einfach nicht, dann könnt ihr auch weiterhin ruhig schlafen."

Jetzt meldete sich der Verwaltungschef.

„Mir wäre es lieb, wenn ihr allein fliegt. Ich habe Flugangst."

„Okay!", wandte sich der Kämmerer an seinen Chef, „du setzt dich mit diesem Bin Said in Verbindung und machst einen Termin. Ich kümmere mich um das Geld für die Tickets. Und noch mal: Kein Wort zu niemandem."

## 25

Wenn es regnet und die Natur nicht weiß, ob es noch Winter oder schon Frühling ist, gibt es kaum eine Region in Deutschland, die man ohne Einschränkung als landschaftlich reizvoll ansehen kann. Doch die Strecke von der Herforder Umgehungsstraße zur Autobahnauffahrt Kirchlengern, so fand jedenfalls Schulte, war wirklich der Gipfel an Ödheit. Doch jetzt hatte er es geschafft. Endlich konnte sein *Volvo 940* zeigen, dass er hundertvierzig Pferdestärken unter der Haube hatte.

Schulte jagte seinen Wagen mit hundertachtzig über die A 30. Scheiß doch was auf die Feinstaubentwicklung oder sonstige Umweltauflagen. Er konnte die Amis verstehen, die nach Deutschland kamen, um endlich mal legal mit 250 Klamotten über eine Autobahn zu jagen. Doch seine durch den Geschwindigkeitsrausch ausgelöste Heiterkeit hielt nicht lange an. Kurz vor der Abfahrt Bissendorf hatten seine Kollegen von der Autobahnpolizei eine blinkende Hinweistafel auf den Standstreifen gestellt, auf dem ihm das schreckliche Wort STAU entgegen prangte. Noch bevor Schulte sich über die Tatsache wundern konnte, dass es hier auf dem platten Land so etwas überhaupt gab, musste er schon mächtig auf die Bremse treten, weil die Autos vor ihm ihre Geschwindigkeit auf Schritttempo drosselten und ihre Warnblinkanlage anschalteten.

Schulte fluchte. Er sah auf die Uhr. Zehn vor zwei! Er war so gut im Rennen gewesen und jetzt dieses verdammte Verkehrschaos. Doch dann fiel ihm ein, dass er Polizist war und noch dazu im Einsatz. Die Abfahrt Bissendorf lag eintausendfünfhundert Meter vor ihm. Das war zu schaffen. Er lenkte seinen *Volvo* auf den Seitenstreifen und fuhr langsam an den jetzt stehenden Fahrzeugen vorbei. Ein Fahrer hupte ob dieser Frechheit. Ein anderer zog ebenfalls nach rechts und fuhr hinter ihm her. Plötzlich fühlte sich ein LKW-Fahrer dazu berufen, für die Einhaltung der Straßenverkehrsordnung zu sorgen. Er zog seine Zugmaschine einen Meter auf den Seitenstreifen und verhinderte so das Weiterkommen von Schulte. Dem platzte der Kragen. Er trat auf die Bremse. Schaltete den Motor aus und sprang aus dem Auto. Noch ehe der Lastwagenfahrer wusste, wie ihm geschah, riss der Kommissar die Beifahrertür auf und saß im nächsten Moment neben dem Kerl am Lenkrad. Zerrte den total verblüfften Mann am Kragen seiner Jacke zu sich und hielt ihm seine Polizeimarke unter die Nase. Dann raunzte Schulte ihn an:

„Hör zu, du Knalltüte, du hast genau eine Minute Zeit, deine Karre vom Seitenstreifen zu bewegen. Dauert das auch nur eine Sekunde länger, war dies die letzte Tour, die du als Fahrer eines LKW bestritten hast! Ist dir das klar?“

Im nächsten Moment sprang Schulte auch schon wieder auf die Straße. Kaum hatte er seinen *Volvo* gestartet, da hatte der Brummifahrer den Weg auch schon freigemacht.

Als er die Abfahrt Bissendorf passiert hatte, stand Schulte vor dem nächsten Rätsel. Eistrup, Stockum, Schledehausen, Ostercappel, auf den Hinweisschildern standen Ortsnamen, die Schulte noch nie gehört hatte.

„Verdammt noch mal!“, fluchte er vor sich hin. „Jetzt haben die hier in Osnabrück schon mal so eine historische Stätte wie Kalkriese zu bieten, und der Ort ist noch schlechter ausgeschildert als damals in Detmold das Drachenmuseum.“

Er sah auf die Uhr. Sie zeigte viertel nach zwei. Das würde er nie schaffen! Wieder einmal würde ihn ein Kollege als unpünktlichen Menschen kennen lernen. Sein Blick fiel auf ein Schild: *Naturpark Teutoburger Wald.* Hier muss ich richtig sein, dachte Schulte. Er fuhr auf der B 218, passierte den Ort Venne. Weiterhin sah er kein Schild, das auf Kalkriese hinwies. Wieder wanderte sein Blick auf die Uhr. Fünf Minuten vor halb drei! Die Handy-Nummer des Osnabrücker Kollegen hatte er natürlich nicht mit, also konnte er nicht einmal sein Zuspätkommen rechtfertigen. Suchend schweifte sein Blick umher. Da, ein Hinweisschild! Er konnte es kaum fassen: *Kalkriese.* An der Einfahrt war er schon vorbei gefahren, also hielt er Ausschau nach einer Wendemöglichkeit. Da, eine Einfahrt! Schulte riss das Lenkrad herum und querte die linke Straßenseite. Der Fahrer eines entgegenkommendes Autos, dem er die Vorfahrt genommen hatte, trat voll auf die Bremse. Reflexartig bremste Schulte ebenfalls. Die Reifen quietschten. Ein roter *Jaguar E* schlitterte auf ihn zu und kam zwei Zentimeter vor seinem *Volvo* zum Stehen. Ein elegant gekleideter Mann stieg aus dem edlen Sportwagen. Sah Schulte an. Sah auf das Nummernschild und fragte:

„Hauptkommissar Schulte?“

Dieser war leichenblass geworden und nickte nur konsterniert.

Der Jaguarfahrer meinte lakonisch: „Wenigstens eine Gemeinsamkeit gibt es, wir fahren beide ein ausgefallenes Auto. Darf ich mich vorstellen? Hauptkommissar Valentin.“

Er streckte gerade dem etwas neben sich stehenden Schulte die Hand zum Gruße hin, als hinter ihm ein Treckerfahrer anfing, wegen der versperrten Straße wütend zu hupen.

Wenige Minuten später begegneten sich die beiden Männer auf dem Parkplatz des Informationszentrums Kalkriese wieder.

„Ich brauche jetzt erst mal einen Kaffee“, eröffnete Schulte das Gespräch und steuerte ohne auf eine Antwort zu warten dem Eingang des Restaurants entgegen, das zum Informationszentrum Kalkriese gehörte.

Valentin spürte, wie Ärger über den rücksichtslosen Kollegen in ihm aufstieg.

„Okay, dann kündige ich uns schon mal beim Geschäftsführer des Museums und Informationszentrums an. Sie können ja nachkommen, wenn Sie soweit sind“, sagte er und wollte einen entgegen gesetzten Weg einschlagen, als Schulte ihn am Mantel festhielt und sagte:

„Komm Kollege, ich gebe einen aus.“

Dem Osnabrücker Kommissar verschlug es die Sprache. Wortlos und ärgerlich trottete er hinter Schulte her. Als sie später am Tisch saßen, sagte Schulte:

„Tut mir leid, dass ich dir eben die Vorfahrt genommen habe. Muss dich wohl übersehen haben. Habe im Moment ’n bisschen viel um die Ohren.“

Ich fasse es nicht, dachte Valentin, dieser Kerl verfügt doch glatt über rudimentäre Kenntnisse mitteleuropäischer Höflichkeitsrituale. Auch wenn er sich meist alle Mühe gibt, diese zu verbergen.

Zu Schulte sagte er:

„Schon vergessen, Herr Kollege!“

Anschließend saßen sich die beiden Männer wortlos gegenüber und tranken schweigend. Schulte einen Kaffee, Valentin einen Capuccino.

Irgendwie kommt mir dieser Valentin bekannt vor, dachte Schulte, wo habe ich den nur schon mal gesehen. Ihm fiel es nicht ein. Also trank er seinen letzten Schluck Kaffee und erhob sich.

„Was meinst du, sollen wir los?“

Valentin nickte, ließ die halbvolle Tasse Capuccino stehen und folgte Schulte.

Schon wieder gibt dieser dreiste Kerl den Ton an, dachte der Osnabrücker Polizist. Trinkt seine Tasse leer und steht einfach auf. Egal, ob ich auch schon fertig bin oder nicht. Wenn das so weitergeht, lasse ich den Typen mal richtig vor die Wand laufen. Mit jedem Schritt, den er machte, um Schulte zu folgen, wurde seine Laune schlechter. Vor dem Büro des Geschäftsführers überließ Schulte seinem Kollegen den Vortritt. Valentin wunderte sich, klopfte aber an und wartete, bis die Tür geöffnet wurde. Der Hauptkommissar stellte sich und Schulte vor und unterrichtete den Leiter der Ausstellungsstätte über den Grund ihres Kommens. Als der Geschäftsführer nach dem Durchsuchungsbefehl fragte, gab Adrian vor, dass er in der Eile den verantwortlichen Staatsanwalt nicht erreicht habe. Er sei also auf die Kooperation des Informationszentrums angewiesen. Es sei jedoch kein Problem, auch zu einem späteren Zeitpunkt mit der Erlaubnis wieder zu kommen. Der Leiter der Einrichtung winkte ab.

„Wir wollen nicht päpstlicher sein als der Papst. Sie sehen sich jetzt den Arbeitsplatz des Kollegen Korbmacher an, und wenn es dann nötig wird, können wir die amtlichen Formalitäten immer noch hinter uns bringen.

Ich kann mir im Übrigen nicht vorstellen, dass Herr Korbmacher jemanden umgebracht hat. Der Mann ist mit Leib und Seele Wissenschaftler und Archäologe. Darüber hinaus ist er weder aufbrausend noch streitsüchtig sowie von eher schwächlicher Erscheinung."

„Kann durchaus sein, dass ihre Einschätzung stimmt", entgegnete Valentin, „aber dennoch müssen wir uns ein Bild von seinem Umfeld machen, und dazu gehört eben auch sein Arbeitsplatz."

Korbmachers Chef nickte und bat die beiden Polizisten, ihm zu folgen. Am Schreibtisch des Gesuchten angekommen, zog Valentin sich ein paar Einweghandschuhe über und begann die wenigen Akten, die akkurat angeordnet dort lagen, durchzublättern. Schulte sah ihm zu und versuchte, sich die Anordnung des Büros einzuprägen. So ungehobelt wie er sich privat gebärdete, so professionell gab er sich jetzt.

Der Osnabrücker Kollege zog die oberste Schreibtischschublade auf und entnahm ihr eine kleine Blechschachtel. Er stellte sie auf den Schreibtisch und bewegte sie etwas. Der Inhalt rutschte gegen die Blechwand. Hört sich an, als wären Kieselsteine drin, dachte Schulte. Sein Kollege öffnete die Dose, es kamen einige Münzen zum Vorschein. Valentin entnahm eine und zeigte sie Korbmachers Chef.

„Eine römische Münze!“, brach es aus ihm heraus. „Aber mit Sicherheit keine aus unserem offiziellen Bestand. Die sind alle katalogisiert und jede, die das Archiv verlässt, wird peinlich genau ausgetragen. Und mit Sicherheit wandern die Geldstücke dann nicht in irgendwelche Blechdosen von Kollegen.“

Sie suchten intensiv weiter, konnten aber nichts Bedeutendes mehr entdecken.

Anschließend ging man ins Büro des Leiters, eine Archäologin wurde hinzugezogen. Sie zog Einweghandschuhe an und betrachtete die gefundenen Münzen.

„Wenn sicher wäre, dass diese Münzen hier in Kalkriese gefunden wurden, dann hätten wir einen weiteren wichtigen Beleg dafür, dass die Varus-Schlacht hier stattgefunden hat. Alle Münzen sind vor dem Jahre Neun unserer Zeitrechnung geprägt worden. Leider wurden sie im Schreibtisch des Kollegen und nicht bei den Grabungen auf dem Oberesch gefunden.“

„Was glauben Sie denn, woher die Münzen stammen?“

Die Wissenschaftlerin zuckte mit den Schultern.

„Es gibt immer wieder Berufskollegen, die werden bei ihrer täglichen Arbeit dazu verleitet, das eine oder andere auf die Seite zu bringen, um solche archäologischen Fundstücke auch selbst zu besitzen. Manche beteiligen sich sogar am florierenden Schwarzhandel mit solchen Artefakten. Und nicht zuletzt finden sich jede Menge so genannter Hobby-Archäologen, die ihre Fundstücke für sich behalten oder eben auch Handel damit treiben. Bei Korbmacher kann ich mir nicht vorstellen, dass er zu einer dieser aufgezählten Gruppen gehört. Außerdem wäre er so professionell, die Münzen nicht in einer Blechdose aufzubewahren und darüber hinaus noch in seinem unverschlossenen Schreibtisch am Arbeitsplatz."

Nach dem Gespräch wanderte die Schachtel mit den Münzen in eine Plastiktüte.

Sie sollte polizeilich untersucht werden, Feder führend von den Osnabrückern, darauf hatten sich Schulte und Valentin geeinigt.

Auf dem Rückweg zum Auto fragte Schulte den Kollegen:

„Sag mal, Valentin, wieso sind wir hier eigentlich ohne Durchsuchungsbefehl aufgelaufen? Wir hatten wirklich Glück, dass der Leiter des Museums so kooperativ war. Um ein Haar hätten wir wieder nach Hause fahren können."

„Ich war heute Vormittag bei der Staatsanwaltschaft und wollte mir den Durchsuchungsbefehl holen. Aber ich hatte Pech. Der alte Staatsanwalt ist pensioniert worden und den neuen, einen gewissen Herrn Mercator, den habe ich heute Morgen kennen gelernt. Ich sage Ihnen, Kollege, so einen Formalisten habe ich noch nie erlebt. Erstmal hat er Kontaktprobleme. Wenn der mit Ihnen redet, sieht er immer auf seine Schuhe. Zum Zweiten ist er nicht dazu in der Lage, fünf zusammenhängende Sätze deutlich artikuliert zu formulieren. Und drittens hat er mich wieder weggeschickt, weil er angeblich die Aktenlage nicht kenne. So ein Arbeitsplatz liefe ja nicht weg, hat er mir gesagt. Wenn ich nur an die Begegnung mit dem Mann denke, steigt in mir die kalte Wut wieder hoch. Nach der Hausdurchsuchung von Kiebitz habe ich erst gar nicht mehr gefragt. Die habe ich gleich schriftlich an den Oberstaatsanwalt gerichtet. Für Sie, Herr Schulte, heißt das natürlich, Sie müssen noch mal wiederkommen."

„Ich glaube, ich werde in nächster Zeit sowieso öfter in Osnabrück sein. Da kommt es auf einmal mehr oder weniger auch nicht mehr an. Im Übrigen kannst du ‚Jupp' zu mir sagen."

## 26

„Kannst du nicht mal ganz normal ins Bett gehen wie andere Leute auch?"

Jeden Abend dieses Gequengel. Hermann Rodehutskors zerbiss ein böses Wort zwischen den Zähnen, antwortete aber nicht. Seine Frau hatte in den vielen Jahren ihrer Ehe noch immer nicht klaglos hingenommen, dass ihr Mann eine ausgesprochene Nachteule war – ganz im Gegensatz zu ihr selbst. Vor Mitternacht ging er nie ins Bett, meist war es noch weitaus später. Erstaunlicherweise hatte er morgens keine Probleme mit dem Aufstehen. Ein Morgenmuffel war er nicht. Er kam einfach mit weniger Schlaf aus als die meisten Menschen. Früher hatte seine Frau ja noch geltend machen können, dass es im Sinne eines gesunden Ehelebens vorteilhaft wäre, wenn beide Ehepartner gemeinsam zu Bett gingen, beide noch im Vollbesitz ihrer geistigen und körperlichen Kräfte. Dieses Argument hatte seinerzeit zweifellos etwas für sich. Aber mittlerweile spielte dieser Bereich in ihrem Leben keine Rolle mehr.

Wenn er wenigstens im Bett lesen dürfte! Ausgeschlossen! Sobald seine Gattin in der Horizontalen lag, knipste sie ihre Nachttischlampe aus. Dann durfte in der näheren Umgebung weder ein Licht noch ein Geräusch ihre Nachtruhe stören. Da blieb er doch besser noch ein paar Stündchen auf, ganz allein. Er war sich selbst Gesellschaft genug.

Frau Rodehutskors verließ, wie jeden Abend, um zehn Uhr brummelnd und gähnend das Wohnzimmer. Er schaute von seinem dicken Buch kurz hoch, heuchelte Bedauern über ihre so frühzeitig eintretende Müdigkeit und war froh, endlich den Raum für sich zu haben. Lange konnte er allerdings die Wonnen des Alleinseins nicht genießen. Nur fünf Minuten, nachdem seine Frau verschwunden war (nicht ohne ihn von der obersten Treppenstufe aus noch mal darauf hinzuweisen, dass er nicht mehr so lange aufbleiben solle …), schrillte das Telefon.

Verwundert blickte er auf die Uhr. So späte Anrufe waren selten und bedeuteten meist nichts Gutes. Vorsorglich mit dem Schlimmsten rechnend nahm er den Hörer zur Hand. „Korbmacher hier“, meldete sich leise und schuldbewusst die Stimme des Mannes, der ihn am frühen Nachmittag in Osnabrück hatte sitzen lassen und auf den Rodehutskors begreiflicherweise ziemlich wütend war. Noch bevor er Korbmacher erbost anschnauzen konnte, startete dieser seine Beschwichtigungskampagne: „Ich weiß, ich weiß! Sie sind stinksauer auf mich. Kann ich sehr gut verstehen. Aber glauben Sie mir, ich hatte keine Wahl. Darf ich kurz alles erklären?“

Rodehutskors brummte widerwillig so etwas wie Zustimmung.

„Als ich heute Mittag meinen Unterschlupf verlassen habe, um mich mit Ihnen zu treffen, musste ich feststellen, dass ich verfolgt werde. Ein Mann ist mir fast bis zu unserem Treffpunkt gefolgt und ich …“

„Das haben Sie so einfach bemerkt?“, fragte Rodehutskors erstaunt. „Dann muss das aber ein Anfänger gewesen sein.“

„Glaube ich nicht“, fuhr Korbmacher fort, „es war tatsächlich reiner Zufall, dass mir das aufgefallen ist. Wenige Meter von meiner derzeitigen Wohnung entfernt, hörte ich hinter mir plötzlich einen Hund laut bellen. Ich drehte mich um und sah einen älteren Mann mit einem kleinen Hund an der Leine, die einem jungen Mann offenbar im Wege standen. Dann trat der junge Mann zu und kickte den armen Hund wie einen Fußball zur Seite. Das arme Vieh kläffte vor Schmerz. Und als der alte Mann dann begann, auf den jungen Mann einzuschimpfen, schubste dieser ihn brutal zur Seite und ging mit schnellen Schritten weiter. Allerdings bog er kurz vor mir in eine Seitenstraße ab. Ich konnte ihn aber ganz gut erkennen. Na ja, ich habe mir meinen Teil über diesen Kerl gedacht und bin weitergegangen. Aber als ich dann kurz vor dem Comic-Laden war, habe ich sein Spiegelbild in einem Schaufenster gesehen. Normalerweise wäre mir so etwas nicht aufgefallen, aber wissen Sie, ich bin zurzeit in keiner normalen Situation. Wenn man damit rechnen muss, jeden Moment verhaftet zu werden oder Schlimmeres, ist man hellwach, und es kommen Instinkte zur Geltung, von denen man vorher gar nicht wusste, dass es sie gibt. Na, ich war mir zwar nicht sicher, dass der Mann mich verfolgt hatte, aber die Wahrscheinlichkeit war recht hoch. Ich wollte kein Risiko eingehen und habe mich sofort verdrückt. Ich denke, das war auch in Ihrem Sinne, oder?"

Rodehutskors überlegte eine Weile.

„Ja, das leuchtet mir ein. Wenn ich alles richtig verstanden habe, dann war dieser Mann jedenfalls kein Beschattungsprofi. Das schließt also die Polizei aus. Ein Privatdetektiv wäre vorsichtiger zu Werke gegangen. Auf jeden Fall scheint es sich um einen rücksichtslosen Kerl zu handeln, vor dem man sich in Acht nehmen sollte. In Anbetracht dessen haben Sie richtig gehandelt. Aber was wird nun? War es das jetzt mit unserer Zusammenarbeit?"

„Nein! Auf keinen Fall!" Diese Frage schien Korbmacher wieder einmal in Panik zu versetzen.

„Ich brauche Sie jetzt noch dringender als zuvor. Denn jetzt kommt noch was dazu. Ich habe heute Vormittag einen Kollegen aus dem Museum Kalkriese angerufen, um ihm alles zu erklären. Schließlich möchte ich nicht, dass die mich für einen Mörder halten. Und dieser Kollege hat mir erzählt, dass die Polizei meinen Arbeitsplatz durchsucht hat. Sie hat in meinem Schreibtisch wertvolle Münzen aus der Römerzeit gefunden. Sie müssen mir glauben, ich habe nichts damit zu tun! Ich habe keine Ahnung, wie diese Münzen in meinen Schreibtisch gekommen sind."

„Und jetzt werden Sie auch noch als Dieb gesucht!", warf Rodehutskors unbarmherzig ein.

„Ja!", schrie Korbmacher fast hysterisch. „Lassen Sie mich bitte nicht hängen. Wir müssen uns unbedingt treffen. Können Sie morgen?"

Rodehutskors spürte, wie die bereits heruntergeschluckte Wut wieder aufstieg. „Wie? Was? Soll das jetzt jeden Tag so gehen? Glauben Sie, ich fahre kreuz und quer durchs Land, um einem Phantom hinterherzulaufen? Ich habe auch noch anderes zu tun. Was denken Sie denn?"

Durch den Telefonhörer konnte er den schweren Atem Korbmachers hören.

„Sie brauchen morgen nicht weit zu fahren. Wir können uns in meiner Wohnung treffen. Ich hoffe nur, dass die nicht überwacht wird. Ich kann aber erst abends kommen, wenn es dunkel ist. Geht das bei Ihnen?"

Rodehutskors dachte nach. Morgen Abend war eine äußerst brisante Sitzung von S.E.L.F., die er auf gar keinen Fall verpassen wollte. Aber was war mit Grafenberg? Der hatte doch garantiert nichts vor.

„Nein! Auf keinen Fall. Ich habe morgen Abend einen äußerst wichtigen Termin. Aber ich mache Ihnen einen Vorschlag. Mein Kollege Grafenberg wird kommen. Er sieht aus wie …"

Rodehutskors gab eine kurze, aber treffende Beschreibung seines Kompagnons ab, damit Korbmacher ihn identifizieren konnte. Dabei fiel ihm noch etwas ein.

„Sagen Sie mal, wie sieht denn dieser brutale Kerl aus? Nur für den Fall, dass er mir mal über den Weg läuft."

Korbmacher musste sich erst konzentrieren, bevor er eine Beschreibung abgeben konnte.

„Er ist Mitte Dreißig, würde ich sagen. Recht groß, ich schätze mal ein Meter fünfundachtzig. Bulliger, kräftiger Körper. Ziemlich kurze blonde Haare. Sieht trotz allem fast wie ein netter, sauberer Typ aus. Kommt bei den Frauen bestimmt gut an. Und Sie sollten sich nicht dadurch täuschen lassen, dass ich ihn erkannt habe. Das war, wie gesagt, reines Glück. Im Großen und Ganzen hat er sich sehr geschickt verhalten, ich habe zwischendurch nichts von ihm gesehen. Wir sollten diesen Mann nicht unterschätzen. Also gut, Sie sagen Ihrem Herrn Grafenberg Bescheid? Ich kann mich darauf verlassen? Auch darauf, dass außer diesem Grafenberg kein anderer etwas davon erfährt, dass wir miteinander zu tun haben?“

„Sagen Sie mal, kann ich Sie nicht irgendwie telefonisch erreichen? Was ist denn, wenn ich unbedingt mal Kontakt aufnehmen muss? Das wäre doch auch in Ihrem Sinne“, warf Rodehutskors dazwischen. Korbmacher überlegte lange.

„Wahrscheinlich haben Sie Recht! Ich gebe Ihnen eine Handynummer. Die ist absolut sicher, weil es nicht mein eigenes Handy ist. Aber ich muss Sie dringend bitten, die Nummer für sich zu behalten. Versprechen Sie mir das?“

Rodehutskors brummte bestätigend, schrieb die Nummer auf und legte den Hörer weg. Er stand noch unschlüssig herum und überlegte, wie er dieses Gespräch einzuschätzen hatte, als seine im Nachthemd befindliche Frau oben auf der Treppe stand und ihn erwartungsvoll anschaute.

„Ja, nun sag schon!“, forderte sie ihn ungeduldig auf. „Wer hat denn da angerufen? Von welchem brutalen Kerl hast du denn da eben gesprochen?“

## 27

Das war kein normaler Arbeitstag. Sicher, der Job als Kämmerer war oft stressig, und es war durchaus an der Tagesordnung, unspektakuläre Entscheidungen zu treffen. Aber sozusagen Undercover nach Dubai zu fliegen, um darüber zu verhandeln, das Hermannsdenkmal zu „verscherbeln", das war schon die außergewöhnlichste Aufgabe, die er als Kämmerer des Landesverbandes jemals vor der Brust gehabt hatte. Er schaltete seinen Rechner an. Erstmal „googlen", wie man am günstigsten nach Dubai fliegt. Nach drei Minuten kannte er den Kurs. Mit Gulf Air konnte man in den nächsten Tagen jederzeit in die arabische Stadt gelangen. Und das für ca. dreihundertzwanzig Euro. Ein Spottpreis. Da brauchte er nicht einmal ans Eingemachte, an seine schwarzen Reserven zu gehen. Den Trip konnte er aus der Portokasse finanzieren. Das Telefon riss ihn aus seinen Gedanken. Der Landesverbandsvorsteher war am Apparat. „Ich habe Bin Said erreicht! Er hat unser Kommen mit seinen Auftraggebern abgestimmt und auch schon mit dem Hotel gesprochen. Zwei Zimmer sind im *Burj Al Arab* reserviert. Wir treffen uns am Freitag um neunzehn Uhr mit Bin Said sowie den eigentlich Verantwortlichen zum Abendessen."

„Du weißt, dass Freitag Feiertag ist?"

„Mir kommt der Termin recht. Ich schlage vor, Freitag früh zu fliegen, Ostermontag sind wir wieder zurück. Wir fehlen nicht einen Tag im Amt. Keine dummen Fragen, nichts! Und meine Frau zieht auch mit. Wie sieht es bei dir aus?"

„Geht klar! Ich bekomme den Termin auch hin. Werde die Tickets jetzt bestellen."

## 28

Mit welch geringem Aufwand Kleinkinder einen Erwachsenen um den Finger wickeln können. Ein Lächeln, ein Blick aus dunklen Augen und schon war man nicht mehr Herr seiner Sinne, dachte Schulte, als er sich seinen Enkel betrachtete.

Er war immer ein Mensch gewesen, der Spaß am Leben hatte. Doch diese Lebensfreude stellte sich in den letzten Jahren immer seltener ein. Er hatte versucht, sich als einsamer Wolf einzurichten. Vielleicht um bestimmte Bedürfnisse nicht an sich heran zu lassen. Oft hatte er mehr getrunken als ihm gut tat. War ungehobelt und hatte jede Frau, die in ihm das Gefühl von Liebe erweckte, schnellstmöglich aus seinem Leben verbannt. So war es auch gerade wieder, bei Gunda Luitjens.

Schulte hatte schon lange das Gefühl, seinem Verhalten nichts entgegensetzen zu können. Doch dann war seine Tochter Lena bei ihm eingezogen. Sie hatte sein Leben so wunderbar aufgemischt. Von einem Tag auf den anderen organisierte sie seinen Haushalt neu und schaffte Ordnung in einem Maße, für das Schulte Monate gebraucht hätte. Damit er sich auf diese neuen Verhältnisse einstellen konnte, hatte sie ihm eine Liste angefertigt, damit er alles an den neuen Orten fand, die sie für seine Besitztümer festgelegt hatte.

Damals, beim Einzug seiner Tochter, freute er sich schon auf den Tag, an dem sie ihre Utensilien wieder packen würde. Wahrscheinlich hatte er sie ähnlich behandelt, wie er seinen ständig neuen Freundinnen begegnete. Doch sie hatte sich nicht beeindrucken lassen. Sie war einfach da gewesen, mit ihrer freundlichen, bestimmten Art.

Irgendwann, nach Monaten, hatte sie eine Wohnung gefunden und war ausgezogen. Er war jedoch nicht glücklich gewesen, wieder allein zu sein. Er hatte gelitten wie ein Hund. Aber er hatte sich wieder an seine Einsamkeit gewöhnt.

Doch kaum war er wieder in seinem alten Fahrwasser, kam seine zweite Tochter in sein Leben. Sie war völlig anders als Lena, noch dazu brachte sie einen Enkel namens Linus mit. Und wieder kam Schultes Leben ins Wanken. Er nahm einen kräftigen Schluck Bier und hielt seinem Enkel seinen dicken Zeigefinger entgegen, der ihn sofort mit beiden Händchen griff und vor Vergnügen quiekte.

Er traute sich nicht, die Hand zurückzuziehen. In diesem Moment legte sein Hund Monster den mächtigen Kopf auf seinen Oberschenkel. Als wollte er sagen, lass den kleinen Jungen, Chef, ich bin auch noch da.

Schulte konnte sich noch an den Tag erinnern, als er diesen hässlichen Köter, mehr tot als lebendig in seinem Garten gefunden hatte. Das war mittlerweile fast zehn Jahre her. Der Hund war alt geworden. Gedankenverloren kraulte er den Kopf des Tieres.

Dreißig Jahre war er jetzt Polizist. Eine lange Zeit hatte er diesen Beruf gern ausgefüllt. Aber in den letzten Jahren ging er ihm mehr und mehr auf die Nerven. Die ständigen Reibereien mit dem Detmolder Polizeichef Erpentrup. Die aus seiner Sicht schwachsinnigen Entscheidungen, die die Politiker in Düsseldorf trafen sowie das schwindende Ansehen der Polizei bei den Bürgern. Der ständige Clinch mit irgendwelchen weltfremden Staatsanwälten. Er hatte nicht übel Lust, alles hinzuwerfen.

Doch was sollte er sonst tun? Irgendeinen Wachdienst organisieren? Das war das Letzte, was er machen wollte. Man müsste Geld haben, dann wäre Veränderung möglich. Dieser Valentin, sein Osnabrücker Kollege, war reich geboren. Er konnte sich den Luxus leisten, Polizist zu sein. Und wenn er irgendwann keine Lust mehr hatte, würde er die Brocken einfach hinschmeißen, sich auf seine Jacht zurückziehen und in die Südsee segeln. Das musste ein Leben sein. Er hingegen musste bis zur Pensionierung weiter arbeiten. Er hatte keine Wahl. Polizistendasein bis zur Rente. Den ganz normalen, täglichen Wahnsinn ertragen. Sein Enkel gluckste glücklich vor sich hin und vertrieb die trüben Gedanken Schultes. Er griff sich den Kleinen und nahm ihn auf den Arm. Zärtlich stützte er den Kopf des Jungen und trug ihn durch die Wohnung. Dabei summte er das Lied vom Baggerführer Willibald. Er sang fürchterlich falsch. Seinem Enkel gefiel es.

Doch das stille Einvernehmen zwischen Enkel und Großvater hielt nicht lange an. Die erste Strophe des Liedes war kaum verklungen, da wurde die Haustür aufgestoßen und krachte gleich wieder ins Schloss. Ina kam endlich vom Arbeitsamt zurück. Mit einem Lärm, den man kaum für möglich gehalten hätte, hängte sie ihren Mantel an den Haken. Die ist lauter als ihr Vater, schmunzelte Schulte vor sich hin. Dann kam sie auch schon ins Zimmer gestürmt, in der rechten Hand eine Flasche Sekt.

„Ich weiß, hat länger gedauert. Sei nicht sauer, aber ich musste noch nach Lemgo. Doch jetzt hol Gläser! Ich habe einen Job!“

Schulte staunte nicht schlecht.

„Dienstag kann ich schon anfangen. Der Fachbereich Medienproduktion sucht eine Grafikerin. Ist zwar nur ne halbe Stelle, aber dann kann ich mich wenigstens noch vernünftig um Linus kümmern. Vorübergehend ist es erst ne wissenschaftliche Hilfskraftstelle. Bis der Personalrat seine Zustimmung gegeben hat. Mit dem Geld komme ich auch aus. Ich muss nur sehen, wie ich nach Lemgo komme.“

Ina entkorkte die Sektflasche.

„Was ist nun mit den Gläsern?“

Schulte beeilte sich, seinen Enkel zurück ins Kinderbett zu legen, dem das gar nicht gefiel. Nachdem er das Kind noch einmal tröstend getätschelt hatte, ging er zum Küchenschrank und entnahm ihm zwei Gläser. Zu Ina gewandt sagte er: „Lena hat damals, als sie an der Südholzschule anfing, einen Twingo bekommen. Das Gleiche steht dir auch zu. Nächste Woche gehen wir ein Auto kaufen.“

## 29

Merkwürdig! Er war in Lippe geboren, aufgewachsen und hatte sich eigentlich nie länger als ein halbes Jahr von dort entfernt. Warum kannte er sich eigentlich in Lage nicht aus? Er versuchte sich zu erinnern, wann dort zuletzt gewesen war, aber es fiel ihm nicht ein. Lage war für Michael Grafenberg ein weißer Fleck auf der lippischen Landkarte. Er wusste fast nichts über die Nachbarstadt Detmolds. Weder Gutes noch Schlechtes. Nur, dass es dort eine Zuckerfabrik gab. Noch was? Lage hatte im direkten Wettbewerb mit den beiden wesentlich größeren Nachbarn Detmold und Lemgo wenige Chancen, Akzente zu setzen. Auf den ersten Blick bekam man auch wenig Lust, sich näher mit dieser Stadt zu beschäftigen. Aber auf den zweiten Blick sah das schon ganz anders aus. Betrachtete man Lage unvoreingenommen, konnte man Schätze entdecken, die vorher im Verborgenen geblieben waren.

Grafenberg hatte gemurrt, als Rodehutskors ihm diesen Termin in Lage aufs Auge drücken wollte. Eigentlich hatte er an diesem Abend mit Maren Köster zum Griechen gehen wollen. Aber vor der Überredungskunst von Hermann Rodehutskors mussten schon ganz andere Kaliber die Waffen strecken.

Nun war es recht spät und dunkel geworden. Es regnete, der Außentemperaturanzeiger seines Autos meldete übersichtliche neun Grad. Viel zu kühl für die Jahreszeit. Nachdem er einmal die gesamte Lagenser Innenstadt umrundet hatte, sah er nun den Ausgangspunkt seiner Suche vor sich, den *Marktkauf*. Nun fiel es ihm wieder ein. Direkt hinter dem *Marktkauf* sollte er nach rechts abbiegen. Gesagt – getan, er folgte der Straße, bis schräg rechts vor ihm die riesige Lagenser Zuckerfabrik im spärlichen Licht einiger Straßenlampen auftauchte. Hier sollte es nach links in eine gewisse

Gasstraße gehen. Außer einem großen weißen Hinweis-Schild *Elisabethstraße/Industriestraße* war aber nichts zu entdecken. Grafenberg war kurz davor, alles hinzuwerfen und frustriert nach Hause zu fahren, als er, bei diesen Lichtverhältnissen kaum zu erkennen, darunter noch ein wesentlich kleineres Straßenschild fand, auf dem dann tatsächlich Gasstraße stand. Er ließ ein großes Autohaus links liegen und traf am Ende der Straße auf eine T-Kreuzung. Direkt vor ihm gähnte ihn im Zwielicht einer altersschwachen Straßenlampe die trostlose Fassade einer ehemaligen Indoor-Kartbahn an. Wirklich nicht die beste Wohnadresse in Lage. Die Elisabethstraße, sein Ziel, führte sowohl nach rechts als auch nach links. Grafenberg entschied sich für links, ohne dass er dafür einen Grund hätte nennen können. Nur hundert Meter weiter tauchte links ein Getränkemarkt auf. Direkt gegenüber lag ein Parkplatz, der durch eine Reihe von Ahornbäumen von der Straße getrennt war. Er lenkte seinen Alfa-Romeo 159 dorthin, den Firmenwagen von Hermanns Pressebüro. Der Parkplatz, auf dem nur noch ein weiteres Fahrzeug abgestellt war, hatte keine eigene Straßenlampe und lag fast völlig im Dunkeln. Nur die spärlichen Reste der Leuchtreklame des Getränkemarktes sorgten für etwas Licht. Grafenberg zückte sein Handy und wählte Korbmachers Mobiltelefon an. So war es mit Rodehutskors verabredet worden. Korbmacher würde ihm dann sagen, wie er in dessen Wohnung kommen könnte, ohne gesehen zu werden. Als sich unter dieser Nummer niemand meldete, wählte Grafenberg ein zweites Mal. Diesmal sehr sorgfältig, um jeden Fehler auszuschließen. Wieder nichts!

Seine sowieso schon schlechte Laune verstärkte sich. War dieser Mistkerl gerade dabei, nach Rodehutskors auch ihn an der Nase herumzuführen? An einen Zufall konnte er nicht glauben. Egal, dann würde er eben zum Haus gehen und nachschauen, ob er auch ohne Telefonkontakt zu Korbmachers Wohnung gelangen konnte.

Grafenberg stieg aus und ließ die Zentralverriegelung zuschnappen. Als er sich umdrehte und sich der Straße zuwandte, betrat ein Mann von Ende Dreißig den Parkplatz. Er ging mit finsterer Miene an Grafenberg vorbei, ohne dessen Gruß zu beantworten. Grafenberg spürte Ärger aufkommen, schüttelte dann aber nur den Kopf über soviel Unhöflichkeit und sah zu, wie der Mann in den Sportwagen stieg, dessen Farbe bei den schwierigen Lichtverhältnissen kaum zu erkennen war, und sofort losfuhr.

Grafenberg querte die Straße und stand vor einer Mauer, die von einem Gitter-Tor unterbrochen wurde. Sowohl über das Tor als auch über die Mauer waren zwei Lagen Stacheldraht gespannt. Hinter dem Tor lag ein kleiner Hof, links davon der eigentliche Getränkemarkt, rechts ein Bürogebäude, in dem Korbmacher nach eigener Aussage als einziger Mieter wohnen würde. Als Verbindung beider Gebäude diente ein kleines, einstöckiges Haus mit einem sehr flachen Dach. Davor stand ein Gabelstapler. Ein Fenster des Wohnhauses, direkt über dem flachen Dach gelegen, stand, trotz des kalten Regens, sperrangelweit auf. Eine weiße Gardine flatterte heraus. Der Raum hinter diesem Fenster war dunkel. Wenn es zutraf, dass Korbmacher der einzige Bewohner des Gebäude war, dann musste dies seine Wohnung sein. Warum lässt der bei diesem Wetter das Fenster einfach so offen stehen, fragte sich Grafenberg. Er starrte lange auf das Fenster. Rodehutskors hatte nichts davon gesagt, dass bei Korbmacher eingebrochen worden war. Auch von einem weit geöffneten Fenster war nicht die Rede. War Korbmacher vielleicht in seiner Panik aus dem Fenster gestiegen, weil er Angst hatte, das Treppenhaus zu benutzen? Nach allem, was Grafenberg von Peter Korbmacher wusste, war das nicht auszuschließen. Aber war das technisch überhaupt möglich?

Vom Fenster bis auf das Dach des Verbindungsbaus war es gerade mal ein Meter. Kein Problem, schätzte Grafenberg. Möglich war es, aber es konnte auch ganz anders gewesen sein. Darüber hinaus erklärte das alles auch nicht, warum Korbmacher nicht über sein Handy zu erreichen war. Wo mochte der Kerl stecken? Ein widerlicher Gedanke überfiel Grafenberg. Was, wenn Korbmacher oben in der Wohnung auf ihn gewartet hatte und der Einbrecher ein zweites Mal in die Wohnung gekommen war? Durchs Fenster? Korbmacher schien ihm nicht der Typ zu sein, der es mit einem professionellen Kriminellen aufnehmen konnte. Lag er vielleicht in diesem Augenblick tot in seiner Wohnung? Oder war schwer verletzt und hilfebedürftig? Was tun? Die Polizei anrufen? Ausgeschlossen, dann hätte er beichten müssen, dass er Kontakt zu einem polizeilich Gesuchten aufnehmen wollte, ohne vorher die Polizei zu informieren. Das würde gewaltigen Ärger geben.

Es gab jetzt nur zwei Möglichkeiten. Entweder er ging zurück zu seinem Auto und fuhr ohne Ergebnis wieder nach Hause. Belastet mit dem furchtbaren Gedanken, dass hinter dem trostlosen Anblick der herauswehenden Gardine eine ganz arme Sau vielleicht dringend seiner Hilfe bedurfte, die er ihr verweigert hatte.

Das kam nicht in Frage. Oder er schaute selbst nach, warum das Fenster offen stand. Wenn es unproblematisch war, vom Fenster auf das Dach zu gelangen, dann war es auch einfach, vom Dach aus ins Fenster zu klettern. Aber wie sollte er überhaupt erst einmal auf den Hof kommen? Über den Stacheldraht? Grafenberg schaute sich um. Er war mutterseelenallein auf der Straße. Außerdem war es gerade hier sehr dunkel. Der nur schwache Lichtschein der Leuchtreklame strahlte hoch über seinen Standort hinweg, gab auf der anderen Straßenseite mehr Licht als direkt unter sich. Grafenberg friemelte seine kleine Digitalkamera aus der Jackentasche und fotografierte das offene Fenster, ohne recht zu wissen, wozu das gut sein sollte. Dann nahm er sich zusammen und versuchte, über das Tor zu klettern. An eine

Alarmanlage verschwendete er keinen Gedanken. Falls ein Alarm ausgelöst werden sollte, hätte er immer noch genug Zeit, zurück zum Auto zu rennen und sich rechtzeitig in Sicherheit zu bringen. Mit der linken Hand hielt er sich am Torpfosten fest, mit der rechten tastete er vorsichtig die obere Stacheldrahtreihe ab. Als er mit allen fünf Fingern ohne Verletzungsgefahr den Draht umschließen konnte, stellte er einen Fuß auf die obere Querstange des Tores und zog sich hoch. Beim Versuch, den Stacheldraht ganz zu überklettern, blieb er aber mit dem linken Bein hängen. Eine schmerzhafte Schramme war die Folge. Dass die Hose dabei in Mitleidenschaft gezogen wurde, war das kleinere Problem. Irgendwie kam er auf der anderen Seite wieder herunter. Keine Alarmsirene, kein Bewegungsmelder. Grafenberg atmete tief durch und überquerte den Hof. Jetzt musste er irgendwie auf das Dach des flachen Verbindungsbaus klettern. Wenn er auf die höchste Stelle des Gabelstaplers gelangen könnte, brächte er vielleicht einen Fuß in die Dachrinne. Die wirkte ganz stabil und hielt tatsächlich seinen sechsundachtzig athletischen Kilos stand. Endlich stand er auf dem recht flachen Ziegeldach und konnte in das geöffnete Fenster blicken. Er stieg hinein. Licht machen wollte er nicht, einmal, weil er in der Dunkelheit keinen Lichtschalter finden konnte, zum anderen hatte er keine Ahnung, ob die Wohnung nicht von außen beobachtet würde. So zerrte er nur sein kleines Einwegfeuerzeug aus der Hosentasche und klickte es an. Als seine Augen sich an das spärliche Licht gewöhnt hatten, erschrak er. Der Raum, offenbar ein Schlafzimmer, war völlig verwüstet. Jemand hatte rücksichtslos alle Federkissen des Bettes aufgerissen und die Federn im ganzen Raum verstreut. Ein Schrank stand sperrangelweit auf, alle Kleidungsstücke lagen auf dem Fußboden verstreut, dazwischen die zerstörten Einzelteile eines Radioweckers. War das Vandalismus oder hatte hier ein Einbrecher, der nicht das gefunden hatte, was er suchte, seinen Frust abreagiert? So leise wie möglich schlich Grafenberg durch die Zimmertür in den nächsten Raum, hätte aber fast das Feuerzeug fallen lassen, das mittlerweile so heiß geworden war, dass es ihm beinah den Daumen verbrannt hätte. Er wartete kurz, bis es wieder abgekühlt war. Er stand in einer Art Wohnküche, ebenfalls total verwüstet. Alle Schubladen herausgezogen, der Inhalt verstreut auf dem Fußboden. Zerbrochene Teller und Tassen, Essbesteck, Lebensmittel, Papiere, Schreibzeug, ein aufgeschlitztes Sofa, ein umgestürzter Mülleimer – jeder Zentimeter des nicht sehr großen Raumes war übersät mit den Folgen unbeherrschter Wut. Wer hatte hier so gewütet? Und warum? Es gab nur eine Erklärung. Der oder die Einbrecher hatten bei ihrem ersten Besuch nicht das gefunden, was sie gesucht hatten und waren nun ein zweites Mal gekommen. Vermutlich hatten sie auch diesmal nichts von Bedeutung gefunden und ihrer Wut darüber freien Lauf gelassen. Aber wo war Korbmacher?

Grafenberg durchsuchte nun auch noch den dritten Raum der Wohnung, das Bad. Ein beklemmend enger Raum ohne Fenster, Klo und Dusche direkt nebeneinander, dazu noch ein winziges Handwaschbecken. Mehr nicht. Wenn man mal davon absah, dass auch hier Handtücher, Toilettenpapier, Shampooflaschen und Rasierzeug auf dem Fußboden lagen. Wieder keine Spur vom Mieter dieser Wohnung. Grafenberg seufzte erleichtert. In eine fremde Wohnung eindringen und darin eine Leiche finden, das hätte ihm noch gefehlt! Er verspürte ein großes Bedürfnis, sich jetzt und auf der Stelle mit seinem Mentor Rodehutskors zu beraten. Doch er wusste, dass es keinen Zweck haben würde, ihn in diesem Augenblick anzurufen. Rodehutskors steckte in einer für ihn und seinen Verein wichtigen Sitzung und hatte unter Garantie sein Handy abgeschaltet. Eigentlich wäre es das Klügste, so schnell wie möglich aus dieser verfluchten Wohnung zu verschwinden. Andererseits würde es sich vielleicht lohnen, wo er schon einmal hier war, noch ein wenig herumzuschnüffeln. Da aber selbst die Einbrecher offenbar nichts von Belang gefunden hatten, wäre es sinnlos, auch nur eine Sekunde länger als nötig hier zu bleiben. Er beschloss, alle Räume zu fotografieren, einfach, um die Geschichte rund zu machen. Er war gerade mit dem Bad fertig und wollte sich einen guten Standplatz für die Küche suchen, als er hörte, dass draußen ein Auto vorfuhr und direkt vor dem Hof anhielt. Sekunden darauf ein zweites. Grafenberg horchte angestrengt. Er huschte in Korbmachers Schlafzimmer, um durch das offene Fenster besser hören zu können. Was er hörte, ließ seinen Kreislauf wie mit einen Turbo in die Höhe schnellen. Männerstimmen riefen sich leise Anweisungen zu, dann hörte er eine einzelne Stimme laut rufen: „Da oben! Das offene Fenster!"

Was tun? Aus dem Fenster verschwinden war nun ausgeschlossen. Es blieb das Treppenhaus. Grafenberg stürzte in blinder Hast zurück durch die Wohnküche in einen kleinen Flur, der zur Wohnungstür führte. Natürlich war die abgeschlossen! Während er noch hektisch überlegte, wie er diese verdammte Tür aufbekommen könnte, waren aus dem Treppenhaus laut und deutlich schnelle Schritte zu hören. Dann – Grafenberg war vor lauter Panik handlungsunfähig – das Geräusch eines sich im Schloss drehenden Türschlüssels. Dann sprang die Wohnungstür auf.

Vor ihm standen zwei Männer in grünen Uniformen, die sich, ohne auch nur eine Sekunde zu zögern, auf ihn stürzten, ihn zu Boden warfen und ihm die Arme nach hinten rissen. Grafenberg schrie vor Schmerz auf, war aber geistesgegenwärtig genug, nichts zu tun, was ihm als Widerstand gegen die Staatsgewalt hätte ausgelegt werden können.

## 30

Hauptkommissar Wolf Muffen kehrte am Ende eines langen Arbeitstages müde ins Bielefelder Polizeigebäude an der Kurt-Schumacher-Straße zurück. Er hatte den ganzen Tag der wenig attraktiven Suche nach Informationen über den flüchtigen Peter Korbmacher gewidmet. Am Vormittag war er nach Lage gefahren, hatte dort in der Nachbarschaft von Korbmachers Wohnung Anlieger befragt. Viele hatten, nachdem sich Muffen als Polizist vorgestellt hatte, munter drauflos geplaudert. Der eine glaubte, Fehler in der Kommunalpolitik bemängeln zu müssen, andere fühlten sich nicht ausreichend durch die Polizei geschützt und mussten dies einmal loswerden. Wieder andere waren froh, überhaupt mal jemanden zur Unterhaltung zu haben. Nur einer fühlte sich durch Muffen belästigt. Aber unterm Strich kam dabei nicht viel heraus. Korbmacher war in seiner Nachbarschaft ein absoluter Nobody. Klar, der eine oder andere Befragte kannte ihn vom Sehen. Als Muffen ein Foto Korbmachers vorlegte, wollte auch schon mal einer mit ihm gesprochen haben. Einer unterstellte, Korbmacher sei stockschwul, konnte aber absolut keinen Grund für seine Behauptung vorbringen. Ein anderer war sicher, ihn einmal aus einem Bordell kommend gesehen zu haben. Muffen beschloss, dies alles schnell wieder zu vergessen und fuhr zum Lagenser Einwohnermeldeamt.

Zwar erfuhr er hier Einzelheiten über Korbmachers Geburtsort und -datum, aber das wusste er bereits alles. Dass Korbmacher zweiundvierzig Jahre alt war, dass er einen Meter neunundsiebzig groß war, evangelisch, dass er sein Abitur in Detmold am *Leo* gemacht und in Münster studiert hatte. Alles stand bereits in der Akte.

Auch bei den örtlichen Kollegen der Polizei erfuhr er nichts Neues. Auch hier war Korbmacher ein unbeschriebenes Blatt.

Etwas interessanter wurde es für Muffen erst am Nachmittag. Er war von Lage aus direkt nach Kalkriese zum Museum Varus-Schlacht gefahren. Der Besuch war mit den Osnabrücker Kollegen abgestimmt worden. Muffen musste also nicht befürchten, in irgendwelche Fettnäpfchen zu treten. Die Mitarbeiter des Museums hatten keine einhellige Meinung zu Korbmacher. Wenige positive Stimmen beschrieben ihn als ruhigen, sehr zurückhaltenden und bescheidenen Kollegen. Die meisten jedoch drucksten herum und gaben eine wenig klare Antwort. In der Summe kam heraus, dass Korbmacher eine ziemliche Spaßbremse, ein Eigenbrötler, ein weltabgewandter Akademiker und Fachidiot war, kurz und gut ein etwas seltsamer Zeitgenosse. Muffen horchte auf, als eine jüngere Frau, die eng mit Korbmacher zusammengearbeitet hatte, von dessen Panikattacken berichtete.

„Das war ziemlich erschütternd", schilderte sie. „Es kam wie aus heiterem Himmel. Zumindest erschien uns Kollegen das so. Wir konnten eigentlich nie einen konkreten Anlass erkennen. Es kam völlig überraschend. Er ist dann immer auf der Toilette verschwunden und hat in eine Tüte geatmet. Diese Tüten lagerten immer in seinem Schreibtisch, für alle Fälle. Das hat anscheinend auch immer schnell geholfen. Ja, dann hat er, glaube ich, immer eine Tablette eingeworfen, und dann ging es wieder."

„Kam es vor, dass er während einer Panikattacke aggressiv wurde? Verbal oder körperlich?", wollte Muffen wissen. Die junge Frau überlegte nicht lange.

„Nein! Nie! Ich glaube auch nicht, dass er dabei überhaupt in der Lage gewesen wäre, körperlich aggressiv zu werden. Er war ja, wie gesagt, komplett verkrampft. Und gesagt hat er dann ebenfalls nichts. Das war ja das Unheimliche daran."

Muffen hatte jeden Zeugen dazu befragt, wo sich Korbmacher aufhalten könnte. Hatte er mal irgendwann von einer zweiten Wohnung berichtet? Gab es eine Freundin? Hatte er schon mal bei einem Verwandten übernachtet? Keine seiner Fragen konnte beantwortet werden. Muffen gewann den Eindruck, dass sich niemand wirklich für diesen Peter Korbmacher interessiert hatte. Erst sein plötzliches Verschwinden und die dadurch ausgelösten Gerüchte hatten aus dieser grauen Maus einen Paradiesvogel gemacht.

## 31

Eine halbe Stunde später saß Grafenberg auf einem der harten Stühle im Verhörraum der Kreispolizeibehörde in Detmold und machte sich klar, dass er sich mal wieder wie ein Vollidiot verhalten hatte.

Ihm gegenüber saß ein junger Kriminalbeamter, dem seine Rolle als Leiter des Verhörs sichtbar Vergnügen bereitete. Es war noch nicht lange her, dass Oliver Hartel zum Kriminalkommissar befördert worden war, und er wollte den nächsten Karrieresprung auf keinen Fall durch ein nachlässig geführtes Verhör gefährden. Er war voll bei der Sache und setzte Grafenberg mit einem Gewitter von Fragen hart zu. Der antwortete mittlerweile sehr einsilbig, wenn überhaupt. Grafenberg hatte in der letzten halben Stunde ein Wechselbad der Gefühle erlebt. Seine erste Reaktion auf die Festnahme war helle, aufrichtige Empörung gewesen. Was sollte dieser Unfug? Ihn, ausgerechnet ihn, festnehmen? Dann schlug die Empörung in Aggression um. Er schimpfte über die Beamten, schimpfte über Korbmacher, über Rodehutskors und schließlich, als die Aggression in eine nachdenkliche Verzweiflung mündete, beschimpfte er sich selbst. Als auch diese Phase ausgestanden war, wurde er ganz still. Er hätte jetzt gern mit großen Worten und raumgreifenden Gesten nach seinem Anwalt verlangt, aber er kannte keinen Vertreter dieser Gattung. Nach wem hätte er verlangen sollen? Er ließ die Fragen Hartels auf sich niederprasseln, reagierte aber nicht. Hing nur seinen eigenen, trostlosen Gedanken nach. Sein erster Impuls, als bislang unbescholtener Bürger über jeden ernsthaften Verdacht erhaben zu sein, war in den letzten Minuten wie eine Seifenblase geplatzt. Natürlich hatte er nichts verbrochen, die Vorwürfe gegen ihn waren so absurd, dass …, ja, waren sie das denn wirklich? Wie sah sein Fall denn in den Augen dieses jungen und überehrgeizigen Polizisten aus? Für den war er auf frischer Tat ertappt worden, als er in eine fremde Wohnung eingedrungen war und diese fast restlos verwüstet hatte. In der Theorie triumphiert am Ende immer die Gerechtigkeit. Aber in der Praxis ist die Justiz alles andere als unfehlbar. Er wäre nicht der Erste, der unschuldig hinter Gitter sitzen würde. Doch ein Strohhalm war ihm geblieben.

„Ich will sofort mit Frau Kommissarin Maren Köster sprechen!“, unterbrach er eine der vielen Fragen Hartels, der ihn daraufhin verblüfft anstarrte.

„Die Kollegin ist aber nicht im Haus“, versuchte Hartel ihn abzuwimmeln.

„Außerdem können Sie nicht einfach bestimmen, welcher Beamte die Untersuchung führt und welcher nicht. Sie müssen schon mit mir vorlieb nehmen.“

Grafenberg ließ sich nicht abschrecken.

„Ich weiß, dass sie heute Abend Dienst hat. Und ich bin sicher, sie wird sofort kommen, wenn sie hört, dass ich hier festsitze. Also bitte, rufen Sie sie an!“

Kommissar Hartel lachte gekünstelt.

„Woher wollen Sie das denn wissen?“

„Weil ich ihr Lebensgefährte bin! Wir sind zwar nicht verheiratet und haben auch keine gemeinsame Wohnung, aber wir sind zusammen, wie man so sagt. Sie wird diesem faulen Zauber ganz schnell ein Ende machen.“

Hartel amüsierte sich köstlich. Er wandte sich zu dem gelangweilt dreinschauenden uniformierten Polizisten, der das Verhörprotokoll führte.

„Haben Sie das gehört, Kröger? Das ist der Lover unserer schönen Kommissarin! Den hab ich mir ganz anders vorgestellt. Aber Geschmack war noch nie ihre starke Seite, was? Schau an, schau an!“

Grafenberg unterdrückte mit großer Mühe den Impuls, aufzuspringen und dem blasierten Schnösel was aufs Maul zu geben. Das hätte gerade noch gefehlt. Er blieb sitzen und atmete tief durch.

Fünf Minuten und viele Fragen später sprang laut die Tür auf. Hinein platzte eine sehr attraktive Frau, knapp über Vierzig, mit langen rotbraunen Haaren. Sie warf einen schnellen prüfenden Blick auf die Szenerie.

„Das ist mein Fall, Frau Kollegin Köster!“, zeterte Hartel sofort los. „Sie können nicht einfach hier …“

Die Frau beachtete ihn mit keinem weiteren Blick, sondern stürzte sofort auf Grafenberg zu.

„Was ist passiert?“, fragte sie ihn hektisch. „Warum bist du hier?“ Und, als Grafenberg in seiner Überraschung so schnell gar nicht antworten konnte, wandte sie sich an Hartel und blaffte ihn an:

„Warum halten Sie diesen Mann hier fest? Ich hoffe, Sie haben dafür einen verdammt guten Grund!“

Hartel hatte sich wieder gefangen. Die neue Situation war für ihn wie ein Feiertag. Hier konnte er zwei Fliegen mit einer Klappe schlagen. Einmal konnte er zeigen, welch’ harter Hund er bei Verhören war, zum anderen würde er jetzt dieser eingebildeten Tussi mal zeigen, wo der Hammer hängt. Darauf hatte er schon lange gewartet. Ruhig antwortete er ihr:

„Frau Kommissarin Köster, ich muss Sie bitten, sofort diesen Raum zu verlassen und mich nicht weiter in meiner Arbeit zu behindern. Die Zuständigkeit für diesen Fall ist klar geregelt. Wenn Sie anderer Meinung sind, können wir das gern auf der Stelle durch unseren gemeinsamen Vorgesetzten klären lassen. Seine Telefonnummer habe ich hier. Was meinen Sie?“

Maren Köster stand kurz vor der Explosion. Grafenberg, der sie gut kannte und die Katastrophe kommen sah, berührte sie leicht mit der Hand und sagte leise, aber eindringlich:

„Lass gut sein! Bring dich nicht auch noch in Schwierigkeiten. Es reicht, dass ich bis zum Hals in der Sch … stecke.“

Maren Köster hatte alle möglichen Stärken, Besonnenheit gehörte leider nicht dazu. Als sie das feixende Gesicht Hartels sah, als sie fast körperlich spüren konnte, wie dieser die Situation genoss, wie sehr er sich eine Eskalation der Auseinandersetzung wünschte, um sie dann bei ihrem Vorgesetzten anschwärzen zu können, da wären ihr beinahe alle Sicherungen durchgebrannt. Mit Mühe bekam sie ihre heftig aufwallenden Emotionen in den Griff. Für sie selbst, aber auch nur für sie selbst, hörte sich ihre Stimme ruhig und sachlich an. Es klang aber eher, als versuche sie, beim Sprechen einen Kieselstein zerbeißen.

„Okay, jetzt erklär mir mal ganz ruhig, was vorgefallen ist. Vielleicht finden wir beiden ja zusammen eine Lösung.“

Hartel war offenbar überzeugt, nach dieser erneuten Einmischung ausreichend Grund zu haben, seinen und ihren Chef einzuschalten.

Noch während sie sprach, hatte er begonnen, die eingespeicherte Privatnummer des Polizeioberrats Klaus Erpentrup zu wählen.

„Herr Polizeioberrat, wir haben ein kleines Problem. Hier sitzt …“, er schilderte in kurzen Worten die Festnahme Grafenbergs sowie den bisherigen Verlauf des Verhöres. „Und jetzt kommt plötzlich Frau Köster hereingeplatzt und will mir vorschreiben, wie ich meine Untersuchung zu führen habe.“

Er schaute dabei bewusst nicht in Maren Kösters Richtung, wohl wissend, dass sie kurz davor stand, ihn anzufallen, sondern meldete seinem Chef im beflissenen Tonfall weiter:

„Das kann ich aber keinesfalls dulden. Die Kollegin Köster muss in diesem Falle unbedingt als befangen gelten. Sie ist die, die …“, er suchte nach einer besonders gelungenen Formulierung. „… Geliebte des Mannes, den wir gerade auf frischer Tat ertappt haben. Was denken Sie über diese Konstellation? Sie wollen mit ihr selbst sprechen? Ja, sicher, ich stelle Sie durch!“

Grafenberg drückte seiner vor Wut zitternden Freundin fester die Hand. Er kannte sie. Er wusste, dass sie imstande war, jegliche Vernunft fahren zu lassen und ihren Gefühlen freie Fahrt zu lassen. Soweit wollte er es nicht kommen lassen. Hartel reichte mit einem Siegergrinsen den Hörer an Maren Köster weiter. Sie nahm den Hörer mit spitzen Fingern, so als sei das Gerät hoch ansteckend und meldete sich etwas barsch. Geschlagene zwei Minuten hörte sie stehend zu, sagte kein einziges Wort. Grafenberg konnte sehen, dass sie zunehmend blasser wurde, als sei ihr plötzlich schlecht geworden. Dann sagte sie leise „Verstanden“ und knallte den Hörer auf Hartels Tisch.

Sie drehte sich zu Grafenberg um und schaute ihm lange in die Augen.

„Tut mir leid, aber ich kann dir im Augenblick nicht helfen. Ich fahre jetzt nach Hause und besorge dir, als Privatperson, einen Anwalt. So kann das ja nicht weiter gehen. Und falls dieser, dieser …“, mühsam unterdrückte sie eine Beleidigung. „... Herr dich über Nacht hier behalten will, dann werde ich persönlich kontrollieren, dass du ordentlich untergebracht wirst. Und wehe, es läuft nicht alles ganz exakt nach den Buchstaben des Gesetzes. Ich kenne die Vorschriften, Kollege Hartel, auch wenn das manchmal nicht so aussehen mag!“

Damit rauschte sie aus dem Verhörraum und ließ einen trostlos gestimmten Michael Grafenberg und einen nun doch etwas verunsicherten Kommissar Oliver Hartel zurück.

## 32

Die Post wird auch immer umfangreicher, dachte der Vorsitzende des Lippischen Landesverbandes, als er den Stapel Briefe betrachtete. Und begann damit, die Absender der Briefumschläge zu sichten.

Als sein Blick auf die **Varus-Gesellschaft zur Förderung der Vor- und Frühgeschichte im Osnabrücker Land e.V.** fiel, brummte er:

„Mal sehen, was die so zu melden haben“, und zog ein Blatt aus dem Umschlag, um den Brief zu lesen. Mit jeder Zeile wurde er ärgerlicher. Nach Beendigung der Lektüre griff er zum Telefon. Er rief seinen Verwaltungschef an und bat ihn zu kommen. Kaum hatte der das Büro betreten, da legte der Vorsteher los:

„Ich habe Post aus Osnabrück bekommen, den Brief muss ich dir sofort vorlesen, sonst platze ich.“

*Sehr geehrte Damen und Herren,*

*wie am Wochenende den verschiedenen Medien zu entnehmen war, sind in der Nähe des Hermannsdenkmals einige römische Artefakte gefunden worden. Wir, die Mitglieder der Gesellschaft zur Förderung der Vor- und Frühgeschichte, beglückwünschen Sie zu diesem Fund. Wir freuen uns mit Ihnen, das möchte ich an dieser Stelle gleich versichern, über diesen, wie es scheint, glücklichen Zufall.*

„Hier lügt aber einer, dass sich die Balken biegen“, kommentierte der Landesverbandsvorsteher die Briefpassage. „Als der von den Rüstungen erfahren hat, ist der mit Sicherheit im Dreieck gesprungen.“

Er las weiter.

*Wie Sie ja selbst wissen, wurde zwischen dem Lipper- und dem Osnabrücker Land, zwischen Detmold und Kalkriese für 2009 per Vertrag Frieden geschlossen. Gleiches war in einem Artikel der ZEIT vom 22. April 2007 zu lesen.*

„Okay, jetzt lässt der Herr den Zeit-Leser raushängen. Wenn ich eins hasse, dann sind das Leute, die ihre vermeintliche Belesenheit vor sich her tragen."

Wieder wandte er sich dem Brief zu:

*Dieses Abkommen hat für unsere absolute Gültigkeit. Unter dem Titel werden die Orte Detmold, Haltern und Kalkriese für 13 Millionen Euro ein gemeinsames »Ausstellungsprojekt« umsetzen. Selbst die Tatsache, dass sich damals ein Vertreter des Kreises Lippe gegenüber der ZEIT und anderen Medien wie folgt äußerte: »Uns ärgert, wie aggressiv Kalkriese auftritt, wenn es um den Ort der Varus-Schlacht geht – und ganz ohne Beweise!«, hat uns nicht davon abgebracht, zu dem geschlossenen Vertrag zu stehen.*

*So scheint es denn auch, dass der ZEIT-Redakteur Recht hat, wenn er weiter schreibt: »Doch das Geld kann die Gräben nicht zuschütten. «*

*Wir Niedersachsen sind in dieser Frage weiterhin völlig leidenschaftslos. Es wundert mich jedoch auch nicht, dass im Lipperland tapfer Widerstand gegen die Tatsache geleistet wird, dass mit ziemlicher Sicherheit die Varus-Schlacht im Osnabrückerland stattfand. Jedem Lokalpatrioten fällt es eben schwer, einen Irrtum zuzugeben.*

„Was soll das? Kann der Mann vielleicht endlich mal zur Sache kommen?"

*Nun scheint es, dass Ihnen das Glück so kurz vor der Zweitausendjahrfeier zur Seite gestanden hat. Nochmals meinen aufrichtigen Glückwunsch!*

*Da wir uns, Kalkriese und Lippe, in dem Vertrag jegliche Art von Kooperation zugesichert haben, freuen wir uns sehr darüber, mit Ihnen und Ihren Archäologen einen Termin zu vereinbaren, um Ihre Funde als interessierte Partner zu begutachten. Bitte nennen Sie uns daher ein Datum, an dem wir uns gemeinsam ein Bild von Ihren neu entdeckten Artefakten machen können.*

*Für den Vorstand*
*gezeichnet Dr. Karl Schmidt*

„Dieser Doktor Schmidt hat ja wohl einen Knall! Das ist doch die aufgeblasenste Pfeife, die mir jemals untergekommen ist!“ Müller platzte bald.

Sein Verwaltungschef hingegen wirkte um einiges unaufgeregter.

„Bleib gelassen! Papier ist geduldig. Der Brief ist bei uns nie angekommen. Ich sage nur: Ablage P! Und dann sehen wir weiter. Briefe dieser Art werden wir in nächster Zeit noch öfter bekommen. Die können und dürfen uns nicht aus der Ruhe bringen. Um die Rüstungsfunde demnächst allen zugänglich zu machen, müssen sie jetzt erst einmal vernünftig aufgearbeitet werden. Solange das nicht geschehen ist, bekommt sie niemand zu sehen. Wo führt das denn hin, wenn wir den Wünschen eines jeden Hobbyhistorikers nachkämen? Sollte sich also dieser Kerl noch einmal melden, dann werden wir ihm genau diese Antwort geben. Oder siehst du das anders?“

Die Ruhe des Verwaltungschefs ließ nach und nach auch den Landesverbandsvorsteher wieder gelassener reagieren.

„Hast ja Recht! Man sollte sich wirklich nicht durch jede Kleinigkeit aus der Ruhe bringen lassen. Die aus Kalkriese warten genau so lange wie alle anderen auch, bis sie einen Blick auf unsere Rüstungen werfen dürfen.“

## 33

„Jupp, hörst du schlecht?", rief Wolf Muffen laut aus dem Nachbarbüro. „Dein Handy schreit nach dir! Geh doch endlich mal ran!"

Jupp Schulte schreckte auf. Jetzt war er doch tatsächlich im Dienst eingedöst! Wie in einem dieser alten Beamtenwitze. Aber er hatte wieder einmal eine sehr unruhige Nacht hinter sich bringen müssen. Irgendein Wehwehchen von Baby Linus hatte ihn fast die ganze Nacht gekostet. Schulte war zwar nicht für seine Pflege zuständig, aber neben dem Schreien hatte das dauernde Hin- und Herlaufen seiner Tochter (Wasserhahn auf – Wasserhahn zu …) dafür gesorgt, dass er immer wieder wach wurde. Irgendwann hatte er sich resigniert ein Buch geschnappt und gelesen. Nach einer Seite waren ihm die Augen zugefallen, aber bereits eine halbe Stunde später schreckte er wieder hoch, weil Linus erneut ein „Konzert" gab. So ging es bis zum frühen Morgen. Als er endlich tief eingeschlafen war, riss ihn der Wecker unbarmherzig aus den schönsten Träumen.

Wenn doch schon Ostern wäre! Für Ostersamstag hatte Schulte mit seiner Tochter und Fritzmeier den Umzugstermin angepeilt. Bis dahin war noch einiges zu tapezieren und zu streichen, aber das würden sie schon schaffen. Alles Arbeiten, die Schulte gern erledigte, wenn er nur dem Ziel des Ganzen – endlich wieder Ruhe – schnell näher kam.

Verkatert stand er auf und suchte das Handy. Er fand es eine Zehntelsekunde bevor der Anrufer entnervt aufgelegt hätte. Schulte meldete sich mit leiser Stimme und hörte eine glockenhelle, frische Frauenstimme, die mit einem wunderbaren ostfriesischen Dialekt sprach: „Jupp? Bist du es? Geht es dir nicht gut? Nun sag doch was!"

Schulte räusperte sich.

„Hallo Gunda! Schön, dass du anrufst. Doch, mir geht's gut. Bin nur etwas überarbeitet. Aber du kennst das ja!"

Gunda Luitjens kannte tatsächlich die schönen wie schlechten Seiten des Polizistenlebens. Sie war Kommissarin bei der Kripo in Aurich und hatte Schulte bei dessen Recherchen zu einem Mordfall auf der Nordseeinsel Norderney kennen gelernt. Die beiden hatten sich auf Anhieb zueinander hingezogen gefühlt. Im letzten Jahr hatten sie sich in Osnabrück getroffen. Es war ein schöner Abend gewesen, der für die beiden im gemeinsamen Bett seinen Höhepunkt fand. Seitdem hatte Schulte immer wieder seinen Leichenwagen nach Aurich geschaukelt. Beide genossen seit mehr als einem halbes Jahr ihr lockeres, unverbindliches Liebesleben. Für beide ohne größere Verpflichtungen, nur dem Lustprinzip geschuldet. Das war genau nach Schultes Geschmack. Sie war in der Zeit nicht einmal in Detmold gewesen, was weniger ihre Schuld war als seine. Lieber nahm er den weiten Weg in Kauf, dann war er Gast und konnte gehen, wann er wollte. Als sie versucht hatte, ihn etwas enger an sich zu binden, brach wieder die alte Schultesche Beziehungsunfähigkeit durch. Er hatte sich, anfangs kaum spürbar, dann aber immer deutlicher werdend, zurückgezogen. Aktuell hatten die beiden sich nun schon fast zwei Monate nicht gesehen, nur gelegentlich telefoniert. Es wurde eigentlich mal wieder Zeit für ein Treffen. Sie wechselten noch einige Belanglosigkeiten aus, bevor Gunda Luitjens konkret wurde:

„Sag mal, was hältst du davon, wenn ich vorbeikomme?"

Schulte zögerte kurz mit der Antwort. Dann stammelte er verlegen:

„Ja, wenn du meinst! Aber bei mir zuhause ist es zurzeit ziemlich ungemütlich. Soll ich nicht lieber zu dir kommen? Mir macht das Fahren nichts aus, ehrlich!"

„Mir auch nicht! Ich fahre seit vielen Jahren unfallfrei, habe ein eigenes Auto und werde durchaus in der Lage sein, den Weg von Ostfriesland nach Detmold zu finden. Im Ernst: Ich möchte endlich mal sehen, wie du so lebst. Also, heute ist Mittwoch. Wie wäre es, wenn ich Freitagabend komme?"

Wieder zögerte Schulte.

„Du, das passt leider gar nicht!“, fiel ihm dann ein. „Am Wochenende zieht meine Tochter um, da muss ich mithelfen. Ich kann sie damit unmöglich allein lassen.“

„Brauchst du ja auch nicht“, fuhr sie ihm gutgelaunt dazwischen. „Dann helfe ich eben auch mit. Kein Problem! Mit Umzügen kenne ich mich aus. Außerdem lerne ich dann gleichzeitig deine Tochter kennen. Passt doch!“

Dann wurde sie plötzlich ernst: „Oder willst du nicht, dass ich komme? Sei bitte ganz ehrlich!“

Schulte brauchte eine Sekunde zu lange, um wirklich glaubwürdig zu wirken.

„Doch! Natürlich freue ich mich, wenn du mich besuchst! Gar keine Frage.“

Sie blieb ernst.

„Na, so richtig überzeugt hast du mich nicht! Dann lass ich mich mal überraschen. Also dann bis Freitag, so am frühen Abend. Ich trinke Wein!“

Damit legte sie auf. Schulte saß leicht benommen an seinem Schreibtisch. Er verstand sich selbst nicht. Was hielt ihn eigentlich davon ab, sich über ihren Besuch zu freuen? Er mochte diese Frau und fand sie begehrenswert. Sehr sogar! Was also stand dem Wochenendglück im Wege? Er wusste es nicht, fühlte sich nur seltsam schaumgebremst.

## 34

„Aus! Schluss! Vorbei! Ich mache nicht mehr mit!“

Michael Grafenberg drehte nun bereits zum dritten Mal einen Kreis im kleinen Büro von Hermanns Pressedienst. Der Namensgeber der kleinen Agentur saß ruhig hinter seinem Schreibtisch und betrachtete – nicht ohne Sorgen – seinen jungen Mitarbeiter.

Grafenberg war vor genau zwei Stunden aus der Untersuchungshaft entlassen worden. Der Detmolder Polizeichef Erpentrup hatte dafür gesorgt, dass er nicht eine Minute vor Ablauf der gesetzlich zugelassenen Zeit frei kam. Eigentlich bestand keine akute Flucht- oder Verdunklungsgefahr, außerdem hatte er einen festen Wohnsitz. Dass er trotz der Einschaltung eines Rechtsanwaltes so lange festgehalten worden war, konnte für Grafenberg nur einen Grund haben. Erpentrup wollte seiner Mitarbeiterin Maren Köster eins auswischen.

Nach ihrer Einmischung wollte er ihr zeigen, wer Herr im Haus war.

Grafenberg war nun zwar auf freiem Fuß, galt aber weiterhin als Verdächtiger.

„Mein Bedarf an Abenteuern ist für die nächsten zweihundert Jahre gedeckt!“, rief Grafenberg, heftig gestikulierend. „Vor zwei Jahren bin ich entführt worden, man wollte mich sogar umbringen. Im letzten Jahr hat mich ein Irrer als Geisel genommen und so schwer verletzt, dass ich wochenlang im Krankenhaus gelegen habe. Und jetzt das! Die haben mich behandelt wie einen Schwerverbrecher. Hast du eine Ahnung, wie das ist? Erst bin ich fast verprügelt worden, dann dieses demütigende Verhör. Und als Krönung eine ganze Nacht in so einer kleinen Untersuchungshaftzelle. Nee, Hermann, jetzt ist genug!“

Noch bevor Hermann Rodehutskors ein besänftigendes Wort sagen konnte, ging das Lamento munter weiter:

„Ich hatte ein ruhiges Leben. Bis ich mit euch zu tun bekam. Mit dir und deiner unseligen Presseagentur, mit Maren und mit diesem komischen Schulte. Seitdem kriege ich immer nur eins drauf, es …"

„Jetzt lass mal gut sein!", fuhr ihm Rodehutskors energisch dazwischen. „Ich kann deinen Ärger ja verstehen, aber bitte bleib fair. Durch diese unselige Presseagentur hast du zum ersten Mal seit Jahren regelmäßig Geld in der Tasche gehabt. Außerdem hat dich niemand gezwungen, hier mitzuarbeiten. Und dass du dich in Maren Köster verknallt hast, was ich im Prinzip ebenfalls sehr gut verstehen kann, ist einzig und allein deine Sache. Wenn ich gewusst hätte, dass du eine langweilige, biedere und überhaupt nicht aufregende Frau bevorzugst, hätte ich dir die Tochter unserer Nachbarn empfohlen. Mit der hättest du dann gemeinsam vor dem Fernseher verschimmeln können. Und ob Jupp Schulte nun komisch ist oder nicht, darüber haben sich schon viele andere den Kopf zerbrochen. Auf jeden Fall hat er dir nichts getan. Außer, dass er schon deine Freundin umworben hat, als du sie noch gar nicht kanntest. Aber das kannst du ihm kaum verübeln. So, und nun komm mal wieder auf den Teppich!"

Grafenberg beendete abrupt seine Runden durch das Zimmer und starrte ungläubig den Mann an, der ihm da gerade den Kopf gewaschen hatte. Sein erster Impuls war, den Schreibtisch umzuwerfen und den dicken alten Mann darunter zu begraben. Dann flaute sein Zorn langsam ab und machte einer selbstmitleidigen Betrachtung Platz.

„Aber du musst zugeben, dass ich ganz ordentlich was einstecken musste in der letzten Zeit. Ich hoffe, du erkennst das wenigstens an."

Rodehutskors entspannte sich etwas. Auch wenn er seinen jüngeren Kollegen eben recht hart angefahren hatte, war er doch durchaus besorgt gewesen, Grafenberg könne abspringen. Was würde dann aus *Hermanns Pressedienst* werden? Mit seinen fast sechsundsechzig Jahren konnte er die Arbeit allein nicht mehr leisten. Seine Frau würde da sicher nicht mitspielen, undenkbar. Er brauchte diesen Grafenberg. Es verbanden ihn zwar kaum Gemeinsamkeiten mit diesem Grafenberg, aber sie ergänzten sich ideal, so dass er auf diese Weise seinen Alterstraum von einem eigenen, kleinen Pressebüro verwirklichen konnte. Er bemühte sich, einen verbindlichen Ton anzuschlagen:

„Glaub mir, ich weiß genau, was du für unsere Agentur geleistet hast und bin sehr froh über unsere Zusammenarbeit. Aber es liegt in der Natur der Sache, dass du als der wesentlich Jüngere und Belastungsfähigere mehr den operativen Part unserer Nachforschungen übernimmst, während ich als alter Mann das Ganze vom Schreibtisch aus steuere. Normalerweise passiert einem aber bei unserer Arbeit auch nichts. Ich habe vierzig Jahre Pressearbeit hinter mir und habe dabei nicht ein einziges Mal Prügel bezogen. Ein einziges Mal wurde ich in dieser Zeit wirklich bedroht. Du hattest einfach eine Pechsträhne in der letzten Zeit. Aber das wird schon wieder, die ist jetzt vorbei."

## 35

Zweimal hatte er bereits vergeblich die Handynummer gewählt. Hermann Rodehutskors hatte die Hoffnung schon fast aufgegeben, diesen dubiosen Herrn Korbmacher noch einmal ans Telefon zu bekommen, als dieser endlich zurückrief.

„Es ist sicherer so", entschuldigte Korbmacher sein umständliches Verhalten. „Ich musste doch erst herausfinden, wer hinter dieser Nummer steckt. Gibt's was Neues?"

Rodehutskors schnaufte empört.

„Was Neues? Das fragen Sie mich? Eigentlich erwarte ich von Ihnen ein paar Neuigkeiten. Zum Beispiel, warum Sie gestern Abend nicht am vereinbarten Treffpunkt waren. Wie oft wollen Sie uns eigentlich noch hängen lassen? Langsam glaube ich, dass Ihnen so etwas Spaß macht. Und wenn Sie jetzt nicht auf der Stelle eine verdammt gute Erklärung für Ihr Verhalten haben, dann betrachte ich unsere Zusammenarbeit hiermit als erledigt!"

Er konnte Korbmacher durchs Telefon hecheln hören. Offenbar war der Mann wieder mal am Ende seiner Nerven. Es dauerte eine Weile, bis Korbmacher antwortete.

„Ich bitte Sie! Legen Sie jetzt nicht voreilig auf. Ich kann alles erklären." Wieder eine Pause. „Ich war gestern Abend da, ob Sie es glauben oder nicht. Ich kam gerade rechtzeitig, um mitzubekommen, dass in meiner Wohnung Licht brannte. Da ich aber ganz sicher war, bei meinem letzten Aufenthalt das Licht gelöscht zu haben, wurde ich misstrauisch. Außerdem stand ein Fenster auf, das wäre mir nie passiert. Ich bin dann ganz vorsichtig näher rangegangen und konnte hören, dass aus meiner Wohnung Geräusche kamen. Offenbar hat jemand da drin regelrecht gewütet. Es klang, als wenn Stühle an die Wand geworfen würden, Holz zerbrach. Und Glas. Dann, ja dann hat's mich wieder erwischt und ich bin nur noch gerannt. Ich …"

„Was hat Sie erwischt?", fragte Rodehutskors ungeduldig.

„Ich war wieder panisch! Habe den Kopf verloren und bin nur noch gelaufen. Bis zum Auto, das hatte ich sicherheitshalber schon weit weg von meiner Wohnung geparkt. Direkt vor dem Haus hätte es ja erkannt werden können. Dann bin ich sofort losgefahren. Ich wollte nur noch weg!"

„Haben Sie sich mal eine Sekunde lang gefragt, was wohl aus meinem Kollegen geworden sein könnte? Was, wenn er, weil Sie ja nicht am Treffpunkt waren, in Ihre Wohnung gegangen und dem Einbrecher in die Quere gekommen wäre? Das hätte für ihn ganz böse ausgehen können. Sie hatten doch seine Handynummer. Wieso haben Sie ihn nicht angerufen und gewarnt?"

Korbmacher schien verblüfft zu sein.

„Ganz ehrlich, ich habe in diesem Moment nicht viel gedacht. Ich war fix und fertig, das müssen Sie mir glauben. Tut mir leid, dass ich diesen Herrn Grafenberg nicht angerufen habe. Ich hoffe, er ist jetzt nicht allzu sauer, weil er völlig umsonst nach Lage gefahren ist.“

Rodehutskors lachte laut und wütend.

„Das war sein kleinstes Problem! Er …“. Rodehutskors berichtete von Grafenbergs Erlebnissen am gestrigen Abend. Vom Zustand der Wohnung, vom Verhör und von der Nacht in Polizeiarrest. „Wir haben uns tatsächlich gefragt, wieso die Polizei so schnell da war. Jedenfalls hat dieser Herr Grafenberg mir eben die Brocken vor die Füße geworfen. Will heißen, er steigt aus unserer gemeinsamen Agentur aus. Er hat die Nase voll. Damit ist mein Projekt Pressebüro am Ende, damit sind meine Perspektiven für einen aktiven, befriedigenden Ruhestand in Gefahr. Das verdanke ich Ihnen, Herr Korbmacher! Und für mich selbst kann ich auch sagen, dass ich von Ihnen genug habe. Ich bin erst wieder bereit, mit Ihnen zu reden, wenn ich Ihnen dabei ins Gesicht sehen kann und ich weiß, dass ich es mit einem wirklichen Menschen zu tun habe und nicht mit einem Phantom. Lassen Sie sich was einfallen!“

Er knallte den Telefonhörer auf den Tisch.

## 36

Es war schon spät, als Michael Grafenberg an der Theke einer Kneipe in der Lemgoer Altstadt seine Rechnung bezahlte. Nach all dem Ärger der letzten Nacht war Abwechslung in Form von einigen harten Getränken angesagt. Während des Gesprächs mit Rodehutskors am Nachmittag hatte er zwar etwas Dampf abgelassen, in der Sache war er aber nicht weiter gekommen. So richtig zufrieden war Grafenberg weder mit dem Gespräch noch mit sich selbst. Wieder einmal hatte Rodehutskors, dieses alte Schlitzohr, ihn in Grund und Boden gequatscht und ihn verleitet weiterzumachen, obwohl er hatte aufhören wollen.

Als er ins Freie trat, prasselte ihm Regen ins Gesicht. Widerlich! Es war kühl, windig und nass. Und noch mindestens vierhundert Meter Fußmarsch lagen vor ihm, bis zu seinem kleinen, uralten Haus in der Neuen Straße. Er kam nur ca. zwanzig Meter weit, da sah er vor sich zwei Punks, die trotz des Regens auf dem Bordstein saßen. Grafenberg wappnete sich bereits innerlich gegen die realistischerweise zu erwartende Frage: „Hasse ma ’n Euro?“

Nichts würde er denen geben. Er war zwar der Letzte, der kein Verständnis für finanzielle Engpässe gehabt hätte, schließlich war er fast zeitlebens ohne feste Arbeit gewesen. Aber er hatte nie gebettelt, sondern sich immer irgendwie mit Gelegenheitsarbeiten über Wasser gehalten. Das sollten diese jungen Burschen verdammt noch mal auch tun.

Und tatsächlich, als Grafenberg auf der Höhe der beiden Punks war, drehte sich einer der beiden zu ihm hin, wischte sich das Regenwasser aus der Stirn und sagte:

„Kannst du mir vielleicht eine Frage beantworten?“

Die Frage kenne ich bereits, dachte Grafenberg und wollte gerade mit fester Stimme ‚Nein’ sagen, als der abgerissene junge Mann fortfuhr:

„Bin ich ein Körper? Oder habe ich einen Körper?“

Grafenberg war platt! Mit allem hätte er gerechnet, aber nicht damit. Überrascht und verlegen stammelte er:

„Keine Ahnung! Vielleicht mal so und mal andersrum. Was weiß ich?!“

Nach dieser dürren Antwort schlingerte er weiter durch die regengepeitschte Lemgoer Altstadt. Das Regenwasser lief ihm aus den Haaren in den Kragen hinein und ließ ihn frösteln. Eigentlich kein Ambiente für philosophische Exkursionen. Aber diese Frage hatte ihn gepackt, hielt ihn fest und ließ ihn nicht wieder los. Sein von Alkohol leicht betäubtes Hirn ließ nur noch einen Gedanken zu. Er versuchte, sich selbst zu fühlen, sein Ich in seiner körperlichen Hülle zu orten. Aber er spürte nur, dass mittlerweile auch sein Hemd vom Regen durchnässt war und ihm immer kälter wurde.

Er zwang sich, die Gedanken an die Frage abzuschütteln und beschleunigte seinen Schritt. Als er von der Breiten Straße nach links in die Neue Straße eingebogen war, wurde es durch den Windschutz etwas angenehmer. Nur noch rund zweihundert Meter bis zu seinem Haus. Die Neue Straße war zwar beleuchtet, aber es gab keine Straßenlampe in unmittelbarer Nähe seines Hauses. Den mit einem langen dunklen Mantel und einer in die Stirn gezogenen Baseballkappe bekleideten Mann, der direkt vor seiner Haustür stand, konnte Grafenberg deshalb erst erkennen, als er unmittelbar vor ihm stand.

„N’Abend!“, grüßte Grafenberg erstaunt. „Suchen Sie hier etwas Bestimmtes?“ Doch der Andere kam wortlos noch näher auf ihn zu, bis er direkt vor Grafenberg stand, der sich angewidert zurückziehen wollte, weil er körperliche Nähe, vor allem zu Männern, nicht ertragen konnte. Urplötzlich war sein Gefahreninstinkt geweckt. Aber noch bevor er sich etwas zur Seite drehen konnte, stieß der Andere schon mit dem Kopf so hart zu, dass Grafenberg einen Schritt zurücktaumelte und beide Hände hochriss, um die blutende Stirn vor weiteren Stößen zu schützen. Der Angreifer nutzte die fehlende Deckung blitzschnell aus und rammte ihm eine Faust in den ungeschützten Magen. Grafenberg klappte mit dem Oberkörper nach vorn, wankte zur Hauswand und schnappte nach Luft, während sein Gegenüber in aller Seelenruhe abwartete und sich auf den nächsten, diesmal vernichtenden Schlag, vorbereitete.

Beide Männer waren gleich groß. Auch Grafenberg war kräftig und hatte schon so manche Prügelei überstanden. Als er wieder einigermaßen Luft bekam, drehte er sich blitzschnell um die eigene Achse, wodurch er in den Rücken seines Gegners kam. Er trat ihm mit voller Kraft von hinten in die rechte Kniekehle. Der Mantelträger stürzte nach vorn und schlug lang hin. Grafenberg machte zwei Schritte vorwärts, um sich über den Mann zu stellen, mit einem Fuß an dessen Weichteilen. Nur hatte er nicht mit der erstaunlichen Wendigkeit des Anderen gerechnet. Das Vornüberfallen und sich seitlich Wegdrehen kam als eine einzige fließende Bewegung. Als Grafenberg dort ankam, wo sein Kontrahent noch vor weniger als einer Sekunde gelegen hatte, war er bereits einen Meter weiter gerollt und brachte seinerseits Grafenberg mit einer Beinschere zu Fall. Der, weitaus schlechter trainiert in solchen Dingen, kam unglücklich auf und spürte sofort einen heftigen Schmerz im rechten Arm. Nun war er es, der auf der nassen Straße lag und über ihm stand breitbeinig dieser Mensch mit dem dunklen langen Mantel. Grafenberg hatte sich kaum von seinem Sturz erholt, da wurde er auch schon an der Lederjacke hochgerissen und nach hinten in Richtung Hauswand gestoßen. Da stand er nun, kämpfte mit Atemnot und Schmerzen und konnte gar nicht fassen, was ihm da widerfahren war. Und plötzlich wurde ihm auch klar, dass er diesen Mann schon einmal gesehen hatte. Auf dem halbdunklen Parkplatz in Lage, als er zur Wohnung Korbmachers gegangen war. Der Mann mit dem Alfa Romeo. Hilflos sah er nun, dass sein Angreifer einen kurzen, dicken Gegenstand aus seiner Manteltasche zog und ihn prüfend in seiner Hand wog. Aus dem Augenwinkel bemerkte Grafenberg gerade noch, dass dem Mann dabei ein kleiner weißer Zettel aus der Manteltasche gefallen war, als ihn auch schon der erste Schlag mit dem Gummiknüppel zwischen Hals und Schulter traf. Der Schmerz schoss wie ein Schlag mit Starkstrom durch seinen Körper, so dass Grafenberg nicht einmal mehr schreien konnte. Wieder fasste der Mantelträger ihn vorn an seiner Lederjacke und zog ihn so nah zu sich, dass Grafenberg die feinen Speicheltröpfchen spüren konnte. Der Andere sage leise und etwas zischend in sauberem Deutsch:

„Ab sofort hältst du dich aus den Angelegenheiten anderer Leute raus! Wenn ich dich noch einmal dabei erwische, wie du hinter mir herschnüffelst, dann mache ich Ernst. Hast du das verstanden?“

Grafenberg hatte später keine Erinnerung mehr daran, was ihn dazu verleitet haben mochte, darauf zu antworten:

„Ich habe nur verstanden, dass du Mundgeruch und eine feuchte Aussprache hast!“

Gleichzeitig riss er das rechte Knie hoch und semmelte es in die Weichteile des so nah vor ihm stehenden Mannes. Auch der klappte nun mit dem Oberkörper nach vorn und ächzte. Wäre Grafenberg kaltblütiger, rücksichtsloser und reaktionsschneller gewesen, hätte er nun seine Chance gehabt. Er wartete eine Sekunde zu lange. Ein zivilisierter Mensch schlägt nicht einfach zu, wenn er bei einem anderen eine Schwäche erkennt. Sein Gegner aber war völlig frei von solchen Anständigkeiten. Grafenberg bekam einen Ellenbogen in die Magengrube und wurde wieder an die Hauswand gedrückt. Dann ging es im wahrsten Sinne des Wortes Schlag auf Schlag. Es gab kaum eine Körperstelle, auf die der kurze, elastische Gummiknüppel in den nächsten Sekunden nicht einschlug.

Bis Grafenberg kraftlos zu Boden sank. Der Mann mit dem Mantel blickte sich schwer atmend nach links und rechts um, steckte seinen Knüppel wieder ein und ging mit schnellen Schritten Richtung Ostertor.

Der Regen war nun noch stärker geworden. Grafenberg war fast besinnungslos und lag in einer größer werdenden Pfütze. Dann spürte er, wie jemand ihn an der verletzten Schulter berührte. Er schrie kurz und kraftlos auf.

„Mann, der lebt ja noch! Los, ruf einen Krankenwagen!“, hörte er eine ihm bekannt vorkommende Stimme rufen. Er mobilisierte alle noch verbliebene Energie, setzte sich auf und schaute hoch. Da stand der Punk, der ihm vor nicht mal einer Viertelstunde diese merkwürdige Frage gestellt hatte. Grafenberg schaffte es gerade noch, so etwas wie ein schiefes Grinsen hinzubekommen und flüsterte mit matter Stimme:

„Deine Frage vorhin war verdammt gut! Keine Ahnung, ob ich mein Körper bin oder ob ich einen Körper habe. Im Augenblick weiß ich nur, dass ich froh wäre, wenn mein Körper einem anderen gehören würde. Ich weiß gar nicht, an welcher Stelle noch irgendwas heile ist. Übrigens, habt ihr den Kerl erkannt?“ Die beiden Jungs nickten. Dann fiel sein Blick auf ein kleines Stück Papier, das sich im Regen etwas zusammengezogen hatte. Er bat einen der Punks, ihm den Zettel zu bringen, sah ihn an und brachte ein schmerzverzerrtes Grinsen zustande. „Das ist doch alles in allem gar nicht schlecht ...“, keuchte er, bevor ihn ein Hustenanfall übermannte.

## 37

Barbarisch früh um sieben Uhr zwängte Hermann Rodehutskors am nächsten Morgen seinen silbergrauen Passat in die dem Eingang nächstgelegene Parkbucht vor dem Lemgoer Krankenhaus. Zu Fuß gehen gehörte nicht zu seinen Hobbys. Minuten später saß er in der Ambulanz und wartete auf den Patienten Michael Grafenberg.

Nachdem der Punk in der vergangenen Nacht den Notarztwagen geholt hatte, war Grafenberg in der Ambulanz gründlich untersucht worden. Man hatte seine Verletzungen versorgt und ihm eine Liege angeboten. Die Verletzungen waren nicht gefährlich, man wollte ihn aber sicherheitshalber noch einige Stunden beobachten. Jetzt, am Morgen des Gründonnerstages, hatte das Schmerzmittel seine Wirkung noch nicht ganz verloren. Grafenberg fühlte sich soweit wieder hergestellt, dass es ihn nach Hause zog. Da Maren Köster im Dienst war und ihm die Lust abging, ihr alles zu erklären, hatte er Hermann Rodehutskors angerufen. Als der von dem Überfall in der Nacht hörte, bekam er sofort ein denkbar schlechtes Gewissen.

Noch am gestrigen Nachmittag hatte er Grafenbergs Bedenken einfach vom Tisch gefegt. Kein Zweifel, er hätte verantwortlicher handeln müssen.

Als Grafenberg den Warteraum betrat, fühlte er sich noch schlechter. Sein Mitarbeiter lächelte zwar tapfer, sah aber wirklich übel aus mit seinem Schulterverband, dem Arm in der Schlinge und den vielen Pflästerchen.

„Ich komme durch“, grinste er. „Nichts gebrochen, keine Innereien verletzt. Meine Schulter ist ein bisschen hinüber. Muskeln und Bänder etwas angerissen. Der Arm ist nicht gebrochen, nur böse verstaucht, deshalb die Schlinge. Nichts, weswegen man sich Sorgen machen müsste. Alles in Ordnung!“

Rodehutskors stand schnaufend auf. Die beiden Männer verließen die Ambulanz und gingen zum Parkplatz. Rodehutskors schwerfällig wie immer, Grafenberg leicht humpelnd, bemüht, seine Schmerzen nicht allzu sehr zu zeigen. Einem so erfahrenen Beobachter wie Hermann Rodehutskors entging es trotzdem nicht. Als sie im Auto saßen, meinte er sehr ernst:

„Nichts ist in Ordnung! Junge, ich muss mich bei dir entschuldigen. Und wenn du jetzt endgültig aus unserem Pressedienst ausscheiden willst, dann kann ich das gut verstehen. Würde ich an deiner Stelle auch machen.“

Zu seiner Überraschung kam von Grafenberg ein klares Signal:

„Ich mache natürlich weiter! Ich lasse mich doch von so einem Dreckskerl nicht einschüchtern!“

Obwohl er sie nicht vernünftig fand, stieg bei diesen Worten klammheimliche Freude in Rodehutskors auf.

„Aber zur Polizei gehst du doch, oder?“

Grafenberg zögerte, schüttelte dann aber mit dem Kopf.

„Was soll das bringen? Es gibt keinen Zeugen, ich selbst kann keine wirklich brauchbare Täterbeschreibung abgeben. Von Beweisen kann erst recht keine Rede sein. Das einzige, was ich mir dabei einfange, sind viele Fragen, die ich nicht beantworten kann oder will. Es gab zwar zwei Punks, die behaupten, den Mann gesehen zu haben, aber ich glaube nicht, dass ich die jemals wieder finde. Und dass die dann zu ihrer Beobachtung stehen, wage ich zu bezweifeln. Nein, ich werde mich heute Abend mit Maren besprechen. Dann sehen wir weiter.“

Rodehutskors brummte:

„Na, ich weiß nicht, ob das richtig ist. Aber das musst du wissen. War der Kerl maskiert oder warum kannst du ihn nicht beschreiben?“

„Weil es total dunkel war! Er trug einen langen dunklen Mantel, der Kragen war hochgeschlagen, und er hatte eine

Baseballkappe tief ins Gesicht gezogen. Viel zu sehen war da nicht, das kannst du mir glauben. Aber ich bin trotzdem sicher, ihn schon mal gesehen zu haben. Am Dienstag in Lage, bevor ich Volltrottel in die Wohnung Korbmachers eingestiegen bin."

„Was?", rief Rodehutskors überrascht.

„Ja, wir haben uns auf dem Parkplatz getroffen, er kam gerade zurück zu seinem Auto. Ich bin sicher, dass er unmittelbar vor mir in der Wohnung war. Er war es, der dort so gewütet hatte. Wahrscheinlich hat er etwas gesucht und nicht gefunden. Vor Wut hat er dann die Sau raus gelassen."

„Tja, aber wie hat er jetzt die Verbindung zu dir hergestellt? Woher wusste er, dass du mit dem Fall zu tun hast und wo du wohnst?"

Grafenberg zuckte ratlos mit den Schultern und stöhnte vor Schmerzen. Während Rodehutskors fuhr, schwiegen beide und dachten nach.

„Er muss Kontakte zur Polizei haben", brach es nach einer Weile aus Rodehutskors hervor.

„Ja, genau!", rief Grafenberg, dem plötzlich einiges klar wurde. „Er ist zwar sofort weggefahren, aber vielleicht hat er sich nach wenigen Metern gefragt, was ich wohl zu dieser Zeit auf diesem gottverlassenen Parkplatz zu suchen hatte und ist umgekehrt, um nachzuschauen. Dabei hat er vielleicht gesehen, wie ich dort eingestiegen bin, hat sich versteckt und in aller Ruhe abgewartet, bis die Polizei mich hopps genommen hat."

„Oder ...", der sonst so abgeklärte Rodehutskors wurde immer nervöser. „Vielleicht war er es sogar, der die Polizei gerufen hat. Anonym vermutlich, aber immerhin.

War doch perfekt, denn sein Einbruch wäre irgendwann sowieso bekannt geworden. Jetzt hatte die Polizei dafür den Schuldigen, und er war aus dem Schneider. Und wenn er wirklich Kontakte zur Polizei hat, war es leicht, herauszufinden, wer du bist, warum du in der Wohnung warst und wo du wohnst. Das würde den Überfall auf dich erklären. Und auch die Warnung, dich herauszuhalten."

Wieder dachten beide eine Weile schweigend nach.

„Klingt einleuchtend", meinte Grafenberg dann. „Ich werde mich aber nicht raushalten! Jetzt nicht mehr."

Rodehutskors lachte bitter.

„Schade nur, dass er eine Menge über dich weiß und wir so gut wie nichts von ihm."

„Stimmt nicht ganz!", lachte Grafenberg. „Etwas weiß ich über ihn. Und das steht auf diesem kleinen Zettel".

Er kramte in seiner Jackentasche – was mit seinem lädierten rechten Arm schmerzhaft war – und zog ein kleines Stück Papier hervor.

„Was ist denn das?", fragte Rodehutskors aufgeregt. „Sieht ja aus wie der Terminzettel einer Arztpraxis!"

„Ist es auch! Und hier steht, dass dieser Dreckskerl heute um 17.30 Uhr einen Zahnarzttermin in Detmold hat. Ich hoffe, der bohrt ohne Betäubung. Wie auch immer, ich werde auf jeden Fall um 17.30 vor der Praxis stehen und auf ihn warten. Dann sehen wir weiter!"

Rodehutskors erschrak.

„Bist du verrückt? Das ist ein Job für die Polizei und nicht für dich! Außerdem bist du verletzt!"

„Keine Angst! Ich werde es ihn nicht merken lassen. Ich verfolge ihn nur. Will wissen, wo er wohnt und wer er ist. Den Rest kann dann gern die Polizei übernehmen. Versprochen!"

## 38

Sicher, ohne Schlinge schmerzte der Arm noch ziemlich. Aber mit Schlinge wäre er zu auffällig, das wollte Grafenberg nicht riskieren. Es war nun kurz nach halb sechs, und er stand vor dem Ärztehaus an der Detmolder Paulinenstraße, gleich bei der Bahnunterführung. Kurz zuvor hatte er noch ernsthaft gezweifelt, ob er rechtzeitig hier ankommen würde. Er war – vom Hornschen Tor kommend – die Paulinenstraße runter gefahren und wollte im Umfeld der Christuskirche parken. Freie Plätze gab es, eine völlig weltfremde Verkehrsführung der Detmolder Stadtplaner machte es aber fast unmöglich, von der Paulinenstraße aus auf einen dieser Parkplätze zu gelangen. Als Grafenberg endlich geparkt hatte und vor einem dieser teuflischen Automaten stand, fand er keine geeignete Münze im Portemonnaie. Wütend hatte er darauf verzichtet, die Stadtkasse Detmold aufzufüllen. Blieb die Karre eben ohne Parkschein stehen! Das Bußgeld zahlte sowie Rodehutskors.

Als er vor dem Ärztehaus stand, war es viertel vor sechs. Laut Terminzettel müsste sein Angreifer bereits seit einer Viertelstunde behandelt werden. Aber das war, wie Grafenberg aus eigener Erfahrung wusste, graue Theorie. Wahrscheinlicher war, dass er noch immer im Wartezimmer saß und sich gelangweilt in eine Zeitschrift über Designermöbel vertiefte, die sich eh nur ein Zahnarzt leisten kann. Wo konnte er auf ihn warten? Direkt vor dem Eingang stand zwar eine Aluminiumbank, aber dort wäre es zu auffällig. Also stellte sich Grafenberg direkt hinter die linke Hausecke. Von dort aus konnte er wunderbar beobachten, wer das Ärztehaus verließ.

Er hatte fast eine Stunde dort gestanden, die Schmerzen in Armen und Beinen missachtet, den Drang unterdrückt, eine Toilette aufzusuchen und sich jeden genau angeschaut, der die kleine Treppe hinunter ging. Dann, es war viertel vor sieben, war es soweit. Ein Mann Ende Dreißig erschien, circa 1,85 m groß, sportliche Statur, sehr kurze blonde Haare und Raubvogelgesicht. Bekleidet war er diesmal mit einer schwarzen Lederjacke und einer schwarzen Jeans. Er steckte sich eine Zigarette an. Grafenberg spürte, wie sich sein Herzschlag heftig beschleunigte, rührte sich aber erst vom Fleck, als der Mann weiterging und nach links auf den Bürgersteig der Paulinenstraße einbog.

In den nächsten Minuten war Grafenberg angestrengt bemüht, nicht aufzufallen. Die Balance zu halten zwischen einem angemessenem Abstand und soviel Nähe, um sein Zielobjekt weiter im Auge zu behalten, war gar nicht so einfach. Der Mann schlenderte gemächlichen Schrittes weiter die Paulinenstraße entlang, überquerte die Bismarkstraße, um dann auf Höhe der Bruchstraße die Straßenseite zu wechseln. Grafenberg kam in arge Schwierigkeiten, mitzuhalten, weil er die Grünphase der Fußgängerampel verpasste. Er wollte auf keinen Fall durch zu gewagte Aktionen Aufmerksamkeit auf sich ziehen. Der Verfolgte schien alle Zeit der Welt zu haben, blieb häufig stehen, schaute in Schaufenster, was Grafenberg jedes Mal in Schwierigkeiten brachte. Zu seinem Glück war viel Volk unterwegs, und er konnte etwas in der Menge untertauchen. Außerdem hatte wieder ein fieser, die Sicht behindernder Nieselregen eingesetzt, für ihn ebenfalls von Vorteil. Irgendwann bog der Blonde in die Benekestraße ab, ging noch etwa hundert Meter weiter und verschwand dann in einem der Häuser auf der linken Straßenseite. Sekunden später ging das Licht in einem der Fenster im Erdgeschoss an. Anschließend wurde eines der Fenster geöffnet. Nicht auf Kippe, sondern richtig. Das musste die Wohnung des Mannes sein. Grafenberg wartete einige Minuten, dann wagte er sich bis an die Haustür, um die Klingelschilder einsehen zu können. Leider waren es fünf verschiedene Namen. Er schrieb alle auf, notierte auch die Hausnummer und wollte gerade wieder gehen, als er aus dem Treppenhaus Schritte hörte. Schnell verließ er den Eingangsbereich, lief ein Stück die Straße hinauf und versteckte sich hinter einer Hecke. Zu seinem Erstaunen kam nicht irgendjemand, sondern es war *sein* Mann. Der Schläger spannte gerade einen Regenschirm auf, kein einfaches Unterfangen, der Wind hatte zugenommen. Wo wollte der denn jetzt schon wieder hin? Was tun? Weiter verfolgen? Nein, viel zu gefährlich. Außerdem hatte er sich ja vorgenommen, lediglich die Adresse und den Namen dieses Mannes herauszufinden. Das war ihm jetzt so gut wie gelungen. Wozu mehr riskieren? Er sah zu, wie der Blonde im heftiger werdenden Regen die Benekestraße Richtung Innenstadt hinunterging und dann um die nächste Ecke verschwand. Grafenberg beschloss, ebenfalls zu gehen, seine Mission war jetzt beendet. Da fiel sein Blick wieder auf das Fenster. Das Licht war ausgeschaltet, aber – das Fenster war immer noch weit geöffnet! Der Mann musste vergessen haben, es zu schließen. Vor Aufregung hatte Grafenberg einen ganz trockenen Gaumen. War das ein Geschenk des Himmels? Konnte er eine solche Gelegenheit ungenutzt verstreichen lassen? Er schaute sich um. Kein Mensch war bei dem Regen auf der Straße, niemand würde ihn sehen, wenn er in das Fenster einsteigen würde. Die damit verbundene Gefahr war seiner Meinung nach gering, die Chancen, etwas Aufschlussreiches zu entdecken, waren hingegen sehr groß. Grafenberg zögerte noch einige Sekunden, dann stand sein Entschluss fest.

Es machte ihm tatsächlich keine Mühe, das Fenster im Erdgeschoss zu erreichen und hineinzuklettern. Auch, wenn dabei alle Knochen schmerzten. Auch ohne Zimmerbeleuchtung war es nicht schwierig, in der Wohnung etwas zu erkennen, weil direkt vor dem Haus eine Straßenlampe ihr Bestes gab. Er befand sich offensichtlich in einem typischen Junggesellen-Appartement. Sparsam möbliert und überhaupt lieblos eingerichtet. Hier stand nichts herum, was nicht nötig war. Kein Bild an der Wand, kein Teppich auf dem gefliesten Boden, keine Blumen auf der Fensterbank. Jede Frau wäre laut schreiend wieder getürmt. Auf dem kleinen Tisch lag eine große ALDI-Plastiktüte mit Äpfeln. Direkt neben dem Tisch befand sich ein kleiner Schrank, dem sich Grafenberg nun zuwandte. Wenn es hier irgendwo etwas Interessantes geben sollte, dann in diesem Schrank. Er hatte gerade eine der Schubladen aufgezogen, als hinter ihm das noch immer geöffnete Fenster zuschlug. Er schrak zusammen. Das musste durch den Wind gekommen sein, versuchte er sich zu beruhigen. Mit zittrigen Fingern durchwühlte er die Schublade, schaute sich einige Fotos an, die ihm aber nichts sagten, las Zettel, die ihm bedeutungslos erschienen und hatte gerade beschlossen, wieder zu verschwinden, als eine Männerstimme fragte:

„Na, hat sich die Suche gelohnt?“

Grafenberg war gelähmt vor Schreck! Im Halbdunkel des Zimmers konnte er die Silhouette eines großen, breitschultrigen Mannes ausmachen. Er hatte keinen Zweifel daran, dass es sich um den Mann handelte, den er eben verfolgt hatte. Er musste die Wohnungstür so leise geöffnet haben, dass Grafenberg nichts gehört hatte.

„Das macht Spaß, andere Leute zu verfolgen, oder? Man kommt sich so’n bisschen vor wie James Bond. Leider verstehen die meisten Leute nichts von diesem Handwerk und stellen sich ziemlich dämlich an. Wenn man nur zwanzig Meter hinter einem anderen herläuft, sollte man darauf achten, dass auf der anderen Straßenseite keine spiegelnden Schaufenster sind. Wenn ich über einen gewissen Zeitraum darin erkennen kann, dass einer hinter mir ist, der immer den gleichen Abstand einhält, der stoppt, wenn ich stoppe, der weitergeht, wenn ich weitergehe, dann werde ich misstrauisch. Und als ich dich im Schaufenster an der Bruchstraße wieder gesehen habe, da war ich alarmiert. Glaubst du, ich habe umsonst so gebummelt? Eigentlich interessiere ich mich weder für Hörgeräte noch für Immobilien, aber es war köstlich zu beobachten, wie du bei jedem Stopp in Stress geraten bist. Ich würde dir ja gern ein paar Tipps geben, wie man es besser macht, aber ich fürchte, das lohnt sich in deinem Fall nicht mehr."

Nach diesen Worten zog er ein kurzes, kräftiges Messer aus der Hosentasche und ließ es aufspringen. Grafenberg rang nach Luft. Aber klein beigeben wollte er dennoch nicht.

„Dann …", stammelte er. „War das hier alles eine Falle? Mit dem Fenster?"

Der Schläger versuchte, seinem Raubvogelgesicht ein Lächeln abzuringen.

„Aber sicher! Hat mir Riesenspaß gemacht. Weißt du, persönlich habe ich gar nichts gegen dich. Im Gegenteil. Heute Nacht warst du ein guter Gegner, Respekt. Normalerweise geben die Leute sofort auf. Du hast dich anständig gewehrt. Deine Verfolgungsjagd war aber stümperhaft, langsam gehst du mir auf die Nerven. Du hast jetzt einmal zu viel meine Kreise gestört. Ach ja, das Licht lassen wir besser aus. Ich möchte nicht, dass einer von der Straße aus zufällig sieht, was jetzt passiert."

Er machte blitzschnell einen Ausfallschritt nach vorn, auf Grafenberg zu, stoppte aber sofort wieder ab. Vermutlich hatte die Scheinattacke Grafenberg nun völlig starr vor Angst machen sollen. Der Mann mit dem Messer schien die Situation immer mehr zu genießen. Er war sich seiner Sache völlig sicher. Dann machte er einen Schritt zur Seite, beschrieb langsam und dabei sadistisch grinsend, im Abstand von ungefähr einem halben Meter, einen Halbkreis um Grafenberg herum, der sich gezwungen sah, diese Drehung mitzumachen, um seinen Angreifer im Auge zu behalten. Dadurch stand Grafenberg plötzlich direkt neben dem Tisch mit der Apfeltüte.

Einem plötzlichen Impuls folgend ergriff er trotz seiner lädierten Schulter die schwere Tüte und schlug damit, als sei es eine Keule, auf die das Messer führende Hand des Angreifers. Der war völlig überrascht. Die Tüte platzte auf, zwei Kilo Südtiroler Äpfel flogen durch den Raum. Aber auch das Messer fiel scheppernd auf die Fliesen. Grafenberg wartete nicht, bis der andere sich wieder gefangen hatte, sondern packte nun laut stöhnend den ganzen Tisch – seine Todesangst ließ ihn den brutalen Schmerz in der Schulter vergessen –, stemmte ihn wie einen Schutzschild vor die Brust und stürzte sich mit dieser massiven Panzerung mit der vollen Wucht seiner fünfundachtzig Kilo auf den noch immer fassungslos dastehenden Messerstecher. Er drückte ihn einfach gegen die Wand. Trotz dieses Teilerfolges war ihm klar, dass er diesen Kampf niemals siegreich zu Ende bringen könnte. Er hatte zwar die Überraschung auf seiner Seite gehabt und diese auch hocheffektiv für sich genutzt, aber sein Gegner war ihm als Kämpfer weit überlegen. War kräftiger, erfahrener und vor allem rücksichtsloser. Das hatte sich schon in der letzten Nacht gezeigt. Außerdem war Grafenberg verletzt, hatte nur dann eine Chance, wenn er so schnell wie möglich aus dieser Wohnung herauskam. Noch einmal rammte er mit letzter Kraft die Tischplatte so kräftig wie möglich gegen die Brust des Mannes, der dumpf aufstöhnte, dann ließ er den Tisch einfach fallen, drehte sich um die eigene Achse und machte drei blitzschnelle Schritte zur Wohnungstür. Die Tür aufzureißen und hindurchzuschlüpfen war eine einzige fließende Bewegung. Dann stürmte er durch den schmalen Flur zur Haustür. Wenn die abgeschlossen war, dann wäre das sein Ende. Sie war nicht abgeschlossen. Grafenberg rannte jetzt um sein Leben, sprang auf die Benekestraße und in Richtung Paulinenstraße. Als er sich nach etwa zwanzig Metern kurz umschaute, sah er durch den immer dichter werdenden Regen, dass er noch lange nicht außer Gefahr war.

## 39

Grafenberg achtete nicht auf seinen rasselnden Atem und die Schmerzen in der Schulter. Er rannte immer weiter. Mittlerweile war es kurz nach acht, es war dunkel und regnete, als sollte ganz Detmold weggeschwemmt werden. Kein Mensch war auf der Paulinenstraße. Außer Grafenberg und seinem Verfolger. Dass der nach wie vor hinter ihm war, konnte Grafenberg deutlich hören. Und der Andere, einige Jahre jünger und vermutlich deutlich besser im Training, kam immer näher. An der Fußgängerampel beim Lippischen Hof musste sich Grafenberg blitzschnell für eine Richtung entscheiden. Wohin flüchtet man in Detmold, wenn jemand mit einem Messer hinter einem her ist? Wieder dachte Grafenberg nicht lange nach, sondern folgte einem Impuls. Er rannte über die Fahrbahn, hinein in die Lange Straße. Als er kurz den Kopf drehte, konnte er sehen, dass sein Verfolger nun etwas abkürzte, indem er weit vor der Ampel die Straße überquerte. Grafenberg beschleunigte noch einmal sein Tempo, dann bog er auf Höhe der Gaststätte Fuchsbau nach links ab in die schmale Bruchmauerstraße. Als auf der rechten Seite eine völlig unscheinbare Holztür auftauchte, neben der ein kleines Lämpchen einen fahlen Lichtschein abgab, stieß er die Tür auf, sprang hinein und schlug die Tür gleich wieder hinter sich zu. Ein Ortsfremder hätte sich wohl darüber gewundert, hinter dieser nichts sagenden, eher abweisend wirkenden Holztür, hinter der man vielleicht einen Lagerraum oder eine Garage vermutet hätte, eine originell eingerichtete Gaststätte zu finden. Grafenberg aber wusste genau, wohin er geflohen war. Nachdem er die Tür zugeschlagen hatte, zog er einen Stuhl heran und verkeilte damit die Türkklinke.

„He, was machst du denn da?“, rief der völlig überraschte Wirt, ein schlaksiger Mann um die Fünfzig. Es waren nur zwei weitere Gäste da, er hatte gerade erst aufgemacht. Dann, als er Grafenberg erkannte: „Ach, du bist das. Sag mal, was hast du vor? Willst du mir das Geschäft versauen?“

Grafenberg war noch völlig außer Atem, als er hechelnd hervorstieß:

„Du musst mir helfen! Da draußen ist ein Verrückter mit einem Messer, der will mir ans Leder. Du musst!“

„Willst du mich verarschen? Oder bist du betrunken?“

„Nein! Es ist wirklich wahr …“

Nichts hätte die Dringlichkeit seiner Bitte so unterstreichen können, wie das nun einsetzende Gepolter an der Tür. Offenbar versuchte jemand, die Tür einzutreten. Der Wirt verlor keine weiteren Worte mehr, sondern winkte Grafenberg in den hinteren Bereich der Gaststube. Den beiden Gästen, zwei jungen Männern, sagte er im Vorbeigehen:

„Kümmert euch um die Tür!“

Die beiden sprangen wortlos auf und stemmten sich gegen die Eingangstür, während der Wirt die Gaststube verließ, hinaus auf einen kleinen, halb überdachten und auf seine etwas morbide Art sehr idyllischen kleinen Hof. Vor ihnen erhob sich eine hohe Brandschutzmauer, die sich auch auf der linken Seite fortsetzte. Weiter rechts verlor sie sich im engen Zwischenraum zwischen zwei Häusern. Der überdachte Teil des Hofes wurde durch Säulen gestützt, was dem Ganzen an einem lauen Sommerabend einen durchaus mediterranen Charakter verlieh. Heute aber war es kalt und regnerisch.

Grafenberg hatte keine Ahnung, warum der Wirt ihn hierher geführt hatte. Dann sah er an der linken Brandschutzmauer, die sicher über drei Meter hoch war, eine ausziehbare Alu-Leiter lehnen. Während der Wirt die Leiter auszog, gab er Grafenberg Anweisungen:

„Wenn du über diese Mauer steigst und auf der anderen Seite rechts runter springst, kommst du zu einem kleinen, ziemlich schmalen Durchgang. Lauf ihn bis zum Ende durch, raus kommst du dann auf der Krummen Straße, neben dem Petersilchen. Damit rechnet er nicht. Noch was: Wenn du oben auf der Mauer bist, ziehst du die Leiter zu dir hoch und lässt sie einfach auf der anderen Seite liegen. Klar? Um deinen Verfolger kümmern wir uns schon. Und jetzt sieh zu, dass du wegkommst!“ Grafenberg bedankte sich überschwänglich.

Der Wirt vergewisserte sich noch, dass Grafenberg auch tatsächlich die Leiter über die Mauer zog und verschwand, dann grinste er und ging zurück in die Gaststube.

„Ist okay, Jungs! Lasst ihn rein!“

Wie ein gereizter Bulle stürzte nun der Verfolger herein und schaute sich grimmig um. Als er Grafenberg nicht entdecken konnte, ging er drohend auf den Wirt zu. Da die beiden jungen Gäste sich aber demonstrativ neben den Wirt stellten, hielt er sich zurück.

„Wo ist er?“

„Wo ist wer?“, fragte der Wirt ganz ruhig zurück.

Grafenbergs Gegner hatte Mühe, sich zu beherrschen. Er zwang sich, noch immer etwas außer Atem, ruhig zu antworten.

„Hier ist gerade ein Mann hereingekommen. Wo ist der?“

Der Wirt lachte ihn freundlich an.

„Hier war niemand außer mir und diesen beiden Jungs. Wenn hier einer rein gekommen wäre, dann hätten wir ihn doch sehen müssen, oder? Aber Sie können sich gerne in aller Ruhe umschauen, wir haben nichts zu verbergen. Soll ich in der Zwischenzeit schon mal ein Gläschen Wein kredenzen? Wir haben hier einen Merlot, bei dem …“

Vor Wut schäumend suchte der Eindringling den Gastraum ab und gelangte dann auch auf den Hof. Er sah aber nur hohe Mauern, völlig ausgeschlossen, dass jemand da drüber gestiegen sein konnte.

Er lief zurück in die Gaststube, machte dem Wirt gegenüber mit der flachen Hand eine Geste des Halsabschneidens und zischte:

„Ich glaube dir kein Wort! Aber vielleicht komme ich eines Tages, wenn ich mal viel Zeit habe, auf dich zurück. Dann werde ich deinen Laden ein wenig auseinander nehmen, verlass dich drauf!“

„Aber gern!“, der Wirt war einfach nicht aus der Ruhe zu bringen. „Wir freuen uns über jeden Gast. Und dieser Merlot ist wirklich etwas ganz Besonderes.“

Doch da war der unangenehme Besucher bereits wieder verschwunden.

## 40

Nachdem Michael Grafenberg seinen Verfolger erfolgreich abgeschüttelt hatte, war er so schnell wie möglich zu seinem am Landgericht parkenden Auto gelaufen und aus der Detmolder Innenstadt verschwunden. Auf keinen Fall wollte er durch irgendeinen dummen Zufall seinem Verfolger noch einmal begegnen. Doch wohin nun? Nach Hause zu fahren wäre eventuell gefährlich gewesen, sein Gegner kannte offenbar Grafenbergs Wohnung, sonst hätte er ihm nicht am Vorabend direkt vor der Haustür auflauern können. Aber Maren Köster hatte in dieser Nacht, soweit er wusste, keinen Dienst, und deren Adresse hatte der Unbekannte mit Sicherheit nicht.

Also war Grafenberg nach Lemgo gefahren und bei seiner Freundin untergekrochen. Eigentlich hatte die sofort nach seiner Erzählung Himmel und Hölle in Bewegung setzen wollen, um den Mann, der ihren Lover angegriffen hatte, festzunehmen. Aber Grafenberg hatte sie gestoppt. Ihm reichte es für diese Nacht. Er brauchte dringend ein paar Stunden Schlaf. Am nächsten Morgen wäre er zu allem bereit, hatte er ihr versprochen, als er sich in voller Bekleidung aufs Bett geworfen hatte und vor Erschöpfung sofort eingeschlafen war.

Ihr blieb nichts anderes übrig, als ihm wenigstens die nassen Schuhe auszuziehen und die Decke überzuwerfen.

Jetzt, am Karfreitagmorgen, drängelte sie ihn, das Frühstück schnell zu beenden.

„Du kannst das nicht schluren lassen", mahnte sie. „Der Kerl wird wiederkommen, jetzt erst recht. Du hast ihn in Lage gesehen, du allein kannst den Bezug zu seinem Einbruch in Korbmachers Wohnung herstellen. Und das ergibt eine Querverbindung zu dem Toten in Jöllenbeck. Dass er vorgestern versucht hat, dich einzuschüchtern, ist ja wie eine Bestätigung dafür, dass du ihm als Zeuge gefährlich erscheinst. Und nach den Vorfällen der letzten Nacht kann er dich gar nicht mehr zufrieden lassen. Der Kerl ist neben Korbmacher ab sofort unser Verdächtiger Nummer eins im Mordfall Jöllenbeck. Das kann er sich selbst an fünf Fingern ausrechnen. Aber alles steht und fällt mit deiner Zeugenaussage. Begreifst du jetzt, welche Rolle du für diesen Mann spielst? Wie gefährlich du für ihn bist?"

„Moment mal", wiegelte Grafenberg, sein Brötchen kauend, ab. „Dieser Korbmacher hat schließlich Rodehutskors gegenüber beteuert, dass die Sache in Jöllenbeck ein Unfall war, kein Mord. Nun häng doch das Ganze nicht so hoch auf."

Sie starrte ihn entrüstet an.

„Sag mal, so blöd können auch nur Männer sein, oder? Es ist gerade mal ein paar Stunden her, da stand dieser Kerl mit einem Messer vor dir und wollte dich abstechen. Und du findest, dass ich das zu hoch aufhänge? Was muss denn noch passieren? Mach endlich die Augen auf!"

Da er sich gerade eine weitere Tasse Kaffee einschenken wollte, nahm sie ihm die Tasse aus der Hand.

„Keine Debatte mehr! Wir beide fahren jetzt nach Detmold in die Dienststelle. Dort erstattest du in aller Form Anzeige gegen diesen Kerl, damit wir den Amtsweg einhalten. Erst dann kann ich feststellen, wie der Mann heißt und versuche, einen Haftbefehl zu beantragen. Verstehst du den kleinen, aber feinen Unterschied? Natürlich könnte ich das auch abkürzen. Den Namen habe ich in Null-Komma-Nix meinem Computer entlockt. Aber ich kann nicht einfach hinfahren und den Kerl festnehmen. Ich habe im Moment genug Schwierigkeiten mit meinem Chef und möchte nicht in den Verdacht kommen, hier mein eigenes Süppchen zu kochen. Dummerweise hat heute Hartel wieder Dienst, aber da müssen wir durch!"

## 41

Die Maschine zog noch eine Schleife, und aus dem Lautsprecher ertönte die Stimme des Flugkapitäns. „Ladies and Gentlemen", begann er seine Ansprache. Nachdem er sie auf Englisch beendet hatte, wiederholte er sie auf Deutsch. „Meine Damen und Herren, unser Flug endet in wenigen Minuten. Unser Ziel ist der Dubai International Airport. Er ist mit 28,7 Millionen Passagieren und 237.258 Flugbewegungen der bedeutendste Flughafen des Nahen Ostens. Er befindet sich nur fünf Kilometer südöstlich der Stadt Dubai. Wir weisen Sie darauf hin, dass der Airport über einen der größten Duty-free-Shops weltweit verfügt", wurde weiter berichtet.

Die beiden Männer aus Lippe waren viel zu aufgeregt, den Ausführungen des Kapitäns zu lauschen. Noch bevor sie dazu aufgefordert wurden, ihre Sicherheitsgurte anzulegen, waren sie schon angeschnallt. Später, als sie am Ausgang des Flughafengebäudes standen, wurde ihnen immer deutlicher, dass hier Luxus pur herrschte, jedoch nicht zum Nulltarif.

Der Kämmerer winkte einem Taxi, und wenige Minuten später ging es zum Hotel *Burj Al Arab*. Schon lange bevor sie das Hotel erreicht hatten, erblickten die beiden Angestellten des Landesverbandes Lippe den riesigen Bau, der wie das aufgespannte Segel eines Schiffes wirkte. Von weitem war es noch etwas farblos, da das Wetter leicht diesig war. Der Komplex lag auf einer aufgeschütteten Insel, die über einen Fahrweg zu erreichen war. Doch zunächst wurden sie an einer Sperre aufgehalten.

In gutem Englisch erklärte ihnen der Taxifahrer, sie diene dazu, die Privatsphäre der Gäste zu wahren. Man würde vor der Zufahrt an einem Schlagbaum kontrolliert und könne nur zum Hotel vorfahren, wenn man dort ein Zimmer oder eine Führung gebucht habe. Oder einen Geschäftstermin dort wahrnehme.

Wie ist es bei Ihnen? Sind Sie Gäste?"

Landesverbandsvorsteher Müller nickte. Der Taxifahrer fuhr langsam an die Schranke heran und sagte einige Worte auf Arabisch. Dann drehte er sich zu den beiden Männern um und bat sie um die Buchungsbestätigung.

„Für uns wurde reserviert", antwortete der Kämmerer stolz und nannte ihre Namen. Wieder wechselte der Taxifahrer mit dem Mann am Schlagbaum einige Worte.

„Tut mir leid, aber der Pförtner sagt, davon sei ihm nichts bekannt."

„Und was machen wir jetzt?", fragte Müller den Taxifahrer mit einem panischen Unterton in der Stimme.

Der zuckte mit den Schultern.

„Kann man hier an Ort und Stelle ein Zimmer mieten?", fragte der Kämmerer den Mann am Schlagbaum. Dieser schüttelte den Kopf.

„Leider nicht. Sie müssen in die Stadt fahren und ein Reisebüro aufsuchen. Dort können Sie buchen. Einfache Zimmer gibt es hier leider nicht. Wir haben nur Suiten. Die Hoteldirektion möchte ihre Gäste vor Schaulustigen schützen, deshalb dieser Aufwand."

Der Taxifahrer wendete sich wieder den beiden Männern zu.

„Und was nun?“, fragte er.

„Kennen Sie in der Nähe ein Reisebüro?“

Wieder sprach der Fahrer mit dem Pförtner. Dann nickte er.

„Okay, dann zu diesem Reisebüro“, entschied der Kämmerer.

Eine Stunde später fuhr ein zufriedener Taxifahrer wieder an der Absperrung vor. Die Rechnung würde ordentlich werden. Er reichte die Buchungsbestätigung heraus und erhielt sofort die Zufahrtserlaubnis. Wenige Minuten später betraten die Männer ein gigantisches Atrium, das ihnen erst einmal die Sprache verschlug. Sie wurden am Hoteleingang von mehreren Bediensteten freundlich in Empfang genommen, die sich gleich um das Gepäck kümmerten. Durch eine Drehtür betraten sie die Lobby im Erdgeschoß und wurden sofort von Ada – so stellte sich die sehr gut deutsch sprechende Empfangsdame vor – freundlich begrüßt. Während die Männer auf das Einchecken warteten, wurden Datteln serviert.

Sie gaben ihre Buchungsunterlagen und Reisepässe ab, und nahmen sich dann die Zeit, in aller Ruhe die Eingangshalle zu betrachten. Das Hotel war konstruiert wie ein riesiger Dom. Sah man die ungefähr 320 Meter hinauf, konnte man bis in die höchsten Etagen blicken. Die Suiten in den jeweiligen Stockwerken waren wie Bienenstöcke an den Außenwänden des „Segels“ verankert.

„Willkommen im Burj Al Arab“, sagte die freundliche Ada. „Wir bieten Ihnen den besten persönlichen Service in einer sehr luxuriösen Umgebung. Unser Butler wird sich vergewissern, dass alles am richtigen Platz ist. Das Hotel wurde erbaut, um seinen Gästen ein Maximum an Komfort zu bieten. Zu unserem einzigartigen Service gehört, dass Sie in der Privatsphäre Ihrer Suite einchecken können. Auf jeder Etage befindet sich ein Check-in-Schalter, dort kann Geld gewechselt werden, aber auch Restaurants oder Mietwagen können dort reserviert werden.

Rund um die Uhr servieren wir Ihnen auf Wunsch ein Privatmenü auf dem Zimmer, wobei wir eine überaus reiche Auswahl an internationalen Gerichten anbieten können. Alternativ können Sie sich mit dem Chef und dem Privat-Menü-Manager beraten, der Ihnen ein ganz persönliches Menü nach Ihren eigenen Wünschen und Vorstellungen zusammenstellen lässt, welches Sie dann ebenfalls in Ihrer Suite einnehmen können. Natürlich können Sie auch in einem unserer Restaurants dinieren oder es sich in einer der Bars gut gehen lassen. Ganz nach Ihren Wünschen. Ihre Suiten befinden sich in der achtzehnten Etage."

Erschlagen von soviel Luxus inspizierten Kämmerer und Landesverbandsvorsteher kurze Zeit später ihre Unterkünfte. Glasfenster vom Boden bis zur Decke, die einen atemberaubenden Ausblick auf den Persischen Golf boten. Jede Suite war dekoriert mit kostbaren Stoffen in schillernden Farben und bestand aus einem kombinierten Wohn- und Essbereich, sowie einem Unterhaltungsbereich, der keine Wünsche offen ließ. Auch eine komplette Büroeinrichtung war vorhanden.

Diese schiere Opulenz wurde durch modernste Technologien abgerundet, die einfach alles kontrollieren konnten. Mittels eines riesigen Plasmabildschirms wurde zum Beispiel das Öffnen der Eingangstür oder das Schließen der Vorhänge genau beobachtet. Eine riesige Auswahl an exklusiven Bad-Accessoires und Kosmetika, ein feudales Bademenü mit Musik und Ölen sowie ein unglaubliches „Kopfkissen-Menü", bestehend aus dreizehn verschiedenen Kopfkissenarten, waren standardmäßig in allen Suiten vorhanden. Video-on-Demand, jede Menge Kabelkanäle sowie DVD-Spieler mit einer endlosen Auswahl an DVD's komplettierten den Luxus ebenso wie zahllose Bücher sowie ein täglicher Zeitungsservice mit einer Auswahl von über dreihundert Tageszeitungen. Im Paket inbegriffen war der kostenlose Zutritt zum Wild-Wadi-Wasserpark, ein

Welcome-Drink, frische Blumen, Früchte, arabische Süßigkeiten und vielerlei Annehmlichkeiten mehr.

Gegen diesen Laden ist die Burg Blomberg eine Bretterbude, dachte der Kämmerer, als er sich von den ersten Eindrücken erholt hatte.

„Okay, was ist jetzt zu tun?", versuchte er sich zu motivieren. Er griff nach dem Telefon und bat seinen Chef zur Lagebesprechung.

## 42

Michael Grafenberg und Maren Köster saßen in der Detmolder Kreispolizeibehörde wieder einmal einem wenig freundlichen Kommissar Hartel gegenüber. Grafenberg schilderte seine Erlebnisse der beiden letzten Abende, Maren Köster hielt sich währenddessen betont zurück. Ihr Kollege Hartel spielte unablässig mit seinem Kugelschreiber, drückte unablässig die Mine mit einem lauten Klick raus und wieder rein. Jeden anderen hätte das irritiert, aber Grafenberg war von seinen früheren öffentlichen Auftritten als *Leo, der letzte Lipper* an allerlei Unverschämtheiten seiner Zuhörer gewöhnt. Er war fest entschlossen, sich von diesem unangenehmen jungen Beamten nicht aus der Fassung bringen zu lassen.

Hartel ließ zwei komplette Minuten verstreichen, bis er zu Grafenbergs Vortrag Stellung nahm.

„Herr Grafenberg, ich habe zur Kenntnis genommen, dass sie in der Nacht von Donnerstag auf Freitag vor ihrem Wohnhaus in Lemgo angegriffen worden sind. Meiner Meinung nach von einem Straßenräuber oder einem Betrunkenen. Ich werde die Lemgoer Kollegen darüber informieren und bitten, ihre üblichen Verdächtigen mal zu durchleuchten. Was Ihre Geschichte über den gestrigen Abend angeht, tja, was soll ich davon halten? Können Sie irgendetwas beweisen? Wir können natürlich den Mann befragen. Aber was denken Sie, was dabei herauskommt? Bleiben Sie ganz ruhig, Frau Kollegin, ich will Ihnen sagen, was ich davon halte."

Maren Köster wirkte, als wolle sie wütend aufspringen. Sie zwang sich aber zur Ruhe und blieb sitzen. Hartel fuhr grinsend fort:

„Herr Grafenberg steht nach wie vor unter dem dringenden Verdacht, in die Wohnung eines gewissen Herrn Korbmacher in Lage eingedrungen zu sein und diese verwüstet zu haben. Er ist nur deshalb auf freiem Fuß, weil er einen festen Wohnsitz nachweisen kann und keine Verdunklungsgefahr besteht. Und nun versucht er, mit wilden Geschichten von sich abzulenken. Er erfindet einen mysteriösen Schläger, der ihn zwar zusammenschlägt, aber netterweise nichts stiehlt. Dann diese angebliche Messergeschichte und die Flucht. Sehr romantisch, Herr Grafenberg. Aber als Geschichtenerzähler haben Sie ja viel Erfahrung. Jetzt mal im Ernst: Wer soll denn so was glauben?"

Als Maren Köster endgültig aufsprang, legte er nach:

„Und von Ihnen, Frau Kollegin, hätte ich nie gedacht, dass Sie sich als Polizistin im Höheren Dienst für so etwas hergeben. Sind Sie eigentlich sicher, dass Sie noch auf der richtigen Seite stehen?"

Maren Köster stand aufrecht vor Hartels Schreibtisch, die Hände so fest auf die Tischplatte gedrückt, dass sie schon weiß wurden.

„Das reicht jetzt, Hartel!", zischte sie leise, aber gefährlich. „Du kannst denken, was du willst, aber die Anzeige wird trotzdem erstattet. Das kannst du nicht einfach abwimmeln. Und wenn du Zweifel an meiner Loyalität hast, Kollege, dann zeige Rückgrat und geh den offiziellen Weg. Mit allen Konsequenzen für dich, wenn du das nicht beweisen kannst. Falls du dich traust!"

Und zu Grafenberg gewandt:

„So, jetzt unterschreib die Anzeige und dann nichts wie raus hier. Ich brauche dringend frische Luft!“

## 43

Der Kämmerer des Landesverbandes Lippe stand vor dem riesigen Panoramafenster seiner Suite und sah nachdenklich hinunter auf den Persischen Golf. Da wurde er durch ein Klopfen aus seinen Gedanken gerissen. Er griff nach der Fernbedienung und betätigte den elektronischen Türöffner. Ein unglücklich dreinblickender Landesverbandsvorsteher trat ein. Obwohl die beiden Männer seit über einer Stunde nicht mehr miteinander gesprochen hatten, war sich der Kämmerer sicher, die Gefühle seines Chefs zu kennen. Er fragte ihn:

„Dir kommt das hier alles nicht ganz geheuer vor, oder?“

Und beantwortete sich die Frage gleich selbst:

„Mir auch nicht.“

„Ich fürchte, wir haben uns reinlegen lassen. Gut, dass wir die ganze Angelegenheit nicht an die große Glocke gehängt haben. Stell dir mal vor, wir hätten jemandem davon erzählt, dass wir nach Dubai fliegen, um das Hermannsdenkmal zu verkaufen, und dann treffen wir hier keinen Käufer an. Ganz Lippe würde über uns lachen.“

„Na, nun mal nicht gleich den Teufel an die Wand. Noch ist nichts verloren. Um neunzehn Uhr wissen wir mehr. Vielleicht war die Tatsache, dass für uns keine Zimmer reserviert waren, nur ein organisatorischer Fehler.“

„Ich bin da im Moment eher skeptisch. Ich kann einfach nicht glauben, dass hier kein Mensch über unser Kommen informiert war. Ich hatte auch bei der Hoteldirektion angerufen. Die kennen keinen Bin Said. In keinem der Restaurants des Hotels ist ein Tisch für uns reserviert worden. Ich habe jetzt schon zehnmal die Handynummer angerufen, die uns dieser Araber gegeben hat. Er ist und bleibt „vorübergehend nicht erreichbar“. Ich sage dir, an der ganzen Angelegenheit ist was faul, das ist für mich so sicher wie das Amen in der Kirche!“

„Ich will dir nicht widersprechen“, antwortete ihm der Kämmerer. „Aber wie sagt man so schön, ich steige erst vom Pferd, wenn ich weiß, dass es tot ist. Wir gehen heute Abend hinunter zur Rezeption und wenn kein Bin Said mit seinen Partnern da ist, dann lassen wir ihn ausrufen, wenn so etwas in diesem Laden überhaupt möglich ist. Treffen wir auf unsere möglichen Geschäftspartner, so werden wir hart verhandeln. Treffen wir sie nicht, gehen wir schön essen, machen uns bis Ostermontag eine nette Zeit und schwören uns in die Hand, dass wir nie in Dubai waren. Wir treffen uns um neunzehn Uhr an der Rezeption.“

Müller nickte, stand auf und wendete sich mit den Worten „Wir sehen uns in einer Stunde“ zur Tür.

Auf die Minute genau standen beide Männer am verabredeten Ort. Es war weit und breit kein Bin Said zu sehen. Sie fragten an der Rezeption nach, ob eine Nachricht für sie hinterlassen wurde. Negativ. Sie äußerten die Bitte, ihren Geschäftspartner ausrufen zu lassen, was aber nicht möglich war. Also gingen sie zum Essen.

Später, bei einem guten Schnaps, fragte Müller seinen Kämmerer:

„Was glaubst du, steckt der Detmolder Bürgermeister hinter dieser Aktion?“

Der Gefragte schüttelte den Kopf.

„Kann ich mir nicht vorstellen. Aber wenn wir die Klappe halten, ist es egal, wer das angezettelt hat. Außer unseren Frauen weiß niemand, dass wir hier sind. Und wenn doch irgendwann etwas herauskommen sollte, dann haben wir diese Reise in unserer Freizeit unternommen. Also Deckel drauf. „And the show must go on! In Lippe erwartet uns schließlich die Varus-Schlacht.“

## 44

Als sie zusammen mit Grafenberg wieder zurück in ihrer Wohnung war, schäumte Maren Köster noch immer vor Wut. Grafenberg hatte eigentlich in ein Café gehen wollen. Aber heute war Karfreitag, es war sowieso fast alles geschlossen, außerdem fand sie dies zu gefährlich.

„Du hast es immer noch nicht kapiert, oder?“, hatte sie gestöhnt. „Bis dieser Kerl außer Gefecht ist, musst du den Kopf einziehen. Wenn er dich jetzt irgendwo sieht, dann heftet er sich an deine Fersen und dann ist auch diese Wohnung nicht mehr vor ihm sicher. Sei bitte vernünftig!“

Ausgerechnet sie muss von Vernunft reden, dachte Grafenberg belustigt, behielt das aber für sich. Eine der Eigenschaften, die Maren Köster für ihn zu einer ganz besonderen Person machten, war ihr unzähmbares Temperament. Sie war immer sie selbst, bei ihr gab es selten nüchternes Kalkül oder taktisches Geplänkel. Maren sprach aus, was sie dachte.

Das machte sie oft schwierig im Umgang, aber auch zu einer faszinierend lebendigen Partnerin. Für den Paradiesvogel Grafenberg die erste Frau, die nicht von ihm verlangt hatte, sich endlich gesellschaftlichen Normen zu unterwerfen und „vernünftig“ zu sein oder „endlich erwachsen“ zu werden. Bei den beiden funkte es, dann krachte es wieder, aber es war Leben in der Bude.

„Was hast du jetzt vor?“, fragte er neugierig, denn sie machte nicht den Eindruck, als wolle sie den Fernseher einschalten und entspannen.

„Ich fahre jetzt ins Büro, werde ein wenig telefonieren und mich an den Computer setzen. Dann sehen wir weiter. In spätestens zwei Stunden bin ich wieder hier. Mach dann schon mal Kaffee!“

Mit dieser spärlichen Auskunft musste er sich vorerst zufrieden geben.

Bis sie zurück war, vergingen allerdings fast drei Stunden. Und sie schäumte wieder einmal vor Wut, sagte aber nichts über die Gründe. Er hatte das Gefühl, dass sie kurz vor einer „Eruption“ stand und sich nur mit Mühe disziplinieren konnte. Das war ungewöhnlich für sie, also war es wohl nur eine Frage der Zeit, bis es aus ihr herausbrechen würde.

Sie hockten zusammen an ihrem Küchentisch. Sie las von einem Zettel ab, als sie mit leicht bebender Stimme vortrug:

„So! Der Kerl heißt Mark Alzmann, ist 36 Jahre alt. Er war mal eine Art Kollege von mir. Allerdings nicht bei der normalen Polizei, sondern beim Sondereinsatzkommando in Bielefeld. Mit anderen Worten, er war einer von diesen richtig harten Hunden. Vor sieben Jahren ist er dort wegen eines schweren Dienstvergehens rausgeflogen. Er hatte einen alten Mann so schwer misshandelt, dass der das fast nicht überlebt hätte. Angeblich hatte der Alte ihn bedroht. Das heißt für dich, dass er …“

„Ja! Mir ist schon klar, was das für mich heißt!“, unterbrach sie Grafenberg. Er tat, als wolle er abwiegeln, aber das leichte Zittern seiner Hand, als er die Kaffeetasse absetzte, verriet, welchen Eindruck ihre Worte hinterlassen hatten. Sie fuhr fort:

„Was Alzmann danach gemacht hat, wissen wir nicht ganz genau. Bekannt ist, dass er direkt nach seinem Rauswurf einen Job als Personenschützer angenommen hat. Auch nicht lange. Danach hat er bei verschiedenen Wachschutzfirmen angeheuert, ist aber nirgendwo länger geblieben. Dann verliert sich seine Spur. Zusammengefasst bedeutet das: Alzmann ist ein Gegner, der auf keinen Fall unterschätzt werden darf. Er ist schlau und äußerst gewalttätig. Eine ausgesprochen unangenehme Mischung!“

„Moment!“, Grafenberg hatte immer noch Einwände. „Wenn er tatsächlich so schlau ist, wie du vermutest, warum hat er dann in Korbmachers Wohnung so randaliert? Mit seinen Fähigkeiten hätte er doch gänzlich unbemerkt sowohl die Wohnung aufsuchen als auch wieder rauskommen können. Warum hat er so deutliche Spuren hinterlassen?“

Maren Köster zuckte mit den Achseln. „Was weiß ich. Aber vielleicht war das Absicht. Er hat keinerlei Spuren hinterlassen, die auf seine Person hindeuten. Im Gegenteil, die verwüstete Wohnung lässt doch eher auf einen durchgeknallten Anfänger schließen, also auf so einen wie dich, und nicht auf einen Profi. Auch ’ne Art, Spuren zu verwischen.“

„Danke für den durchgeknallten Anfänger“, brummte Grafenberg. „Aber du könntest Recht haben. Wenn ich es so bedenke, dann erscheint mir auch sein Angriff vom Donnerstagabend in einem anderen Licht. Ich habe zwar auch ein paar Mal punkten können, aber wenn ich ehrlich bin, hatte ich in keiner Sekunde das Gefühl, als Sieger den Ring verlassen zu können. Wahrscheinlich hat Alzmann seine Kräfte da nur sehr dosiert eingesetzt. Zu dem Zeitpunkt wollte er mich noch nicht fertigmachen, nur einschüchtern. Erst als ich in seiner Wohnung aufgetaucht bin, ist bei ihm eine Sicherung durchgebrannt. Ich hatte wohl ein riesiges Glück, dass ich da heil raus gekommen bin.“

„Na, jetzt mach dich nicht schlechter als du bist. Natürlich war es eine bodenlose Dummheit, in seine Wohnung einzusteigen. Aber wenn Alzmann bisher einen Fehler gemacht hat, dann den, dich als Gegner zu unterschätzen. Hätte er geahnt, wie viel Widerstand du ihm entgegensetzen würdest, wärst du nicht lebend aus seiner Wohnung herausgekommen. Aber du hast dich für ihn völlig überraschend als wackerer Kämpfer erwiesen, mein Bester. Ich bin sogar ein bisschen stolz auf dich. Doch jetzt weiß er das und es wäre besser, du würdest ihn erst wieder sehen, wenn du als Zeuge vor Gericht gegen ihn aussagen musst. Mit ganz vielen Polizisten zwischen euch.“

Eine Weile tranken beide schweigend ihren Kaffee. Sie schien immer noch unter Strom zu stehen. Vorsichtig fragte er:

„Hast du sonst noch was unternommen? Ich meine, außer Computer und Telefon zu bemühen?"

Sie wurde rot, sagte aber lange nichts. Dann brach es aus ihr heraus:

„Dieser Dreckskerl! Dem werde ich es noch zeigen! Nicht mit mir!"

„Von wem redest du?", fragte Grafenberg nach. „Von deinem Kollegen Hartel?"

Sie winkte ab.

„Ach, der ist doch nur 'n kleines Licht! Nein, eigentlich ärgere ich mich über mich selbst. Ich glaube, ich habe eine Dummheit gemacht."

Sie setzte sich nun kerzengerade auf und schaute ihm in die Augen.

„Ich war nach meiner Recherche so wütend, weil hier so ein gefährlicher Kerl rumläuft und Hartel nichts unternimmt. Nur um mich zu demütigen. Und alles mit freundlicher Unterstützung unseres Chefs. Ein Dienst habender Beamter war angeblich nicht frei, um mal bei Alzmann vorbeizuschauen und ihn nach den gestrigen Vorfällen zu befragen. Irgendwann heute Abend vielleicht, oder morgen. Kurz und gut, ich bin dann selbst hingefahren und …"

„Was?", Grafenberg war entsetzt. „Du warst bei Alzmann? Allein?"

„Ja! Schließlich bin ich ja auch nicht irgendwer, sondern immerhin Kommissarin. Was ich genau erreichen wollte, weiß ich auch nicht mehr. Wie auch immer. Ich habe auf die einzige Klingel gedrückt, die nicht mit einem Namen versehen war und dann stand er plötzlich in der Haustür. Groß und blond und breitbeinig. Die Selbstsicherheit in Person. Er hat mich von oben bis unten angeschaut, bis ich nicht mehr wusste, ob ich wütend oder unsicher werden sollte. Ich habe dann so getan, als hätten Nachbarn von ihm gemeldet, dass es gestern Abend zu einer lautstarken Auseinandersetzung in seiner Wohnung gekommen sei. Auch, dass er selbst einen anderen Mann, der danach offenbar aus der Wohnung geflüchtet sei, verfolgt habe. Von dir habe ich kein Wort gesagt."

„Und?", fragte Grafenberg aufgeregt. „Was hat er gesagt?"

„Gegrinst hat er. Unverschämt gegrinst. Dann hat er einfach alles abgestritten. Nichts davon sei wahr. Wahrscheinlich hätte ein anderer Nachbar den Fernseher etwas zu laut gestellt. Er habe auch keinen anderen verfolgt. Dann habe ich ihn gefragt, ob ich mal kurz in seine Wohnung schauen könnte, um seine Aussage zu überprüfen. Das war natürlich dämlich von mir, weiß ich selbst. Na ja, er hat dann wieder nur auf seine impertinente Art gegrinst und mich nach einem Durchsuchungsbefehl gefragt. Als ich den nicht vorweisen konnte, kam er mir ganz nah, hat sich zu mir hinuntergebeugt und fast geflüstert: Schätzchen, ich lasse ja ganz gerne mal 'ne Frau in meine Wohnung. Aber die sind dann mindestens zehn Jahre jünger als du. Wenn du noch 'ne kleine Schwester hast, dann schick die doch mal vorbei! Zack! Und damit schlug er mir die Haustür vor der Nase zu. Ich stand draußen, habe vor Wut gezittert und überlegt, wie ich das ganze Haus am besten in die Luft sprengen könnte. Habe ich natürlich nicht gemacht, und jetzt sitze ich hier und platze gleich."

Grafenberg war nun kaum weniger wütend als sie.

„Hätte ich mit der Tischplatte nur härter zugeschlagen! Was für ein Oberar …!"

Dann stand er auf, ging um den Tisch herum und legte ihr einen Arm um die Schulter. Eine ganze Weile schwiegen beide. Es war Grafenberg, der wieder zum Thema zurückfand und begann:

„Aber es muss doch eine Geschichte hinter der Geschichte geben. Bei Korbmacher war doch nun wirklich nichts zu holen, warum bricht Alzmann dort ein? Einfach aus Langeweile oder Habgier? Zufällig bei einem Mann, der von der Polizei als Mordverdächtigter gesucht wird und untergetaucht ist? Da muss es doch einen Zusammenhang geben. Welches Motiv treibt Alzmann an?"

„Es kann natürlich sein, dass er auf eigene Rechnung gehandelt hat." Sie war wieder ganz ruhig, die Wut war offenbar verraucht. „Aber das glaube ich nicht. Das passt nicht zu ihm. Alzmann ist der typische Söldner. Vermutlich handelt er im Auftrag. Keine Ahnung, wer der Auftraggeber sein könnte oder um was es gehen könnte. Du bist ihm dabei in die Quere gekommen, weil du ihn in Lage gesehen hast und die Verbindung zwischen ihm und Korbmacher herstellen kannst. Vielleicht hat es ja was mit der Arbeitsstelle Korbmachers in Kalkriese zu tun. Anscheinend hat er dort irgendwas gestohlen. Ich glaube, Jupp Schulte ist da dran, zusammen mit den Osnabrücker Kollegen. Wie auch immer, du bleibst hier und verlässt meine Wohnung nicht, bis ich Entwarnung gebe. Versprichst du mir das?"

Grafenberg seufzte.

„Okay! Aber nur, wenn du so viel wie möglich hier bist. Wenn ich schon draußen an der Front nichts leisten darf, dann wenigstens hier auf einem ganz anderen Gebiet. Darin bin ich nämlich ganz brauchbar, denke ich! Außerdem stehe ich auf reifere Frauen!"

„Du Mistkerl!"

Lachend tat sie so, als wolle sie ihn schlagen. Dann gingen sie in ein anderes Zimmer. Beide brauchten nun dringend etwas Abwechslung.

## 45

Peter Korbmacher legte nervös das Telefon auf den Wohnzimmertisch. Das soeben beendete Gespräch mit Hermann Rodehutskors hatte eine Information eingebracht, deren Tragweite er noch lange nicht verdaut hatte. Eigentlich hatte Rodehutskors ja angekündigt, mit ihm nicht mehr telefonisch, sondern nur noch direkt, sozusagen Auge in Auge, in Kontakt zu treten. Nun war der alte Herr doch rückfällig geworden und hatte erneut angerufen. Ganz nebenbei hatte er dadurch dem sowieso schon sehr dünnen Nervenkostüm Korbmachers den Rest gegeben.

Korbmacher thronte in einem gemütlichen Sessel im Wohnzimmer eines Arbeitskollegen in Osnabrück, der zu einem einjährigen Forschungsauftrag in die USA berufen worden war und Korbmacher seinen Wohnungsschlüssel hinterlassen hatte, mit der Bitte, einmal pro Woche die Blumen zu gießen, die Post aus dem Briefkasten zu nehmen und überhaupt nach dem Rechten zu sehen. Erst war Korbmacher über diese Bitte nicht gerade glücklich gewesen, aber nun erschien sie ihm wie eine göttliche Fügung – ein wirklich erstklassiges Versteck zum Untertauchen! Niemand wusste von seiner Absprache mit dem Kollegen. Außerdem befand sich das Appartement in einem großen Gebäudekomplex in der Osnabrücker Südstadt. Hier interessierte sich niemand für seinen Nachbarn. Der ideale Unterschlupf für jemanden, der nicht gesehen werden möchte.

Nun wohnte er bereits seit eineinhalb Wochen hier, hatte sich eingelebt und war nahe dran, die Ereignisse der letzten Woche in den Hintergrund zu drängen. Diese Wohnung war weitaus behaglicher als seine eigene Bude in Lage, und er hatte sich hier den Umständen entsprechend wohl gefühlt. Bis dieser Anruf gekommen war.

Rodehutskors hatte ihm berichtet, was in den letzten Tagen seinem Mitarbeiter Grafenberg widerfahren war. Beim letzten Gespräch hatte es noch geheißen, Grafenberg wolle „die Brocken hinschmeißen“. Dann war er verprügelt worden und schlagartig hatte sich die Lage für ihn vollkommen verändert. Komischer Kerl, dachte Korbmacher. Wenn man von ihm unter Prügel verlangt hätte, sich aus einer Geschichte herauszuhalten, dann hätte er der Aufforderung Folge geleistet. Keine Frage. Was sind das nur für seltsame Menschen, die sich dann erst recht nicht heraushalten, alle Vernunft über Bord werfen und dabei Kopf und Kragen riskieren? Eigene Schuld, wenn es letztendlich in der Katastrophe endet, fand Korbmacher. Dieser Grafenberg tat ihm nicht leid. Wer sich so blöd anstellt, der durfte sich auch nicht beschweren. Schockiert war Korbmacher nur, als er von Rodehutskors den Namen des Mannes gehört hatte, dem Grafenberg so knapp entkommen war.

„Sagt Ihnen der Name Alzmann etwas?“, hatte Hermann Rodehutskors beiläufig gefragt. „So heißt nämlich dieser Kerl!“

Zuerst wusste Korbmacher mit dem Namen nichts anzufangen. Aber als das Gespräch beendet und er mit seinen eigenen Gedanken allein war, fiel der Groschen. Ja, an diesen Namen erinnerte er sich allerdings. Und es waren keine guten Erinnerungen, die da hochkamen. Mit aller ihm noch zur Verfügung stehenden Energie bemühte er sich, die aufkommende Panikattacke zu unterdrücken. Er konnte sich keinen Ausfall mehr erlauben. Krampfhaft versuchte er, sich an das Foto dieses Herrn Alzmann zu erinnern, welches er vor sieben Jahren mehrfach in der Zeitung gesehen hatte und es mit der nicht weniger diffusen Erinnerung an seinen Verfolger in Osnabrück zu vergleichen. Er war sich auch eine halbe Stunde nach dem Telefonat nicht ganz sicher, aber es sprach eine Menge dafür, dass es dieser Alzmann war, der ihn letztens in Osnabrück verfolgt hatte. Wenn das zutraf, war Alzmann auch derjenige, der Korbmachers Wohnung verwüstet hatte. Und dann stand zu erwarten, dass er nun auch versuchen würde, Korbmachers Unterschlupf zu finden. Schon wegen der alten Geschichte …

## 46

Langsam wurde die Angelegenheit für Alzmann unangenehm. Die biestige Polizistin, wie hieß sie doch gleich? Richtig, Maren Köster! Hatte ihm ganz schön zugesetzt. Im Moment konnte er sich noch einigermaßen gelassen geben. Wie er aus sicherer Quelle wusste, hatten die Bullen immer noch diesen Grafenberg, den die Detmolder Polizei in der Wohnung von Korbmacher erwischt hatte, als Hauptverdächtigen auf der Pfanne. Doch das würde sich in den nächsten Tagen ändern. Diese Köster würde keine Ruhe geben. Die hatte Biss. Das war so sicher wie das Amen in der Kirche. Doch was sollte er machen? Verschwinden musste er, das war klar. Aber wenn er untertauchte, würden ihm natürlich ein teilweise die Fäden des Handelns aus den Händen genommen. Eine Situation, die er gar nicht mochte. Er musste einen Weg finden, der es ihm ermöglichte, jederzeit nah dran zu sein, aber dennoch nicht auf dem Präsentierteller zu sitzen, von dem ihn die Bullen nur abzugreifen brauchten.

Er musste mit dem Chef telefonieren und sich mit ihm besprechen. Besuchen durfte er ihn auf keinen Fall. Nicht auszudenken, was passierte, wenn er mit ihm zusammen gesehen würde. Dann wäre alles für die Katz gewesen. Also griff er zum Telefon und besprach sich mit ihm.

Wieder einmal lagen die beiden Männer mit ihrer Einschätzung nicht weit auseinander. Die Tatsache, dass Kiebitz beim Einschüchterungsversuch Korbmachers ums Leben gekommen war, hatte sich negativ ausgewirkt. Hatte die ganze Angelegenheit komplizierter gemacht. Jetzt schnüffelten die Bullen überall herum. Das war bis heute allerdings kein

Problem. Die Kripo hatte im Fall Korbmacher noch keinen Hering vom Teller gezogen.

Aber die beiden Zeitungsfritzen, dieser Grafenberg und dieser Fettwanst Rodehutskors waren ihm schon ein paar Mal verdammt dicht auf den Fersen gewesen. Die ließen sich auch nicht abschütteln. Richtige Terrier, die blieben dran. Am liebsten hätte er kurzen Prozess mit diesen beiden Schnüfflern gemacht, doch im Moment konnte er sich keine mysteriösen Todesfälle leisten. Das würde seine Person nur unnötig in den Fokus rücken.

Sein Chef hatte ihm geraten, unterzutauchen. Er besaß eine Jagdhütte in der Nähe von Oerlinghausen. Doch dieser Unterschlupf erschien beiden zu auffällig. In dem Waldgebiet standen einige Häuschen, die nach dem Krieg mehr oder weniger ohne Genehmigung gebaut worden waren. Später war die Waldsiedlung legalisiert worden. Die Besitzer der Häuser kannten sich untereinander. Wenn da jetzt ein wildfremder Mann regelmäßig auftauchte, würden die sicher Verdacht schöpfen. Sein Chef hatte vorgeschlagen, eine Ferienwohnung zu mieten. Da könnte er ein paar Wochen wohnen ohne aufzufallen. Besitzer von Ferienwohnungen gaben die Vermietungen in der Regel nicht an, um so dem Finanzamt ein paar Steuern vorzuenthalten. Der Chef wollte sich um was Geeignetes kümmern.

Alzmann ging zu seinem Kleiderschrank und holte seine Reisetasche herunter. Er öffnete sie und warf wahllos einige Kleidungsstücke hinein. Erstmal verschwinden. Dann mal sehen.

## 47

Hermann Rodehutskors ähnelte einem Tiger im Käfig, wie er an diesem Ostermontagmorgen sein Arbeitszimmer immer wieder durchquerte. Hier lief was falsch, daran hatte er keinen Zweifel mehr. An den Rüstungsfunden war irgendetwas faul. In der Hand hielt er den Ausdruck einer E-Mail, den ihm Grafenberg gerade per Fax zugesandt hatte.

Rodehutskors wäre niemals in der Lage gewesen, eine Mail abzurufen. Und so stand in seinem Arbeitszimmer ein altes Faxgerät, auf dem ihm sein Kollege Grafenberg die nötigen Nachrichten zukommen ließ, wenn er nicht in der Presseagentur, sondern bei sich zu Hause arbeitete.

Immer wieder las der alte Redakteur den Text durch, den er in seinen Händen hielt. Die Nachricht kam von Korbmacher.

*Sehr geehrter Herr Rodehutskors,*

*wie Sie wissen bin ich Archäologe. Mein Spezialgebiet ist die Militärgeschichte des römischen Imperiums. Als ich von den Rüstungsfunden in Detmold hörte, war ich natürlich höchst interessiert, da ich selber einmal für den Verein S.E.L.F., der in Detmold seinen Sitz hat, zu diesem Thema geforscht habe. Damals hatte ich auf Wunsch von Kiebitz, der tragischerweise während des Handgemenges mit mir ums Leben kam, Zeichnungen und Entwürfe römischer Rüstungen angefertigt. Herr Kiebitz war ein Bekannter des damaligen S.E.L.F.-Leiters, der Name fällt mir nicht mehr ein. Auf jeden Fall ein honoriger Mensch, den ich immer geschätzt habe.*

*Als ich von den Rüstungsfunden erfuhr, habe ich Kiebitz angerufen, um ihm davon zu berichten, da ich der Meinung war, das würde ihn interessieren. Schon während des Telefongespräches verhielt er sich ausgesprochen abweisend und unfreundlich. Am nächsten Tag traf ich ihn an meinem*

*Arbeitsplatz. Ich war einige Zeit auf dem Gelände von Kalkriese unterwegs gewesen und überraschte ihn, als er sich gerade an meinem Schreibtisch zu schaffen machte. Ich stellte ihn zur Rede, da begann er mich einzuschüchtern. Sein Auftreten empfand ich als unverschämt und forderte ihn auf, zu gehen. Am gleichen Nachmittag tauchte er in Jöllenbeck auf. Alles Weitere wissen Sie.*

*Sie werden sich fragen, warum ich Ihnen das alles erzähle. Mein ehemaliger Hochschullehrer, Professor Dr. Meiersfeld, bewohnte damals ein Detmolder Altenheim und arbeitete ehrenamtlich bei S.E.L.F. Er hatte mir dort auch eine ABM-Stelle besorgt.*

*Der alte Mann hatte sein Berufsleben nie wirklich beenden können. Immer wieder begann er neue Projekte. Ich hatte schon lange nicht mehr bewusst an ihn gedacht. Doch nach dem Telefonat mit Ihnen fiel er mir wieder ein. Professor Meiersfeld wurde nämlich damals von einem gewissen Herrn Alzmann brutal misshandelt und war anschließend gezwungen, mehrere Monate im Krankenhaus zu verbringen. Warum es zu dem körperlichen Übergriff kam, ist mir nicht bekannt.*

*Jedoch ließ sich der mutige alte Herr nicht einschüchtern. Er zeigte seinen Peiniger an, der daraufhin seinen Job beim Bielefelder SEK verlor. Als Sie mir von Alzmann berichteten, erinnerte ich mich wieder an ihn. Im Übrigen ist er auch mir vor ein paar Tagen gefolgt, und zwar genau an dem Tag, an dem ich mich mit Ihnen treffen wollte.*

*Bleibt noch eines zu sagen: Nach Aussagen der Altersheimleitung litt Professor Meiersfeld an Demenz. Dies glaube ich bis heute nicht! Er war sicher keine einfache Person, aber er hatte seine Sinne beisammen. Eines Tages war der Professor angeblich irgendwo im Teutoburger Wald unterwegs. Während dieses Ausflugs stieß ihm wahrscheinlich etwas zu. Jedenfalls wird der alte Mann seit diesem Zeitpunkt vermisst.*

*Wie Sie sehen, viele lose Fäden, die ich zumindest im Moment nicht zusammenfügen kann. Vielleicht sind Sie ja in der Lage, das Ereignis-Wirrwarr etwas zu entknoten.*

*Eins noch: Als damals Professor Meiersfeld ins Krankenhaus musste, hat er mir zwei Kisten mit Unterlagen zur Aufbewahrung überreicht. Ich habe sie damals in meinen Keller gestellt. Dort befinden sie sich wahrscheinlich immer noch. Wie Sie sicher verstehen, bin ich jedoch im Moment nicht in der Lage, diese Unterlagen zu sichten. Vielleicht sehen Sie eine Möglichkeit, wie Sie in den Besitz der beiden im Keller meiner Wohnung befindlichen Kartons gelangen können.*

*Mit freundlichen Grüßen*
*Ihr Dr. Peter Korbmacher*

Rodehutskors überlegte. Er war seit drei Jahren – seit seiner Rente – Mitglied bei S.E.L.F. Was sich vorher in dem Verein abgespielt hatte, entzog sich seiner Kenntnis. Auch an den misshandelten Professor konnte er sich nicht erinnern. Den Fall musste damals wohl ein Kollege bearbeitet haben. Die Suche nach einem vermissten Altersheiminsassen tauchte vage aus den Tiefen seiner Gehirnwindungen auf. Doch es war zu lange her, um sich an Einzelheiten zu erinnern. Wie konnte man weiter vorgehen? Was hatte der tote Kiebitz mit den Rüstungen zu tun? Gab es da überhaupt eine Parallele? Und, verdammt noch mal, welche Rolle spielte dieser Alzmann in dem ganzen Geschehen?

Rodehutskors entschloss sich, Schulte anzurufen. Vergeblich! Der war natürlich „not available". Wen konnte er sonst fragen? Natürlich, Hans-Peter Zahn war der richtige Mann, der musste Bescheid wissen. Durfte er diese allseits geschätzte Persönlichkeit, die sicher nicht über viel Freizeit verfügte, an einem solchen Oster-Feiertag anrufen? Der Instinkt, der eine gute Story vermuten ließ, nahm den alten Journalisten in Besitz und trieb ihn an. Wenn er jetzt nicht mit Zahn telefonierte, hätte er den ganzen Tag keine Ruhe. Er musste es tun, auch wenn ihn seine Frau schelten würde und er in Zahns Ansehen tief sinken würde. Noch einmal drehte er eine Runde um seinen Schreibtisch, dann wählte er die Nummer. Nach dem zweiten Tonsignal meldete sich der gewünschte Teilnehmer:

„Zahn?"

„Guten Tag Herr Zahn, hier spricht Hermann Rodehutskors. Entschuldigen Sie die Störung an einem Feiertag. Aber mir brennt sozusagen etwas auf der Seele, das ich gerne mit Ihnen besprechen würde."

Nach einer für einen Journalisten fast unerträglichen Schweigeminute entgegnete sein Gesprächspartner:

„Na, dann legen Sie mal los!"

Rodehutskors druckste herum.

„Na ja, am Telefon ist das schlecht zu besprechen. Mein Problem ist etwas komplexer."

„Wissen Sie was? Lassen Sie uns zusammen Mittagessen", kam der Vorschlag von Zahn.

Rodehutskors überlegte. Dann bat er seinen Gesprächspartner um eine kurze Unterbrechung und eilte mit einer Geschwindigkeit, die ihm niemand zugetraut hätte, in die Küche.

Seine Frau wollte gerade Kartoffeln schälen, die sie auf eine ausgebreitete Zeitung gelegt hatte.

„Pack die Kartoffeln weg, Schatz! Wir gehen essen! Das Weitere erkläre ich dir später."

Noch ehe die Hausfrau etwas erwidern konnte, klappte die Küchentür schon wieder zu, und ihr Mann eilte in Richtung Arbeitszimmer davon. Er nahm den Hörer und teilte Zahn mit, seine Frau würde ihn gerne begleiten. Ob es da Bedenken gäbe.

Der S.E.L.F.-Vorsitzende hatte nichts dagegen, und so verabredeten sie sich um halb eins im Restaurant *Gasthof Lallmann* in Lüerdissen.

Kaum hatte Rodehutskors das Telefongespräch beendet, rief er Grafenberg an und brachte ihn auf den aktuellen Stand des Geschehens. Er bat ihn, die von den Rüstungsfunden gemachten Fotos an Korbmacher zu mailen.

Eine Stunde später lenkte Rodehutskors seinen Passat über die Hügel von Wambeckerheide. Zur großen Freude seiner Frau fuhren sie nicht in den nächsten Regenschauer, vielmehr zeigte sich der Frühling von seiner besten Seite. Die Wolkendecke war aufgerissen, die Sonne lachte vom Himmel.

„Jetzt, wo die Sonne kommt, finde ich es richtig schön, dass wir zum Essen gehen. Aber ich kenne ja den Herrn Zahn nicht. Meinst du nicht, dass ich bei dem Gespräch störe?"

Rodehutskors griff nach der Hand seiner Frau.

„Nein, Else, du störst doch nicht. Ich finde es sogar gut, dass du dabei bist. Deine Anwesenheit gibt dem Ganzen einen weniger förmlichen Charakter. Außerdem waren wir beide noch nie zusammen im Gasthof Lallmann."

Plötzlich wurde die Plauderei des Ehepaars vom Klingelton eines Handys unterbrochen. Rodehutskors griff in die Innentasche seiner Jacke, kramte das Gerät hervor und hielt es trotz des geltenden Handyverbots beim Autofahren ans Ohr. Es war Grafenberg, der seinem Kollegen von den neuesten Erkenntnissen in Sachen Rüstungen erzählte.

Zielsicher steuerte der alte Journalist und Genießer sein Auto zum Gasthof Lallmann. Hans-Peter Zahn erwartete sie schon. Er hatte sehr gute Plätze im so genannten Pavillon organisiert. Sie nahmen am Tisch Platz und genossen die schöne Frühlingsatmosphäre und den ausgezeichneten Blick auf den Stemmberg.

„Ich bin mir nicht ganz sicher", plauderte Rodehutskors drauflos. „Wußten Sie, dass vor vielen Jahren, bevor man den Schieder-Stausee anlegte, auch Lüerdissen als Standort vorgesehen war? Einen Teil des Dorfes hätte man sogar absaufen lassen müssen, dennoch wurde damals von politischer Seite lange an dem Projekt festgehalten. Wenn man den Gerüchten glauben darf, hatten die Großkopferten aus Lemgo damals am geplanten Seeufer Grundstücke gekauft, in der Hoffnung, irgendwann ein Haus am See zu besitzen. Aber das ist lange her. Ich kann mir nicht vorstellen, dass die Leute ihre ‚Seegrundstücke' heute noch besitzen".

Zahn wollte gerade etwas erwidern, da brachte die Bedienung die Speisekarten. Also vertiefte man sich erst einmal in die Suche nach dem geeigneten Gericht.

Die Vorschläge auf der Speisekarte waren ganz nach dem Geschmack des Journalisten. Er entschied sich für eine klare Ochsenschwanzsuppe und im Anschluss daran für *Oma Helenes Rinderroulade.* Seine Frau bestellte den *Ziegenkäse im Kartoffelteig,* Hans-Peter Zahn wollte sich den *Lüerdisser Deckeltopf* schmecken lassen. Als die Bestellung aufgegeben und die Getränke gebracht worden waren, griff Zahn das Gespräch wieder auf.

„Herr Rodehutskors, Sie sprachen eben über verrückte Ideen von Politikern in den siebziger Jahren. Aber das wird doch sicher nicht der Grund sein, warum Sie mit mir sprechen wollten. Oder?"

Rodehutskors schmunzelte.

„Ja, wissen Sie, ob die Politiker sich seit damals geändert haben, vermag ich nicht zu sagen. Ich glaube fast nicht. Man wird ja sehen", sagte er und sein Schmunzeln wurde noch etwas verschmitzter. „Wissen Sie Herr Zahn, ich habe mir ja im hohen Alter und gegen den Willen meiner Frau" – er fasste nach der Hand seiner besseren Hälfte – „noch einen Wusch erfüllt und eine kleine Presseagentur gegründet. Unter anderem recherchiere ich in einem Fall, der bedauerlicherweise einen Toten im Heimathaus in Jöllenbeck gefordert hat. Wahrscheinlich kam der Mann durch einen Unfall und nicht durch kaltblütigen Mord ums Leben. Dennoch ist der an dem Unfall Beteiligte flüchtig, steht aber mit mir in Kontakt."

Rodehutskors bemerkte eine Veränderung an Zahn, die er aber nicht einordnen konnte und sprach weiter:

„Dieser Mann, Korbmacher ist sein Name, hat merkwürdigerweise schon einmal für S.E.L.F. gearbeitet. Das muss vor meiner Zeit gewesen sein. Kennen Sie ihn vielleicht?"

Zahn überlegte.

„Nicht, dass ich wüsste. Ich habe aber in den letzten fünfundzwanzig Jahren so viele Leute in meinem Beruf und meinen vielen ehrenamtlichen Tätigkeiten kommen und gehen sehen, dass ich mich wirklich nicht mehr an jeden einzelnen erinnere."

Rodehutskors schien Verständnis für die Position Zahns aufzubringen.

„Ja, es handelt sich wirklich um einen sehr unscheinbaren Menschen. Er ist damals von einem Professor der Archäologie protegiert worden. Einem gewissen Dr. Meiersfeld."

„An den kann ich mich erinnern", entfuhr es Zahn. „Zum Ende hin war er ein dementer alter Mann. Wirklich tragisch, er ging gegen alle Vernunft immer wieder in den Teutoburger Wald, um, wie er behauptete, archäologisch interessante Orte zu untersuchen. Dann kehrte er irgendwann nicht mehr zurück. Alles Suchen war vergeblich. Man hat ihn bis heute nicht gefunden."

Rodehutskors nahm einen großen Schluck aus seinem Glas.

„Dieser Korbmacher hat in diesem Zusammenhang eine ganz eigene Theorie. Er behauptet, von Professor Meiersfeld kurz vor dessen Verschwinden einige Unterlagen erhalten zu haben, die er in den nächsten Tagen durcharbeiten will. Keine Ahnung, was er mir damit sagen wollte. Wahrscheinlich wollte er sich nur wichtig machen."

Zahn nickte beifällig, und alle widmeten sich ihrem Essen.

„Wie auch immer", begann Rodehutskors wieder, der eigentlich auf ganz etwas anderes hinaus wollte. „Dieser

Korbmacher behauptet, einem gewissen Herrn Kiebitz damals Entwürfe für römische Rüstungen geliefert zu haben. Sagt Ihnen der Name Kiebitz etwas?"

Zahn verneinte.

„Und jetzt kommt das Unfassbare, Herr Zahn! Die Rüstungen, die oben am Bielstein gefunden wurden, sollen nach Aussage von Korbmacher identisch mit denen sein, die er entworfen hat."

„Man darf nicht jedem Scharlatan glauben!", wurde Zahn jetzt energisch.

Rodehutskors überlegte, ob er weiter argumentieren sollte, entschied sich aber zu schweigen. So wie sich Zahn jetzt gab, duldete er keinen Widerspruch. Den Faden konnte er auch zu einem späteren Zeitpunkt wieder aufnehmen.

„Herr Rodehutskors, ich habe Sie immer geschätzt. Begehen Sie keine Dummheit, und gehen Sie diesem Korbmacher nicht auf den Leim. Wer weiß, welche Gründe ihn zu diesen haltlosen Behauptungen treiben. Sollte er irgendwann wirklich schlüssige Beweise liefern, bleibt immer noch Zeit, die Öffentlichkeit zu informieren. Bis dahin appelliere ich an Ihre lippische Heimatverbundenheit. Lassen Sie sich bitte zu keinem journalistischen Schnellschuss hinreißen, bevor Sie nicht hundertprozentig sicher sind. Und dann, wenn Sie mit Ihren Erkenntnissen wirklich an die Öffentlichkeit gehen wollen, lassen Sie uns vorher noch einmal darüber reden. Ich möchte Sie vor einem Unheil bewahren. Stellen Sie sich vor, Sie bringen Ihre Thesen in die Öffentlichkeit, und dann erweisen sie sich als falsch, Sie wären in ganz Lippe unten durch. Man würde Sie ächten. Diese Schmach möchte ich Ihnen ersparen. So, und jetzt lassen Sie uns erst einmal einen guten Schnaps trinken."

Frau Rodehutskors wurde sehr unwohl bei dem Gedanken, demnächst vielleicht nicht mehr gegrüßt zu werden, weil ihr Mann etwas in die Welt gesetzt hatte, was nicht stimmte. Als sie dann noch ihren Mann sagen hörte: „Vielen Dank, Herr

Zahn, ich würde gerne einen schönen Obstler oder etwas Ähnliches mit Ihnen trinken. Doch das müssen wir auf ein anderes Mal verschieben. Ich muss noch fahren. Aber vielleicht möchte meine Frau ja ...", verstand sie die Welt nicht mehr. Sie konnte sich nicht erinnern, jemals erlebt zu haben, dass ihr Mann einen guten Schnaps ausschlug.

## 48

„Der Mann hat gut reden!", schimpfte Mark Alzmann, während er sich langsam und systematisch auszog. Er war wütend auf seinen Chef. Sicher, der Mann bezahlte ihn gut, sehr gut sogar. Aber dafür lieferte Alzmann auch saubere Arbeit ab. Meistens jedenfalls. Solche Fehler wie beim Umgang mit diesem verfluchten Grafenberg unterliefen ihm normalerweise nie. Er hatte diesen Mistkerl einfach unterschätzt. Dabei hatte er sich, wie es sich für einen Einschüchterungsprofi gehört, vorher über seine Zielperson bestens informiert. Es war ihm nicht entgangen, dass dieser Grafenberg ein ehemaliger Gelegenheitsschauspieler war, der zeitlebens als arbeitsscheu galt und sich erst in letzter Zeit mit einem pensionierten Journalisten zusammengeschlossen und eine Art Presseagentur gegründet hatte. Aber auch das war ja wohl eher eine Art Beschäftigungstherapie. Richtige Arbeit war das wohl kaum. Ja, und so hatte Alzmann sein Opfer eben gesehen, als faules, willensschwaches Weichei. Wer hatte denn damit rechnen können, dass dieser Kerl derartig hartnäckig war? Dass er Kopf und Kragen riskierte, um am Ball zu bleiben?

Mark Alzmann sah sich um. Die Ferienwohnung, die er seit ein paar Stunden auf Vermittlung seines Chefs bewohnte, war zwar klein, aber durchaus zweckmäßig. Sie war Teil einer großen Appartement-Anlage in Bad Salzuflen und dadurch genau so anonym, wie Alzmann es sich zum vorläufigen Untertauchen gewünscht hatte. Aber nun wollte der Chef, dass es nicht dabei bliebe. Er sollte handeln. Hatte den Auftrag bekommen, das zu tun, was er am liebsten tat. Er sollte töten! Sauber, schnell und ohne Spuren zu hinterlassen. Alzmann schmunzelte selbstgefällig. Wenn er von einer Sache wirklich was verstand, dann davon. Das hatte er gelernt. Vor Jahren hatte er eine fundierte Ausbildung durchlaufen, war damals Polizist gewesen. Aber nicht einer von diesen armseligen uniformierten Streifenhörnchen oder von diesen eitlen Anzugtypen bei der Kripo. Nein, er war etwas Besonderes gewesen. Er war beim Sondereinsatzkommando Bielefeld ausgebildet und für ein paar Jahre im Einsatz gewesen. Bis man ihn – Alzmanns Zorn kochte auch nach so vielen Jahren wieder hoch – einfach rausgeworfen hatte. Einfach rausgeworfen! Nach all dem, was er für diese Einheit geleistet hatte. Aber verlernt hatte er nichts. Und wenn er nun auf seinen Chef sauer war, dann nicht, weil der von ihm verlangt hatte, einen Mann zu töten. Sondern, dass von ihm auch noch erwartet wurde, den Aufenthalt dieses Herrn Korbmacher, der ja ebenfalls untergetaucht war, herauszufinden. Wie sollte er das machen? Von hier aus, ohne Zugang zu irgendwelchen Hilfsmitteln? Die Polizei auf den Fersen. Denn Grafenberg hatte Strafanzeige wegen Körperverletzung gegen ihn gestellt. Aber, wenn auch der offizielle Polizeiapparat mit ihm gebrochen hatte, so waren ihm auf informeller Ebene doch noch einige verdammt gute Beziehungen zur Polizei geblieben. Er hatte seine Quellen, was sich in der Vergangenheit immer wieder als überaus wertvoll erwiesen hatte. Daher wusste er auch, dass die Detmolder Polizei morgen seine Wohnung durchsuchen würde. Sollten sie nur. Sie würden nichts von Bedeutung finden. Nein, er machte selten Fehler. Leider konnte man dies von seinen Auftraggebern nicht immer sagen. Sein derzeitiger Chef mochte seine Qualitäten haben, aber von Ermittlungsarbeit verstand er nichts. Diese feinen Herren machten es sich einfach: Finde den

Mann und schalte ihn aus! Schluss, aus, Basta! Die hatten es leicht mit ihrem Geld. Sicher, er würde es schon schaffen, keine Frage. Aber ein wenig mehr Anerkennung für eine so gefährliche Tätigkeit wäre schon angemessen.

Er legte Hemd und Hose fein säuberlich gefaltet aufs Sofa, die Strümpfe wurden ordentlich auf rechts gezogen und kamen hinzu. Mark Alzmann war kein Chaot, bei ihm hatte alles seine Ordnung. Zum Schluss zog er die Unterhose aus und legte sie ebenfalls auf den Stapel. Er drehte die Dusche auf, damit sich das Wasser erwärmen konnte. Dann stellte er sich nackt vor den großen Spiegel im kleinen Badezimmer und betrachtete stolz seinen durchtrainierten Körper. Er hatte es auch mit sechsunddreißig Jahren noch nicht nötig, den Bauch einzuziehen. Das klassische *Sixpack* – wie gemalt. Alles war da, wo es hingehörte, kein Gramm Fett zu viel und kein Gramm Muskelmasse zu wenig. Mark Alzmann war sehr zufrieden mit sich und seinem Spiegelbild. Selbstverliebt stellte er sich unter die Dusche und seifte sich ein.

## 49

Seit Müller den Job als Landesverbandsvorsteher innehatte, gingen fast alle seine Hobbys den Bach runter. Doch eine kleine Leidenschaft hatte er sich erhalten. Jeden Montag den *Spiegel* lesen. Das war für ihn ein Muss.

Heute Morgen war er noch etwas geschafft. Die Reise nach Dubai und die damit verbundenen Aufregungen steckten ihm noch in den Knochen. Jemand hatte ein übles Spiel mit ihnen gespielt.

Als er die Heimatzeitung aufschlug, wurde über alles Mögliche berichtet, nicht aber über eine erfolglose Reise in die Vereinigte Arabischen Emirate. Das beruhigte ihn schon mal. *Im Spiegel* würde ja sicherlich auch nichts über einen lippischen Landesverbandsvorsteher zu lesen sein.

Doch da hatte er sich geirrt. Schon auf der Titelseite war auf einem *Störer*, wie es im Pressejargon hieß, zu lesen: **„Römische Rüstungsfunde am Hermannsdenkmal! Sensation oder Fälschung?“**

Ihm wurde schwindelig, er musste sich abstützen. Dann machte sich das Adrenalin in seiner Blutbahn bemerkbar, er fing an zu zittern. Die Gedanken über seinen Dubai-Aufenthalt waren innerhalb von Sekundenbruchteilen in weite Ferne gerückt. Die Alltagsrealität drang mit solcher Macht in sein Bewusstsein ein, dass er glaubte, seine Schädeldecke würde gleich als Frisbee durch die Gegend fliegen.

War das jetzt gut oder schlecht, was er da las? Er wusste es nicht. In diesem Moment war es ihm sowieso nicht möglich, einen klaren Gedanken zu fassen. Jetzt brauchte er einen Moment Ruhe und eine starke Tasse Kaffee.

Müller stürmte zu seinem Auto und fuhr, ohne auch nur eine Straßenverkehrsregel zu beachten, auf dem schnellsten Wege zum Schloss Brake. Ohne jeden Umweg stürmte er in sein Büro. Die Mitarbeiter, die ihm begegneten, wunderten sich darüber, dass er sie einfach übersah. Diese Unhöflichkeit entsprach so gar nicht seinem sonstigen Verhalten. Als seine Sekretärin, die sein Kommen bemerkt hatte, mit der Post eintrat, sagte er nur:

„Kann warten! Besorgen Sie mir nur eine Tasse Kaffee!“ Er setzte sich hinter seinen Schreibtisch und las den *Spiegel*. Etwas, was er sonst niemals während der Dienstzeit getan hätte.

Nach zehn Minuten Lektüre war klar, dass der verantwortliche Redakteur die Rüstungsfunde für eine Provinzposse hielt.

Auch Verantwortliche aus Kalkriese, insbesondere Dr. Karl Schmidt, stellten die Seriosität der lippischen Rüstungs- und Waffenfunde in Zweifel. Schmidt ließ sich sogar zu der Aussage hinreißen, das Ganze sei reines Marketing-Theater und in höchstem Maße unseriös!

Die Worte ‚Glückwunsch' und ‚Kooperation', die genau dieser Schmidt in seinem in der letzten Woche geschriebenen Brief benutzt hatte, erschienen Müller wieder vor dem geistigen Auge.

So ein Ar …, dachte er. Mit dem rede ich kein Wort. Der hängt seine Fahne ja in jeden Wind.

Mit diesem Artikel war der Höhepunkt des Drucks, der auf ihm und seinen Mitstreiter hinsichtlich der Rüstungsfunde lastete, noch längst nicht erreicht. Die Auseinandersetzungen darüber, wo nun die Varus-Schlacht wirklich stattgefunden hatte, würden jetzt erst richtig beginnen. Und wahrscheinlich mit aller Härte ausgetragen. Die Floskel „Solange in Lippe der Hermann steht, solange hat auch die Schlacht hier stattgefunden" war gut. Da brauchte man sich nicht auf bestimmte Inhalte zu beziehen. Doch das hatte sich mit den Funden geändert. Seitdem ging es um geschichtliche Tatsachen und nicht um Marketingvorteile bei bevorstehenden touristischen Ereignissen.

Das Klingeln des Telefons riss ihn aus seinen Gedanken. Seine Sekretärin kündigte den unerwarteten Besuch der Bodendenkmalpflegerin Holzmeier an. Die wird den *Spiegel* auch schon gelesen haben, dachte er.

„Soll reinkommen!", war seine knappe Antwort.

Er stand auf und ging zur Tür, durch die in diesem Moment die junge Frau eintrat. Er streckte ihr die Hand entgegen und begrüßte sie.„Frau Holzmeier, was kann ich für Sie tun?" Er wies auf eine Sitzgruppe.

„Herr Müller, es geht um die Rüstungen!"

„Ja, ich habe es auch eben gelesen. Der *Spiegel* hat uns Lippern durchaus Aufmerksamkeit entgegengebracht."

„Wovon sprechen Sie?", fragte die Bodendenkmalpflegerin.

Müller stand auf und ging zu seinem Schreibtisch. Er holte die Zeitung und legte das aufgeschlagene Magazin auf den Tisch. Seine Kollegin überflog den Artikel.

„Noch ein Grund mehr, einmal über meine Bedenken zu reden“, sagte sie.

„Ich habe mir über die Ostertage die Mühe gemacht und die Funde ein wenig angesehen. Ich kann Ihnen noch nichts Konkretes sagen. Aber ich habe das Gefühl, dass mit den Artefakten etwas nicht stimmt. Ich habe noch nie so gut erhaltene Fundstücke gesehen. Man muss ja davon ausgehen, dass sie mindestens zweitausend Jahre im Freien und ab einem bestimmten Zeitpunkt auch unter der Erde gelegen haben. Weiterhin finde ich es seltsam, dass die Funde so konzentriert lagen, insgesamt gerade einmal hundert Quadratmeter auseinander. Sie müssen sich vorstellen, dass auch damals Waffen schon ein wertvolles Gut waren. Nach Schlachten und kleineren Scharmützeln wurden die Habseligkeiten der toten Söldner eingesammelt und weiter verwendet. Sprich, es wurden andere Kämpfer damit ausgerüstet. Damals hätten die Krieger des Varus niemals Römer getötet und dann die Leichen mitsamt ihrer Habseligkeiten im Wald verrotten lassen. Ein Sieger hätte alles mitgenommen, was nicht niet- und nagelfest war. Wie gesagt, es ist bis jetzt nur so ein Gefühl, aber ich bin mir fast sicher, dass die Sache einen Haken hat. Ich täusche mich in solchen Dingen selten. Es könnte natürlich auch Gründe für die gehäuften Waffenfunde geben, historisch sicherer scheint mir aber meine Sichtweise.“

„Was Sie mir hier gerade unter vier Augen mitteilen, sollten Sie keinesfalls öffentlich verkünden, sonst werden Sie von einigen Leuten zuerst geteert und gefedert und anschließend in Lemgo im Rampendal als Hexe verbrannt“, entgegnete Müller.

„Wenn ich dies nicht tue, verliere ich jegliche Reputation bei meinen Kollegen. Die Welt endet ja schließlich heutzutage nicht an den lippischen Landesgrenzen.“

„Wem sagen Sie das …“ entgegnete Müller gedankenverloren.

„Und? Was schlagen Sie vor? Wie gehen wir mit der Sachlage um? Wenn alles als ein riesengroßes Komplott auffliegt, werden Sie als Verbandsvorsteher ja auch in Mitleidenschaft gezogen."

„Ich schlage vor, Sie betreuen die Grabungen am Bielstein weiter und ich kassiere die Rüstungen erst mal ein. Über die genaue Sprachregelung müssen wir noch nachdenken. Sollten Sie der Meinung sein, Sie müssten sich in der Öffentlichkeit so äußern, wie Sie es mir gegenüber gerade getan haben, kann ich es Ihnen nicht verbieten. Ich kann Ihnen dann aber auch nicht helfen. Manchmal ist es einfach sinnvoller, Dinge eine Zeit lang für sich zu behalten. Zumal Ihre Sichtweise zurzeit ja mehr oder weniger auf reiner Vermutung beruht. Einen Teil Ihrer Zurückhaltung können Sie gegenüber ihren Berufskollegen mit den Zwängen begründen, denen Sie als Mitarbeiterin des Landesverbandes ausgesetzt sind. Im Übrigen können Sie ja hinter vorgehaltener Hand Ihre Bedenken mitteilen. Nur nicht offiziell. Einen anderen Rat kann ich Ihnen nicht geben."

Karen Holzmeier nickte versonnen.

„Ich werde über Ihre Worte nachdenken, Herr Müller. Bevor ich Schritte unternehme, spreche ich noch mal mit Ihnen."

Der Landesverbandsvorsteher nickte.

„Nach dem Spiegel-Artikel sowie Ihren informellen Mitteilungen von vorhin sollte ich wohl alle, die mit der Varus-Schlacht und dem Drumherum befasst sind, zu einer Krisensitzung zusammentrommeln.

Wie ich das hasse! Einige von diesen Klugscheißern kann ich bald nicht mehr ertragen. Es gibt soviel zu tun, und ich muss meine Zeit mit diesen nervigen Sitzungen vergeuden".

## 50

Lieber erst noch das Brötchen essen und dazu eine Tasse Kaffee trinken, dachte Maren Köster, als sie den Aktenstapel mit den am Wochenende aufgelaufenen Delikten sah. Die von Grafenberg gegen Alzmann erstattete Anzeige lag zuoberst und lachte Maren Köster an. Sie biss herzhaft in ihr mitgebrachtes Brötchen und sagte sich:

„Erst essen, dann lesen, sonst kommt es mir bestimmt hoch."

Ihr Misstrauen war begründet. Hartel, der die Anzeige aufgenommen hatte, war natürlich untätig geblieben. Noch schlimmer, in einer Notiz, die ihr Kollege gleich nach Grafenbergs Weggang verfasst hatte, ging er davon aus, dass Grafenberg Alzmann wahrscheinlich nur beschuldigte, um von sich abzulenken. Schließlich sei er ja bei einer strafbaren Handlung auf frischer Tat ertappt worden. Maren Köster knallte die Niederschrift mit aller Kraft auf den Stapel zurück. Durch die Wucht schob sich der Stapel wie eine Ziehharmonika auseinander und ein Teil der Akten rutschte über den Schreibtisch und fiel zu Boden.

Axel Braunert, ihr Kollege, sah von einem Schriftstück auf, das er gerade studierte und zog die Stirn in Falten. Er wusste ganz genau, dass es nicht sinnvoll war, Maren Köster anzusprechen, wenn sie gerade einen Wutausbruch hatte. In solchen Situationen schlug sie auf alles, was sich bewegte. So war es auch. Sie nahm überhaupt keine Notiz von den auf dem Boden liegenden Pappendeckeln und beschriebenen Seiten, sondern tobte los:

„Diesem Idioten reiße ich den Arsch auf bis zum Stehkragen, darauf kann er Gift nehmen!"

Sie stürmte aus der Tür und stand Sekunden später in Hartels Büro. Der Grund ihres Wutanfalls war jedoch nicht an seinem Platz. Lediglich der kurz vor der Rente stehende Lohmann sah vom Sportteil seiner Zeitung auf. Doch auch er kannte Maren Köster schon viele Jahre und wunderte sich nicht über die rothaarige Furie, sondern sagte geradezu gleichgültig:

„Der kriecht gerade dem Chef in den Allerwertesten."

„Umso besser!", schnaufte sie. Die Tür flog mit solcher Wucht hinter ihr ins Schloss, dass die Fensterscheiben vibrierten. Lohmann verzog das Gesicht und widmete sich wieder Arminia Bielefeld. Maren Köster hingegen marschierte zielstrebig auf das Büro ihres Chefs zu. Auf halbem Wege besann sie sich und kehrte noch einmal in ihr Büro zurück. Axel Braunert kroch gerade auf dem Boden herum und suchte die Akten zusammen, an denen Maren ihre Wut ausgelassen hatte. Etwas beschämt kam sie wieder zu sich.

„Tut mir leid, dass ich eben so ausgerastet bin", sagte sie und ärgerte sich, dass sie wieder einmal die Beherrschung verloren hatte.

Ihre Wut verflog, und sie hatte alle Sinne schnell wieder beisammen. Sie schnappte sich die Grafenbergsche Anzeige und marschierte damit zum Büro des Polizeioberrates Erpentrup. Hinter der verschlossenen Tür konnte sie das leise Lachen eines Mannes vernehmen. Die beiden schienen ja ihren Spaß zu haben, dachte sie und klopfte. Bewusst wartete sie auf das Herein und betrat dann das Büro. Erpentrup grinste ihr auffordernd, fast höhnisch ins Gesicht, sicherlich wollte er sie provozieren. Hartel hingegen wirkte, als zöge er den Kopf ein, um einem imaginären Schlag zu entgehen. Maren blieb jedoch kühl wie eine Eisprinzessin und wedelte mit der Akte.

„Mein Freund, Herr Grafenberg, hat am Wochenende Anzeige gegen einen gewissen Herrn Alzmann erstattet und zwar wegen Körperverletzung. Es kann sein, dass ich in dieser Angelegenheit befangen bin. Doch in erster Linie bin ich verärgert. Nachdem mein Freund die Anzeige erstattet hat, schreibt unser lieber Kollege Hartel eine Notiz, so nach dem

Motto, alles Quatsch, was dieser Grafenberg sagt, gehört ja zum Kreis der Verdächtigen und will nur von sich ablenken.

Ich war bisher in den Fall Korbmacher, der federführend von den Bielefelder Kollegen bearbeitet wird, nicht involviert. Doch was der Kollege Hartel hier an kriminalistischer Arbeit abgeliefert hat, spottet jeder Beschreibung. Wenn er behauptet, dass mein Freund eine Straftat begangen hat, muss er das beweisen, sonst wird er wegen übler Nachrede belangt. Und das ist nur das Mindeste, was ihm blühen wird. Dafür werde ich sorgen."

Hartel war es jetzt, der sich provoziert fühlte.

„Haben wir ihn nun in der Wohnung von Korbmacher aufgegriffen oder nicht?"

„Wer sagt Ihnen denn, Kollege Hartel, dass Herr Grafenberg dort nicht sein durfte?"

„Äh, äh, ja, aber dieser Korbmacher hat doch jemanden getötet. Der wird doch polizeilich gesucht!"

„Und was hat das mit Herrn Grafenberg zu tun?"

Hartel merkte, dass er wieder einmal voreilige Schlüsse gezogen hatte, und diesen Fehler würde Maren Köster mit Sicherheit ausnutzen. Auch Erpentrup erkannte nun, dass sein Schützling mal wieder über das Ziel hinaus geschossen war.

„Na, nun regen Sie sich mal nicht auf, Frau Köster, noch ist ja nichts verloren. Wir setzen einen Besuch bei diesem Alzmann ganz oben auf die Agenda. Dann haben wir diesen kleinen Fehler schnell beseitigt. Haben Sie doch ein bisschen Nachsicht mit dem Kollegen Hartel."

Maren Köster antwortete nicht. Sie verließ grußlos das Büro des Chefs.

## 51

Ein ruhiges Frühstück war für Adrian Valentin der geeignete Start in den Tag. Die Ostertage hatte er beschaulich verbracht. Lange geschlafen, ein bisschen Sport getrieben und vor dem Fernseher abgehangen. Abends hatte er sich etwas Nettes gekocht und einen guten Wein aufgemacht. Doch nun wartete wieder der Polizeialltag. Er strich Butter und Marmelade auf sein Croissant, biss herzhaft hinein und dachte an die anstehenden Aufgaben. Zunächst wollte er zur Staatsanwaltschaft, die Genehmigung abholen, um endlich die Wohnung von Kiebitz zu öffnen. Der nächste Termin führte ihn zum Ersten Kommissariat, dort war er mit dem Kollegen Schulte verabredet.

Dieser Proletarier ging ihm schon auf den Geist, wenn er nur an ihn dachte. Obwohl, damit tat man Schulte eigentlich unrecht. Er wirkte auf den ersten Blick zwar eher grobschlächtig und unsensibel, aber irgendwie zwangen seine Erscheinung und sein Auftreten dazu, noch einmal genau hinzusehen. Dann, auf den zweiten Blick, konnte man sich dem herben Charme, der versteckten Liebenswürdigkeit und dem kühnen Wortwitz kaum mehr entziehen. Dennoch, der ostwestfälische Kommissar war nicht Valentins Typ.

„Er nervt!“, bekräftigte Valentin seine Haltung zu Schulte noch einmal verbal, um einer sich verändernden Sichtweise keine Chance zu geben.

Eine halbe Stunde später stand der Osnabrücker Kommissar vor der verschlossenen Bürotür des Staatsanwaltes Mercator. Valentin fluchte, ging zum Sekretariat und fragte dort nach.

Als Antwort erhielt er ein Schulterzucken. Fluchend verließ er das Gebäude und überquerte den Kollegienwall. Es war ihm peinlich, jetzt gleich auf Schulte zu treffen, um ihm dann sagen zu müssen, dass er wieder keinen Durchsuchungsbefehl für die Wohnung an der Bremer Straße habe.

Als er den Flur vor seinem Büro erreichte, lümmelte sich Schulte schon auf einem Stuhl auf dem Gang. Valentin ging auf ihn zu. Jeder normale Mensch wäre jetzt aufgestanden, um den Osnabrücker Kollegen zu begrüßen. Jedoch nicht Schulte. Er blieb sitzen, stöhnte und streckte dem Kommissar die Hand entgegen.

„Kommen Sie doch ins Büro“, forderte ihn Valentin auf, den Platz zu wechseln.

„Dann muss ich ja aufstehen. Meine Tochter ist am Wochenende umgezogen. Mir tun alle Knochen weh.“

Schulte stemmte sich vom Stuhl hoch, als sei er achtzig. Er folgte seinem Kollegen in den Raum und lehnte sich gegen eine Fensterleibung.

Valentin blieb höflich: „Setzen Sie sich doch hin, Kollege.“

„Nee lass mal, nachher komme ich dann nicht mehr hoch. Ich habe mich am Wochenende wohl ein wenig übernommen. In meinem Alter ist ein Umzugstag anstrengender als drei Tage durchsaufen.“

Seltsame Vergleiche gebraucht der Mann, dachte sich Valentin.

„Wie wäre es mit einem Kaffee?“, wandte er sich dann an Schulte.

„Gerne, für mich schwarz. Gibt es hier eine Kantine oder einen Automaten?“

Valentin öffnete seine Schranktür und Schulte pfiff durch die Zähne, als er die edle Maschine sah.

Nachdem sich beide versorgt hatten, ergriff Valentin erneut das Wort.

„Ich war vorhin noch beim Staatsanwalt, dessen Büro aber verschlossen war. Scheint im Urlaub zu sein. Eilbedürftigkeit bestand ja aus der Sicht des Herrn Mercator nicht. Mit anderen Worten, Sie sind umsonst gekommen.“

„Und was ist, wenn ich dir jetzt erzähle, dass sich in der Wohnung unter Umständen eine Leiche befindet? Dann müssen wir die ehemalige Bleibe des toten Herrn Kiebitz ja wohl öffnen."

Valentin griff zum Telefon.

„Wen willst du anrufen?"

„Einen Schlüsseldienst natürlich!"

„Das lass mal sein! Die Vermutung, dass sich eine Leiche in der Wohnung befindet, kann ich doch erst äußern, wenn ich den Verwesungsgeruch wahrnehme. Ich bin zwar ein olfaktorischer Typ, aber ich muss erst vor der Haustür stehen."

„Und wie wollen Sie die Wohnung öffnen, Kollege Schulte?"

Schulte zog ein kleines Ledertäschchen aus der Innentasche seiner Jacke, zeigte es vor und meinte:

„Wenn das nicht hilft, dann muss es eben mit roher Gewalt gehen."

Eine Viertelstunde später standen die beiden Polizisten vor einem schäbigen Haus in der Bremer Straße. Im Erdgeschoss befand sich ein Ladenlokal, die Fenster waren mit ausgeblichenem Packpapier zugeklebt. Darüber waren mehrere Etagen, in denen anscheinend Wohnungen angesiedelt waren. Wie es schien, waren nicht alle bewohnt. Schulte zog eine Plastikkarte aus der Tasche und schob sie zwischen Tür und Rahmen. Es machte *klack* und die Tür sprang auf.

„Nicht gerade ein Hochsicherheitstakt, der Laden", meinte er lakonisch und machte eine Geste, die den Osnabrücker Kollegen dazu aufforderte, einzutreten.

Die Wohnung, an der ein Türschild mit dem Namen ‚Kiebitz' angebracht war, lag im zweiten Stock. Schulte sog die Luft durch die Nase.

„Ist doch eindeutig Verwesungsgeruch", sagte er und zog sein Einbruchbesteck aus der Tasche. Er besah sich das Schloss und musste feststellen, dass es sich hier schon um eine andere Sicherheitsstufe handelte als bei der Haustür. Doch nach wenigen Minuten hatte er es geschafft, und auch diese Tür war geöffnet. Die beiden konnten ihre Verwunderung nicht verbergen, als sie die Wohnung betreten hatten. Was sie hier vorfanden, stimmte so überhaupt nicht mit dem Ambiente des Resthauses überein.

Die wirklich angenehme Wohnatmosphäre wurde durch eine geschmackvolle Kombination aus modernen Möbeln und Antiquitäten hergestellt. Es herrschte peinliche Sauberkeit und Ordnung.

„War wohl nichts mit verwester Leiche“, brummte Schulte.

„Hier riecht es eher nach Geld. Nach unversteuertem Geld sogar!“

Er zog sich Einweghandschuhe über und öffnete eine Tür. Er war im Arbeitszimmer, in einem Regal standen mindestens zwanzig Aktenordner. Diese durchzuarbeiten, würde dauern. Auf einem Papierstapel lagen Blätter, die auf Korrespondenz mit dem Ausland hindeuteten. Manche Briefe waren in englischer Sprache verfasst. Auf anderen waren asiatische Schriftzeichen zu erkennen.

„Chinesische Geschäftsfreunde“, sagte Valentin leichthin.

„Sprichst du chinesisch?“, fragte Schulte erstaunt.

„Nein, japanisch. Ich habe schon als Junge japanisches Bogenschießen, *Kyudo,* gelernt und später auch *Judo*. Die Kultur, die mit diesen zwei Sportarten verbunden ist, hat mich so gefangen genommen, dass ich Japanisch gelernt habe, um mehr zu erfahren. Zwischen den japanischen und den chinesischen Schriftzeichen bestehen übrigens Gemeinsamkeiten. Chinesisch und Japanisch können waagerecht wie bei uns oder senkrecht geschrieben werden. Bei der althergebrachten senkrechten Schreibweise beginnt man rechts und liest von oben nach unten, dann setzt man das Lesen mit der links daneben stehenden Spalte fort. Bei einem traditionell geschriebenen, chinesischen Text kann ein Japaner die Bedeutung von meist mehr als der Hälfte aller verwendeten

Zeichen erkennen, alle anderen Schriftzeichen werden im Japanischen entweder sehr selten oder gar nicht benutzt.

Ein vereinfacht geschriebener Text ist von einem Japaner schwer zu lesen, es sei denn, er hat spezielle Kenntnisse. Aus diesem Grund können sich Japaner in Taiwan – dort wird derzeit noch traditionell chinesisch geschrieben – etwas leichter orientieren als in China mit seiner vereinfachten Schreibweise.

Bei diesen Texten handelt es sich um die vereinfachte Schreibweise. Demnach korrespondierte der Tote wahrscheinlich mit China. Ich vermute, er hatte dort Handelspartner."

Schulte staunte nicht schlecht. Dieser Osnabrücker Dandy war nicht zu unterschätzen. Er blätterte den Papierstapel weiter durch. Der nächste Brief, der ihm auffiel, trug einen Detmolder Absender.

Da der Absender ihm nicht sagte, zog er sein Notizbuch aus der Tasche, vermerkte die Adresse und schrieb einige Bemerkungen dazu.

Beim Schreiben wunderte sich Schulte, dass er dieses Hilfsmittel überhaupt noch anwendete. Die letzte Eintragung war mehr als zwei Jahre alt.

Nach gut einer Stunde hatten sie sich einen groben Überblick verschafft. Alles Weitere musste warten, bis der Staatsanwalt der Spurensicherung grünes Licht gab.

„Sagen Sie, Herr Schulte, können Sie die Wohnung eigentlich auch wieder schließen?"

„Klar, aber nur, wenn du nie mehr Herr Schulte zu mir sagst."

Der Osnabrücker Kommissar biss sich fast auf die Zunge. Dann willigte er ein:

„Okay, ich heiße Adrian."

„Adrian? Ich dachte, du hießest Valentin."

„Heiß ich auch. Das ist mein Nachname."

Schulte grinste.

„Na ja, für seinen Namen kann man ja nichts."

Ohne dass Valentin weiter auf diese Bemerkung einging, verließen sie die Wohnung. Nachdem Schulte die Tür wieder feinsäuberlich verschlossen hatte, klebte der Osnabrücker Kommissar noch ein polizeiliches Siegel auf. Schulte wunderte sich über diesen formalen Akt, verkniff sich aber eine Bemerkung.

## 52

Der Auftritt, den Maren Köster bei Erpentrup hingelegt hatte, zeigte schnell Wirkung. Der Polizeioberrat lud zu einer allgemeinen Besprechung, so als sei es das Selbstverständlichste der Welt. Im Laufe der Zusammenkunft entschied Erpentrup, dass Alzmann aufgesucht und wegen der Vorwürfe von Seiten Grafenbergs befragt werden sollte.

Endlich! Aber warum musste sie erst diese Show hinlegen, damit sich Hartel und Erpentrup bewegten. Jetzt wurde es aber auch höchste Zeit, fand sie, sagte aber nichts.

Schon am Ostersonntag hatte Grafenberg die beiden Punks aus Lemgo wieder aufgetrieben. Die beiden hatten Maren Köster gegenüber eine Täterbeschreibung des Mannes abgeliefert, der Grafenberg nachts in Lemgo angegriffen hatte, und das Protokoll auch unterschrieben. Um dem Besuch die nötige Dringlichkeit zu geben, präsentierte Maren Köster diese Aussage. Nun konnte Erpentrup nicht mehr anders und erteilte Hartel den Auftrag, den Mann aufzusuchen und in die Kreispolizeibehörde vorzuladen.

Sofort bot Maren Köster sich an, diese Aufgabe zu übernehmen, was wiederum den Widerspruch Hartels herausforderte. Ihr gemeinsamer Chef hielt folglich die Idee, beide dorthin zu schicken, für eine salomonische Lösung. Die beiden Betroffenen sahen dies zwar anders, fügten sich aber wortlos.

Punkt neun Uhr standen die beiden Polizisten vor der Haustür in der Detmolder Benekestraße und betätigten zum wiederholten Male die Türklingel. Keine Reaktion. Maren Köster nicht dumm, drückte dann einfach alle dort angebrachten Klingelknöpfe. Nach wenigen Sekunden öffnete eine ältere, stark geschminkte Frau die Haustür und blickte die beiden Beamten aus leicht feindseligen, aber auch neugierigen Augen an. Die Kommissarin stellte sich vor, präsentierte ihren Dienstausweis und begann freundlich:

„Wir hätten gern den Herrn Alzmann gesprochen. In einer Zeugensache. Leider scheint er nicht im Haus zu sein. Wissen Sie, ob er länger weg ist?"

Die alte Dame taute auf.

„Also, genau weiß ich es natürlich nicht, aber ich glaube, der ist schon länger weg. Ich habe ihn Samstag ganz früh zum letzten Mal gesehen. Da hat er gerade eine große Tasche in sein Auto geladen. Der ist ja nie freundlich, mit dem kann man doch kein vernünftiges Wort sprechen. Ein eingebildeter Fatzke ist das, können Sie mir glauben. Ich habe ihn nicht weiter beachtet, aber ich nehme an, dass er über Ostern weggefahren ist. Jedenfalls habe ich ihn seitdem nicht mehr gesehen!"

Hartel und Köster sahen sich an. Während ihr Blick ausdrückte: Hab ich's nicht vorausgesagt? Der Kerl ist getürmt!, schien Hartels Blick zu sagen: Das hat gar nichts zu bedeuten! Reiner Zufall.

Maren Köster wandte sich wieder der Frau zu:

„Können Sie mir sagen, welches Auto der Herr Alzmann fährt?"

„Natürlich kann ich das sagen!", die gute Frau schien beinah empört über die Frage. „Sie denken bestimmt, so eine alte Schachtel wie ich kennt sich mit Autos nicht aus, oder? Aber da täuschen Sie sich! Ich habe mein ganzes Berufsleben beim Straßenverkehrsamt in Detmold verbracht. Bei Autos macht mir keiner was vor. Also, dieser Herr ... Alzheimer oder so fährt einen schwarzen Alfa Romeo 159. So eine Art Sportwagen für Arme, wissen Sie?"

Maren Köster schmunzelte. Die alte Dame gefiel ihr. Zu Hartel gewandt meinte sie:

„Tja Kollege, es sieht ganz so aus, als wären wir zu spät gekommen. Der Vogel ist ausgeflogen. Sicher, es ist Ihr Fall, und ich möchte mich auf gar keinen Fall einmischen, aber wenn ich einen kollegialen Rat geben darf, dann sollten Sie schnellstens die Wohnung durchsuchen lassen. Was meinen Sie?"

Oliver Hartel brummte wütend, drehte sich wortlos um, ging die Treppenstufen hinunter und zu seinem Dienstfahrzeug. Dort hängte er sich ans Autotelefon und rief seinen Chef an.

Zwei Stunden später war die Durchsuchung abgeschlossen. Die Spurensicherung unter der neuen Teamleiterin Renate Burghausen hatte die gesamte Wohnung durchkämmt, dabei einige Artefakte gefunden und zur weiteren Analyse mitgenommen. Die drei Männer in der Truppe waren ein eingespieltes Team und arbeiteten beeindruckend systematisch und effektiv. Maren Köster musste an einen Spruch Jupp Schultes denken, der früher häufiger gesagt hatte, sollte er einmal etwas in seiner Wohnung verzweifelt suchen, würde er am liebsten einen Antrag auf Hausdurchsuchung bei sich zu Hause stellen. Egal, was er vermissen würde, diese Profis würden es finden.

„Wieso liegen hier eigentlich so viele Äpfel auf dem Fußboden?", fragte gerade einer der Männer seine Chefin. Außer einem müden Achselzucken bekam er allerdings keine Antwort. Etwas wirklich Interessantes wurde nicht gefunden. Außer einem großen, feststellbaren Klappmesser hatten sie nichts entdeckt, was auch nur im Entferntesten einer Waffe glich. Das Messer kam in einen großen und schweren Sack, den Frau Burghausen so lässig aus dem Handgelenk hin-

und herschwenkte, als sei er leer. Da alle persönlichen Dinge fehlten, sprach vieles dafür, dass Alzmann abgetaucht war.

„Den werden wir wohl nicht mehr in Detmold sehen, der verprügelt hier niemanden mehr“, kommentierte Hartel.

„Das sehe ich ganz anders“, murmelte Maren Köster leise. „Jetzt ist er erst recht gefährlich! Wir müssen sofort eine Fahndung nach diesem Mann herausgeben. Ach, eins noch, er fährt einen schwarzen Alfa 159, also kein gängiges Fabrikat. Unsere Kollegen sollten in nächster Zeit auf solche Autotypen besonders acht geben.“

Wieder beschlich Hartel das Gefühl, Maren Köster nehme ihm langsam aber sicher das Heft aus der Hand. Er konnte diese Frau einfach nicht leiden ...

## 53

Heute schien es ein besonders grauer, verregneter Frühlingstag zu werden. Valentin hatte schlecht geschlafen. Entsprechend mies war seine Laune. Um die für ihn beklagenswerte Stimmung noch intensiver durchleben zu können, hatte er es sich dann gleich richtig besorgt, als er ins Büro gekommen war. Er versuchte den Staatsanwalt anzurufen, obwohl er von vornherein wusste, dass er ihn sowieso nicht erreichen würde. Doch, wenn er ehrlich zu sich gewesen wäre, dann hätte er sich eingestanden, dass es ihm sowieso um diesen masochistischen Moment ging, den er gerade zu durchleben begann. Er wollte sich ärgern. Egal, was man machte, alles ging schief. Nichts verlief in gewünschten Bahnen. Er hatte es immer gewusst, die Welt war einfach schlecht und wenig lebenswert. Und der heutige Morgen erhärtete diese These mit aller Gründlichkeit.

Bevor er sich aber weiter in die Verkommenheit der Welt einfühlen konnte, klopfte es, und ein Streifenpolizist erschien in der Tür.

„Herr Hauptkommissar?“

„Was für eine blöde Anrede“, dachte Adrian und wandte sich dem Kollegen zu.

„Kann ich Sie mal kurz sprechen?“

„Worum geht es“?

„Wir hatten gestern gegen zweiundzwanzig Uhr einen Einbruch in der Bremer Straße. Die Nachbarn haben uns gerufen. Die hatten Lärm gehört und das Splittern von Holz. Als wir kamen, war jedoch alles schon gelaufen. Die oder der Täter hatten etwas ganz Bestimmtes gesucht. Sind wohl gleich durch zum Arbeitszimmer. Das sah durchsucht aus, aber nicht übermäßig verwüstet. Es hatte den Anschein, als wenn der oder die Einbrecher genau gewusst hätten, was sie wollten. Alle anderen Zimmer wurden, wie es aussieht, bei der Suche nach was auch immer nicht berücksichtigt.

„Und wie kommen Sie jetzt darauf, dass mich das in irgendeiner Weise interessieren würde?“, grantelte Adrian seinen Kollegen an.

„Na ja, an der aufgebrochenen Tür hing ein zerfetztes Dienstsiegel, das Sie gestern allem Anschein nach dort angebracht haben.“

Jetzt kam Leben in Adrian.

„Sie werden es nicht glauben, Kollege, das ist eine gute Nachricht!“

Der Uniformierte verstand Adrians Aussage nicht und blicke entsprechend verwundert drein.

„Seit Tagen versuche ich einen Durchsuchungsbeschluss von unserem neuen Staatsanwalt zu bekommen. Erfolglos! Jetzt kann ich endlich in die Wohnung. Und wehe, die Folgen des Einbruchs erschweren unsere Ermittlungen, dann mache ich diesem Mercator die Hölle heiß, darauf kann er sich verlassen. Haben Sie die Spurensicherung schon benachrichtigt?“

„Nein, ich wollte erst mit Ihnen sprechen, wie wir da weiter verfahren.“

Adrian war wie ausgewechselt. Seine schlechte Laune war wie weggewischt. In ihm regte sich der Ermittler.

„Okay, Kollege, wenn Sie nichts dagegen haben, übernehme ich den Fall!“

„Warum sollte ich?“, antwortete der Polizist. „Ich bin froh, wenn ich gleich ins Bett komme, es war eine harte Nacht. Sie können mir ja bei Gelegenheit mal berichten, was hinter dem Einbruch steckt.“

„Wird gemacht, Kollege, wird gemacht“, versicherte Adrian freundlich und hatte schon den Telefonhörer in der Hand, um Schulte anzurufen.

## 54

Der Fall erinnerte Schulte an einen Haufen loser Fäden, die auf dem Tisch lagen und er wusste nicht, an welchem Ende er zuerst ziehen sollte und schon gar nicht, welches Ende er mit welchem verknüpfen sollte. Meist half ihm das Gespräch mit seiner Chefin, Polizeidirektorin Dr. Margarete Bülow, wenn er sich in einer solchen Situation befand. Seine Kollegin hatte vor mehr als zehn Jahren in der Landeshauptstadt Düsseldorf begonnen, die steilste Karriereleiter zu besteigen, die sie finden konnte. Sie war klug, konnte politisch denken und verstand es, Menschen für sich zu gewinnen. Insider handelten sie schon als Justiz- oder Innenministerin in irgendwelchen Schattenkabinetten. Doch dann war sie in einen tragischen Verkehrsunfall verwickelt worden, den sie zwar überlebte, aber bei dem sie das Augenlicht verlor. Ihre Karriere war seit dieser Behinderung beendet. Alle Welt vermutete, dass sie auch in ihren Beruf als Polizistin nicht mehr würde zurückkehren können. Doch da hatte man die Rechnung ohne Margarete Bülow gemacht. Sie kämpfte! Als der Innenminister ihr mitteilte, sie könne in den Beruf zurück, wenn sie irgendwo eine Polizeibehörde fände, die einer blinden Polizistin eine Chance gäbe, nahm sie ihm das nicht übel, sondern tat alles, um ihr Ziel zu erreichen.

Die Chance erhielt sie in Paderborn und wurde die Kollegin von Schultes Freund Willi Potthast. Damals lernte sie auch Schulte kennen. Als dann vor einigen Jahren die neue Landesregierung begann, die Strukturen der Verbrechensbekämpfung zu erneuern, wechselte Margarete Bülow wie Schulte – den man aus Detmold „weglobte" – zum ZDG. Vorübergehend war Schulte sogar einmal ihr Vorgesetzter, bis er – der Ermittler und Mann der Straße – es satt hatte, ein Schreibtischtäter zu sein. Er überließ Margarete Bülow den Chefposten, den diese auch hervorragend ausfüllte. Doch diese personelle Veränderung in der Zentralen Dienststelle für Gewaltverbrechen änderte nichts an der Arbeitsweise der beiden. Immer dann, wenn der Kommissar glaubte, sich in einer Sackgasse zu befinden, besprach er sich mit seiner Kollegin. Durch ihre Behinderung hatte sie eine ganz andere Herangehensweise an den Fall und brachte einige Facetten ans Tageslicht, die einem Sehenden wahrscheinlich nie in den Sinn gekommen wären.

„Ich komme nicht weiter", hatte Schulte am Morgen seinem Kollegen Muffen eröffnet. Dieser gestand, auch eher mit der Stange im Nebel zu stochern.

„Wir müssen mit der Chefin reden", schlug Schulte vor. Und so saßen die beiden Polizisten jetzt bei Margarete Bülow im Büro und versuchten, die Fäden zu entwirren.

„In Jöllenbeck kommt ein Mann ums Leben. Am Ort des Verbrechens wurden deutliche Kampfspuren gefunden. Der am Kampf beteiligte Korbmacher stößt wahrscheinlich seinen Gegner eine Treppe herunter. Der bricht sich den Hals. Korbmacher flüchtet, taucht unter. Der Tote ist Im- und Export-Kaufmann. Der vermeintliche Täter, ein Archäologe, hat bei seinen Kollegen den Ruf eines hervorragenden Wissenschaftlers, keinesfalls aber den eines gewalttätigen Menschen.

Die Wohnungsdurchsuchung fördert keine verdächtigen Spuren zutage. In einer Schreibtischschublade an seinem Arbeitsplatz werden aber einige römische Münzen gefunden, alle aus dem Jahr neun vor Christus. Wichtig für Kalkriese, wenn sie den Nachweis erbringen können, dass die Varus-Schlacht in der Nähe von Osnabrück stattfand. Sie müssten dann allerdings nicht im Schreibtisch, sondern an der Grabungsstätte gefunden worden sein.

Es wurden bis jetzt keine Hinweise auf Gemeinsamkeiten zwischen dem Toten und Korbmacher gefunden. Der Tote ist an keiner Stelle als Hehler aufgefallen. Alle Personen, die mit Korbmacher zusammen arbeiteten, erklären ihn über jeden Verdacht erhaben, Grabungsfunde illegal weiterverkauft zu haben.

Auch bei der Besichtigung der Wohnung des Toten, denn mehr war es ja bis jetzt nicht, wurden keinerlei Auffälligkeiten entdeckt. Habe ich etwas übersehen oder vergessen?", wandte sich Schulte an Muffen.

Der schüttelte den Kopf.

„Du hast die Sachlage absolut korrekt zusammengefasst."

Auch Margarete Bülow fand keinen Strang, den sie als besonders verfolgenswert erachtete.

„Wir müssen einfach die Wohnungen noch einmal auf den Kopf stellen", meinte Schulte, „Wolf, du schnappst dir einige Leute, nimmst dir Korbmachers Bude noch einmal vor und sprichst noch mal mit der Fee von der Spurensicherung. Wie heißt sie doch noch? Und ich versuche, denen in Osnabrück noch mal Druck zu machen."

Plötzliche schrillte eine altmodische Telefonklingel, dann hörte man eine Männerstimme brüllen: „Scheiße, wer iss datt denn?". Die Geräusche kamen aus Schultes Hosentasche. Die anderen grinsten, während Schulte sich bemühte, sein Handy aus der Hosentasche zu friemeln.

„Blöde enge Hose!", fluchte er.

Die Umstehenden grinsten noch mehr.

Dann hatte er es geschafft. Er drückte auf den Annahmeknopf und meldete sich mit: „Ja!“

Der Anrufer schien mit dieser knappen Gesprächseröffnung einverstanden zu sein, denn Schulte lauschte konzentriert. Nach fast zwei Minuten Zuhören sagte er:

„Okay, Adrian, ich bin gegen siebzehn Uhr in Osnabrück. Dann sehen wir weiter. Also bis nachher.“

Schulte faltete sein Handy zusammen und verstaute es wieder in der Hosentasche.

„Zurück, zu unserem Fall“, ergriff er wieder das Wort, „es ist ein weiteres Ereignis eingetreten, das wir in unsere Betrachtungen einbeziehen müssen. Letzte Nacht ist in die Wohnung des Toten, Kiebitz, eingebrochen worden. Die oder der Täter haben etwas ganz Bestimmtes gesucht. Das bedeutet: entweder war Korbmacher der Einbrecher oder es gibt weitere, für uns noch unbekannte Personen, die in den Fall verwickelt sind.“

„Vielleicht ist es auch Kommissar Zufall, der versucht, uns auf eine andere Fährte zu locken“, vervollständigte Margarete Bülow die jüngsten Ausführungen.

„Ich würde sagen, den lassen wir zunächst einmal aus dem Spiel und gehen von der These aus, dass der Einbruch etwas mit dem Dahinscheiden von Kiebitz zu tun hat. Heute Abend habe ich einen Termin mit Valentin. Dann sehen wir weiter.“

„Hattest du nicht eben Adrian gesagt?“ fragte Muffen leicht verwundert.

„Das ist der Vorname des Kollegen. Valentin sein Nachname.“

„Ach, da wäre noch eine ganz andere Sache, die ich mit euch besprechen wollte“, ergriff Margarete Bülow noch einmal das Wort. „Ich werde fünfzig und würde euch gerne zum Essen einladen. Ich habe für kommenden Samstag einen Tisch in der Gaststätte *Zum Raben* in Bielefeld bestellt und würde mich freuen, wenn ihr mir die Ehre erweisen würdet. Willi Potthast kommt auch."

„Edel, edel", bemerkte Schulte, „und was können wir dir schenken?"

„Kommt einfach, das ist Geschenk genug."

Die Gruppe zerstreute sich. In seinem Büro angekommen, fiel ihm Gunda Luitjens ein. Er hatte sich für heute Abend mit ihr verabredet und wollte telefonisch diesen Termin wieder absagen.

Als sie hörte, dass Schulte nach Osnabrück musste, sagte sie: „Jupp, ich habe den Eindruck, dass ich sehr ungelegen gekommen bin."

Schulte wollte ihre These aus Höflichkeit entkräften, doch sie fuhr fort: „Lass es gut sein, Jupp, ich komme mit dir nach Osnabrück, wenn es dir Recht ist. Wenn du mit deinem Job durch bist, können wir ja irgendwo was essen gehen. Anschließend krieche ich dann bei meiner Mutter unter, und morgen fahre ich wieder nach Aurich."

## 55

Maren Köster fühlte sich wie gerädert. Sie hatte die ganze Nacht kein Auge zugetan. Ständig hatte sie über die Durchsuchung von Alzmanns Wohnung nachgedacht sowie über die Arbeitsweise von Erpentrup und Hartel. Je länger sie sinnierte, umso mehr breitete sich ein Gefühl aus, dass in letzter Zeit immer öfter hochkam. Sie empfand eine unglaubliche Leere, gleichzeitig aber enormen Druck. Ein imaginäres, zentnerschweres Gewicht zwang sie, sich an ihren Schreibtisch zu setzten. Sie stierte in den Raum und ließ den Gedanken freien Lauf. Die Zeit verrann. Am liebsten hätte sie sich in ihr Auto gesetzt und wäre nach Hause gefahren. Dort würde sie sich in ihr Bett legen, die Decke über den Kopf ziehen und nichts mehr von der Welt mitbekommen. Als ihre depressive Stimmung den Höhepunkt erreicht hatte, betrat Kollege Axel Braunert das gemeinsame Büro und fand ein Häufchen Elend vor.

„Maren, was ist denn mit dir passiert?“

Anstelle einer Antwort begann sie tatsächlich zu weinen. Ihr Kollege nahm sie in den Arm und sagte kein Wort. Als sie sich wieder unter Kontrolle hatte, putzte sie sich die Nase und sagte wütend:

„Das ist doch wirklich alles zum Heulen. Man reißt sich in diesem Laden den Ar … auf und es kommt nichts dabei rum. Und warum? Weil jeder gegen jeden arbeitet. Alles, was in den Aufgabenbereich der ZDG Bielefeld fällt, wird von Erpentrup boykottiert, egal, ob ein Verbrechen aufgeklärt wird oder nicht. Und Hartel, dieser kleine Mistkerl, ist der willenlose Erfüllungsgehilfe unseres Chefs.

Schon im letzten Jahr haben die beiden beinahe den Warburger Fall versaut, bei dem Schulte um ein Haar drauf gegangen wäre. Dieses Mal ist es wieder der gleiche Mist.

Mein Freund Michael wird von einem Typen zusammengeschlagen, zeigt den Schläger an, Hartel zieht aber die Verfolgung auf die lange Bank, bis der Täter in aller Ruhe seine Sachen packen kann, um unterzutauchen.

Unter Umständen hat Alzmann – so heißt der jetzt Flüchtige – seine Finger auch noch beim Jöllenbecker Tötungsdelikt im Spiel. Und wenn Erpentrup und Konsorten mit den Bielefeldern kooperieren würden, könnte das ZDG unter Umständen mal wieder einen Erfolg verbuchen, was auf keinen Fall im Sinne unseres Chefs wäre.“

„Ruf du doch Schulte an“, schlug Braunert vor.

„Super, und ich wäre dann mal wieder der Nestbeschmutzer. Außerdem würden Erpentrup und Hartel mir Befangenheit unterstellen, weil Grafenberg und ich liiert sind.“

„Dann muss es eben Lohmann machen, der wird in ein paar Monaten pensioniert und hat eh nichts mehr zu verlieren. Dem dürfte es doch egal sein, was unser Chef von ihm hält."

Maren Köster überlegte. Nach einer kleinen Bedenkzeit griff sie zum Telefon und führte ein längeres Gespräch mit Lohmann. Dieser telefonierte anschließend mit Schulte und machte sich dann zu Erpentrup auf, um ihm mitzuteilen, dass das ZDG Bielefeld Maren Köster zur Unterstützung im Jöllenbecker Tötungsdelikt angefordert hätte. Was natürlich Erpentrup gar nicht gefiel, er brachte jede Menge Gründe vor, warum ausgerechnet die Köster nicht nach Bielefeld fahren solle.

Lohmann hörte sich die Einwände an, entgegnete dann aber:

„Wenn Sie Bedenken wegen der Freistellung der Kollegin Köster haben, sollten Sie selbst in Bielefeld anrufen. Ich sehe mich als Überbringer der Botschaft, dabei will ich es auch belassen. Hier ist die Telefonnummer von Schulte."

Er legte einen kleinen Zettel auf Erpentrups Schreibtisch und ging zur Tür. Als er gerade seine Hand auf die Türklinke legte, hörte er Erpentrup sagen:

„In Gottes Namen, dann soll sie eben fahren! Aber keine Nestbeschmutzung bitte! Sonst kann sie in Zukunft wieder Strafzettel verteilen."

Das kannst du ihr selber sagen, dachte Lohmann und sagte:

„Richte ich aus."

## 56

Osnabrück ist ja wirklich wunderschön, dachte Schulte, als er in den Kollegienwall einbog. Diese Straße und auch das Erste Polizeikommissariat gehörten allerdings nicht zu den Vorzeigebereichen der Stadt. Schulte hatte Gunda Luitjens vor dem Haus ihrer Mutter abgesetzt und fuhr jetzt zur Dienststelle seines Osnabrücker Kollegen. Sie hatten sich in dessen Büro verabschiedet, um gemeinsam zur Wohnung von Kiebitz zu fahren.

Kommissar Valentin begrüßte Schulte mit distanzierter Höflichkeit, an die sich der hemdsärmelige Kommissar aus Lippe schon gewöhnt hatte. Wenn man so aufwächst, dass man beim Essen unter jeden Arm ein Buch geklemmt bekommt, um die entsprechende Haltung einzunehmen, dann hat das eben Auswirkungen auf das weitere Leben, dachte Schulte. Man behielt einfach den Stock im Hintern, ganz egal, welche Anstrengungen man unternahm, um seiner Herkunft zu entkommen.

Gemeinsam fuhren sie zur Bremer Straße. In der Wohnung waren mehrere Leute von der Spurensicherung dabei, zu sichern, was zu sichern war.

Die beiden Polizisten gingen ins Arbeitszimmer. Schulte sah sich um und bemerkte, dass einige Ordner fehlten sowie der lose Stapel Briefe, der auf dem Schreibtisch gelegen hatte. Er fragte einen der Männer im weißen Einweg-Overall nach den Unterlagen, die dort gelegen hatten. Der Mann sah ihn verwundert an.

„Wie kommen Sie darauf, dass dort ein Papierstapel lag?“

„Och, nur so! Mir kommt der Schreibtisch einfach viel zu leer und aufgeräumt vor. Für mich ein völlig unbekannter Anblick“, sagte Schulte und dachte, ich muss ihm ja nicht gleich auf die Nase binden, dass ich gestern schon mal in der Wohnung war.

Der Mann von der Spurensicherung schwieg einen Moment. Dann bestätigte er: „Stimmt, der ist wirklich ziemlich aufgeräumt. So ordentlich ist mein Arbeitsplatz auch nie. Bei mir liegt immer etwas herum."

„Sehen Sie", kam es dann auch von Schulte – mit einem Tonfall, den Kommissar Stöver, alias Manfred Krug, nicht besser hinbekommen hätte.

Fehlt nur noch, dass er singt, dachte Valentin.

Schulte wandte sich wieder der Wohnung zu. Er erkundigte sich, ob man schon etwas über die Systematik der Aktenführung des Herrn Kiebitz herausgefunden habe. Dafür, so der Mann in Weiß, sei es noch zu früh. Zurzeit sei man noch dabei, Fingerabdrücke zu sichern, von denen es im Übrigen jede Menge unterschiedliche gäbe. Weiter würden organische Spuren gesichert, Haare etc., um Abgleiche von gesammelten Genanalysen vornehmen zu können. Die Systematik der Aktenführung liefe ja nicht weg. Die müsse warten. Zuerst wären die Spuren an der Reihe, die eventuell verwischt oder sonst wie unbrauchbar werden könnten. Dieser Argumentation hatte Schulte nichts entgegensetzen.

„Wie steht es denn mit dem PC?", schaltete sich Valentin in das Gespräch ein.

„Den haben wir noch nicht einmal angestellt", war die Antwort.

„Okay, dann untersuchen Sie den bitte zuerst auf irgendwelche kurzlebige Spuren, wie Fingerabdrücke usw. und bringen ihn dann bitte so schnell wie möglich in die Technik. Was wir auf der Festplatte finden werden, wird uns im Moment wohl mehr weiterhelfen als die Fingerabdrücke aus der Wohnung. Damit will ich aber nicht sagen, dass diese Spuren unwichtig sind", gab Valentin eine knappe, aber freundliche Anweisung. Anschließend sahen sich die Polizisten noch in den anderen Zimmern der Wohnung um. Nach einer halben Stunde machten sie sich wieder auf den Weg zum Polizeirevier.

Im Auto sagte Schulte: „Eine Adresse aus dem Papierstapel habe ich mir ja gestern schon notiert. Die hätte ich fast vergessen. Der können wir ja schon mal nachgehen. Ich bin mir aber sicher, dass es sich bei dieser Anschrift nicht um die des flüchtigen Korbmachers handelt.

Diese Tatsache schließt ihn zwar nicht aus dem Kreis der Verdächtigen aus, schön wäre es aber schon gewesen, wenn wir da eine Übereinstimmung gefunden hätten. Wie siehst du die ganze Angelegenheit?", richtete Schulte die Frage an Valentin.

Der schwieg eine Weile und rückte dann mit seiner Einschätzung raus.

„Zunächst einmal würde ich die These wagen, dass Korbmacher kein Mörder ist. Ich gehe beim Toten in Jöllenbeck von einem Unfall aus. Wenn das so ist, drängt sich allerdings die Frage auf, warum ist dieser Korbmacher geflüchtet? Wahrscheinlich stand er unter Schock. Andererseits sind seit dem Vorfall mittlerweile fünfzehn Tage ins Land gegangen. Da muss der Mann doch wieder einen klaren Gedanken gefasst haben. Vielleicht hat Korbmacher aber vor etwas Angst, zum Beispiel vor dem Einbrecher, der seine Wohnung auf den Kopf gestellt hat. Dann ergäbe es auch einen Sinn, warum er weiterhin untergetaucht bleibt, obwohl er sich an die Polizei hätte wenden können. Tut er aber nicht. Entweder er hat den Tunnelblick oder es gibt noch andere Gründe. Vielleicht weiß er, dass wir die Münzen in seinem Schreibtisch gefunden haben und meldet sich deshalb nicht. Sind es dagegen gar nicht seine Münzen, sondern z.B. die Person, die in seine Wohnung eingebrochen ist, hat ihm diese untergeschoben, dann hat dieser Typ damit dafür gesorgt, dass Korbmacher im Untergrund bleibt und er ihn noch vor der Polizei finden kann.

Kommen wir dann noch einmal auf den Unfall zu sprechen. Meine zweite These lautet: Grundlage der Auseinandersetzung war nicht etwa ein Streit, vielmehr ist Korbmacher überfallen worden. Er konnte den Überfall abwehren, was gar nicht so abwegig ist, da am Tatort ein Messer lag. Gehen wir dann davon aus, dass der Tote Komplizen hat, von denen Korbmacher weiß und die ihm weiter nach dem Leben trachten, dann ist er sicherlich in Lebensgefahr. Meiner Meinung nach ist es auch nicht unwahrscheinlich, dass die Spur, der wir folgen, uns zu einem wirklichen Verbrechen führt. Wenn wir sie nicht aus den Augen verlieren …"

Schulte war so beeindruckt von dieser messerscharfen Analyse, dass es ihm erst einmal die Sprache verschlug. Dann fiel ihm etwas ein.

„Bei Korbmacher ist ja auch eingebrochen worden. Unter Verdacht steht ein Mann, von dem ich zu fast hundert Prozent sicher bin, dass er unschuldig ist. Der Bericht lag heute Morgen auf meinem Schreibtisch. Wahrscheinlich bekommst du ihn in den nächsten Tagen. Ich habe, eben weil ich den vermeintlichen Einbrecher kenne, dem Ganzen keine Bedeutung beigemessen. Wenn aber deine Vermutungen stimmen, suchen hier irgendwelche Leute nach etwas von hoher Brisanz, und Korbmacher ist der Schlüssel zu dem Gesuchten. Das heißt, wir müssen Korbmacher unbedingt finden, sonst könnte es sein, dass er demnächst die Radieschen von unten betrachtet."

Valentin sah auf seine sündhaft teure Armbanduhr.

„Bald halb sieben. Wir geben gleich noch einmal eine Fahndung nach Korbmacher raus – hohe Dringlichkeitsstufe! Dann wenden wir uns an die Rundfunkstationen der Region. Die sollen regelmäßig den Aufruf bringen, dass Korbmacher in Gefahr ist und sich bei der Polizei melden soll. Mehr können wir heute nicht mehr tun."

Schulte hatte nichts einzuwenden. „Okay, alles Weitere dann morgen. Sag mal, ich wollte mit einer Freundin hier irgendwo Essen gehen. Hast du eine Idee?"

Valentin überlegte, welche Gaststätte etwas für Schulte wäre.

„Ich könnte mir vorstellen, dass dir der *Grüne Jäger* gefällt. An der Katharinenkirche. Ich glaube Hausnummer eins. Die Kneipe hat Atmosphäre. Sie ist, wie soll ich sagen, irgendwie aufgeteilt, wie eine Altbauwohnung mit hohen Decken. Es gibt verschiedene, im rustikalen Stil gehaltene Räume sowie einen moderneren Vorraum, in dem ein riesiger Baum durch das Dach wächst. Damals – zum Ende meiner Schulzeit – traf sich ein Freund von mir, der zu der Zeit den Wehrdienst oder wie er es nannte, den Kriegsdienst verweigert hatte, hier regelmäßig freitags mit anderen Zivis. Sie feierten dann das Ende der Arbeits-Woche. Du siehst, über Jahrzehnte eine Institution, die Kneipe. Eigentlich ist hier immer was los, insbesondere am Wochenende kann es auch schon mal sehr voll werden. Für mich eine der Ur-Kneipen in Osnabrück. Jeder kennt sie, viele gehen hin. Eine besondere Spezialität ist übrigens die Altbierbowle. Die musst du dir verrückterweise an einer separaten Altbiertheke holen. Alles andere wird natürlich an den Tisch gebracht.“

„Hört sich gut an. Pass auf, ich lade dich ein. Meine Freundin, mit der ich mich verabredet habe, ist übrigens auch Polizistin. Ne nette! Ihre Mutter lebt in Osnabrück.“

An sich war Valentin nicht begeistert, den Abend mit Schulte und einer wildfremden Frau zu verbringen. Es fiel ihm aber auch keine gute Ausrede ein. Also sagte er zu.

## 57

Das Haus war hell erleuchtet. Als Schulte den Gartenweg entlang ging, sorgte ein Bewegungsmelder dafür, dass auch noch drei Laternen ihr Licht entfalten konnten. Diese zusätzliche Beleuchtung des Gartens hatte Gunda Luitjens wohl auf das Kommen des Polizisten aufmerksam gemacht, denn sie empfing ihn ausgehfertig an der Eingangstür. Was er nicht wusste: Sie hatte ihn am Hauseingang abgefangen, um sich und Schulte die Kuppelversuche ihrer Mutter zu ersparen, die von Jahr zu Jahr größere Sorge hatte, dass ihre hübsche Tochter als alte Jungfer sterben musste.

Gunda Luitjens begrüßte den Detmolder Polizisten mit einem flüchtigen Kuss. Obwohl Schulte sich während ihres Besuches bei ihm eher distanziert verhalten hatte, vermisste er bei der flüchtigen Begrüßung etwas. Er hatte trotz seiner eigenen Unzulänglichkeit das Bedürfnis nach Nähe. Die Zurückhaltung, die Gunda Luitjens zeigte, versetzte im einen Stich.

Ein Anflug von schlechter Laune machte sich breit. Er versuchte, das Gefühl zu ignorieren, legte einen Arm um die Schulter der Freundin und schwatzte munter drauflos.

„Ich hab den Osnabrücker Kollegen nach einer netten Kneipe gefragt. Er hat mir den *Grünen Jäger* empfohlen.“

„Davon habe ich schon gehört!“

„Ich habe den Kollegen gefragt, ob er Lust hätte, dazu zu kommen. Ich hoffe, du hast nichts dagegen?“

„Och, schon in Ordnung“, entgegnete Gunda Luitjens.

Wäre Schulte aufmerksamer gewesen, hätte er die Enttäuschung in ihrer Stimme bemerkt. Doch Schulte war viel zu sehr mit sich selbst beschäftigt, um solche Feinheiten wahrzunehmen.

Als sie das Lokal betraten, registrierte Schulte die großen Holztische mit langen Bänken davor. Alternativ gab es sogar einfache Holzscheite zum Sitzen. Mitten in der Kneipe wuchs ein großer Baum, dessen Krone außerhalb des Glasdaches endete.

Wo sind wir denn hier gelandet, dachte Schulte, der die Kneipe aber ganz gemütlich fand. Er sah sich nach Adrian Valentin um, der aber noch nicht da zu sein schien. Schulte steuerte einen freien Tisch an. Gerade, als ein Kellner kam, der sich einen alten Geldwechselautomaten umgehängt hatte, wie ihn früher Straßenbahnschaffner trugen, tauchte auch der Osnabrücker Kollege auf.

„Die Altbierbowle ist sehr zu empfehlen“, sagte er freundlich. Dann begrüßte er formvollendet Gunda Luitjens.

Aufgeblasener Lackaffe, dachte Schulte. Altbierbowle ist was für Wollsockenträger, war sein nächster Gedanke. Demonstrativ bestellte er sich ein Bier.

Gunda jedoch folgte dem Rat von Valentin.

„Die nehme ich“, sagte sie.

War auch nicht anders zu erwarten, bildete sich Schulte im Stillen seine Meinung, während der Kellner Gunda erklärte, man müsse sich die Bowle an einer speziellen Theke selber holen. Alles andere würde aber selbstverständlich am Tisch serviert.

Ehe sich Schulte versah, war Adrian aufgestanden, strahlte Gunda mit einem Lächeln an, das Schulte gar nicht leiden konnte und marschierte los, um ihr die Bowle zu holen.

Was soll ich dann noch hier, dachte Jupp missmutig, während er sich krampfhaft um ein Gesprächsthema bemühte. Doch so sehr er sich auch anstrengte, ihm fiel nichts ein. Seine Laune verschlechterte sich weiter. Gunda schien es nicht zu bemerken. Sie sah sich interessiert in der Kneipe um. Als Valentin mit zwei vollen Gläsern wieder auf den Tisch zusteuerte, setzte sie das charmanteste Lächeln auf, das sie drauf hatte. Der Osnabrücker Polizist entpuppte sich in der nächsten Zeit als äußerst angenehmer und amüsanter Gesprächspartner. Gunda genoss es, und selbst Schulte konnte nicht verhindern, dass er seinem Kollegen immer wieder

Aufmerksamkeit entgegenbrachte, obwohl er ja eigentlich schmollen wollte. Plötzlich winkte die Polizistin jemandem zu. Schulte blickte sich um.

Auch das noch, das war doch der Typ, den Schulte schon letztes Jahr bei seinem Besuch in Osnabrück kennen gelernt hatte. Wie hieß er noch gleich? Genau, Dieter Hölscher. Der Mann kam zu ihrem Tisch. Gunda erhob sich, um ihren alten Freund zu umarmen und forderte sie ihn auf, sich zu setzen. Hölscher blickte die beiden Männer an, erkannte Schulte wieder, nickte ihm zu und wandte sich dann an Valentin:

„Mensch Jopi, dich habe ich ja schon Urzeiten nicht mehr gesehen. Was macht denn das Schlagzeugspielen? Hast du noch eine Band?"

Jopi, dachte Schulte, wie kommt dieser blasierte Typ denn zu diesem Namen? Dann fiel es ihm wie Schuppen aus den Haaren. Genau, jetzt wusste er, an wen ihn Valentin erinnerte. An den jungen Jopi Hesters. Der Detmolder musste grinsen, denn der Spitzname passte wie die Faust aufs Auge. Dann kam der Kellner und servierte Hölscher ungefragt ein Köstritzer Schwarzbier.

„Danke Sascha, immer noch der gleiche gute Service hier bei euch", sagte er und nahm einen kräftigen Schluck von dem frischen, dunklen Bier.

Schulte verspürte nicht übel Lust, mehr Bier zu trinken, als ihm gut tat. Doch wo sollte er dann unterkriechen? Mit zu Gunda Luitjens? Die flirtete weiter heftig mit Valentin. Vielleicht sollte er sich bei ihm einquartieren, dann könnte er ihm zumindest die Tour mit Gunda versauen. Innerlich fluchte er wie ein Bierkutscher, bestellte sich aber ein Wasser. Im Auto zu übernachten, hatte er auch nicht vor. Wenn er weiterhin hier in Osnabrück ermitteln müsste, würde er sich halt ein Zimmer nehmen. Gleich morgen würde er das mit seiner Chefin Margarete Bülow klären. Den Rest des Abends verbrachte er sozusagen wie das fünfte Rad am Wagen. Valentin und Hölscher schienen alte Musikerkumpels zu sein. Sie hatten sich viel zu erzählen. Gleichzeitig versuchten beide – so nahm jedenfalls Schulte an –, bei Gunda zu landen und balzten wie die Teenager, während er sich an seinem Wasser festhielt und Trübsal blies.

Um elf Uhr stemmte er sich hoch und sagte:

„Leute, nehmt es mir nicht übel, ich muss ja noch nach Detmold. Die Nacht ist kurz."

„Quatsch", meinte Gunda, „du kannst doch bei mir übernachten. Ich hab mich schon gewundert, warum du dich am Wasser fest hältst."

Du wusstest genau, warum ich kein Bier getrunken habe, dachte Schulte, und du hast mich schmoren lassen. Aber der Abend ist noch lang, da kann ich noch das eine oder andere Bier trinken.

## 58

In Bielefeld stand am nächsten Morgen Maren Köster um punkt acht Uhr auf der Matte. Doch wer nicht da war, war Schulte. Kollege Muffen bat sie in sein Büro, bot ihr eine Tasse Kaffee an und teilte mit, dass Schulte sich etwas verspäten würde. Da er in Osnabrück noch etwas zu erledigen hatte. Sie wartete mehr als eine Stunde und war schon ziemlich genervt, als ein ziemlich verkaterter Schulte das Zimmer betrat.

„Tut mir leid Maren, ich bin gestern etwas unter die Räder gekommen", sagte er ohne Anflug schlechten Gewissens, „komm doch mit in mein Büro. Ich muss mir noch schnell eine Tasse Kaffee besorgen, dann können wir loslegen."

Maren Köster fühlte sich in alte Zeiten zurückversetzt. In solchen Momenten wie diesen wurde ihr bewusst, wie sehr ihr der chaotische, aber dadurch in vielen Dingen unkomplizierte Schulte fehlte. Setzen konnte sie sich zum Beispiel nicht, bevor Schulte vorsichtig mehrere Aktenstapel von

Stühlen und dem Besprechungstisch geräumt und auf dem Boden behutsam nebeneinander gestapelt hatte – wie konnte es auch anders sein! Dabei ging der frühere Detmolder Kollege aus Sorge um die Papiertürme höchst behutsam vor. Er wusste, sollte auch nur einer umkippen, würde er sie mindestens zwei Tage lang neu sortieren müssen.

Ordnung würde wohl in diesem Leben nicht mehr zu Schultes Tugenden zählen, dachte Maren, als sie sich auf den jetzt frei geräumten Stuhl setzte.

Sie nahm noch einen Schluck und begann dann zu berichten. Schulte hörte aufmerksam zu und machte sich Notizen.

Dass sich der ehemalige Kollege etwas aufschrieb, war neu. Diese Gewohnheit kannte sie von Schulte noch gar nicht. Als sie es anmerkte, antwortete er lapidar:

„Wir werden alle nicht jünger."

Nun berichtete Schulte. Im Anschluss daran zogen Sie ihre Schlüsse.

„Wir müssen dringend mit Rodehutskors reden, dieser Himmelhund kocht mal wieder sein eigenes Süppchen. Wenn er was von der Polizei will, steht er gleich auf der Matte. Aber bis er selbst mal ein paar Infos rausrückt, muss ihm schon das Wasser bis zum Halse stehen. Über Rodehutskors können wir aber auf jeden Fall an diesen Korbmacher rankommen.

Wir gehen fest davon aus, dass es sich bei dem Toten in Jöllenbeck um ein Unfallopfer handelt. Ich verstehe nur nicht, warum dieser Korbmacher dann abgehauen ist bzw. sich nicht bei uns meldet."

„Was hältst du von der These, dass es einen Zusammenhang gibt zwischen dem Toten und den in Detmold gefundenen Rüstungen? Dieser Korbmacher hat wohl gegenüber Rodehutskors so etwas geäußert."

Schulte überlegte. Von den Entdeckungen der Artefakte aus der Römerzeit hatte er gar nichts mitbekommen. Begeisterter Zeitungsleser war er nur im Urlaub.

„Kann sein, kann nicht sein“, antwortete er, „aber hinter der ganzen Sache muss noch etwas anderes stecken. Ich finde da einfach keinen Zusammenhang. Bei genauerem Nachdenken erscheint mir die Spur mit dem verschwundenen Professor, von der dein Michael berichtet hat, viel spannender.“

„Mein Michael?“, brauste Maren Köster auf.

Schulte hob beschwichtigend die Hände.

„Bleib locker, Maren, ich wollte dir nicht zu nahe treten. Was hältst du davon, wenn wir uns die Kellerräume von Korbmacher vornehmen und außerdem die Akte über den verschwundenen Professor?“

„Okay Schulte, da kümmere ich mich drum. Aber wir müssen unbedingt darauf achten, dass wir Erpentrup und Hartel aus dem Fall raushalten, die stören mehr, als dass sie nutzen.“

„Darum wird sich meine Chefin schon kümmern, dafür sorge ich.“

Um deutlich zu machen, dass für Maren nun der dienstliche Teil abgeschlossen war, stellte sie eine typische Allerweltsfrage:

„Und Schulte, wie geht es dir sonst?“

„Wenn ich ehrlich sein soll, beschissen! Dieser ganze Job kotzt mich an. Wenn ich solche Namen wie Erpentrup nur höre, möchte ich die Brocken sofort hinschmeißen. Solchen Leuten ist es doch vollkommen egal, ob wir einen Fall aufklären oder nicht. Für die ist es doch nur wichtig, dass sie im rechten Licht dastehen. Erst wenn das erfüllt ist, kommt für sie das eigentlich Westliche. Maren, ich sage dir, wenn ich die Möglichkeit hätte, ich würde den Job lieber heute als morgen hinschmeißen.“

Maren Köster schwieg, konnte ihren Kollegen aber gut verstehen. In dieser Hinsicht ging sie vollkommen konform mit Schulte. Während ihrer gemeinsamen Dienstzeit war das beileibe nicht oft vorgekommen.

## 59

Als Landesverbandsvorsteher Müller das Sitzungszimmer betrat, konnte er die schlechte Stimmung körperlich spüren. Der sonst fast immer gut gelaunte und zu Jedermann freundliche Vorsitzende des Lippischen Heimatbundes saß schweigsam und mit herabhängenden Mundwinkeln auf seinem Stuhl. Einige Bürgermeister tuschelten. Der Verantwortliche von Lippe-Marketing wirkte wie ein geprügelter Hund, und die Bodendenkmalpflegerin Frau Holzmeier stand einsam an einem Fenster. Heute würde sich entscheiden, wie mit den Rüstungs- und Waffenfunden weiter verfahren werden sollte, die am Fuße des Bielsteins entdeckt worden waren.

Darüber hinaus hatte heute zu allem Überfluss in der *Heimatzeitung* gestanden, dass auch in der Nähe von Porta Westfalica römische Münzen entdeckt worden waren. Auch diese Region warf also nun den Hut in den Ring, im Kampf um den einzig wahren Ort der Varus-Schlacht.

Nur Hans-Peter Zahn war die Gelassenheit selbst. Er plauderte mit dem Landrat und machte anscheinend sogar einige Späßchen, über die er selbst lachen konnte. Die Miene des Kreisoberhauptes blieb jedoch ernst.

Merkwürdig, dachte Müller. Zahn und sein Verein S.E.L.F. haben in den letzten Jahren viel Geld investiert, um nachzuweisen, dass die Varus-Schlacht in Lippe stattgefunden hat. Außerdem hat er einige kostspielige Veranstaltungen zum Jubiläum des Ereignisses geplant, die den Verein finanziell ruinieren könnten, wenn sich die Rüstungsfunde als Flop erweisen sollten. Er tut hier aber so, als ob ihn die ganze Angelegenheit nichts anginge.

Müller machte seine Runde, begrüßte alle Anwesenden persönlich und bat sie, ihren Platz einzunehmen. Die Tagesordnung sei ebenso nicht von schlechten Eltern wie die Inhalte, die besprochen werden müssten, ließ er verlauten.

Murmelnd nahmen die Sitzungsteilnehmer ihre Plätze ein.

Als Ruhe eingekehrt war, eröffnete er die Versammlung mit den Worten:

„Die Zeitung hat ja heute sicher jeder gelesen. Auch Porta Westfalica erhebt jetzt den Anspruch, als Austragungsort der Varus-Schlacht in Betracht gezogen zu werden."

„Nur wegen des albernen Spielgeldes, das die da gefunden haben? Etwas Lächerlicheres habe ich ja noch nie gehört!", kam es von einem Fraktionsvorsitzenden der im Landesverband vertretenen Parteien.

Es wollte kein richtiges Gelächter aufkommen. So fiel es Müller leicht, zum Wesentlichen zu kommen.

„Spielgeld hin oder her. Auch wir Lipper sind in einer unangenehmen Zwangslage. Wir haben unsere Funde der letzten Wochen nach außen hin ja bis jetzt gehütet wie unseren Augapfel. Aber der Druck wird immer größer. Ein Hamburger Nachrichtenmagazin mit einem Stern als Logo hat letzten Donnerstag einen langen Bericht über unsere Artefakte gebracht, gespickt mit unglaublichen Details. Darüber hinaus enthielt er Fotos der Rüstungen und der Grabungsstätte, die nur ein Insider weitergeben konnte."

Fast alle Blicke richteten sich nun auf Frau Dr. Holzmeier. Diese hatte alle Mühe, die unangenehme Aufmerksamkeit zu ignorieren.

„Darüber hinaus bekommen wir fast täglich Anfragen von irgendwelchen Institutionen und Wissenschaftlern", setzte Müller seinen Vortrag fort, „die fordern, die Fundstücke zumindest zu begutachten. Viele möchten sie sogar untersuchen. Dieser anhaltende öffentliche Druck hat mich dazu veranlasst, mehrere Gespräche zu führen, unter anderem mit unserer Bodendenkmalpflegerin. Aber was soll ich die Meinung von Frau Dr. Holzmeier zum Besten geben. Sie ist ja anwesend und kann Ihnen selbst mitteilen, was sie von den Rüstungsfunden hält."

Im Saal wurde es wieder lebhaft. Die Bodendenkmalpflegerin verfluchte in Gedanken ihren Chef, der ihr ohne Vorwarnung den Schwarzen Peter zugeschoben hatte. Sie war dazu ausersehen, schlechte Nachrichten zu überbringen und anschließend dafür geköpft zu werden.

Na gut, wenn er es denn so wollte. Sie ergriff das Wort.

„Meine sehr verehrten Damen und Herren. Ich bin zwar nicht auf einen solchen Vortrag vorbereitet, will Ihnen jedoch gerne meine subjektive Meinung sagen. Zunächst einmal: Ich bin nicht unbedingt eine Kennerin des römischen Imperiums und besitze schon gar nicht die nötigen Kenntnisse über die einstigen Armeen Roms sowie das damit verbundene militärische Wissen. Es gibt bei uns in der Region eine wirkliche Koryphäe auf diesem Gebiet. Sein Name ist Peter Korbmacher. Leider steht uns dieser Mann mit seinem Wissen nicht zur Verfügung, weil er in ein tragisches Ereignis verwickelt war und seitdem von der Polizei gesucht wird."

Wieder lautes Gemurmel im Saal. Einige der Anwesenden schienen etwas über das Schicksal des Untergetauchten zu wissen.

Als es wieder ruhig war, fuhr die Bodendenkmalpflegerin fort: „Ich kann daher nur aus meinem eigenen, begrenzten Erfahrungsschatz schöpfen.

Was mir an den Rüstungen insbesondere aufgefallen ist, ist die Erhaltung. Alles, was ich bisher an Fundstücken aus dieser Zeit zu Gesicht bekommen habe, war in einem weitaus schlechteren Zustand als die von uns gefundenen Artefakte. Zu den Gründen für den sehr guten Zustand kann ich leider noch nichts sagen.

Was mich weiterhin nachdenklich stimmt, ist der Fundort. Schon in den achtziger Jahren wurde das Umfeld der bronzezeitlichen Fahrwege intensiv untersucht, es wurden verschiedenste Grabungen durchgeführt. Normalerweise hätte man also schon damals auf das eine oder andere Stück stoßen müssen.

Soweit zu den Gründen, die mich misstrauisch gestimmt haben. Ich habe allerdings keinerlei Belege dafür, dass die Rüstungen wirklich gefälscht sind."

Die Unruhe nahm wieder zu. Einer der Bürgermeister war wirklich erregt. Unangemessen laut wandte er sich an die Bodendenkmalpflegerin.

„Wenn Sie Bedenken hatten, wieso enthalten Sie uns diese bis heute vor? Wir sitzen doch nicht zum ersten Mal hier zusammen! Wenn es sich bei den Rüstungen wirklich um Fälschungen handeln sollte, dann lacht die ganze Welt über uns, über die lippischen Politiker. Nicht über solche Leute wie Sie, über so genannte Wissenschaftler. Sie ziehen sich in Ihr Hinterzimmer zurück und wir sind die Dummen."

Aus dem Plenum war Zustimmung zu hören. Landesverbandsvorsteher Müller machte keine Anstalten, sich vor seine Bodendenkmalpflegerin zu stellen. Da meldete sich Hans-Peter Zahn zu Wort.

„Ich weiß wirklich nicht, was die ganze Aufregung soll. Wir haben vor einigen Wochen beschlossen, die Funde nicht an die große Glocke zu hängen. Genau an diesen Beschluss hat sich unsere Bodendenkmalpflegerin gehalten. Ich sehe überhaupt keinen Grund für Ihre Aufregung. Unser Ansehen nach Außen hin ist völlig intakt. Wir haben die Fundstücke bergen lassen und sie fachgerecht gelagert. Jetzt können wir sie entweder der Öffentlichkeit präsentieren oder noch weiter unter Verschluss halten. Die Entscheidung liegt einzig und allein bei Ihnen, bei den lippischen Politikern."

Er wandte sich an Müller:

„Ich überschreite zwar gerade meine Befugnis und maße mir etwas an, was eigentlich Ihnen obliegt. Aber ich wage mich einfach einmal nach vorn und mache einen Vorschlag: Lassen Sie uns im Anschluss eine Abstimmung durchführen und beschließen, ob wir die Rüstungen für die Öffentlichkeit freigeben oder nicht. Sie sind am Zug, meine Damen und Herren."

Kaum hatte Zahn seinen Wortbeitrag beendet, ruderten die Teilnehmer der Sitzung zurück. So eine Abstimmung könne man jetzt auf keinen Fall durchführen, da müsse man sich erst mit den Fraktionen beraten! Außerdem könne man sich nicht einfach über die Stadträte hinwegsetzen, bemerkte ein anderer. Das käme jetzt einfach zu plötzlich! Und: Was solle denn auf einmal die übertriebene Eile? Es kam zu tumultartigen Szenen.

Zahn ergriff noch einmal das Wort, und Müller war ihm insgeheim dankbar dafür.

„Wenn Sie von Ihren Gremien nicht mit den entsprechenden Kompetenzen ausgestattet sind oder noch Bedenkzeit benötigen, nehmen Sie sich die Zeit, die Sie brauchen, meine Damen und Herren, Wenn alles abgeklärt ist, setzen wir uns dann noch einmal zusammen. Bis dahin soll unsere verehrte Bodendenkmalpflegerin, Frau Dr. Holzmeier, nach fachlicher Notwendigkeit verfahren."

Rundherum war Zustimmung zu vernehmen.

Doch auf dieses schmale Brett wollte sich Frau Dr. Holzmeier nicht begeben. Sie meldete sich noch einmal zu Wort und sagte:

„Zuviel der Ehre. Ich schlage vor: In Zukunft handele ich nur nach Außen, wenn ich das ausdrückliche ‚Okay' des Landesverbandsvorstehers habe."

Mit diesem Vorschlag waren alle einverstanden. Nur Müller nicht! Jetzt hatte er den Schwarzen Peter, denn die Bodendenkmalpflegerin würde sich ab heute jedes Einverständnis schriftlich von ihm geben lassen. Die Verantwortung hatte jetzt er! Komme, was da wolle!

Gleichzeitig war ihm klar, dass ab heute jeder Wald- und Wiesenpolitiker seine unmaßgebliche Meinung über die Echtheit der Fundstücke herausposaunen würde.

Zu einer schnellen Entscheidung über das weitere Umgehen mit der Situation würde es aber garantiert nicht kommen. Alles würde an ihm hängen bleiben. Für jede gemachte oder noch kommende Fehlentscheidung würde er den Kopf hinhalten.

Die restlichen Tagesordnungspunkte wurden schnell und einvernehmlich abgearbeitet, so dass eine halbe Stunde später allgemeiner Aufbruch angesagt war.

Nur Hans-Peter Zahn blieb noch im Sitzungssaal zurück. Er griff zum Handy, rief Rodehutskors an und bedankte sich noch einmal ausdrücklich bei ihm.

„Ich muss Ihnen einfach noch einmal meine Hochachtung ausdrücken, Herr Rodehutskors. So nach und nach stellt sich heraus, dass Sie mit ihrer These, an den Rüstungsfunden sei etwas faul, goldrichtig lagen. Auf der heutigen Landesverbandssitzung hat auch die Bodendenkmalpflegerin ihre Bedenken geäußert. Sie haben während unseres letzten Gesprächs sicher meine Skepsis bemerkt. Natürlich gefällt mir die Vorstellung nicht, dass die Artefakte vielleicht gar nicht von der Varus-Schlacht stammen. Aber man muss sich der Realität beugen. Das wissen Sie so gut wie ich. Darum freue ich mich über das Vertrauen, das Sie mir entgegengebracht haben. Gut, dass es noch so kritische Geister gibt wie Sie! Das wollt' ich Ihnen nur kurz mitteilen. Meine Hochachtung, Herr Rodehutskors."

## 60

Der übergewichtige Mann schnaufte wie eine Lokomotive. „Welcher Idiot packt nur soviel Papierkram in eine Umzugskiste?", fluchte Lohmann. Er hatte Mühe, seinem mehr als zehn Jahre jüngeren Kollegen Axel Braunert zu folgen. Der stieg gerade, ebenfalls mit einem braunen Pappkarton beladen, die Treppe der Detmolder Polizeibehörde hinauf.

Nachdem Schulte und Maren Köster das weitere Vorgehen geklärt hatten, telefonierten sie mit den Detmolder Kollegen und baten sie, schnellstens den Korbmacherschen Keller zu durchsuchen. Es wäre Gefahr im Verzug, hatte Schulte behauptet. Ein Durchsuchungsbefehl sei so überflüssig wie ein Kropf. Und so waren Lohmann und Braunert denn auch gleich losgezogen und hatten den gesamten Papierkram, der sich in Korbmachers Keller befand, in zwei große Umzugskisten gepackt, die sie nun in ihr Büro verfrachteten. Oben wischte sich Lohmann den Schweiß von der Stirn, dann begannen sie ihre „Beute“ zu sichten. Sie drehten jeden Zettel um, den sie in die Hand nahmen. Es war schon nach zwanzig Uhr, Braunert wollte gerade aufgeben, da pfiff Lohmann durch die Zähne. Er hielt eine schwarze Kladde in der Hand. Als er sich der Aufmerksamkeit Axel Braunerts sicher war, las er vor:

*„Detmold, 23. Juni 2000*

*Niemals hätte ich mir träumen lassen, dass ich so meine letzten Lebensjahre verbringen muss. Nach dem ich den brutalen Angriff eines gewissen Alzmann überlebt habe, stellen sich jetzt weitere Ereignisse ein, die mir mein Dasein erschweren.*

*Der Direktor unseres Seniorenstifts hat mich zu sich gerufen und mir mitgeteilt, dass bei mir eine fortschreitende Demenz zu erkennen sei. Er hat mir ein Formular vorgelegt, eine so genannte Vorsorgeverfügung, die zu unterschreiben wäre. Ich soll in einen Vormund einwilligen, der in Zukunft über meine Geschicke, meinen Aufenthalt und mein Vermögen verfügen soll.*

*Auch wenn der Verfügungsberechtigte mein langjähriger Freund, der Advocatus, wie ich ihn scherzhaft zu nennen pflege, werden soll, so werde ich diese Verfügung nicht unterschreiben. Schließlich habe ich noch alle Sinne beisammen. Ich werde wohl mit meinem Freund und Anwalt reden müssen, damit dieser Unsinn endlich aufhört.*

*Detmold, 25. Juni 2000*

*Unfassbar: Ich habe mich mit dem Advocatus getroffen. Anscheinend habe ich mir die Freundschaft eingebildet, denn in dem Gespräch entpuppte er sich als Anwalt des Teufels. Er stimmte nicht nur hundertprozentig der Meinung unseres Direktors zu, sondern setzte mich auch gleich unter Druck, die Formalitäten schnell zu erledigen. Darüber hinaus hat er mich sogar aufgefordert, meinen Führerschein abzugeben. Hier braut sich etwas über mir zusammen, dem ich anscheinend nicht gewachsen bin.*

*Detmold 26. Juni 2000*

*Heute habe ich einen langen Spaziergang in der Gegend von Nassesand unternommen. Anschließend habe ich mit meinem ehemaligen Studenten und Kollegen Peter Korbmacher in der Gaststätte Kaffee getrunken. Ich hatte ihn dorthin bestellt. Er scheint der einzige Mensch zu sein, dem ich noch trauen kann. Er hat mir geraten, einen Anwalt außerhalb von Detmold zu suchen, der mich bei der anstehenden Entmündigung vertritt und mir in allen anstehenden Fragen zur Seite steht.*

So oder ähnlich ging es weiter. Einige Leute hatten dem alten Professor Meiersfeld wohl ziemlich zugesetzt.

Dann noch ein Eintrag, der darauf hindeutet, dass Meiersfeld sich mit dem so genannten Advocatus geeinigt hatte:

*Detmold, 3. Juli 2000*

*Da soll noch einer die Welt verstehen. Letzte Woche wollte mich mein Freund, der Advocatus, entmündigen, und heute lädt er mich ein, mit ihm eine alte Villa zu besichtigen, die er eventuell kaufen will. Und mich, den „dementen alten Mann“, bittet er um Rat!*

Dann:

*Detmold, 5 Juli 2000*

*Morgen werde ich mir die Villa ansehen. Das alte Haus steht an der Oberen Schanze zwischen Detmold und Hiddesen und soll wunderschön sein.*

Das war übrigens der letzte Eintrag in diesem Buch. Danach hat er nichts mehr hinein geschrieben.

Wissen wir eigentlich, wann Meiersfeld vermisst wurde?

„Nein, nicht genau. Ich habe aber die Unterlagen vom Verschwinden Meiersfelds angefordert. Es könnte allerdings noch einige Tage dauern, bis die bei uns auf dem Schreibtisch landen."

Axel Braunert überlegte:

„Ich war damals noch nicht lange in Detmold. Außerdem war zu dem Zeitpunkt ziemlich was los. Im Jahr 2000 wurden jede Menge Autos gestohlen. Schulte hat die Diebstähle bearbeitet. Der war damals noch beim Einbruch, Anfang 2001 ist er erst zum Kommissariat Gewaltverbrechen gewechselt. Maren und ich waren damals an so einer Mordgeschichte dran, irgend so ein Adeliger wollte sich für einen angeblichen Betrug rächen. So genau bekomme ich die Einzelheiten nicht mehr zusammen. Unser Chef war damals noch dieser Olmer. So ein schmieriger Typ, der sich andauernd mit einem Metallkamm durch die Haare fuhr. Ich weiß gar nicht, was aus dem geworden ist. Na, jedenfalls war irgendwann dieser Meiersfeld verschwunden. Ich lag da, glaube ich, gerade im Krankenhaus, weil ich mich bei einem Einsatz verletzt hatte. Ich erinnere mich noch genau, Maren Köster kam fluchend ins Krankenzimmer. Sie konnte sich gar nicht wieder einkriegen, weil Olmer den Deckel der Akte schon zugemacht hatte, bevor sie mit ihren Ermittlungen beginnen konnte. Nachdem der alte Mann verschwunden war, wurde eine Hundertschaft durch den Wald gejagt. Als der Vermisste nicht gefunden wurde, war die Sache für unseren Chef anscheinend erledigt. Olmert war damals der Meinung, so etwas könne dementen alten Leuten schon mal passieren, das wäre zwar tragisch, aber nicht zu ändern."

## 61

Maren Köster stieg aus ihrem Auto, zupfte sich die vom Sicherheitsgurt zerzauselte Bluse wieder glatt und ging mit dem für sie typischen strammen Schritt den langen, leicht ansteigenden, gepflasterten Weg zum Seniorenheim hinauf. Auf halber Strecke waren Bauarbeiter gerade dabei, die Kanalisation zu erneuern. Die Kommissarin wappnete sich innerlich. Gleich würde es wieder losgehen, dieses ordinäre Pfeifen und das anzügliche, gockelhafte Gerede. Seit ihrer Konfirmation wusste sie, dass sie auf Bauarbeiter eine ganz besondere Anziehungskraft ausübte. Sie hasste zwar deren plumpe Art, hatte aber gelernt, sich kalt, unnahbar und überlegen zu zeigen, wenn sie an diesen Männern vorbeigehen musste. Auch jetzt zwang sie sich, auf keinen Fall ihren Schritt zu beschleunigen, das würde auf Unsicherheit schließen lassen. Keine Miene würde sie verziehen, erst recht kein Wort verlieren. Sie würde die Kerle spüren lassen, dass sie Luft für eine Frau vom Kaliber Maren Kösters waren.

Als sie nur noch wenige Meter vom Bautrupp entfernt war, hob sie die hübsche Nase etwas höher und blickte unbeirrt nach vorn. Doch was war das? Kein Pfiff ertönte, kein anzügliches Wort wurde gesprochen. Auch nicht, als sie schon längst an der Stelle vorbei war. Die Männer hatten sie gar nicht beachtet. Maren Köster stand unter Schock. So deutlich war ihr bislang noch nie klargemacht worden, dass sie bereits seit einigen Jahren jenseits der Vierzig war. Wenn nicht einmal mehr Bauarbeiter hinter ihr her pfiffen, dann konnte sie sich ja gleich in dem Seniorenheim, das sie gerade besuchen wollte, schon mal ein Zimmer reservieren lassen! Sie zerbiss einen Fluch und bemühte sich um einen freundlichen Ton, als sie sich an der Rezeption des Seniorenheimes anmeldete und darum bat, mit dem Geschäftsführer sprechen zu können.

Der entpuppte sich als mürrischer Kerl in ihrem Alter, der hinter einem modernen Schreibtisch in einem viel zu großen Büro residierte. Er brauchte eine Weile, um zu begreifen, was die Kommissarin von ihm wollte.

„Und Sie wollen hier die Heimbewohner wegen einer alten Geschichte befragen? Worum geht es denn?“, wollte er wissen.

Doch Maren war nicht bereit, ihm ihren Auftrag näher zu erläutern.

„Natürlich werde ich nicht alle befragen, nur einige wenige. Ich wäre Ihnen dankbar, wenn Sie mich einigen Heimbewohnern vorstellen könnten, die bereits vor dem Jahre 2000 hier gewohnt haben.“

Der Geschäftsführer gab widerwillig seine Zustimmung. Er tippte etwas in seinen Laptop, wartete kurz und druckte dann eine Liste aus, die er Maren Köster weiterreichte. Danach rief er telefonisch einen Zivildienstleistenden.

„Führen Sie die Frau Kommissarin durch unser Haus und machen Sie sie mit den Leuten auf dieser Liste bekannt“, wies er den Zivi an.

Maren Köster ertappte sich bei dem Gedanken daran, dass dieser recht gut aussehende junge Mann, der mit elastischen Schritten vor ihr her ging, vom Alter her durchaus ihr Sohn sein könnte, was ihre Stimmung erneut weiter absacken ließ.

Die drei ersten Gesprächspartner waren überhaupt nicht zu gebrauchen. Sie waren zwar lange genug Bewohner des

Heimes, hatte aber keinen nennenswerten Bezug mehr zur Wirklichkeit. Auch die nächsten Gespräche waren nicht ergiebiger. Zwar machten die Befragten einen deutlich wacheren Eindruck, behaupteten aber, an einen Professor Meiersfeld, der hier mal gewohnt haben sollte, könnten sie sich nicht erinnern.

„Sieht ganz so aus, als wollten die nicht mit Ihnen reden", kommentierte der Zivi ungefragt das Geschehen. Er hatte Recht, wie Maren Köster schnell deutlich wurde. Ganz offensichtlich wurde hier gemauert. Ob das an ihrer Person lag? Sie hatte schon häufiger erlebt, dass sie gerade zu älteren Leuten keinen Zugang fand. Oder wollten die Heimbewohner aus einem anderen Grund nicht reden? Nach einer Stunde ergebnisloser Befragungen gab sie entnervt auf. Sie dachte kurz daran, dem netten Zivi ein kleines Trinkgeld zukommen zu lassen, ließ dies aber bleiben, um ihn nicht zu beleidigen.

Auf dem Rückweg zum Auto war sie bemüht, ihrerseits die Bauarbeiter nicht zu beachten. Doch kaum war sie zwei Schritte an ihnen vorbei, da war er da: Der lang gezogene Pfiff! Gefolgt vom gackernden Getuschel der Männer.

Na also, dachte sie grimmig, geht doch!

## 62

Endlich Wochenende! Jupp Schulte fuhr schwungvoll auf den weitläufigen Hof des Fritzmeierschen Anwesens. Diesen Fahrstil würde er sich wohl demnächst abgewöhnen müssen. Wenn der kleine Linus erst einmal laufen gelernt hatte, dann durfte es kein rasantes Einparken mit quietschenden Reifen, Staubaufwirbeln und um ihr Leben rennende, aufgeschreckte Hühner mehr geben. Dann würde er nicht nur Opa genannt werden, nein, er würde auch so fahren. Zumindest wenn Linus in der Nähe wäre. Aber bis dahin war ja noch viel Zeit.

Beim Aussteigen winkte er von weitem Anton Fritzmeier zu, der mit einer Mistgabel über der Schulter gerade den Stall betrat, in dem mittlerweile nur noch zwei Schweine ein feudales Dasein feierten. Früher hatte Fritzmeier hier zeitweise bis zu fünfzig Schweine gemästet. Heute waren die völlig verwöhnten Borstenviecher mehr Hobby als Notwendigkeit. Fritzmeier hegte und pflegte sie mit einer Hingabe, die manchen vereinsamten Menschen hätte neidisch machen können.

Die Hofanlage hatte sich in letzter Zeit stark verändert. Dort, wo bis vor einer Woche Alexander Kogge äußerst unauffällig gelebt hatte, hingen nun auf einer Wäscheleine eine bunte Reihe nasser Babykleider neben Handtüchern und Damenunterwäsche. Vor der Haustür leuchtete ein grellroter Kinderwagen. Schulte schmunzelte, machte aber keinen Versuch, das kleine Häuschen zu betreten, in dem seit Ostern seine Tochter Ina mit ihrem Söhnchen lebte. Aus dem Haus drang zwar gerade kein Babygeschrei, aber er brauchte jetzt dringend etwas Zeit für sich. Doch kaum hatte er seine Jacke ausgezogen und sich die Schuhe von den dampfenden Füßen gestreift, stand auch schon eine der Auflösung nahe Ina in seiner Tür.

„Was ist denn los?“, fragte er erschrocken.

Ina seufzte tief und kam zu ihm. Unter ihren geröteten Augen waren dunkle Ringe zu erkennen. Zu Schultes grenzenloser Überraschung lehnte sie ihren Kopf an seine Brust, so dass ihm nichts anderes übrig blieb, als sie in den Arm zu nehmen. Soviel Nähe zwischen Vater und Tochter hatte es bislang noch nie gegeben. Schulte war überrascht, aber nicht unangenehm berührt.

„Jetzt schläft er endlich mal!“, stieß sie, wieder tief seufzend, hervor, „er hat die ganze letzte Nacht Budenzauber gemacht. Immer, wenn ich dachte, er wäre eingeschlafen, ging’s wieder los. Ich habe kein Auge zugemacht. Und die

Nacht davor war es auch nicht viel besser. Ich kann einfach nicht mehr!“

Schulte fühlte sich etwas hilflos. Er war weder Fachmann für Aufzucht und Hege von Kleinkindern noch für das Trösten seiner Tochter, die ihm über einen viel zu langen Zeitraum nahezu völlig fremd geblieben war.

Dann hörte er sich – eigentlich gegen seinen Willen – freundlich sagen:

„Ich bin ja jetzt hier. Und ich habe am Wochenende frei. Ich werde mich ein bisschen um den Kleinen kümmern, damit du mal etwas zur Ruhe kommst.“

Ina schaute ihn dankbar an, drehte sich von ihm weg und setzte sich auf einen Sessel.

„Tut mir leid, wenn ich dich so vereinnahme. Allein ein Kind zu versorgen ist doch viel härter als ich gedacht habe. Ich hatte mir das alles so locker vorgestellt, aber manchmal bin ich einfach völlig am Ende.“

Eine Viertelstunde später verließ eine deutlich entspannte Tochter die väterliche Wohnung. Schulte schaute ihr versonnen hinterher. An wen erinnerte ihn diese Tochter eigentlich? An ihre Mutter? Aber wenn Schulte ehrlich war, wusste er kaum noch, wie die ausgesehen hatte. Doch dann erkannte er, dass Ina in gewisser Hinsicht die jugendliche Kopie einer Maren Köster war. Und das nicht nur in Aussehen und Statur, nein, vor allem ihr aufbrausendes, aufbegehrendes und doch so verletzliches Wesen war es, was ihn an die Kollegin erinnerte, um die er jahrelang vergeblich geworben hatte.

Mit Maren hatte er erst vor zwei Stunden gesprochen. Er war auf dem Heimweg von Bielefeld noch kurz in Detmold bei den Kollegen gewesen und in eine Gesprächsrunde von Axel Braunert, Bernhard Lohmann und eben jene Maren Köster geplatzt. Die hatte ihm dann von ihrem Besuch im Seniorenwohnheim berichtet und von dem Gefühl, dort gegen eine massive Mauer zu laufen. Nachdem Schulte von Braunert über den Grund ihres Besuches aufgeklärt worden war, nämlich den Fund und den Inhalt des Tagebuches, hatte er sich ins freie Wochenende verabschiedet.

Nun saß er auf seinem Sofa und überlegte, ob er eine Runde spazieren gehen oder besser ein kleines Nickerchen machen sollte. Die Frage erledigte sich von selbst, da plötzlich Anton Fritzmeier mit zwei Flaschen Bier in der Tür stand.

„Hab mir chedacht, du könntest mal 'nen chuten Schluck chebrauchen. Machs ja son kaputten Eindruck. Wat is denn los mit dir?"

Schultes Antwort wartete der fidele Greis gar nicht erst ab. Er kannte sich in Schultes Küche aus und machte er es sich auf dem Sessel bequem.

Auch wenn Schulte eben noch gern seine Ruhe gehabt hätte, prostete er nun fröhlich dem alten Mann zu. Dann erzählte er von seiner Woche, ließ auch das Tagebuch dieses alten Professors nicht aus und schloss mit Maren Kösters Besuch im Altenheim. Fritzmeier wurde neugierig.

„Sach noch mal, wie heißt dieses Altenheim?", fragte er nach.

Schulte nannte ihm den Namen und die Adresse der Anlage.

„Dat kenn ich!", rief Fritzmeier freudig aus, „da besuche ich ab und an mal 'nen alten Kumpel hier aussen Dorf. Lenzkötters Friedhelm. Der muss da schon seit über zehn Jahren einsitzen, der arme Kerl. Erzählt ja nich viel chutes darüber, der Friedhelm. Müsste ich eigentlich mal wieder hin."

Plötzlich hatte Schulte eine Idee. Er holte aus seinem Kühlschrank zwei neue Flaschen Bier und öffnete sie.

„Sag mal, Anton, wäre es nicht möglich, dass du noch an diesem Wochenende deinen alten Freund besuchst? Du könntest mir dabei einen großen Gefallen tun."

Fritzmeier wehrte ab.

„Nee, da kann keine Rede von sein! Morgen kommt Elvira vorbei, die will mit mir auffe Adlerwarte chehen. Und Sonntag kricht Friedhelm immer Besuch von seiner Tochter. Die ist auch schon bald so weit, dasse bei ihm einziehen kann. Und hat immer noch keinen Kerl abchekricht, dat arme Ding!“

Schulte überlegte.

„Ich könnte doch mit deiner Elvira die Adlerwarte besuchen. Dann hättest du Zeit, deinen Freund zu besuchen. Was meinst du?“

Fritzmeier lachte.

„Nee, nee! Auffe Adlerwarte chehe ich schon selber mit ihr. Lieber ’n andermal. Aber du könntest ihr was anderes anbieten. Elvira iss chanz wild darauf, mal ’ne Polizeidienststelle von innen zu erleben. So richtig bei der Arbeit. Vor allem die Zellen will se mal sehen. Sie hat mich schon mal chefragt, ob ich nich bei dir Schönwetter machen kann, damit du uns dat alles mal zeigst. Dann könnte ich den chuten alten Frittelm besuchen. Aber was is denn das mit dem Chefallen? Was soll ich denn für dich tun?“

Schulte beugte sich zu seinem Trinkgefährten vor.

„Pass auf! Das ist ganz einfach, du gehst ...!“

## 63

Wunderbar, so ein Samstagmorgen und keiner will was, dachte Schulte und stieg mit viel Elan aus dem Bett. Jetzt einen ordentlichen Kaffee und die Zeitung. Er war kein regelmäßiger Leser, wenn er Zeit hatte, gab es aber für ihn nichts Herrlicheres, um den Tag zu beginnen. Es sei denn, er wachte neben einer schönen Frau auf. Aber aus dem Alter war er ja fast schon raus …

Schulte schwang sich guten Mutes aus dem Bett und ging zum Briefkasten. In den steckte Fritzmeier jeden Morgen seine Zeitung, wenn er sie ausgelesen hatte. So auch heute. Doch er fand auch noch einen Brief vor. Er sah auf den Absender. Rechtsanwalt Hartmut Koch aus Warburg schrieb ihm. Schulte überlegte. Das war doch ein Sandkastenkumpel von ihm. Was wollte der denn? War schon wieder ein Klassentreffen geplant? Er riss den Brief auf und las hastig die Zeilen.

*Lieber Jupp,*

*zunächst einmal mein herzliches Beileid. Deine Mutter war immer eine wunderbare und herzliche Frau. Du wunderst dich sicher über diesen Brief?*

*Ich bin der Testamentsvollstrecker deiner Mutter. Da wir beide uns schon viele Jahre kennen und noch dazu befreundet sind, wähle ich diese formlose Ansprache, um dich über dein geerbtes Vermögen in Kenntnis zu setzen. Dir als Alleinerbe gehört seit dem Tod deiner Mutter die ehemalige Werkstatt deines Vaters, die, wie du sicher weißt, seit langem und noch weitere acht Jahre verpachtet ist. Der Mietzins beträgt monatlich eintausendachthundert Euro. Darüber hinaus hast du das Haus deiner Mutter geerbt. Auch in diesem sind zwei Wohnungen vermietet. Der Mietzins beträgt neunhundertachtzig Euro im Monat.*

*Das Haus als solches besitzt ungefähr einen Wert von ca. zweihunderttausend Euro. Der Sachwert der Werkstatt ist noch nicht ermittelt. Bleibt noch ein Vermögen auf den mir bekannten Sparbüchern von ca. dreißigtausend Euro. Dies vielleicht als erster grober Überblick. Alles Weitere sollten wir in den nächsten Tagen in meiner Kanzlei besprechen. Lass dir bitte einen Termin geben. Am Besten am Abend, dann können wir anschließend noch gemeinsam irgendwo Essen gehen.*

*Lass es dir gut gehen.*
*Dein*
*Hartmut Koch*

Schulte konnte es nicht fassen. Er ließ sich auf einen Küchenstuhl fallen und las den Brief noch einmal. Klar, seine Mutter besaß ein Haus und die Werkstatt seines Vaters. Doch er war immer davon ausgegangen, dass sie dieses Vermögen dazu benötigte, um ihr Leben im Alter zu finanzieren. Dass etwas übrig bleiben würde, davon war er nie ausgegangen. Schon gar nicht davon, dass seine Mutter so gut gewirtschaftet hatte.

Lange Zeit saß Schulte auf seinem Platz und nahm nichts mehr wahr. Dachte an seine Mutter und bemerkte nicht, wie ihm die Tränen die Wangen herunter rannen. An Zeitung lesen war jetzt nicht mehr zu denken. Als er sich ein wenig gefangen hatte, überkam ihn eine schreckliche Enge. Er musste hier raus. Spazieren gehen, sich den Wind um die Nase wehen lassen. Er rief nach seinem Hund Monster, der sich nur widerwillig aus dem Korb erhob. Im Gehen schnappte sich Schulte seine Jacke und dann ging es hinaus in die Felder.

Die frische Luft hatte ihm gut getan, nach einer Stunde kehrte er innerlich gut aufgeräumt zurück zum Hof. Kaum war er zurück, kam ihm auch schon seine Tochter entgegen. Schulte ahnte, was jetzt kam. Er hatte ihr gestern leichtsinnigerweise angeboten, sie am Wochenende babymäßig zu entlasten. Mit Sicherheit wollte Ina dieses Versprechen jetzt einlösen.

Genau so kam es:

„Vater, du hast mir doch gestern angeboten, am Wochenende Linus ein paar Stunden zu übernehmen. Wie sieht es aus, gilt das Angebot noch? Ich muss noch einiges für die Wohnung besorgen. Außerdem habe ich mich mit meiner Schwester Lena zu einem Kaffee in der neuen Eisdiele in Hiddesen verabredet.“

Schulte freute sich darüber, dass seine so unterschiedlichen Töchter sich verstanden und so fiel es ihm nicht schwer, zu seinem Wort zu stehen.

„Versprochen ist versprochen, aber sei bitte um sechzehn Uhr zurück. Ich habe heute Abend noch einen Termin in Bielefeld.“

„Da wäre noch etwas. Ich habe ja noch kein Auto. Kann ich deins nehmen? Außerdem bekomme ich erst am Ende des Monats mein erstes Gehalt. Kannst du mir etwas Geld leihen? Du bekommst es mit hundertprozentiger Sicherheit sofort zurück, wenn das Geld auf meinem Konto ist.“

Schulte griff in die Tasche, zog einige zerknitterte Geldscheine heraus und reichte hundertfünfzig Euro an seine Tochter weiter.

„Reicht das?“

Ina nickte, es war mehr, als sie erwartet hatte.

„Schenke ich dir.“

Daraufhin bekam Schulte einen Kuss, der ihn verlegen werden ließ. Drei Minuten später schob er einen roten Kinderwagen über den Hof, und seine Tochter fuhr mit seinem Volvo so flott los, dass der Schotter von den Antriebsrädern nur so durch die Gegend spritzte.

## 64

War das eigentlich klug, so offen durch die Straßen von Osnabrück zu fahren, wenn man von der Polizei gesucht wird? Wenn man darüber hinaus mit einem Auto unterwegs ist, das einem nicht gehört? Wohl kaum. Peter Korbmacher ärgerte sich ein wenig über sich selbst. Warum war er nicht in seinem Unterschlupf geblieben? Sicher, er brauchte etwas zu essen. Aber die paar Lebensmittel hätte er auch in unmittelbarer Nähe der Wohnung seines Kollegen zu Fuß besorgen können. Unter einem Regenschirm versteckt, den Mantelkragen hochgeklappt, menschenleere Straßen – wäre alles gar kein Problem gewesen. Aber Korbmacher hatte mit der Wohnung auch den fahrbaren Untersatz seines Kollegen für die Zeit der Abwesenheit übernommen. Seitdem er sich auf der Flucht befand, hatte seine Scheu vor größeren Menschenmengen noch zugenommen. Nicht nur, weil ihn vielleicht jemand erkennen könnte. Er hatte Angst davor, dass schon eine Kleinigkeit bei ihm eine weitere Panikattacke auslösen und er dadurch auffällig werden könnte. Das Auto hingegen verhieß die Geborgenheit eines geschlossenen Raumes. Es mochte eine trügerische Sicherheit sein, aber darüber wollte er nicht weiter nachdenken.

Nachdem der bescheidene Einkauf in der Anonymität eines Discounters erledigt war und er wieder auf dem Fahrersitz des dunkelblauen älteren VW Golf Platz genommen hatte, atmete er tief durch. Die Anspannung war fast zu viel für ihn, aber er riss sich zusammen und hoffte, nicht durch zu große Nervosität aufgefallen zu sein.

Er verließ den Parkplatz des Supermarktes und fuhr auf der breiten und stark befahrenen Iburger Straße stadteinwärts. Ohne es zu wollen und ohne sich dagegen zur Wehr setzen zu können, kam ihm dann wieder einmal der Name Alzmann in den Sinn. Dieser Mann konnte ihm gefährlich werden, darüber machte er sich keine Illusionen. Man hatte ihm damals, vor sieben Jahren, nicht nachweisen können, mit Vorsatz gehandelt zu haben. Aber dass Alzmann in Notwehr den alten, schwachen Mann fast tot geprügelt haben sollte, das hatte ihm schon damals niemand geglaubt. Aber glauben ist vor Gericht die eine Sache, eine Tatabsicht nachzuweisen, die andere. Das Opfer war darüber hinaus ein verwirrter alter Mann, der schon häufiger merkwürdige Dinge getan hatte, und Alzmann gehörte damals immerhin der Polizei an. Und war nicht etwa ein gewöhnlicher Streifenpolizist, sondern Mitglied des Bielefelder Sondereinsatzkommandos. Ein sehr guter Elitebeamter, in dessen Ausbildung eine Menge Steuergroschen geflossen waren. Derart staatstragende Männer müssen gehegt und gepflegt werden, und so kam Alzmann mit einer Bewährungsstrafe davon. Sicher, die Polizei hatte sich gezwungen gesehen, ihn aus dem Staatsdienst zu entlassen. Aber Alzmann war auf freiem Fuß, sehr gut ausgebildet und voller Elan. Niemand musste sich um ihn Sorgen machen. Der alte Mann überlebte und konnte nach mehreren Wochen Krankenhausaufenthalt wieder entlassen werden. Korbmacher hatte ihn in der Folgezeit einige Male im Seniorenheim in Hiddesen besucht und sich jedes Mal über die gesundheitlichen Fortschritte seines ehemaligen Professors und Förderers gefreut. Er hatte diesem Mann viel zu verdanken und war glücklich, ihm durch seine Besuche etwas zurückzahlen zu können. Und tatsächlich schien der Professor nach fast einem halben Jahr wieder völlig hergestellt zu sein. Deshalb war ja auch für Korbmacher und alle anderen die Meldung, der Professor sei verschwunden, völlig überraschend gekommen. Verschwunden! Auf und davon. Niemand schien etwas darüber zu wissen. Erst galt er als vermisst, einige Zeit darauf wurde er für tot erklärt. Gefunden hatte man ihn bis heute nicht. Was aus Alzmann geworden war, wusste Korbmacher nicht, hatte ihn nie interessiert. Er hätte auch bestimmt eines Tages den Namen völlig vergessen, wenn ihn nicht Hermann Rodehutskors am Samstagabend erwähnt hätte. Seitdem war ihm dieser Name wie ein Ohrwurm durchs Hirn gespukt. Wie und warum war dieser Mann in sein Leben getreten? Was wollte er von ihm? War alles reiner Zufall oder hatte es was mit der alten Geschichte um den Professor zu tun? Korbmacher spürte aufkommende Hektik. Er wollte die Gedanken an Alzmann loswerden, versuchte krampfhaft, an etwas anderes zu denken, an etwas Schönes oder auch völlig Belangloses. Es wollte ihm nicht gelingen. Sein Atem wurde kürzer, er fühlte sich zunehmend fiebriger. Er musste einfach mehr über diesen Alzmann erfahren, wissen, womit der sein Geld verdiente, wo er wohnte. Aber wie konnte er das herausfinden? Er hatte nun mal keine Möglichkeit, herumzulaufen und Leute nach einem Herrn Alzmann zu befragen. In der Wohnung seines Kollegen gab es nicht einmal einen Internetzugang. Wer konnte ihm helfen? Ihm fiel immer nur Hermann Rodehutskors ein. Für ein paar Sekunden tröstete ihn die Vorstellung, alles dem alten Journalisten zu erzählen. Der würde schon wissen, was zu tun sei.

Peter Korbmacher war so in seine trüben Gedanken vertieft, dass er den kurzen Lichtblitz rechts von ihm kaum wahrnahm. Vermutlich eine flackernde Straßenlampe, mochte er gedacht haben. Aber in der Nähe der mobilen Radarfalle freute sich ein durchnässter Polizeibeamter darüber, dass es doch nicht völlig unsinnig gewesen war, an diesem trostlosen und verregneten Abend auf die Jagd nach Rasern gegangen zu sein. Irgendein Trottel findet sich immer, der den Fuß nicht rechtzeitig vom Gaspedal nimmt.

Hätte Korbmacher die Nerven behalten und den Polizisten beachtet, der mit einer Signalkelle versuchte, ihn zu stoppen, dann wäre er wahrscheinlich mit einem kleinen Bußgeld davongekommen. Aber dem Archäologen brannten alle Sicherungen durch! Er gab nicht klein bei – er gab Gas! Der Golf röhrte auf und schoss an dem verdutzten Polizisten vorbei in Richtung City. Der hatte gerade noch Zeit gefunden, sich das Kennzeichen zu merken.

## 65

Schultes Auto stand wie verabredet um punkt sechzehn Uhr wieder auf dem Hof. Später, während sich Schulte duschte, dachte er über den kommenden Abend nach. Margarete Bülow, seine Chefin, wurde fünfzig. Hat sich verdammt gut gehalten, das Mädchen, dachte er, während er sich die Haare wusch. Gut, dass er kein Geschenk besorgen musste. In solchen Dingen war er so unbeholfen wie sein Enkel Linus. Gut, dass sich Kollege Muffen bereit erklärt hatte, die Verantwortung für diesen Teil der Feier zu übernehmen. Schulte hatte fünfzig Euro auf den Tisch gelegt und war die Verantwortung los. Dieser Muffen war echt ein guter Kumpel, aber auch ein gewissenhafter Polizist. Wirklich wichtig war ihm nur seine Musik. Ansonsten verfuhr er nach dem Motto ‚leben und leben lassen'. Er hielt die nötige Distanz zu den Kollegen, eventuelle Marotten der Anderen waren ihm egal. Muffen, so fand Schulte, war großzügig und übernahm Verantwortung, wenn es nötig wurde, ohne sich aufzudrängen.

Für seine Verhältnisse geradezu gestriegelt, drehte Schulte um Punkt siebzehn Uhr sein Autoradio an, stellte von Eins live – dem Sender, den seine Tochter gehört hatte – auf WDR 2 um und hörte sich die Konferenzschaltung der Fußball-Bundesliga an. Bremen hatte schon gewonnen, Hamburg verloren, Schalke führte 1:0 gegen Rostock und – ganz wichtig – Arminia führte 1:0 gegen Karlsruhe. Die Bayern, denen die Meisterschaft wahrscheinlich nicht mehr streitig gemacht werden konnte, waren erst am Sonntag gegen Bochum an der Reihe.

Jupp Schulte liebte es, seine Lieblingssendung im Radio zu hören und dabei gemütlich mit dem Auto durch die Gegend zu fahren. Zwar würde er zu früh in Bielefeld ankommen, aber das machte ihm nichts. Er hatte Zeit. Als Huub Stevens gerade erklärte, warum Hamburg wieder verloren hatte, lenkte er sein Vehikel in das neue Welleparkhaus in der Obernstraße. Kaum hatte er die Schranke hinter sich gelassen, wurde der Radioempfang schlechter.

Nachdem er seinen Volvo in einer Parkbucht abgestellt hatte, bummelte Schulte noch einmal gemütlich durch die Altstadt und sah sich die Schaufenster an. Als erneut Regen einsetzte, entschied er, sich in die Kneipe zu flüchten. Um Punkt neunzehn Uhr betrat er den *Raben*. Die gemütliche altenglische Atmosphäre gefiel Schulte. Er fragte eine Bedienung, ob schon einer seiner Kollegen eingetroffen sei. Die Kellnerin verneinte und geleitete ihn zu dem für die Gruppe vorgesehenen Tisch. Nachdem er ein Bier bestellt hatte, setzte er sich und sah aus dem Fenster. Im Sommer konnte man in dem großen Biergarten, der sicher Sonne satt bot, wahrscheinlich sehr lauschig sitzen. Für alle anderen gab es sicher auch schattige Plätze unter den Bäumen.

Durch eine Hand, die sich auf Schultes Rücken legte, wurde er aus seinen Gedanken gerissen. Es war Margarete Bülow. Schulte erhob sich, umarmte sie und gratulierte ihr zum Geburtstag. Anschließend war er fast erschrocken über sich, denn er verhielt sich seiner Chefin gegenüber im Allgemeinen mit der angemessenen Distanz. Sie waren Kollegen, und Schulte mochte Margarete von Bülow. Doch wenn man einmal davon absah, dass er seine blinde Kollegin bei gemeinsamen Tatortbesichtigungen oder Terminen außerhalb des Polizeipräsidiums führte, indem sie sich meist bei ihm unterhakte, waren dies ihre einzigen Berührungen.

Die Polizeidirektorin empfand jedoch Schultes Verhalten anscheinend als angenehm. Er hatte sogar das Gefühl, dass sie es genoss, denn sie erwiderte die Umarmung. Er roch den zarten Duft eines Parfums, der durch die Vermischung mit ihrem eigenen Geruch noch einmal aufgewertet wurde.

„Schön, dass du da bist. Ich hätte nicht damit gerechnet, dass schon jemand vor mir hier eintreffen würde." Sie setzten sich und begannen zu plaudern. Die Kellnerin brachte das von Schulte bestellte Bier, die Gastgeberin bekam ein Glas Weißwein. Auch das war außergewöhnlich. Schulte hatte noch nicht oft erlebt, dass Margarete Bülow Alkohol trank. Um die Zeit zu überbrücken, versuchte es Schulte ganz gegen sein sonstiges Verhalten mit Konversation.

„Margarete, da hast du ja ein wirklich nettes Lokal ausgesucht. Wer hat es dir empfohlen?"

„Ach, das ist eine ganz witzige Geschichte. Neulich hat mich eine Freundin vom Niederrhein besucht. Sie hatte einen Krimi dabei – *Morgen ist der Tag nach Gestern* –, den hat sie mir dann vorgelesen. Das Verrückte daran: Die Autorin des Krimis, Mechthild Bormann, ist die Inhaberin des *Raben*. Und so entschlossen wir uns, nachdem wir den Krimi gelesen hatten, hier Essen zu gehen. Wir haben uns sozusagen zuerst den literarischen Genuss gegönnt, danach den kulinarischen. Sowohl der Krimi wie auch das Essen hatten mir gefallen, und so habe ich mich dann entschlossen, mit euch hier meinen Geburtstag zu feiern.

Eine halbe Stunde später waren auch Potthast und Muffen eingetroffen. Schulte begrüßte seinen alten Freund aus Paderborn. Die beiden Männer hatten sich in letzter Zeit nicht oft gesehen. Endlich konnten sie mal wieder ein Bier zusammen trinken. Der Verlauf des Abends ließ den Schluss zu, dass die kleine Runde gut zusammen zu passen schien. Es wurde geplaudert, man erzählte Geschichten und aß gut. Die vier Polizisten mochten sich einfach.

Um elf Uhr traf Mechthild Potthast ein, um ihren Mann abzuholen und setzte sich noch ein Weilchen dazu. Schulte mochte die Frau seines Freundes und schäkerte wie immer ein wenig mit ihr. Doch heute war es nur eine kurze Visite. Schon nach einer halben Stunde drängte Mechthild ihren Mann zum Aufbruch.

„Komm Willi, heute darf es nicht so spät werden, wir müssen morgen unserem Ältesten in München noch ein paar Möbel bringen, damit er seine Studentenbude endlich einigermaßen einrichten kann. Der wohnt schon ein Semester aus dem Koffer. Das muss endlich ein Ende haben. Jupp, sollen wir dich mitnehmen?"

„Wäre vernünftig Mechthild, aber lass mal, ich habe noch keine Lust, nach Hause zu fahren. Ich bleibe noch. Es wird sich schon was ergeben. Zur Not schlafe ich im Auto."

„Wie, haste da jetzt einen Sarg drinstehen, in dem du es dir gemütlich machen kannst?", lästerte Willi.

Für die Äußerung bekam er von seiner Frau einen kräftigen Rippenstoß.

Auch Muffen brach mit den Paderbornern auf, und so waren Margarete Bülow und Schulte die beiden letzten Aufrechten.

„Und, was meinst du, Jupp, sollen wir uns noch ein Gläschen gönnen?", fragte ihn seine Chefin und rückte an ihn heran.

Schulte hatte nichts dagegen. Er bestellte sich noch ein Bier, für Margarete Bülow einen Wein. Schulte roch jetzt wieder den angenehmen, ja geradezu erotischen Duft, den seine Kollegin verbreitete. Sie saß so dicht neben ihm, dass er ihre Körperwärme spürte. In ihm wuchs das Bedürfnis, seinen Arm um die Schultern der Kollegin zu legen. Doch er wagte es nicht. Margarete Bülow hingegen schien diese Bedenken nicht zu haben. Sie rückte noch etwas näher zu Schulte hin.

„Weißt du Jupp, ich würde dich gern ansehen. Doch diese Möglichkeit werde ich nie mehr im Leben haben. Mir fehlt ein Sinn, den ich gut gebrauchen könnte, um einen Menschen richtig kennen zu lernen. Ein Flirt beginnt ja in der Regel damit, dass sich zwei Menschen in die Augen sehen. Was würde ich dafür geben, das bei dir zu tun. Wenn ich wissen möchte, wie du aussiehst, muss ich dich anfassen."

Die langen, schlanken Finger bewegten sich in Richtung Schultes Gesicht. Was fühlte sie auf seinen Wangen? War es wirklich nur der Versuch, sein Aussehen herauszufinden? Für

Schulte war es mehr. Er griff nach der Hand, ganz vorsichtig und führte sie an seine Lippen. Seine Lippen berührten die Fingerkuppen. Er küsste sie so zärtlich, wie er nur konnte.

„Du liebkost gerade meine Augen. Wenn du das weiter machst, werde ich wieder nicht erfahren, wie du aussiehst."

„Dazu ist immer noch Zeit", antwortete Schulte sanft.

„Das wäre schön", sagte Margarete. „Es ist mir wichtig, zu erfahren wie du aussiehst. Wenn ich es mir recht überlege, weiß ich überhaupt nichts von dir."

Sie zog ihre Hand zurück und Schulte hatte das Gefühl, dass sie plötzlich traurig wirkte. Er schwieg, hatte das Bedürfnis sie anzufassen, sie zu trösten. Er fühlte ihre Nähe. Alle diese Eindrücke waren sehr intensiv und machten ihn hilflos. Er bewegte sich jetzt in einer emotionalen Welt, die er höchst selten betrat.

„Bitte, Jupp, bring mich nach Hause."

**66**

Auf was hatte sich Anton Fritzmeier da nur eingelassen? Nachdem Jupp Schulte ihm seinen Wunsch dargelegt hatte, war Fritzmeier davon ausgegangen, dass er so mir nichts dir nichts einfach in das Detmolder Seniorenheim spazieren und seinen alten Freund besuchen könnte. In der Praxis erwies sich das aber als schwierig. Als Fritzmeier am Empfang der großen Anlage stand, war gerade Mittagsruhe. Er verlangte jetzt schon zum zweiten Mal energisch danach, endlich Herrn Friedhelm Lenzkötter besuchen zu dürfen. Der junge und etwas mürrische Mann an der Rezeption war tapfer bemüht, seine gute Erziehung nicht einfach zu vergessen.

„Verstehen Sie doch, Herr Fritzmeier, es ist Mittagsruhe. Da können Sie nicht einfach hier im Haus herumlaufen."

„Ja, aber dann kann Lenzkötters Frittelm doch nach draußen kommen. Es ist doch schönes Wetter, und ihr habt hier

’nen schönen chroßen Charten. Also, sach doch einfach da oben Bescheid, dass er runterkommen soll!“

Der junge Mann atmete tief durch.

„Mittagsruhe bedeutet, dass geruht wird. Die alten Leute brauchen ihren Mittagsschlaf, verstehen Sie das doch!“

Fritzmeier war erstaunt und fragte zurück:

„Alte Leute? Wie alt sind die denn so?“

„Na ja, so von Mitte Sechzig bis über Achtzig. Warum?“

„Warum? Was meinen Se denn, wie alt ich bin? Ich bin zweiundachtzig Jahre, junger Mann. Und manchmal mache ich auch ’n Mittagsschläfchen, so ab und zu. Aber doch nich, wenn ’n alter Kumpel zu Besuch kommt. Dann chibts ’ne ordentliche Tasse Kaffee und ’n Schnäpsken. Dann sach ich doch auch nicht: Nee, ich mach chrad ’n Mittagsschlaf, kannse nich noch ’ne halbe Stunde draußen vore Tür warten? So ’n Quatsch!“

Und als der Mann am Empfang immer noch keine Bereitschaft zeigte, ihn herein zu lassen, legte Fritzmeier nach:

„Und was iss, wenn ich hier, vor Ihrer Nase, zusammenbreche? Vor Erschöpfung? Was machense denn dann, junger Mann? Bin ja schließlich nich mehr der Jüngste. Einfach hier so ’ne halbe Stunde rumstehen, das schaffe ich nich mehr. Bin ich auch nich chewohnt, so rumstehen. Also was is, kann ich chetz rein oder nich?“

Der Pförtner verdrehte die Augen, nahm einen Telefonhörer auf, sagte ein paar Sätze und drückte dann auf einen Knopf. Das Eingangstor sprang auf, als der Mann resigniert sagte:

„Wenn es denn unbedingt sein muss. Ich habe durchgegeben, dass Herr Lenzkötter benachrichtigt und ins Besucherzimmer gebracht wird. Und Sie, Herr Fritzmeier, Sie bitte ich inständig darum, im Treppenhaus keinen Lärm zu machen. Kann ich mich auf Sie verlassen?“

Aber Anton Fritzmeier war schon munter pfeifend durch die Eingangspforte gehuscht. Von einem früheren Besuch her wusste er, wo der Besucherraum war und stapfte fröhlich einige Treppenstufen hinauf. Im Besucherzimmer angekommen, war er dann doch etwas außer Atem, was sich aber schnell legte. Er setzte sich auf einen Stuhl, nahm sich eine Zeitung und wartete gelassen ab.

Zehn Minuten später trat ein alter Mann, hoch aufgeschossen und dürr, mit einem Morgenmantel bekleidet, in den Raum. Fritzmeier sprang auf, um ihn zu begrüßen.

„Mensch Frittelm, da bisse ja endlich! Na, freusse dich char nich, deinen alten Kumpel Anton mal wieder zu sehen?"

Die Freude des Anderen war eher verhalten und er antwortete ernst:

„Was machst du denn für Sachen, Anton? Komms hier inne Mittagsruhe einfach so reincheplatzt. Normal schlafen wir chetz alle. Was willsse denn so eilig?"

„Was ich will?", fragte Fritzmeier erstaunt, „dich besuchen, du alte Schlafmütze. Damitte mal wieder mitt ein` vernünftigen Menschen sprechen kanns. Und nich nur mit deinen alten Leuten!"

Lenzkötter war baff.

„Was redest du denn da von alten Leuten? Was denkse denn, was *du* bist, he?"

Fritzmeier war durch solche Einwände nicht aus der Fassung zu bringen.

„Hör zu, Frittelm, lass uns nich streiten. Also, freusse dich chetz oder nich? Sonst chehe ich wieder. Ich bin nämlich noch 'n freier Mann und kann kommen und chehen, wann ich will!"

Lenzkötter winkte ab.

„Bleib ruhig, Anton. Du biss immer noch so 'n Heißsporn auf deine alten Tage. Regst dich immer noch so schnell auf. Komm, wir chehen runter inne Caffeteria und trinken 'n Kaffee. Zahlen muss du aber. Ich bin zwar alt und klapprig, aber imma noch 'n echter Lipper und zahle nich cherne!"

Kurz darauf saßen die beiden so unterschiedlichen rüstigen Greise in der Cafeteria des Seniorenheimes und rührten in ihren Kaffeetassen. Sie hangelten sich von einer alten Geschichte zur nächsten, bis Fritzmeier endlich zum Thema kam.

„Sach ma, Frittelm, du bis doch schon 'n paar Jahre hier. Kannsse dich eigentlich noch an diese alte Cheschichte mit dem verschwundenen Professor erinnern?"

Lenzkötter musste nicht lange überlegen.

„An den Professor Meiersfeld? Meinsse den? Klar kann ich mich erinnern. Bin doch noch nich senil. Weiß ich noch wie heute, wie der damals einfach so mir nichts dir nichts verschwunden is. Warum fragse danach?"

Aber auch auf diese Frage hatte sich Anton Fritzmeier vorbereitet.

„War Verwandtschaft von mir. Also nich so richtig von mir, mehr von meine verstorbene Frau, versteh 'se? Letztens hat mich mein Bengel – der is ja chetz auch schon in Rente – ma danach chefragt. Und da hab ich chedacht, fragste mal Lenzkötters Frittelm, wenne den das nächste Mal besuchst. Vielleicht weiß der ja was darüber, wie der alte Professor verschwunden ist."

Friedhelm Lenzkötter trank seine Tasse leer, wischte sich umständlich den Mund ab und meinte dann:

„Ich kann dir darüber nich viel sagen. Aber wenne das wirklich chenau wissen wills, dann musse mit Albert sprechen. Albert, wie heißt der denn chetz noch mal? Ach ja, Albert Heineke. Wie dieser Bierfritze. Das war 'n chuter Kumpel von dem Professor. Der wohnt auch hier im Haus. Die Mittagsruhe is ja chetz zu Ende, dann kannse auch mit ihm reden, wennse wills. Soll ich ihn holen?"

Fritzmeier bejahte und wartete anschließend fast fünfzehn Minuten, bis Lenzkötter mit einem anderen alten Mann zurückkehrte, der sich auf zwei Krücken stützen musste. Besagter Albert ließ sich umständlich auf einen Stuhl fallen, stellte die Krücken schräg an den Tisch und bat Lenzkötter, ihm einen Tee zu holen.

„Kaffee vertrag ich ja nicht mehr so gut", grinste er Fritzmeier an.

Sein Gebiss war viel zu gleichmäßig, um echt zu sein, außerdem war es im Verhältnis zu dem schmalen, faltigen Gesicht entschieden zu groß. Er sprach sehr langsam und betont akzentuiert.

Fritzmeier brachte noch einmal seine erfundene Geschichte mit der Verwandtschaft vor. Albert blies erstmal minutenlang versonnen in sein Glas Tee, bis er ihn als trinkbar einstufte. Dann schaute er Fritzmeier wieder an und begann:

„Ja, dass war 'ne schlimme Sache, damals. Wie lange ist das eigentlich her? Professor Meiersfeld war ein Freund von mir. Wir hatten zwar völlig verschiedene Berufe, aber wir haben uns hier im Seniorenheim angefreundet. Ist ja nicht so selbstverständlich, auf Leute mit etwas Verstand zu treffen. Ich glaube, wir waren etwa drei Jahre zusammen in dieser Wohnanlage. In der Zeit hatte sich der Professor deutlich verändert. Am Anfang war er ein fröhlicher und kluger Zeitgenosse. Klug ist er bis zum Schluss geblieben, aber fröhlich war er nicht mehr. Leider hat er nie darüber geredet, was ihn so bedrückte. Sie wissen ja selbst, unsere Generation ist es nicht gewohnt, über solche Dinge zu sprechen. Aber da war was im Busch, ganz sicher. Er stand unter hohem Druck, aber ich glaube, er hat standgehalten. Bis zuletzt!"

Fritzmeier holte für sich und Lenzkötter noch zwei weitere Kaffee. Nachdem er sich gesetzt hatte, fuhr der Mann namens Albert fort.

„Er ist von Anfang an immer viel in den Wald gegangen. Das hatte wohl mit seinem Beruf zu tun. Soweit ich weiß, hat er immer nach Spuren der Römerschlacht gesucht. Er war ja schließlich Historiker. Und deshalb hat die Polizei ihn natürlich auch hauptsächlich im Wald gesucht, nachdem er schon mehrere Tage verschwunden war."

„Seid Ihr hier denn auch befragt worden?", wollte Fritzmeier wissen.

„Natürlich! Vor allem die Leute, mit denen der Professor viel in Kontakt war. Also haben sie hauptsächlich mich befragt. Aber irgendwie wollten die gar nicht hören, was ich gesagt hab. Die waren so auf ihren Wald fixiert, dass ihnen alles andere gar nicht in den Kram passte."

Nun war Fritzmeier hellwach.

„Wie, ist er denn nicht im Wald verschwunden?"

„Na ja, beweisen kann ich das nicht. Aber ich war eigentlich sicher, dass er da nicht war. Denn kurz vor seinem Verschwinden hat der Professor mehrmals von einer Villa gesprochen. In Detmold. Da wollte er unbedingt hin. Aber glauben Sie, das hat die Polizei interessiert? Nicht die Bohne! Die wollten nichts wissen von einer Villa. Uns alten Leuten traut man ja sowieso keinen klaren Verstand mehr zu. Ich glaube, die haben mich für einen verkalkten alten Spinner gehalten. Diese Trottel!"

„Wissen Sie sonst noch etwas, was die Polizei nich hören wollte, chuter Mann?", fragte Fritzmeier schnell nach, denn der Andere schien nun seinen Gedanken nachhängen zu wollen. Albert schrak regelrecht auf, als ihn die Frage aus weiter gedanklicher Ferne holte.

„Nee, das war alles. Wollen Sie sonst noch was wissen? Ich bin jetzt nämlich etwas müde und würde mich gern wieder hinlegen. Sie kennen das wahrscheinlich, oder? Wir sind ja ungefähr gleich alt, oder? Immer ist man müde, aber wenn man im Bett liegt, findet man keinen Schlaf."

Eigentlich fühlte sich Anton Fritzmeier selten müde, aber das sagte er dem Alten besser nicht. Manchmal war ihm seine eigene Fitness selbst etwas unheimlich, aber er hätte auch nicht erklären können, woran das lag. Wahrscheinlich hatte er einfach „Chlück mit seine Chene chehabt."

## 67

Margarete Bülow hatte Schulte einen Platz auf ihrem Sofa angeboten, den er einer Übernachtung im Auto vorgezogen hatte. Doch er konnte nicht einschlafen. Er konnte das Gefühl der plötzlichen Nähe zu seiner Kollegin nicht aus seinen Gedanken verbannen. Spürte noch den salzigen Geschmack ihrer Fingerkuppen, als er sie küsste. War verunsichert über den Distanzverlust, den er sich erlaubt hatte. Gleichzeitig war etwas in ihm, das nach dieser Frau verlangte. War dies Gefühl neu? Oder war es jetzt so stark, dass er es nicht mehr übergehen konnte? Bis in die frühen Morgenstunden grübelte er.

Als Schulte von Margarete Bülow geweckt wurde, kam es ihm vor, als sei er erst gerade eingeschlafen. Er wollte nicht glauben, dass es schon elf Uhr morgens war.

„Ich habe Frühstück gemacht“, lud sie ihn ein. Es duftete nach frischem Kaffee.

Die beiden saßen lange am Küchentisch, unterhielten sich und genossen Brötchen, Wurst und Käse. Im Anschluss unternahmen sie einen langen Spaziergang. Eine für Schulte ungewohnte Nähe und Vertrautheit bestimmte den Ausflug. Aber immer wieder war da auch diese Unsicherheit, die ihn während der ganzen Zeit des Zusammenseins begleitete.

All dies war noch so präsent, als er in die Einfahrt seines Hauses fuhr, dass er Fritzmeier, der plötzlich von irgendwoher aus dem Dunkeln vor seinem Auto auftauchte, beinahe übersehen hätte.

„Sach mal. Wat soll dat denn? Erst schickse mich los zum Spionieren. Denn, wenn ich dich die Ergebnisse berichten will, bisse gar nich zu Hause, und zu guter Letzt versuchsse mich auch noch tot zu fahren.“

Das wohlig warme Gefühl, dass Schulte gerade noch gefangen gehalten hatte, war auf einen Schlag verschwunden.

„Anton, Tschuldigung, ich war ein bisschen in Gedanken“, antwortete Schulte, „komm mit rein und erzähl mir, was du weißt.“

Kaum hatte Fritzmeier eine ausführliche Schilderung abgegeben, meldete Schultes Handy, dass schon wieder jemand etwas von ihm wollte.

Es war Rodehutskors. Mit dem hatte Schulte noch ein Hühnchen zu rupfen. „Ach, der Herr Privatdetektiv! Was verschafft mir die Ehre?“

Durch solche Sprüche ließ Rodehutskors sich nicht einschüchtern.

„Herr Schulte, wir sollten uns vielleicht mal unterhalten.“

„Das fällt Ihnen aber früh ein, Herr Rodehutskors. Ich habe oft mit Ihnen kooperiert. Das scheint aus ihrer Sicht eine ziemlich einseitige Angelegenheit zu sein.“

„Nun regen Sie sich mal nicht auf, Herr Kommissar. Sie wissen ja, dass mein Kollege Grafenberg mit Ihrer verehrten Kollegin Maren Köster liiert ist.“

Was will er denn jetzt, dachte Schulte.

„Sie können sicher sein, dass wir uns alle Mühe gegeben haben, Ihre Kollegin auf dem Laufenden zu halten. Wenn Sie in Bielefeld nichts davon mitbekommen, ist das nicht mein Problem. Also was ist nun? Unterhalten? Oder nicht?“

Schulte begann, kleine Brötchen zu backen.

„Wollen Sie zu mir kommen?“

„Haben Sie denn etwas Schmackhaftes im Haus, Herr Kommissar? Nicht? Dann würde ich sagen, treffen wir uns im *Lippischen Hof*. Meine Frau besucht unsere Tochter, und ich habe den ganzen Tag nur Stullen gehabt. Ich hätte gern was Anständiges auf die Gabel.“

Eigentlich sehnte sich Schulte nach einem ruhigen Abend in gemütlicher Einsamkeit. Vielleicht noch eine Flasche Bier mit Fritzmeier und dann aufs Sofa und irgendeinen Schwachsinn im Fernsehen reinziehen.

Rodehutskors bemerkte die Unentschlossenheit des Polizisten. „Na kommen Sie schon, Herr Kommissar, ich lade Sie ein!“

Warum nicht, dachte Schulte. Im *Lippischen Hof* gab es schließlich sehr gutes Essen. Außerdem war Rodehutskors immer ein amüsanter Gesprächspartner und jemand, von dem er schon so manchen guten Tipp erhalten hatte. Manchmal auch mehr. Also sagte er ja. Doch kaum hatte er aufgelegt, blinkte und klingelte das Gerät schon wieder.

„Mein Gott, das ist ja hier ein Verkehr wie in Woodstock“, fluchte der Kommissar. Hatte jedoch das Handy schon angeschaltet, so dass der Anrufer mithören konnte.

„Entschuldige Kollege“, meldete sich Valentin, der Osnabrücker Polizist, „ich habe heute Nachmittag eine Tante besucht, die in einem Detmolder Seniorenheim lebt. Da dachte ich, setzten wir uns noch eine Stunde zusammen und besprechen das Nötigste. Du würdest dir dadurch morgen die Fahrt nach Osnabrück sparen. Ich habe die wichtigsten Unterlagen dabei.“

Schulte überlegte, das traf sich gut. Sollte Valentin doch auch in den *Lippischen Hof* kommen. Dann könnte man alles besprechen. Vielleicht kam ja noch die eine oder andere Neuigkeit von Rodehutskors dazu. Ein Treffen in dieser Konstellation könnte unter Umständen ganz erfolgreich verlaufen.

Er berichtete Valentin, er habe sich schon mit einem Journalisten verabredet, der den Kontakt zu Korbmacher hielt.

„Übrigens eine absolute Vertrauensperson“, versicherte er seinem Kollegen. Mit dem wolle er den Fall noch einmal besprechen.

Er, Schulte habe nichts dagegen, wenn man dieses Gespräch zu dritt führen würde. Valentin war einverstanden, und so beschrieb Schulte ihm den Weg zum *Lippischen Hof*. Dann machte er sich selber auf den Weg.

Als er das Lokal betrat und seinen Blick schweifen ließ, entdeckte er Rodehutskors am einen, Valentin am anderen

Tisch. Beide Männer gaben Schulte zur Begrüßung ein Zeichen. So war es an ihm, sie zusammenzubringen. Vor Rodehutskors stand schon ein spanischer Rotwein, so setzten sich die beiden Polizisten zu ihm. Valentin bestellte einen Veltliner, Schulte das unvermeidbare Bier. Der Kellner machte zusätzliche Menüvorschläge über das normale Speisekarten-Angebot hinaus und nahm die Bestellung auf. Anschließend, bei einer Tasse Espresso und einem Zwetschgenschnaps, gelangten sie schnell zu den wesentlichen Essenzen des Falls Grafenberg.

Zunächst berichtete Rodehutskors, er habe vor einigen Wochen einen Anruf von Korbmacher erhalten, der ihn damals um Hilfe gebeten hatte. Er habe mehrfach versucht, den Archäologen zu treffen, diese konspirative Zusammenkunft sei aber nie zustande gekommen. Grund für die gescheiterten Verabredungen sei unter anderem das jeweilige Auftauchen eines gewissen Herrn Alzmann gewesen.

Dieser Alzmann habe nicht nur versucht, Korbmacher zu erwischen, sondern auch dem Kollegen von Rodehutskors, Grafenberg, körperlich arg zugesetzt. Korbmacher selber, so erzählte der alte Journalist, leide unter chronischen Angstzuständen, die ihn fast handlungsunfähig machten. Ein Aufenthalt im Gefängnis sei für den Flüchtigen ein Alptraum. Aus diesem Grund habe er sich bislang noch immer nicht gestellt.

Das Auftauchen von Alzmann habe Korbmacher noch einmal veranlasst, über Vergangenes nachzudenken. Er behauptete, dass seinem alten Professor einmal übel mitgespielt worden war, er sei von diesem Alzmann zusammengeschlagen worden. Später sei der alte Mann spurlos verschwunden, bis heute nicht wieder aufgetaucht und mittlerweile für tot erklärt worden.

Rodehutskors berichtete weiter, der Archäologe habe Kiebitz, jenen Mann, der in Jöllenbeck ums Leben gekommen war, vor annähernd zehn Jahren kennen gelernt. Kiebitz habe damals Korbmacher Entwürfe von römischen Harnischen abverlangt, wie sie die Soldaten zur Zeit der Varus-Schlacht trugen. Korbmacher habe damals wenig Zeit gehabt, besaß aber schon Entwürfe von Brustpanzern, Gesichtsmasken und Waffen, die jedoch erst fast zwei Jahrhunderte später von den Römern getragen wurden. Diese Abbildungen und Konzeptionen übergab er damals diesem Kiebitz, der dann an seinem Todestag über genau diese Entwürfe mit Korbmacher sprechen wollte.

Vorher hatte Kiebitz Korbmacher schon einmal an seinem Arbeitsplatz in Kalkriese aufgesucht. Da hatte er sich jedoch so daneben benommen, dass er vom Archäologen vor die Tür gesetzt wurde.

„Ich habe dann einfach mal in die Luft geschossen“, berichtete Rodehutskors weiter, „und habe Korbmacher einige Fotos von den Rüstungsfunden in Detmold gemailt. Und stellen Sie sich vor, der Mann sagt, diese gefundenen Rüstungen entsprächen genau seinen Skizzen. Besonders eine Maske, die einen Fuchs zeigte, war ihm sofort aufgefallen, weil die von Korbmacher mehr oder weniger frei erfunden worden war.

Im weiteren Verlauf des Abends waren die drei Männer damit beschäftigt, die Puzzle-Bausteine des Falls richtig zusammenzufügen. Doch es gelang ihnen nicht, einen plausiblen Zusammenhang zu finden.

## 68

„Da steht tatsächlich etwas von einer Villa!", rief Axel Braunert in die Runde.

Vor zwei Stunden war Jupp Schulte nach der Morgenbesprechung der Detmolder Kripo in Maren Kösters Büro aufgetaucht und hatte vom Besuch Anton Fritzmeiers im Detmolder Seniorenheim berichtet. Ein Besuch, dem sie nun einen Hinweis verdankten, der vielleicht weiterhelfen konnte. Sie suchten jetzt nach der Villa in Detmold, in die der verschwundene Professor Meiersfeld seinerzeit gelangen wollte. Das war natürlich eine unlösbare Aufgabe, da es in Detmold so viele Villen gibt wie in kaum einer anderen Stadt vergleichbarer Größe. Nach einer guten halben Stunde Grübeln kam Maren Köster auf die Idee, doch noch einmal das Tagebuch des Professors nach einem Eintrag über eine Villa zu durchsuchen. Axel Braunert und Bernhard Lohmann hatten sich an diese trockene Arbeit gemacht, Maren ging anderen Aufgaben nach, Schulte war weiter nach Bielefeld gefahren.

„Hier steht, wie ihr euch vielleicht erinnern könnt: *Da soll noch einer die Welt verstehen. Letzte Woche wollte mich mein Freund, der Advocatus, entmündigen, und heute lädt er mich ein, mit ihm eine alte Villa zu besichtigen, die er eventuell kaufen will. Und mich, den „dementen alten Mann", bittet er um Rat!* Das stand unter dem 3. Juli 2000. Zwei Tage weiter dann: *Morgen werde ich mir die Villa ansehen. Das alte Haus steht zwischen Detmold und Hiddesen, an der Oberen Schanze, und soll wunderschön sein*. Wie findet Ihr das?"

Lohmann zählte schnell zusammen.

„Das heißt doch, er ist am 6. Juli 2000 zu dieser Villa gegangen und seitdem verschollen. Los, wir müssen sofort rausfinden, welche Villa das sein kann. So viele gibt es an der Straße schließlich nicht."

Es dauerte nicht lange und sie hatten sich auf eines der Häuser festgelegt. Es kam eigentlich nur dieses eine in Frage. Alle anderen waren seit längerer Zeit fest im Besitz der heutigen Bewohner. Diese hingegen hatte tatsächlich im Jahre 2000 eine ganze Weile leer gestanden. Dann hatte sie ein Investor gekauft und restauriert.

„Wahrscheinlich ist der Professor unter dem Vorwand, die Villa zu besichtigen, dorthin gelockt worden. Man kann nur ahnen, was dann passiert ist", brummte Lohmann. Auch Axel Braunert grübelte.

„Wir kommen nicht drum herum, uns diese Villa einmal anzusehen. Ich fürchte, dass eine Besichtigung von außen nicht einmal ausreicht. Wir werden uns einen Durchsuchungsbefehl besorgen, außerdem einen Spürhund. Beides wird nicht einfach sein, denn unsere Anhaltspunkte sind mehr als dürftig. Aber wir müssen es versuchen. Es ist jetzt elf Uhr. Vielleicht legt uns unser lieber Chef ausnahmsweise mal keine Steine in den Weg, und es klappt heute noch. Ich sage Maren Bescheid, die soll den Antrag stellen und richtig Druck machen. Die hat das dickere Fell."

„Auf keinen Fall!", entgegnete Bernhard Lohmann. „Wenn Maren die Durchsuchung beantragt, stellt sich Erpentrup erst recht stur. Dann wird er den Staatsanwalt schon davon überzeugen, dass die Angelegenheit erst noch reifen muss. Nee, nee! Ich mache das. Mit mir hat Erpentrup kein Problem. Für den bin ich doch schon so gut wie in Pension, also für den „Sonnenkönig" Erpentrup keine Bedrohung mehr. Lass mich mal machen, ich schaffe das schon. Heute noch, du wirst sehen!"

## 69

Dieser Lohmann ist doch ein Teufelskerl, dachte Axel Braunert bewundernd. Wenn der was anfasste, dann klappte das auch. Dabei war Lohmann eigentlich das personifizierte Phlegma. Übereifer war ihm wesensfremd, jede Form von Hektik zuwider. Aber auf seine ruhige und bestimmte Art gelangen ihm Problemlösungen, an denen jeder andere gescheitert wäre. Aber innerhalb von dreieinhalb Stunden einen Durchsuchungsbefehl zu bekommen, das war wirklich ein Erfolg. Sicher, wenn es um Leben und Tod ging, dann war vieles blitzschnell zu erreichen. Aber davon konnte in diesem Fall ja keine Rede sein. Es ging hier um eine Geschichte, die beinahe acht Jahre zurücklag. Weiß der Teufel, an welchen Hebeln Lohmann gezogen hatte, aber der Bescheid lag auf dem Tisch. Sogar der Spürhund war genehmigt worden.

Braunert hatte sofort alle anderen aus dem Team zusammengetrommelt. Auch Jupp Schulte befand sich bereits auf dem Weg von Bielefeld nach Detmold. In einer Stunde sollte die Durchsuchung beginnen. Braunert und Lohmann waren nun vollauf damit beschäftigt, sich um den Spürhund samt menschlicher Begleitung zu kümmern, während Maren Köster sich mit der Spurensucherin, Frau Burghausen, auseinanderzusetzen hatte. Das Spurensicherungsteam hatte nämlich für diesen Nachmittag bereits zwei andere Tatorte zu sichern.

Nach einem heftig geführten Gespräch, das der gerade rechtzeitig eingetroffene Ohrenzeuge Schulte später als typisches Stutenbeißen bezeichnete, erklärte sich Frau Burghausen bereit, wenigstens mit einem Teil ihres sowieso nur kleinen Teams an Ort und Stelle zu sein.

„Nach was suchen wir eigentlich?”, fragte sie zum Schluss des Gespräches. Maren Köster hatte darauf keine konkrete Antwort parat.

„Nach Spuren eines alten Mannes, der vermutlich vor fast acht Jahren in diesem Haus war und dann nie wieder aufgetaucht ist. Mehr wissen wir auch nicht!"

Renate Burghausen schnappte nach Luft. Mit ihrem hochroten Kopf wirkte sie noch massiver und bedrohlicher als sonst.

„Ja, geht's euch noch gut? Wir ersticken hier in Arbeit, und dann sollen wir unsere knappe Zeit mit so was vergeuden? Was glaubt ihr denn, was ihr da findet? Eine geheimnisvolle Truhe mit einem Abschiedsbrief?"

„Wir wissen selbst, dass es kaum Anhaltspunkte gibt", Schulte versuchte, die Auseinandersetzung sanft zu entschärfen. „Aber wir müssen es wenigstens versuchen. Es ist nicht völlig auszuschließen, dass wir auf Spuren eines Verbrechens stoßen, auch wenn es schon lange her ist. Ich glaube das zwar nicht, aber wir brauchen Gewissheit."

Und als Renate Burghausen noch immer dastand wie eine aus allen Fugen geratene Kriegsgöttin, wagte Schulte sich etwas weiter aus der Deckung.

„Wenn wir nichts finden, lade ich Sie zum Essen ein, okay? Aber wenn wir tatsächlich eine brauchbare Spur finden, dann zahlen Sie. Ist das ein faires Angebot?"

Frau Burghausen sagte noch immer nichts, aber langsam entspannte sich ihr Blick, und ihre fest zusammengepressten Lippen fingen an, ganz leicht zu beben. Schließlich begann sie, laut zu lachen.

„Schulte, Sie machen Ihrem schlechten Ruf alle Ehre. Aber gut, ich nehme an. Wenn Sie verlieren, geht's aber nicht in die Frittenbude. Es muss schon was Ordentliches sein. Sollte ich verlieren, bestimme ich das Lokal und gebe auch den Takt beim Trinken vor. Bin ja mal gespannt, wie schnell so ein Kerl schlapp macht!"

## 70

Oben links in der Ecke war gerade eine riesige Spinne dabei, eine der ersten Mücken des Jahres fachgerecht zu verpacken. Gott sei Dank kann man hier wenigstens das eine oder andere Naturschauspiel beobachten, dachte Alzmann. Ohne diese naturkundliche Betrachtung wäre mir wahrscheinlich vor Langeweile schon längst die Decke auf den Kopf gefallen.

Sein Hotelzimmer, in dem er auf dem Bett lag, war mindestens so grau und öde wie der Tag. In der Mitte des Raumes stand ein altes Doppelbett, das mit absoluter Sicherheit noch den letzten Krieg erlebt hatte. Der wackelige Schrank, der vom Bett aus gesehen direkt in seinem Blickfeld stand, war ähnlich alt. Im Badezimmer bzw. auf der Toilette mit Dusche und Waschbecken verschönten grüne Fliesen die Wände, die Keramikteile waren orange. Es tat körperlich weh, wenn man sich länger als drei Minuten dort aufhalten musste. Bei größeren Geschäften empfahl es sich auf jeden Fall, zur Ablenkung eine Zeitung mitzunehmen.

Aber der Preis war okay.

In Alzmann baute sich mit der Zeit eine Gemütslage auf, die ihn an Knast denken ließ. So muss es sich anfühlen, wenn man im Knast sitzt. Alles grau, keine Abwechlung, und nach dem Wachwerden ist der erste Gedanke: Der heutige Tag wird genauso langweilig wie der gestrige.

Alzmann wollte sich gerade tiefer in die Trostlosigkeit fallen lassen, da riss ihn sein Handy aus den trüben Gedanken. Mit einer Geschwindigkeit, als hinge sein Leben davon ab, griff er nach seinem Telefon. Es war ein guter Kumpel aus alter Zeit.

„Zwei Sachen habe ich für dich”, sagte dieser ohne lange Umschweife. „Kostet dich dreihundert Penunsen.”

„Schon klar”, antwortete der Angerufene. „Und jetzt rück die Infos raus!”

„Erstens – diese Info ist übrigens gratis – du wirst polizeilich gesucht!"

„Okay, das weiß ich schon. Und zweitens?"

„Am Samstag ist ein Mann von einer mobilen Radarstation geblitzt worden. Als die Kollegen ihn anhalten wollten, hat er Gas gegeben. Was meinst du, um wen es sich bei diesem Mann handelte?"

„Bin ich Jesus?"

„Es handelt sich um einen gewissen Peter Korbmacher."

Alzmann stieg das Adrenalin bis unter die Schädeldecke.

„Hast du eine Adresse?"

Alzmann kramte nach Stift und Zettel.

„Moment, wiederhole die Anschrift noch einmal!"

Er schrieb sie auf und fragte noch einmal nach.

„In Osnabrück?"

„Ja, genau. Das Auto gehört einem gewissen Arthur Reckenberg. Er ist wie Korbmacher Archäologe. Du musst dich aber beeilen, wenn du die Adresse checken willst, weil meine Kollegen diese Info in ein paar Stunden auch bekommen werden. Ich gehe mal davon aus, dass die in nächster Zeit auch vor der Wohnung von diesem Reckenberg auftauchen. Also, sieh zu! Von mir hast du nichts gehört, und das Geld schickst du wieder mit der Post."

Nachdem Alzmann das Telefongespräch beendet hatte, wählte er erneut. Er besprach sich mit seinem Auftraggeber, zog er sich dann an und jagte seinen Alfa wenige Minuten später über die Stadtgrenze von Bad Salzuflen in Richtung Herford.

## 71

Um kurz vor vier Uhr nachmittags rollte Jupp Schultes alter Volvo-Leichenwagen langsam durch die Obere Schanze in Detmold. Eine der elegantesten Wohnlagen in Lippes Hauptstadt. Schulte stoppte vor einer großen, mit Wein bewachsenen Natursteinvilla. Außer ihm saßen Maren Köster und Axel Braunert im Auto. Vor dem imposanten Gebäude wies ein schlichtes Schild darauf hin, dass sich hier das Büro eines Steuerberaters, eines Finanzmaklers, die Praxis eines Zahnarztes und die Räume einer PR-Agentur befanden.

„Soviel schlaue Leute auf einem Haufen", spottete Schulte, der hinter dem Steuer sitzen geblieben war. „Man spürt das geballte Know-how und die Leistungsbereitschaft dieser Leute bis hierhin. Das gibt so ein richtiges Kribbeln auf der Haut, spürt ihr es auch?"

Maren Köster zeigte ihm einen Vogel und kramte wortlos in ihrer Tasche nach dem Durchsuchungsbefehl. Schulte seufzte und wurde dienstlich:

„Wir müssen daran denken, dass alle Mieter erst nach dem Verschwinden des Professors hier eingezogen sind. Sie können also damit nichts zu tun haben. Daher halte ich es für ziemlich unwahrscheinlich, dass wir in den Bürobereichen irgendeine Spur finden. Da ist vermutlich alles sorgfältig saniert worden. Aber es muss in diesem Prachtbau auch Bereiche geben, die aktuell nicht intensiv genutzt werden, ich denke da zum Beispiel an einen Keller. Damit sollten wir anfangen. Der Mann, der das Haus im Auftrag des Inhabers verwaltet, ist übrigens informiert. Er wird auch gleich hier eintreffen."

Die drei Polizisten blieben im Auto sitzen und warteten.

Zwei Minuten später hielt hinter ihnen ein grünweißer VW T4, aus dem ein uniformierter Beamter kletterte. Der Mann ging nach hinten und öffnete die Heckklappe. Im Laderaum des Kleintransporters befanden sich vier Boxen. In einer der

Boxen wartete ein Belgischer Schäferhund voller Ungeduld darauf, endlich an die Arbeit zu dürfen. Sein Hundeführer ließ ihn herausspringen und nahm ihn an die kurze Leine. Mittlerweile waren Schulte, Köster und Braunert ebenfalls ausgestiegen und gesellten sich zu dem Hundeführer. Schulte und Köster näherten sich dem Hund völlig unbefangen, nur Axel Braunert hielt respektvoll Distanz.

„Ja, jetzt fehlt nur noch die Truppe der charmanten Frau Burghausen", brummte Schulte.

„Übrigens hoffe ich fast, dass ich die Wette verliere und bezahlen muss. Lieber zwei Stunden mit dieser Frau in einem Restaurant sitzen und alles zahlen, als kostenlos einen ganzen Abend mit ihr durch die Kneipen ziehen. Wie ich dieses Weib einschätze, säuft die jeden Mann unter den Tisch. Diese Schande ertrage ich in meinem Alter nicht mehr." Und als nun ein weiteres Fahrzeug anhielt: „Ah, da kommen ja die Schnüffler!"

Dabei streichelte er den Hund und sprach ihn an:

„Nichts für ungut! Man kann sich seine Kollegen ja nicht immer aussuchen!"

Aus dem weißen Mercedes Sprinter, auf dessen Zugehörigkeit zur Polizei lediglich ein Blaulichtbalken hinwies, stiegen zwei Männer in Schutzanzügen und Koffern aus, ihnen folgte ächzend ihre Chefin.

Wieder vergingen einige Minuten, bis ein dunkelblauer BMW die nun wirklich letzte Parkmöglichkeit in der schicken, aber schmalen Straße belegte. Ihm entstieg ein schon stutzerhaft gepflegter Mann mittleren Alters und schaute sich unsicher um.

„So, nun wären wir ja endlich vollständig!" Schulte übernahm als dienstranghöchster Beamter das Kommando. Er stellte sich dem Mann vor, der wortlos nickte. Zusammen gingen sie zur Villa. Der Verwalter schloss auf und begann:

„Ich möchte Sie bitten, unsere Mieter nicht zu belästigen. Wenn es Ihnen nichts ausmacht, werde ich jetzt alle Büros aufsuchen und die Leute informieren, damit sich keiner beunruhigt fühlen muss."

„Sicher, kann ich verstehen", meinte Schulte und gab Axel Braunert einen Wink, den Verwalter dabei zu begleiten.

„Wir fangen auf dem Dachboden an. Legen Sie los!", wies er dann den Hundeführer an. Zu den anderen gewandt: „Um den Hund nicht zu irritieren, lassen wir ihm in jedem Raum den Vortritt. Erst wenn das Tier signalisiert, dass es nichts gefunden hat, dann gehen wir auf die Suche. Um es noch einmal klar zu sagen: Wir suchen nach allen Spuren, die auf diesen alten Professor hinweisen könnten. Und wenn sie noch so unbedeutend scheinen mögen."

Bereits nach zehn Minuten wurden sie unterbrochen. Einer der Mieter – der Chef der PR-Agentur – stand plötzlich auf dem geräumigen Dachboden, der mit allerhand alten Möbeln, Büromaterialien, Bücherkisten und anderem Zeug voll gestopft war und verbat sich energisch den Fortgang der Suchaktion.

„Wie stellen Sie sich das vor? Ich habe in meinem Büro, das sich direkt unter diesem Dachboden befindet, gerade eine Präsentation vor einem enorm wichtigen Kunden. Und Sie trampeln hier die ganze Zeit so auf dem Boden herum, dass sich unten kein Mensch mehr konzentrieren kann. Wie soll ich das denn erklären? Soll ich dem Kunden sagen: Achten Sie nicht weiter drauf, das ist nur die Polizei. Die sucht nur gerade direkt über Ihrem Kopf nach einer Leiche?"

„Ja, sagen Sie genau das!", erwiderte Schulte schnippisch. „Sie haben den Zusammenhang treffend beschrieben. Herzlichen Glückwunsch! So, und jetzt lassen Sie uns in Ruhe weitersuchen. Wir machen das auch nicht zum Spaß. Je weniger Sie uns stören, desto schneller sind wir wieder verschwunden."

Der Mann zog wutschnaubend wieder von dannen, während er laut ausrief:

„Seien Sie vorsichtig! Ich bin ein guter Freund Ihres Vorgesetzten! So springen Sie mit mir nicht um!"

Als er dabei an Renate Burghausen vorbeilief, die gerade mit einem großen, weichen Pinsel den dicken Staubbelag auf einer Pappschachtel wegfeudelte, flog wie zufällig eine besonders große Wolke aus Staub, Spinnweben und Fliegenschiss durch die Luft und machte sich auf der feinen, dunkelblauen Anzughose des PR-Beraters breit. Purer Zufall sei das gewesen, teilte Renate Burghausen später dem Kripochef Erpentrup zu ihrer Rechtfertigung mit.

Die Suche auf dem Dachboden wurde nach etwa einer Stunde ergebnislos abgebrochen. Der gesamte Trupp verließ das Dachgeschoss und staubte das Treppenhaus zu. Im weitläufigen Keller, der in sechs Räume unterteilt war, sollte die Suche weitergehen. Hier gab es ebenfalls in allen Ecken viel Gerümpel, aber es war alles in allem deutlich sauberer als auf dem Dachboden. Das mochte damit zu tun haben, dass die Mieter Teile des Kellers als Abstellraum nutzten und der Hauswart deshalb ab und zu hier saubermachte. Sie forsteten die Räume durch, einen nach dem anderen. Wenn der Hund seine Arbeit getan hatte, machten sich die Spurensucher ans Werk. Sie schauten in jede Kiste, rückten jeden Schrank von der Wand, blätterten stichprobenartig in vielen Aktenordnern und suchten nach geeigneten Verstecken für wichtige Unterlagen oder Ähnliches. Irgendwann blieb nur noch der am weitesten von der Treppe entfernte Raum übrig, gleichzeitig der kleinste der sechs Räume und offenbar am wenigsten benutzt. Er war voll mit Sondermüll, Farbeimern, halbleeren Flaschen mit Putzmitteln, Motoröl, Desinfektionsmitteln und vielem mehr. Das musste erst einmal alles rausgeschafft werden. Kein Spürhund dieser Welt hätte bei diesem Potpourri an Gerüchen seinen Job vernünftig machen können. Außerdem war es viel zu gefährlich, den Hund zwischen den teilweise giftigen oder ätzenden Chemikalien herumschnüffeln zu lassen. Da alle widerspruchslos anfassten, ging die unangenehme Arbeit recht schnell von der Hand. Nun durfte der Hund endlich hinein. Und es war erstaunlich zu sehen, wie sich das Tier plötzlich veränderte. Bislang war der Hund völlig entspannt zu Werke gegangen. Nun baute sein Körper sichtbar Spannung auf, er wurde zunehmend erregter, was sich durch die Körpersprache ausdrückte, aber auch durch ein aufgeregtes leises Fiepen. Dann, direkt vor einer Zwischenwand, schlug der Hund an.

## 72

Auch in Osnabrück gibt es trostlose Gegenden, dachte Alzmann, als er sein Auto abstellte. Die Straße, in der sich Korbmacher aufhalten sollte, war gesäumt von phantasielosen Mietshäusern.

Ich möchte wetten, dass die Bewohner von Haus Nummer fünf die Leute aus Haus Nummer neun nicht kennen. Ein optimaler Unterschlupf. In Häusern wie diesen kommen und gehen die Menschen, ohne dass jemand Notiz von ihnen nimmt. Wohnungen werden untervermietet, Paare gehen auseinander und finden sich neu zusammen, philosophierte Alzmann.

Es würde schwierig werden, etwas über Korbmacher zu erfahren. Das brauchte er erst gar nicht zu versuchen. Reine Energieverschwendung! Und jetzt – am späten Nachmittag – einfach an der Haustür klingeln, das wäre ein ebenso aussichtsloses Unterfangen. Korbmacher müsste wirklich umnachtet sein, wenn er jemandem die Tür öffnen würde. Es half nichts, Warten war angesagt. Alzmann hatte seinen Alfa genau gegenüber der Eingangstür abgestellt. Eine Zeitung lag bereit, um bei Bedarf dahinter verschwinden zu können. Der kräftige Mann versuchte, es sich auf dem Sportsitz des Autos bequem zu machen. Gemütlich würde das nicht, das war ihm schnell klar.

Alzmann hatte sich gerade mit der Enge seines Autos abgefunden, da begann es in Strömen zu regnen. Sekunden später war die Windschutzscheibe undurchsichtig wie Milchglas, er musste den Scheibenwischer anstellen. Das musste doch jedem Passanten auffallen, ein parkendes Auto mit einem Insassen, der sich über Stunden in der ungemütlichen Kiste den Hintern abfror ...

Egal, dachte Alzmann. Hauptsache, Korbmacher würde ihn nicht bemerken. Später, bei Dunkelheit, würde er versuchen, in das Haus zu gelangen. Es würde ihm schon etwas einfallen, um an diesen Korbmacher heran zu kommen.

## 73

Der Hund steigerte sich in immer größere Erregung hinein. Erst als der Hundeführer ihm energisch Einhalt geboten, ihn lobend streichelte und ihm ein Leckerli hinhielt, gab er Ruhe. Die vier Männer und zwei Frauen atmeten tief durch. Keiner wusste, was sie nach dem Entfernen der Mauer erwartete. Ihre ehemals freudige Erregung wich einer angespannten Stimmung. Sie ahnten Schlimmes.

Die beiden Männer von der Spurensicherung packten ihre Koffer aus, holten Hammer und Meißel und begannen behutsam damit, an der vom Hund gekennzeichneten Stelle der Zwischenwand einen Stein herauszulösen. Kaum war das geschafft, wurde der Hund wieder unruhig. Er zappelte an der Leine herum und wollte partout das entstandene Loch begutachten. Am liebsten hätte er sich durch die Wand gegraben. Selbst die Polizisten nahmen aus der Öffnung einen unangenehmen feuchtkalten Luftzug wahr. Als die beiden Männer sich nach dem dritten gelösten Backstein den Schweiß von der Stirn wischten, kam der Auftritt von Renate Burghausen. Sie riss dem einen das Werkzeug aus der Hand und drosch selbst mit Hammer und Meißel auf die Wand ein! Eine Minute später war das Loch so groß, dass Schulte den Kopf hineinstecken und mit einer Taschenlampe hineinleuchten konnte. Lange dauerte es nicht, da zog er den Kopf wieder zurück und schüttelte sich.

„Widerliche Luft da drin!", bemerkte er angeekelt. „Viel erkennen konnte ich nicht, aber auf dem Boden liegt etwas. Der Raum ist ziemlich klein, ich würde sagen, gerade mal einen Meter tief. Er geht aber über die ganze Breite des Kellerraumes, in dem wir gerade stehen. Offenbar hat hier jemand nachträglich eine Zwischenwand eingezogen. Warum er das getan hat und was sich in dem dadurch entstandenen Zwischenraum befindet, müssen wir jetzt herausfinden. Ob wir wollen oder nicht!"

Die Stimmung der Anwesenden wurde nicht besser, richtig in Fahrt kam nur Renate Burghausen. Schnell löste sie einen Stein nach dem anderen aus der Wand. Ihre männlichen Mitarbeiter standen hilf- und ratlos daneben, unsicher, ob sie ihrer Chefin das Werkzeug aus der Hand nehmen und selber arbeiten oder ob sie besser still und bewundernd sekundieren sollten. Wenige Minuten später war das Loch groß genug, um einen normal gewachsenen Mann durchzulassen. Doch vorerst beschränkte man sich darauf, davor stehen zu bleiben und mit der Taschenlampe hinein zu leuchten.

Der abstoßend riechende Raum strahlte eine durch Mark und Bein gehende feuchte Kälte aus. Niemand konnte sich jetzt noch der negativen Atmosphäre entziehen, jedes positive Gefühl wurde von dem feuchtkalten Loch absorbiert. Was erwartete sie da auf dem Boden des Raumes, links in der Ecke? Da lag doch was! War es Gerümpel?

Einer der Männer aus dem Spurensucherteam lief hinaus und tauchte nach kurzer Zeit mit einem starken Strahler auf, wie man ihn auf Baustellen benutzt.

Es dauerte etwas, bis sie eine Steckdose gefunden hatten. Dann sprang der Strahler an und erhellte das, was eigentlich niemand sehen wollte.

## 74

Schon wieder begann es zu regnen. Allein die Farbe des Himmels konnte heute einen Menschen schwermütig werden lassen. Korbmacher blickte aus dem Fenster und ließ die Stimmung von draußen auf sich wirken, wanderte dann wieder im Wohnzimmer auf und ab. Seine Gedanken waren ähnlich trübe wie das Schmuddelwetter in der Dämmerung. Langsam aber sicher bekam er einen Lagerkoller.

Er hatte Rodehutskors angerufen, ihn aber mehrfach nicht erreicht. Als er ihn dann endlich ans Handy bekommen hatte, hatte der ihm mitgeteilt, dass er, bei aller Rücksichtnahme, dieses Spielchen nicht mehr mitmache. Erst wenn Korbmacher sich bereit erklären würde, sich mit Rodehutskors zu treffen oder sich der Polizei stellte, könne er wieder mit seiner Hilfe rechnen.

Im Übrigen sei Alzmann untergetaucht, eröffnete ihm der Redakteur. Diese Tatsache würde Korbmachers Situation mit Sicherheit nicht entspannen.

In den letzten beiden Nächten hatte Korbmacher fast nicht geschlafen, die Angstzustände häuften sich mittlerweile. Doch heute Mittag hatte ihn die Müdigkeit übermannt. Er hatte es sich auf dem Sofa bequem gemacht und war kurze Zeit später eingeschlafen.

Plötzlich wurde die Tür aus den Angeln getreten. Ein riesiger, schwarz gekleideter Mann, dessen Gesicht vermummt war, stürmte ins Zimmer. Zog ein Messer und bewegte sich auf Korbmacher zu. Wie von der Tarantel gestochen schreckte er aus dem Schlaf. Fuhr in die Höhe und saß im Bruchteil einer Sekunde aufrecht im Bett, schweißgebadet und sofort hellwach. Die Tür befand sich noch da, wo sie hingehörte und im Zimmer stand kein Mann. Doch die Furcht, die er empfand, war so mächtig, als wäre der Angriff real gewesen. Auch jetzt – Stunden später – war das gerade Geträumte noch präsent. Die Angst griff immer wieder nach ihm. Zwang ihn zu Gedanken, die er nicht denken wollte. Eine innere Stimme sagte ihm, er solle die Wohnung verlassen, sonst würde er in ihr umkommen. Etwas anderes riet ihm, sich auf keinen Fall auf die Straße zu begeben. Ihm wurde schwindelig, eine Heidenangst durchfuhr seinen Körper, bis er krampfte. Wie lange würde er das noch aushalten, ohne verrückt zu werden?

## 75

„Nicht anfassen!", rief Renate Burghausen ihren Leuten zu. Aber das hatte auch niemand vorgehabt. Aus einem der Koffer holte sie eine Kamera und fotografierte den Raum und das Loch in der Wand. Mehrfach fiel das Blitzlicht in den finsteren hinteren Raum ein. Dann winkte sie den Anderen zu. Man zog sich zu einer kurzen Besprechung in den eigentlichen Kellerraum zurück.

„Machen wir uns nichts vor", brummte die große Frau. „Ich verwette mein Jahresgehalt, da drin liegt das Skelett eines Menschen. Wir haben weder das Werkzeug mit, um das Skelett fachgerecht zu bergen, noch haben wir eine Transportmöglichkeit. Was tun?"

Niemand schien Lust zu haben, noch weiter zu arbeiten. Erst recht reizte es nicht, eine bis auf die Knochen verweste Leiche aus einem stinkenden Kellerloch zu schleppen. Jeder Aufschub kam gelegen.

„Wir können vorerst nichts machen", begann Schulte. „Durch die Fotos ist alles hinreichend dokumentiert. Den Rest kann nur die Spurensicherung erledigen. Das Skelett muss so schnell wie möglich ins Labor. Wir müssen wissen, um wen es sich handelt."

An Maren Köster gewandt, fuhr er fort:

„Kannst du etwas von dem verschwundenen Professor auftreiben, das mit dem Skelett abgeglichen werden kann?

Irgendeine genetische Spur, egal was. Blätter doch noch mal das Tagebuch durch, vielleicht finden sich ja Haare oder Hautschuppen. Und frag auch mal in diesem Altenheim nach, was seinerzeit aus den persönlichen Besitztümern des alten Mannes geworden ist. Irgendwo müssen die doch abgeblieben sein. Machst du das? Danke!"

Marens erste Reaktion war Widerspruch, aber sie sagte nichts. Immerhin hatte Jupp Schulte seine Anweisung noch so eben in eine Bitte umgewandelt und sich für deren Erfüllung bereits im Voraus bedankt. Damit konnte sie leben. Außerdem war sie froh, nun einen Grund zu haben, diesen schrecklichen Keller verlassen zu dürfen.

„Werden wir noch gebraucht?", fragte der Hundeführer. Schulte blickte fragend zu Renate Burghausen. Als diese nickte, ließ Schulte Mann und Hund abziehen. Beide hatten gute Arbeit geleistet.

Dann wandte sich Schulte wieder an Frau Burghausen.

„So, ich werde jetzt diesen Verwalter suchen und ihm klar machen, dass für ihn und seine Mieter der Schrecken noch nicht vorbei ist. Ganz im Gegenteil! Jetzt werden wir das Haus erst recht von oben nach unten gründlich durchsuchen müssen. Na, der wird begeistert sein!"

## 76

Die beiden uniformierten Polizisten durchfuhren langsam eine von einfallslosen, gleichförmigen Mietshäusern gesäumte Osnabrücker Straße.

„Da vorne ist ein Parkplatz!"

Als der blauweiße Polizeiwagen in der Parklücke stand, prüfte der Beifahrer die Unterlagen. Die beiden sollten eine Personenfeststellung auf Basis eines Fotos durchführen, das bei einer Geschwindigkeitskontrolle gemacht worden war. Ein gewisser Artur Reckenberg war am letzten Samstag eindeutig zu schnell gefahren. Zu allem Überfluss hatte er nicht einmal angehalten, als ihn ein Kollege stoppen wollte. Na, dem würde gleich das Wasser im Ar … kochen. Der dachte bestimmt, er sei davongekommen. Doch die Mühlen der Gerechtigkeit mahlen langsam, aber sicher. Der Polizist freute sich schon auf das dumme Gesicht dieses Herrn Reckenberg. Manchmal macht dieser Job richtig Spaß, dachte er.

Die beiden Polizisten gingen trotz des Regens die letzten Meter zu Fuß. Direkt vor dem Haus, in dem sie ihre Vernehmung durchzuführen hatten, waren in dichter Reihe mehrere Autos geparkt.

„Sieh mal, der schwarze Alfa! Wie findest du den? Ist leider keine Familienkutsche. Wenn ich nicht verheiratet wäre und keine zwei Kinder hätte, dann würde ich mir so einen holen. Was meinst du?"

Beide waren stehen geblieben. Der Beamte, der vorher Beifahrer gewesen war, wurde plötzlich nachdenklich.

„Du, da war doch was. Ein schwarzer Alfa Romeo 159 mit lippischem Kennzeichen. Wird der nicht gesucht?"

„Stimmt! Jetzt, wo du es sagst, fällt's mir auch auf. Sag mal, sitzt da einer drin oder täuscht das?"

Die Polizisten schauten angestrengt zu dem Sportwagen. Durch den Regen und die Straßenbeleuchtung spiegelten die Scheiben des Autos so sehr, dass kaum zu erkennen war, wer in dem Fahrzeug saß. Als dann aber eine Silhouette zu erkennen war, wussten sie, dass jemand darin saß.

„Sag mal, weißt du das Kennzeichen noch?"

Der andere überlegte.

„Nee, habe ich nicht im Kopf. Los, ich gehe zurück zum Wagen und frage nach. Du bleibst am besten hier in der Nähe und beobachtest den Kerl. Wenn das Kennzeichen passt, müssen wir wohl ran und ihn festnehmen. Da kommen wir nicht drum herum."

Sein Fahrer war nicht davon begeistert, im Regen stehen zu müssen, während sein Kollege im trockenen Auto sitzen durfte. Aber es war nun mal so. Einer musste diesen Alfa im Auge behalten. Wenn der plötzlich unbeobachtet verschwunden wäre, gäbe es für sie beide bestimmt ordentlich Druck. Also fügte er sich, zog den Schirm der Dienstmütze tiefer ins Gesicht und drehte sich etwas zur Seite, um sich gegen den Regen zu schützen. Da er etwas zur Beruhigung brauchte, steckte er sich eine Zigarette an. Das Feuerzeug zündete wegen der Feuchtigkeit erst beim vierten Versuch.

Fast zehn Minuten später stand sein Kollege wieder neben ihm. Er wirkte ziemlich angespannt, aber auch verwirrt, als er tief durchatmete und berichtete:

„Da hätten wir ja bald einen Riesenbock geschossen! Hier hat mal wieder die linke Hand nicht gewusst, was die rechte macht. Ob du es glaubst oder nicht, aber ich hatte gerade die Adresse genannt, da ging es schon los. Was? Wo seid ihr? Seid ihr wahnsinnig? Lasst sofort die Finger von der Sache! Ja, und so weiter. Dann kam dieser Valentin an den Apparat, du weißt doch, dieser superschicke Hauptkommissar. Der immer rumläuft wie Johannes Heesters. Der hat mich auch angeblafft und mir befohlen, nichts zu unternehmen und den Kerl im Alfa lediglich zu beobachten. Ich habe nicht viel von dem verstanden, was er gesagt hat. Nur soviel, dass der Mann, den wir eben wegen der Personenfeststellung aufsuchen wollten, nicht der ist, der er zu sein scheint, oder so ähnlich. Wird wegen Mord gesucht, wenn ich das richtig verstanden habe. Auf jeden Fall waren die feinen Kriminalen wohl gerade dabei, hier aufzulaufen und den Mann in diesem Haus festzunehmen. Und wir beiden hätten ihnen beinahe alles verdorben. Hätte uns ja auch mal einer vorher sagen können, oder?"

Der völlig durchnässte Kollege hatte gar nichts verstanden, nickte aber zustimmend.

"Was ist denn mit dem Kerl im Alfa Romeo? Weißt du was über den?"

"Ja! Das Kennzeichen passt! Aber wir sollen auch hier vorsichtig sein und den Kerl nur beobachten. Der Typ scheint gefährlich zu sein. Iss' mit großer Wahrscheinlichkeit bewaffnet. Anscheinend will hier ein schwerer Junge einem anderen ans Leder. Auf jeden Fall sind die Kollegen gleich hier. Kann nicht mehr lange dauern. Der schicke Valentin kommt persönlich mit."

Für kurze Zeit sagten beide kein Wort, beobachteten den Alfa und ärgerten sich über den noch weiter zunehmenden Regen. Dann stieß der Mann, der angerufen hatte, seinen Kollegen an.

„Sag mal, ist der Kerl überhaupt noch im Auto? Sieht aus, als säße da gar keiner mehr drin, oder?"

Wieder starrten beide angestrengt zu dem Alfa. Als sie etwas näher kamen, war alles klar: Der schwarze Sportwagen war leer!

## 77

Mark Alzmann bekam einen tödlichen Schrecken, als er im Rückspiegel plötzlich zwei Männer in Polizeiuniform auftauchen sah.

Sein erster Impuls war Flucht. Auto an, Gas geben und nichts wie weg! Aber er riss sich zusammen. Er war Profi und würde sich auch wie ein solcher verhalten. Alzmann zwang sich zur Ruhe und blieb still in seinem Auto sitzen. Ihm war bekannt, dass er polizeilich gesucht wurde. Völlig abwegig war es also nicht, dass die beiden Uniformträger ihn erkennen würden.

Hätte er nur ein anderes Auto genommen! Er hatte vor seiner Abfahrt nach Osnabrück kurz mit dem Gedanken gespielt, den erstbesten geparkten und unbewachten PKW zu knacken. Aber er hatte schnell hier sein wollen und zum Autoklauen keine Zeit gehabt. Jetzt würde sich das vielleicht rächen, dachte er ärgerlich.

Als die beiden Beamten kurz hinter seinem Alfa stehen geblieben waren und offenbar lebhaft diskutierten, fand er das ebenfalls nicht sehr beruhigend.

Dann verschwand einer der beiden Polizisten. Würde er Meldung machen? Verstärkung holen? Wenn er seinen Auftrag erfüllen wollte, wurde es jetzt wirklich höchste Zeit, Tatsachen zu schaffen, bevor die Verstärkung hier war. Es gab keine Alternative. Er überlegte nur kurz. Als er sehen konnte, dass der offenbar als Wache zurückgebliebene Polizist sich wegdrehte, um eine Zigarette anzustecken, schaltete Alzmann blitzschnell.

Er sprang aus dem Auto, lief in geduckter Haltung zum Eingang des großen Mietshauses, das er nun schon seit über einer Stunde beobachtet hatte, drückte dort auf mehrere Klingelknöpfe und wartete ungeduldig auf das leise Surren des Türöffners. Sekunden später hatte ihn die Eingangstür verschluckt.

## 78

Der Osnabrücker Hauptkommissar Valentin schlug wütend mit der flachen Hand aufs Lenkrad seines Jaguars. Jetzt fuhren sie schon im Konvoi, mit einem Streifenwagen mit Blaulicht an der Spitze. Und dennoch hatte sich gerade wieder ein LKW direkt vor ihm eingefädelt und bremste alle aus. Es war zum Heulen. Wenn er nur ein wenig mehr Zeit hätte, wäre es ihm ein Vergnügen, sich diesen Fahrer vorzunehmen. Eine „vorläufige Erschießung" wäre das Mindeste. Der Streifenwagen an der Spitze schaltete nun auch sein Martinshorn an. Daraufhin versuchte der Truckfahrer hektisch, auf die Fahrradspur auszuweichen. Fast hätte er dabei einen Radfahrer erwischt. Endlich fuhr er rechts ran, die Polizeikolonne konnte überholen. Jetzt blieb das Martinshorn an. Valentin hoffte, dass der Fahrer des Streifenwagens so klug sein würde, das Signal bereits mehrere hundert Meter vor der Zieladresse abzuschalten. Sie wollten schließlich den Mann im Alfa Romeo überraschen und nicht vorwarnen.

Die Situation war merkwürdig genug. Seit einer Woche gab es eine Fahndung nach einem gewissen Mark Alzmann, unterwegs vermutlich mit einem schwarzen Alfa Romeo 159. Dieser Alzmann betraf die Osnabrücker Polizei nicht direkt. Jedenfalls nicht mehr als die Kollegen aus St. Peter-Ording oder aus Bad Tölz.

Deutlich mehr Bezug gab es zu der Geschichte mit der Fahrerflucht an der Radarfalle. Natürlich hatte auch das niemand sonderlich ernst genommen, denn so was kommt häufiger vor und ist nicht gleich ein Hinweis auf ein schlechtes Gewissen. Der Beamte, dem der Raser davongefahren war, hatte sich das Kennzeichen gemerkt und gemeldet. Dann war das dazugehörige Foto mit in die Akte gekommen. Erst heute am frühen Morgen war das Foto routinemäßig mit dem Computer abgeglichen worden gejagt worden. Die Überraschung war groß, als der Mann auf dem Blitzerfoto aufs Haar diesem Korbmacher glich, der als Hauptverdächtiger in dem noch ungeklärten Todesfall Kiebitz in Jöllenbeck gesucht wurde. Weitere Ermittlungen ergaben, dass sich der Inhaber des Fahrzeugs zurzeit in den Staaten aufhielt und ein Kollege des Herrn Korbmacher war. Den Rest reimte man sich schnell zusammen. Aber an diesem Vormittag war offenbar Sand im Getriebe der Osnabrücker Polizei. Erst war diese Information nicht an die für Gewaltdelikte zuständigen Mitarbeiter weitergegeben worden. Dann hatte zu allem Überfluss ein voreiliger Abteilungsleiter aus Unkenntnis der Sachlage die beiden Streifenbeamten losgeschickt, um eine Personenfeststellung vorzunehmen, da er den Verdächtigen lediglich für einen Raser gehalten hatte. Das hätte böse ins Auge gehen können.

Aber dass ausgerechnet in diesem Moment der von der Polizei gesuchte Alzmann hier in Osnabrück auftauchte, das setzte dem Ganzen die Krone auf.

Die Geschichte drohte nun brenzlig zu werden. Valentin beschloss, nicht weiter über die Zusammenhänge nachzudenken. Er würde einfach einen nach dem anderen festnehmen. Erst den Alfa-Fahrer, dann den Mann in der geliehenen Wohnung. Wenn sie dann einzeln in seinem Verhörzimmer saßen, würde er weitersehen.

„Geben Sie jetzt die Anweisung, die Straße an der Südseite zu sperren!”, rief Valentin seinem Beifahrer zu, der sich sofort das Funkgerät griff und den Befehl weitergab.

„Und dann funken Sie den Blödmann da vorne an. Der soll sofort sein Martinshorn abschalten! Mein Gott, warum sind denn alle so schwer von Begriff? Will der Kerl unbedingt den Verdächtigen verscheuchen?”

Endlich hatte der Streifenwagenfahrer verstanden. Der Konvoi der drei Fahrzeuge bog nun in eine schmalere Straße ein.

„Lassen Sie anhalten!", wies Valentin erneut seinen Mitarbeiter an. „Die sollen ihre Kisten ruhig mitten auf der Straße stehen lassen. Dann kann der Bursche in seinem flotten Alfa wenigstens nicht abhauen."

Die drei Autos hielten an, Türen flogen auf und mehrere Männer – drei Uniformierte und vier „Zivile" – sprangen heraus. Etwa fünfzig Meter weiter trafen sie auf die beiden mittlerweile völlig durchnässten Kollegen.

„Da vorne steht der Alfa! Sehen Sie?", meldete einer der beiden in zackigem Ton. „Aber der Fahrer ist leider weg, wir können …"

„Was sagen Sie da?", schrie Valentin ihn an. „Weg? Wieso weg? Wo ist er denn hin?"

Die beiden armen Würstchen schauten bedröppelt auf den Boden.

„Das wissen wir nicht genau", stammelte der Mann, der die Bewachung verbockt hatte. „Erst war er noch da. Ich habe nur mal ganz kurz nicht hingeguckt, nur ein paar Sekunden. Aber als ich wieder hingeschaut habe, war er plötzlich weg. Spurlos verschwunden!"

Adrian Valentin, trotz des Einsatzes und des Wetters gekleidet, als ginge es zum Neujahrsempfang der Stadt Osnabrück, kämpfte hart mit seinem Verlangen, sich auf die beiden Männer zu stürzen und sie eigenhändig zu erwürgen. Dann riss er sich zusammen und versuchte nachzudenken.

## 79

Alzmann hatte, bevor er in der großen gläsernen Eingangstür des Mietshauses verschwunden war, noch kurz einen Blick auf die Klingelschilder werfen können. Auf einem Schild stand der Name Reckenberg. Wie Alzmann wusste, war das der Name des Mannes, in dessen Wohnung sich Korbmacher zurzeit aufhielt. Dem Klingelschild zufolge war Wohnung ganz oben, im vierten Stock. Fahrstuhl oder Treppe? Nahm er den Fahrstuhl, war das eigentlich unprofessionell.

Man konnte nie wissen, ob nicht im nächsten Stockwerk jemand hereinkam. Dann war man den Blicken ausgeliefert. Blicke bedeuteten Zeugen, und Zeugen bedeuteten Gefahr. Treppenhäuser hingegen wurden in der Regel von den Bewohnern selten benutzt. hier war die Anonymität eher gewährleistet. Aber diesmal hatte Alzmann es eilig. Er wusste, dass die Polizei ihm im Nacken saß. Und zufällig stand der Fahrstuhl mit geöffneter Tür gerade auf der untersten Etage. Er huschte hinein und drückte auf die „4". Mit einem heftigen Ruck setzte sich der Lift in Bewegung, hielt aber bereits im ersten Stock wieder an. Die Tür sprang auf, zu Alzmanns Ärger kam eine alte Frau mit extrem dicken Brillengläsern herein. Sie grüßte mürrisch, ging fast mit der Nasenspitze an die Etagenwahlknöpfe heran und stellte sich dann in die andere Ecke des Lifts. Offenbar war sie trotz der dicken Brillengläser extrem kurzsichtig. Mit der Etage schien sie aber einverstanden gewesen zu sein, denn sie hatte keinen weiteren Knopf gedrückt. Alzmann bemühte sich, soweit wie möglich den Kopf abzuwenden. Er hatte kein Interesse daran, erkannt zu werden. Aber diese fast blinde Alte würde keine Bedrohung darstellen, da war er sich sicher. Er dachte darüber nach, wie er wohl in Korbmachers Wohnung gelangen könnte. Mit etwas Glück konnte er die Tür mit seinem Spezialwerkzeug öffnen. Falls nicht, musste er sich was einfallen lassen. Das würde er entscheiden, wenn es soweit war.

Auf der vierten Etage angekommen, ließ er der alten Frau beim Aussteigen aus dem Fahrstuhl den Vortritt. Was so höflich aussah, war einfaches Kalkül. Die Frau sollte nicht mitbekommen, dass er über den langen Flur von Tür zu Tür würde gehen müssen, bis er Reckenbergs Wohnung gefunden hatte. Erst recht nicht, wenn er mit seltsamen Gerätschaften im Schloss herumstocherte. Es dauerte elend lange, bis die Frau in ihrer Wohnung verschwunden war und Alzmann sich unbeobachtet auf die Suche machen konnte. Ganz hinten, fast am Ende des Flures, fand er die Tür mit dem Namensschildchen Reckenberg. Darüber war eine Klingel. Klingeln wäre das Beste, aber eines würde Korbmacher mit Sicherheit nicht tun: Einfach öffnen. Alzmann schaute sich konzentriert das Türschloss an. Dann fluchte er leise. Sicher würde er das irgendwann aufbekommen, keine Frage. Aber das würde viel zu lange dauern. Und es würde Geräusche machen. Scheppernde Geräusche, die Korbmacher einfach hören musste, die ihn alarmieren würden. Was konnte er tun?

Er schreckte auf, als neben ihm eine Wohnungstür geöffnet wurde. Eine junge Frau, fast noch ein Mädchen, kam mit einem Yorkshire-Terrier an der Leine heraus. Als der Hund Alzmann sah, begann er zu kläffen. Das Mädchen grüßte ihn schüchtern und verriegelte die Tür von außen.

„Kann ich Ihnen helfen? Suchen Sie jemanden?", fragte sie vorsichtig, denn der Mann, der wortlos und merkwürdig unentschlossen vor der Tür der Nachbarwohnung stand, war ihr zwar nicht geheuer, aber unhöflich sein wollte sie auch nicht.

„Wissen Sie, ob Herr Reckenberg im Haus ist?", fragte Alzmann, bemüht so unbefangen wie möglich zu wirken.

Sie zögerte.

„Aber Herr Reckenberg ist doch in den Staaten. Der wohnt hier zurzeit nicht. Im Augenblick wohnt hier ein anderer Mann zur Untermiete. Wie der heißt, weiß ich gar nicht, aber der ist ganz nett. Ich habe schon mal kurz mit ihm geplaudert. Aber warum klingeln Sie nicht einfach?"

Jetzt fasste Alzmann einen Entschluss.

Er machte einen Schritt nach vorn, fasste die junge Frau am Arm und zog sie zu sich bis vor die Wohnungstür. Sie schrie leise auf, mehr vor Schreck als vor Schmerz.

„Was machen Sie denn da? Was soll das?"

Aber er drückte ihren Arm noch fester. „Los! Ich klingele jetzt. Und du rufst ihn heraus. Sag einfach, du möchtest dir ein paar Eier ausleihen oder irgendeinen anderen Blödsinn. Aber kein Wort von mir, verstehst du? Sonst …!"

Er machte mit der freien linken Hand eine Geste des Halsabschneidens. Die Frau zitterte, nickte aber als Zeichen, verstanden zu haben. In diesem Augenblick fing der kleine Hund an, wieder laut zu bellen. Alzmann reagierte sofort und trat nach dem Tier, das dadurch an die Rückwand des Flures geschleudert wurde, wo es winselnd verblieb. Die Leine war der jungen Frau dabei brutal aus der Hand gerissen worden.

„Los jetzt!", zischte Alzmann sie an. Dann drückte er zweimal kräftig auf die Klingel. Als die junge Frau nicht sofort nachsetzte, presste er ihr mit der ganzen Kraft seines durchtrainierten Körpers den Arm zusammen. Sie japste vor Schmerz, rief aber mit gepresster Stimme wie befohlen:

„Hallo! Hier ist Elena, von nebenan. Kann ich Sie kurz sprechen?"

Alzmanns Blick sagte ihr, dass er zufrieden war. Ein zweiter Blick forderte sie auf, weiterzumachen.

„Können Sie kurz öffnen? Ich möchte mir nur …"

Während sie unter Zwang sprach, konnte man hören, dass im Türschloss ein Schlüssel eingeführt und umgedreht wurde. Dann wurde die Tür einen kleinen Spalt geöffnet. Nur wenige Zentimeter, aber das reichte.

Alzmann warf sein ganzes Körpergewicht mit Urgewalt gegen die Tür. Dabei riss er die junge Frau einfach mit sich.

Der hinter der Tür stehende Korbmacher bekam die Tür hart vor die Stirn geschlagen, stürzte nach hinten und schlug mit dem Hinterkopf auf. Aber da war Alzmann mitsamt der Frau auch schon in der Wohnung und schloss die Tür hinter sich zu. Die entsetzte junge Frau schubste er von sich weg. Schreckensstarr blieb sie in einer Ecke stehen und wagte nicht, sich zu rühren. Korbmacher lag besinnungslos auf dem Rücken.

Draußen auf dem Flur rappelte sich ein kleiner brauner Hund mühsam auf, humpelte zu der nun wieder geschlossenen Wohnungstür und begann, ganz erbärmlich zu jaulen.

## 80

Hauptkommissar Valentin überlegte nicht lange. Alzmann war hier nicht zufällig aufgetaucht. Soviel war klar. Zu Fuß geflüchtet war er auch nicht, warum hätte er das tun sollen? Bis eben war die Straße ja noch frei gewesen, und er hätte mit dem Auto wesentlich besser entkommen können. Es gab nur eine Erklärung dafür, dass er nicht mehr in seinem Auto saß. Er war in das Haus gegangen. Zu Korbmacher.

Valentin musste augenblicklich eingreifen. Er ließ seine verdutzten Leute einfach stehen und lief los. An der Haustür verhielt er sich genau wie Alzmann. Er drückte mindestens zehn Klingelknöpfe gleichzeitig und wartete ab. Als durch die Gegensprechanlage gefragt wurde, wer da sei, sagte er im Befehlston:

„Hier spricht die Polizei! Wir müssen ganz dringend ins Haus. Es geht um Leben und Tod! Schnell!"

Valentin interessierte sich nicht dafür, ob diese Nachricht beim Empfänger vielleicht einen Herzinfarkt ausgelöst haben könnte. Er nahm nur zufrieden zur Kenntnis, dass der Türöffner summte, drückte die Tür auf und stürmte in das kleine Foyer des Mietshauses. Wo mochte Korbmacher wohnen?

Aber was war das? Von oben hörte er einen Hund bellen, immer wieder unterbrochen von einem erbarmungswürdigen Jaulen. Hatte das was mit Alzmann zu tun? Es war immerhin möglich, also nichts wie nach oben.

Diesmal war der Fahrstuhl irgendwo, aber nicht auf Valentins Etage. Er überlegte nicht lange, sondern rannte zur Treppe. Bis zur ersten Etage als Sprinter, bis in die zweite als Jogger, dann als Walker. Als er schließlich die oberste Etage erreichte, war er zur Schnecke reduziert. Er hätte gern ein paar Sekunden verschnauft, aber dann registrierte er den kleinen, weißen Hund, der noch immer ganz jämmerlich jaulend an einer der Wohnungstüren kratzte. Valentin seufzte und setzte sich wieder in Bewegung. Er bedauerte bereits, auf eigene Faust gehandelt zu haben. Selten hatte er seine Mitarbeiter so nötig gebraucht wie jetzt. Er stellte sich neben den Hund, klingelte und bollerte gleichzeitig mit den Fäusten an die Tür. Dann rief er so laut er konnte, um den Hund zu übertönen:

„Polizei! Öffnen Sie die Tür!"

Wie vom Blitz getroffen sprang der Hund plötzlich zur Seite. Keine Zehntelsekunde zu früh, denn die Tür wurde aufgerissen. Im Türrahmen erschien eine junge Frau, die völlig verängstigt wirkte. Sie wurde von einem großen, kräftigen blonden Mann, der ihr ein Messer an die Kehle hielt, wie ein Schutzschild vor sich her geschoben.

Auch Valentin machte, einem Reflex folgend, einen Schritt zurück und wich dadurch einem Zusammenprall aus, denn der Mann schob seine Geisel ruppig nach vorn. Valentin blieb nichts anderes übrig, als ihn ungehindert ziehen zu lassen. Er wollte auf keinen Fall die Geisel gefährden.

In diesem Augenblick sprang der Hund nach vorn und hieb seine kleinen Zähne in den Knöchel des Geiselnehmers. Der schleuderte das Tierchen wütend von sich. Dazu brauchte er nicht lange, aber diesen winzigen Augenblick nutzte Valentin und stürzte sich, so wie er war, im edlen Zwirn, auf den Mann.

Alzmann reagierte ungeheuer schnell. Er schubste die Frau, die ihn nur behindert hätte, von sich weg, duckte sich gleichzeitig und machte sich zum Gegenangriff bereit. Alles in atemberaubender Geschwindigkeit. Valentin, der von der schnellen Reaktion seines Gegners völlig überrascht wurde, geriet deutlich ins Hintertreffen. Alzmann, nun ganz in seinem Element, schlug schnell und hart zu. Zu seinem Erstaunen traf er den Gegner aber nicht dort, wo er dies vorgesehen hatte. Auch Valentin hatte blitzschnell umgeschaltet. Für ein paar Sekunden standen sich beide Männer regungslos gegenüber. Beide erstaunt von der Reaktionsschnelligkeit des anderen. Beide mit wachsendem Respekt vor dem Gegner. Alzmann kam als erster aus der Deckung, täuschte wie ein guter Boxer links an und schlug mit rechts zu. Wieder gelang es Valentin auszuweichen. Alzmann setzte nach, bekam den Kommissar aber nicht zu fassen. Unglaublich, wie beweglich dieser feine Pinkel war, wie es ihm immer wieder gelang, den harten und schnellen Schlägen Alzmanns auszuweichen. Dann der plötzliche Gegenangriff Valentins, der Alzmann mit einer Beinschere zu Fall brachte. Der schwere blonde Mann krachte auf den Fußboden. Valentin wollte sich gerade auf ihn stürzen, da rollte der sich blitzschnell zur Seite, ließ den Polizisten ins Leere fallen und warf sich einfach mit seinem ganzen Gewicht auf ihn. Valentin spürte von hinten die Hände des Schlägers um seinen Hals und begann zu röcheln. Kurz bevor seine Sinne zu schwinden drohten, bemerkte er schemenhaft drei Gestalten. Einer von ihnen schrie etwas. Dann ließ der Druck der Hände nach.

Alzmann sprang auf und rannte los. Wie ein Bulldozer stürmte er auf die drei völlig überraschten und überforderten Polizisten los, die eigentlich nur ihrem Chef hatten folgen wollen, aber nicht mit so einer „Kampfmaschine" gerechnet hatten. Sie flogen auseinander wie Kegel und mussten hilflos mit ansehen, wie Alzmann ungehindert die Treppe erreichte.

## 81

Kaum hatte Alzmann das Foyer im Erdgeschoss erreicht, stellte sich ihm der nächste Polizist in den Weg. Aber die Kampfmaschine war nun nicht mehr aufzuhalten, räumte den Beamten mit einer Geschwindigkeit aus dem Weg, als wäre der nur eine Stange beim Hindernislauf und stürmte anschließend durch die Eingangstür nach draußen.

Alzmann hatte bisher keine Zeit gehabt, sich einen Fluchtplan zurechtzulegen. Für ihn gab es nur ein Ziel: Zum Auto und dann weitersehen. Er konnte sein Glück kaum fassen, als er feststellte, dass sich niemand um das Auto gekümmert hatte. Keine Kralle am Reifen, die einen Start unmöglich gemacht hätte, nicht mal ein einziger Beamter stand in unmittelbarer Nähe. Erst als er die Fahrertür aufriss und hineinsprang, kamen hektisch zwei Uniformierte angelaufen. Aber da hatte er den Wagen bereits gestartet und fuhr mit quietschenden Reifen an. Der Alfa schoss los Richtung Süden. Keine fünfzig Meter weiter hatte sich ein Streifenwagen quer gestellt, um die Straße zu blockieren. Aber für Alzmann gab es kein Zurück mehr.

„Diese Schwachköpfe!", lachte er boshaft. Und tatsächlich, die eigentliche Straße war zwar versperrt, aber sie hatten versäumt, den Bürgersteig ebenfalls dicht zu machen. Die schmale Stelle richtig zu treffen, war ein kleines Kunststück. Aber Alzmann konnte Auto fahren, solche Techniken hatte er während einer Spezialausbildung zum Personenschützer erlernt.

Er nahm kurz etwas Tempo heraus, ließ das Auto über die Bordsteinkante rumpeln und versuchte, sich zwischen Streifenwagen und Hauswand hindurch zu zwängen. Es war doch etwas zu eng, aber es gab jetzt nur noch eines: Gas geben und durch! Der Alfa knallte mit dem linken vorderen Kotflügel an das Heck des Streifenwagens und kam dadurch etwas aus der Richtung. Es gab ein hässliches Geräusch, als der schwarze Wagen an der Hauswand entlangschrammte. Zwar war der schöne Sportwagen nach dieser Aktion nicht mehr das, was er vorher gewesen war, Alzmann hatte aber jetzt für solche Feinheiten keinen Sinn. Er ließ Streifenwagen und Hauswand hinter sich und zwang das schlingernde Fahrzeug nach einigen Metern wieder zurück auf die Straße. Zufrieden schaute er in den Rückspiegel und bemerkte, dass er die Polizei durch seine Kamikaze-Aktion erst einmal ausgeschaltet hatte. Niemand hatte ihm folgen können. Dann drückte er das Gaspedal bis zum Anschlag durch.

## 82

Hätte Valentin mitbekommen, dass niemand da war, um den Alzmannschen Alfa zu bewachen, hätte er wahrscheinlich vor Wut den Dienst quittiert. Aber er wusste davon nichts, denn er hatte sich gerade erst wieder aufgerappelt. Er wies zwei seiner Leute an, sich um Korbmacher zu kümmern. Der dritte Polizist sollte die junge Frau versorgen, während er selbst die Jagd auf Alzmann wieder aufnahm. Er wollte nicht auf den Fahrstuhl warten, der natürlich wieder einmal nicht da war, wo er sein sollte, sondern sprang in halsbrecherischem Tempo die Treppen hinunter. Unten im Foyer stieß er auf einen völlig verstörten Beamten, der auf dem Fußboden saß und sich den Kopf hielt. Da sich diese Szene von selbst erklärte, stellte Valentin keine zeitraubenden Fragen und rannte gleich weiter zur Tür hinaus.

Draußen angekommen, sah er gerade noch, wie der schwarze Alfa Romeo rasant aus dem Stand heraus beschleunigte. Zwei Polizisten in Uniform liefen kopflos auf der Straße umher und blickten dem Auto hilflos nach. Nun war Valentin nicht mehr zu halten.

„Was ist das denn? Warum hat denn keiner dieses Auto an die Kette gelegt?”, schrie er, ganz gegen jede Gewohnheit, seine Leute an. „Könnt ihr denn nichts selber machen? Ich schicke euch alle noch mal zurück in die Grundausbildung! Verdammte Scheiße!”

Er wusste, dass er sich ungerecht verhielt. Schließlich war er der Einsatzleiter und hätte alles veranlassen müssen. Aber für Selbstkritik hatte er jetzt weder Zeit noch Nerven. Er ließ den bedauernswerten Beamten keine Chance, sich zu rechtfertigen, sondern setzte sich sofort wieder in Bewegung. Sein Ziel war die nördliche Straßensperre, die von Alzmanns Attacke verschont geblieben war. Valentins Jaguar stand direkt hinter dieser Straßensperre.

„Mach den Weg frei!”, rief er laut dem Beamten zu, der hinter dem Steuer des ebenfalls quer gestellten Streifenwagens saß. Hektisch zerrte er den Autoschlüssel aus der Manteltasche, schloss den Jaguar auf und zwängte sich hinein. Sofort losfahren konnte er nicht, da es einige Sekunden dauerte, bis der Streifenwagen die Straße wieder frei gab. Sekunden, die ihm vorkamen wie Tage. Dann endlich konnte er Gas geben und das Nobelauto losrasen lassen.

Weit kam er mit dieser Geschwindigkeit nicht, denn nun hatte auch er das Hindernis vor sich, an dem Alzmann bereits seine Fahrerqualitäten bewiesen hatte. Der Jaguar war etwas breiter als der schmalere Alfa, und Valentin musste wieder wertvolle Sekunden warten, bis der stark beschädigte Streifenwagen einen Meter in die andere Richtung gerollt war. Erst dann konnte er den zweihundertneunundsechzig Pferden unter der endlos langen Motorhaube die Zügel frei geben.

Valentin drückte auf seine Freisprechanlage und funkte seine Zentrale an. Er gab den gesuchten Fahrzeugtyp durch, die Fahrtrichtung konnte er nur vermuten, da er Alzmann aus den Augen verloren hatte. Er gab Anweisung, alle südlichen Ausfallstraßen Osnabrücks abzuriegeln.

„Aber schnell muss das gehen! Verflucht schnell, sonst ist alles zu spät!", schrie er in das Gerät. Sein Testosteronspiegel war kurz davor, überzulaufen. „Und wehe, irgend so ein Vollidiot hält mich aus Versehen an. Ihr kennt mein Auto, gebt die Beschreibung an alle Einsatzfahrzeuge durch, damit sie mich auf jeden Fall ungehindert durchlassen. Ich werde zum Elch, wenn ich gleich von meinen eigenen Leuten ausgebremst werde!"

Was mochte Alzmanns Ziel sein? Hatte er überhaupt ein Ziel? Am wahrscheinlichsten erschien es Valentin, dass er sich in Richtung Lippe aufgemacht hatte. Sicher konnte Valentin nicht sein, aber für irgendeine Richtung musste er sich nun mal entscheiden.

Der elegante Zwölfzylinder machte sich an die Aufholjagd.

## 83

Eine halbe Stunde später schien alle Mühe umsonst gewesen zu sein. Während Hauptkommissar Valentin auf der breiten und um diese Uhrzeit einigermaßen freien Iburger Straße neue Geschwindigkeitsrekorde aufgestellt hatte, war der Osnabrücker Polizeiapparat in Schwung gekommen. Alle neuralgischen Punkte im Osnabrücker Süden und Südosten wurden besetzt. Nur offenbar immer ein paar Sekunden zu spät, um Alzmann bei seiner Flucht aufhalten zu können. Mittlerweile war auch die Autobahnpolizei eingeschaltet worden. Alles sprach dafür, dass Alzmann versuchen würde, über die A 30 nach Lippe zu fahren. Valentin entschied sich, den gleichen Weg zu nehmen. Nur hier hatte er eine theoretische Chance, die Leistungs-Überlegenheit seines Autos ausspielen zu können. Der Jaguar machte seinem Namen alle Ehre, und da Valentin ganz selbstbewusst Tempolimits an Baustellen einfach ignorierte, kam er gut voran. Falls Alzmann sich auch nur annähernd an die Geschwindigkeitsvorgaben hielt, würde er dadurch an Vorsprung verlieren. Zum Glück hatte auch der Regen nachgelassen.

Jeden Moment würde er den schwarzen Alfa Romeo vor sich sehen – das hoffte er zumindest. Als er aber an der Autobahnabfahrt Herford angekommen war und noch immer keine Spur von Alzmann sah, gab er alle Hoffnung auf. Wütend schlug er mehrmals aufs Lenkrad, dann riss er sich zusammen und funkte seine Zentrale an. Die Überwachung durch die Autobahnpolizei sollte bestehen bleiben, die Polizei in ganz Ostwestfalen war bereits alarmiert worden. Als diese Formalitäten erledigt waren, wählte Valentin die Handynummer seines lippischen Kollegen Jupp Schulte.

## 84

Hermann Rodehutskors pfiff anerkennend durch die Zähne, als er vor der Fassade einer prächtigen Stadtvilla an der noblen Detmolder Bülowstraße stand. Es waren prachtvolle, manchmal schon unwirklich schöne alte Häuser, die diese Straßen säumten. Wer hier ein eigenes Haus besaß, der zählte was in der lippischen Hauptstadt. Offenbar gehörte Hans-Peter Zahn dazu, denn er war, wie Rodehutskors wusste, Eigentümer dieses ehrwürdigen Gebäudes. Tja, dachte Rodehutskors, vielleicht hätte ich damals auch Jura studieren sollen. Es soll zwar auch sehr wohlhabende Journalisten geben, aber er hatte noch von keinem gehört, der bei der *Heimatzeitung* reich geworden war. Er wischte diesen Gedanken beiseite und drückte auf den altmodischen Klingelknopf.

Am Nachmittag hatte er Zahn angerufen und um diesen Termin gebeten. Er wollte mit dem Vorsitzenden seines Vereins noch mal über den Umgang mit den Fundstücken aus der Römerzeit sprechen. Rodehutskors wollte Schaden vom

Verein abwenden und war sicher, dass sie alle zusammen einer gewaltigen Blamage entgegensteuerten, wenn nicht offen und ehrlich mit der Echtheit dieser Fundstücke umgegangen würde. Da Zahn sich bislang diesbezüglich nicht deutlich geäußert hatte, wollte Rodehutskors diesen Besuch nutzen und ihn auf Linie bringen.

Frau Zahn öffnete die Tür und erklärte bedauernd, ihr Mann sei noch nicht zu Hause, müsse aber jeden Moment auftauchen. Rodehutskors solle doch schon mal im Arbeitszimmer ihres Gatten Platz nehmen, sie würde schnell einen Kaffee machen. Verärgert ließ Rodehutskors sich im edlen Ambiente des weiträumigen Arbeitszimmers in einen bequemen Polstersessel fallen. Unpünktlichkeit konnte er nicht ausstehen. Um die Zeit zu nutzen, nahm er sein Handy aus der Manteltasche und wählte Schultes Mobiltelefon an. Schulte sprach offenbar gerade, denn das Besetzt-Zeichen ertönte. Der Journalist seufzte und versuchte es zwei Minuten später noch einmal. Jetzt meldete sich Schulte.

„Ja, habe gerade mit meinem Kollegen Valentin aus Osnabrück telefoniert! Die sind auf der Suche nach diesem Alzmann, den kennen Sie ja auch zur Genüge. Der hat wohl vor etwa einer Stunde versucht, Ihren Bekannten, Herrn Korbmacher, um die Ecke zu bringen, ist dabei aber gestört worden. Alzmann ist offenbar ein verdammt harter Brocken, denn er hat sich auf seiner Flucht weder von Polizisten noch von quer stehenden Autos aufhalten lassen. Der Bursche versteht sein Handwerk. Herr Rodehutskors, seien Sie bitte vorsichtig. Vor allem Ihr Kollege Grafenberg sollte auf sich aufpassen. Wir wissen nicht, was Alzmann vorhat und auch nicht, wo er sich in den nächsten Stunden aufhalten wird. Halten Sie die Augen auf, und sagen Sie uns Bescheid, wenn Ihnen etwas auffällt. Haben Sie meine Handynummer eingespeichert?"

Rodehutskors bestätigte, wollte aber von akuter Gefahr nichts wissen.

„Ich bin doch für diesen Alzmann keine Gefahr. Warum sollte er mir ans Leder wollen? Da mache ich mir keine großen Sorgen. Warum ich angerufen habe? Eigentlich hatte ich nur Langeweile. Ich sitze gerade im Arbeitszimmer von Hans-Peter Zahn, kennen Sie den? Das ist der Vorsitzende von S.E.L.F, unserem Verein. Sie müssten mal dieses Haus sehen, Herr Schulte. Da würden Sie vor Neid erblassen, genau wie ich. Es steht in der Bülowstraße hier in Detmold, kennen Sie das Viertel? Vom Allerfeinsten, sage ich Ihnen. Na, ja, Zahn ist noch nicht da, und ich muss ein paar Minuten füllen. Da habe ich mir gedacht, ruf doch mal den Schulte an und plaudere ein wenig. Was machen Sie denn gerade?"

Schulte lachte.

„Wenn ich nicht gerade mit einem Kollegen von der Polizei über Schwerverbrecher rede oder mit einem alten Bekannten über die Schönheiten der Detmolder Villen, dann bin ich Babysitter. Im Ernst, ich sitze hier auf meinem Sofa, habe meinen Enkel auf dem Schoß und warte darauf, dass meine Tochter zurückkommt. Sie ist mit ihrem neuen Auto unterwegs, muss aber jeden Moment zurück sein. Bis dahin bin ich vor allem Opa!"

Rodehutskors beendete schmunzelnd das Gespräch, verstaute das Handy in seiner weiten Hosentasche und wartete. Eine Minute später öffnete sich die Tür des Arbeitszimmers, der ehemalige Rechtsanwalt Hans-Peter Zahn trat lächelnd ein.

„Tut mir furchtbar leid, Herr Rodehutskors. Ich hatte einen Termin und Sie wissen ja, wie manche Leute sind. Die reden und reden, man kommt einfach nicht weg. Legen Sie doch Ihren Mantel ab. Ein Tässchen Kaffee? Oder lieber was Kräftiges?"

## 85

In Zahns gut geheiztem Arbeitszimmer ließ es sich aushalten, Rodehutskors hätte noch stundenlang hier sitzen können. Ein netter Plausch mit einem gebildeten und angenehmen Gesprächspartner, ein gemütlicher Sessel und ein gutes Glas Weinbrand – was will man mehr? Rodehutskors verspürte nicht die geringste Lust, sich wieder hinaus in den einsetzenden Regen zu begeben. Sein noch immer feuchter Mantel hing draußen an einer Garderobe, sein Handy hatte er griffbereit neben sich auf die breite, hölzerne Armlehne seines Sessels gelegt. Er hatte Zahn noch einmal all seine Bedenken dargelegt, die ganze Geschichte mit den angeblich römischen Fundstücken noch einmal vor seinem Vereinsvorsitzenden ausgerollt und analysiert. Hatte Zahn in bunten Farben ausgemalt, wie groß Blamage und Langzeitschaden für Detmold sein würden und dass man hier alle Glaubwürdigkeit aufs Spiel setzte. Zahn hatte ihm freundlich lächelnd zugehört, Verständnis für Rodehutskors` Sorgen gezeigt und ihm versprochen, sich seine Bedenken gründlich durch den Kopf gehen zu lassen, bevor er mit dem Rest des Vorstandes über die weitere Vorgehensweise in Bezug auf die Fundstücke sprechen würde. Es war ihm anzumerken, dass er nicht sehr interessiert schien, weiter über dieses Thema zu sprechen, denn er gab sich tatsächlich alle Mühe, seinen Gast für andere Bereiche ihres Vereinslebens zu interessieren. So war fast eine volle Stunde vergangen, bis Rodehutskors sich einen inneren Ruck gab. Noch länger zu bleiben, konnte man ihm durchaus als unhöflich attestieren. Er trank also sein Glas leer, stellte es neben das Handy auf die breite Armlehne seines Sessels und sagte:

„So, dann werde ich mal wieder gehen. Es ist doch ziemlich spät geworden. Danke, dass Sie sich …"

In diesem Augenblick hörten die beiden Männer, wie draußen mit quietschenden Bremsen ein Auto anhielt. Eine

Autotür flog auf und wieder zu. Einige schnelle Schritte, dann klingelte es an der Haustür. Sie konnten hören, dass Frau Zahn zur Tür ging und sie öffnete. Dann hörten sie nur noch die Frau erstaunt ausrufen:

„Aber wo wollen Sie denn hin? Wer sind Sie überhaupt? Nein, Sie dürfen da nicht ...”

Dann knallte auch schon die Tür des Arbeitszimmers auf. Da es im Flur deutlich heller war als im schummerigen Licht des Arbeitszimmers, sahen die beiden Männer nur eine große, breitschultrige, schwarze Silhouette im Türrahmen stehen.

## 86

Mark Alzmann trat ins Zimmer. Seine Augen suchten augenblicklich den gesamten Raum ab und blieben an Hermann Rodehutskors hängen.

„Wer ist das?”, fragte er, ohne sich vorzustellen und einen Grund für sein Eindringen zu nennen. „Ich muss allein mit Ihnen sprechen, Herr Zahn. Schicken Sie diesen Mann raus!”

„Oho!”, wollte Rodehutskors protestieren und sprang empört auf. Doch sofort machte Alzmann zwei Schritte auf ihn zu, drückte ihn mit harter Hand wieder in den Sessel zurück und brummte dabei mehr für sich als für die anderen:

„Dann bleib hier, du Fettwanst. Jetzt ist sowieso alles egal.“

In diesem Moment kam Frau Zahn in den Raum.

„Tut mir leid, Hans-Peter, aber dieser Mann ist einfach durchmarschiert. Ich konnte ihn nicht aufhalten. Wenn du ...”

„Schon gut! Wir kennen uns. Ist schon in Ordnung.”

Die Frau lächelte erleichtert.

„Ich gehe dann mal, ja? Du weißt doch, dass ich noch zu Vera wollte. Ich bin in zwei Stunden wieder zurück!”

Nachdem Frau Zahn das Haus verlassen hatte, wandte ihr Mann sich dem Eindringling zu.

„Was wollen Sie hier?", rief er laut, bemüht, einen autoritären Ton anzuschlagen. „Wer sind Sie überhaupt?"

Alzmann lachte boshaft.

„Jetzt machen Sie sich aber mal nicht zum Affen, Herr Zahn. Bei ihrer Frau waren Sie doch auch ganz zahm. Sie wissen sehr gut, wer ich bin. Und wenn Sie jetzt nicht ein wenig kooperativ sind, dann kann ich auch ganz anders!"

Bei diesen Worten zog er blitzschnell ein robustes, beidseitig geschliffenes Messer aus seinem rechten Stiefel. Als er sicher war, dass die beiden anderen Männer es angemessen zur Kenntnis genommen hatten, steckte er es vorerst wieder weg.

„Ich will, dass Sie mir jetzt gut zuhören. Und kommen Sie mir nicht mit irgendwelchen Ausflüchten. Sie werden ..."

Als er weiter sprach, war er völlig auf Zahn fixiert. Er schien Hermann Rodehutskors in seiner dunklen Ecke beinah vergessen zu haben. Rodehutskors, der erst starr vor Schreck gewesen war, hatte plötzlich eine Eingebung. Da sein Handy direkt neben ihm auf der Armlehne lag, konnte er unauffällig mit der rechten Hand danach greifen und es sich in den Schoß legen. Während Alzmann weiter mit Zahn beschäftigt war, gelang es Rodehutskors, per Wahlwiederholung die Nummer von Jupp Schulte anzuwählen. Dann ließ er das Handy einfach im Schoß liegen. Das Gerät befand sich kaum zwei Meter von Alzmann entfernt.

„Ich bin sicher, dass wir zu einer Einigung kommen", hörte Rodehutskors Zahn sagen. „Setzen Sie sich doch, dann spricht es sich besser."

Der alte Stratege wollte also die Aggression aus der Situation herausnehmen. Rodehutskors zollte Zahn wortlose Anerkennung. Geschickt macht er das. Besänftigen, den Wind aus den Segeln nehmen, auf Zeit spielen und langsam aber sicher die Fäden in die Hand zurückbekommen, das schien

Zahns Strategie zu sein. Und sie schien zu funktionieren. Rodehutskors beobachtete fasziniert, wie Alzmanns Atem ruhiger wurde, wie er sich sichtbar entspannte. Zahn ging langsam auf seinen Schreibtisch zu. Dann stellte er sich dahinter.

„Ich werde Ihnen jetzt einmal etwas zeigen, was Sie mit Sicherheit interessieren wird", sagte Zahn dann in einem Tonfall, der fast schon als gemütlicher Plauderton durchging. Was hat dieser Mann nur für Nerven, dachte Rodehutskors bewundernd. Was er jetzt wohl aus der Schublade holen wird? Einen Brief? Eine Akte? Mit allem hatte Hermann Rodehutskors gerechnet, aber nicht mit dem, was er nun entsetzt mitansehen musste.

Als Hans-Peter Zahn seine rechte Hand wieder aus der Schublade hervorbrachte, hielt sie einen großen, schwarzen Revolver fest umspannt. Ruhig, fast entspannt wirkend, hob er die Waffe und zielte damit auf Alzmann. Der starrte ihn völlig fassungslos an, für Sekunden unfähig, sich zu rühren. Als die Starre von ihm wich und er die Muskeln anspannte, um sich zur Seite zu werfen, war es bereits zu spät. Zahn drückte ab. Ein kurzes Mündungsfeuer, ein heftiger Knall. Dann war wieder alles ruhig.

Alzmann wankte etwas, fasste sich ans Herz und stand einen Moment noch aufrecht, mit einem fast kindlichen Staunen im Blick, als er auf das Blut an seiner Hand starrte. Dann fiel er. Es gab ein hässliches, dumpfes Geräusch, als sein kräftiger Körper auf dem weichen Teppichboden aufschlug.

Dies alles hatte Hermann Rodehutskors schreckensstarr mit ansehen müssen. Er war nicht fähig, etwas zu sagen, geschweige etwas zu unternehmen. Saß nur da und glotzte ungläubig auf den tot auf dem Teppich liegenden Alzmann. Er hätte noch lange so dagesessen. Wenn nicht Hans-Peter Zahn, immer noch mit dem Revolver in der Hand, nun auf ihn zugekommen wäre.

„Das tut mir jetzt leid für Sie, Herr Rodehutskors. Glauben Sie mir, ich habe persönlich nichts gegen Sie. Aber dummerweise waren Sie heute Abend zur falschen Zeit am falschen Ort."

## 87

Jupp Schulte hatte sich seinen Feierabend wieder einmal ganz anders vorgestellt. Anstatt bei einem langen und ruhigen Abendessen den Tag ausklingen zu lassen, saß er nun in dem Raum, den er etwas schönfärberisch als sein Wohnzimmer bezeichnete, und wartete darauf, dass seine Tochter nach Haus kam und er seinen Enkel wohlbehalten wieder an sie zurückgeben konnte. Das Babysitten war ihm nicht unangenehm, er hatte sich mittlerweile daran gewöhnt. Phasenweise ertappte er sich sogar dabei, dass es ihm Spaß machte, obgleich er bei Inas Rückkehr immer wieder große Erleichterung empfand.

Endlich hörte er ihr Auto kommen. Als sie kurz darauf hereinkam und ihr Söhnchen auf den Arm nahm, bimmelte Schultes Handy. Er nahm das Gespräch an. Fast wollte er die Verbindung wieder kappen, da sich niemand meldete. Dann hörte er im Hintergrund Männerstimmen laut reden. Ein Scherzanruf? Ein Versehen? Was ihn letztlich davon abhielt, die Verbindung zu unterbrechen, war der wütende Tonfall, in dem gesprochen wurde. Darüber hinaus wurden Namen genannt, die ihm etwas sagten. Alzmann! Unglaublich! Da suchte die Polizei von Osnabrück und ganz Ostwestfalen diesen Mann und nun hatte Schulte ihn indirekt am Telefon, vermutlich ohne Alzmanns Wissen! Wer war sein Gesprächspartner? Aber da fiel auch schon der Name Zahn. Zahn? War das nicht der Mann, von dem Rodehutskors eben gesprochen hatte? Wollte Rodehutskors diesen Zahn nicht aufsuchen? Jetzt, zu dieser Stunde? Schulte nahm das Handy kurz vom Ohr und schaute erneut auf das Display. Richtig, es war Rodehutskors, der ihn anrief. Das musste bedeuten, dass dieser im Moment Zeuge der Auseinandersetzung wurde und entweder versehentlich oder in voller Absicht Schultes Nummer gewählt hatte. Jetzt war höchste Aufmerksamkeit geboten.

Schulte gab seiner Tochter ein Handzeichen, jetzt ganz ruhig zu sein und horchte angestrengt in das Gerät.

Bereits nach wenigen Sätzen wurde ihm klar, dass dieser Anruf kein Zufall war. Jemand wollte, dass er das Gespräch mitbekam. Ina war mittlerweile mit ihrem Sohn nach nebenan in ihre eigene Wohnung gegangen, und Schulte wanderte unruhig in seiner Küche hin und her, das Handy am Ohr. Jetzt veränderte sich der Tonfall des Gesprächs. War die Unterhaltung anfangs hochaggressiv geführt worden, wurde es jetzt ruhiger und leiser, so dass der Kommissar kaum noch etwas verstehen konnte. Anscheinend ging es um eine Geldforderung Alzmanns.

Als es für kurze Zeit ganz ruhig wurde, warf Schulte einen schnellen, sorgenvollen Blick auf das Display. Aber die Verbindung war nach wie vor gut.

Urplötzlich wurde die Stille von einem so lauten, harten Knall zerfetzt, dass Schulte in einem Schutzreflex kurz das Handy vom Ohr nahm. Dann horchte er angestrengt weiter. Wieder lange nichts, bis die Stimme des Mannes, der vorher mit Zahn angesprochen worden war, die Stille unterbrach:

„Das tut mir jetzt leid für Sie, Herr Rodehutskors. Glauben Sie mir, ich habe nichts persönlich gegen Sie. Aber dummerweise waren Sie heute Abend zur falschen Zeit am falschen Ort.”

Schulte reagierte sofort. Dieser Anruf war kein Versehen, sondern ein Hilferuf! Er musste sofort reagieren. Die Zeit, den Detmolder Polizeiapparat in Bewegung zu setzen, blieb ihm nicht. Er allein war gefordert. Wo wohnte dieser Zahn eigentlich? Bülowstraße, hatte Rodehutskors gesagt. Schön und gut, aber in welchem Haus?

Schulte lief wieder zum Küchenschrank und kramte ein altes, zerfleddertes Telefonbuch heraus. Wie es sich für einen anständigen Bürger gehörte, stand Zahn mit voller Adresse darin. Das wäre geklärt. Dann holte Schulte das lederne Holster mit seiner Dienstwaffe, einer Walther P99 DAO, aus dem oberen Fach seines kleinen Tresors. Er verabscheute dieses Ding, aber jetzt gab es kein Zögern mehr. Er griff er sich seinen Autoschlüssel und stürmte hinaus ins Dunkle und den Regen. Als er seinen alten Volvo mit durchdrehenden Reifen vom Hof jagte, behielt er das Handy am Ohr.

## 88

Als Zahn direkt vor ihm stand, den Revolver nach wie vor auf Herrmann Rodehutskors gerichtet, spürte dieser eine eisige Kälte in sich aufziehen. Seine Beine spürte er schon nicht mehr, auch sein Hirn schien ausgeschaltet zu sein. Er konnte nicht mehr denken, nur noch empfinden. Merkwürdigerweise war es aber keine pure, existenzielle Angst, mehr der Schock darüber, diesen Mann, der für ihn immer ein Synonym für Seriosität und kultivierte Lebensart darstellte, so plötzlich und unvorbereitet in einer völlig anderen Rolle zu erleben. Rodehutskors war außerstande, auf die neue Situation umzuschalten.

Wie paralysiert starrte er auf den Lauf des Revolvers, erwartete jede Sekunde, das Mündungsfeuer aufblitzen zu sehen. Den Knall würde er vermutlich gar nicht mehr hören. Alles würde sehr schnell gehen. Wenigstens etwas. Aber Zahn schien sich Zeit lassen zu wollen. Er wollte offenbar noch einiges von Rodehutskors wissen.

„Sie wissen sehr gut, dass ich Sie nicht einfach laufen lassen kann, oder? Aber ein paar Fragen habe ich noch, bevor wir das hier zu Ende bringen. Wir können das schnell und schmerzlos machen, wenn Sie kooperieren. Wenn nicht, dann habe ich alle Zeit der Welt. Sie können hier nicht entkommen. Es wird dann im Ergebnis für Sie nichts ändern, es wird nur viel, viel unangenehmer. Sie haben die Wahl."

Rodehutskors registrierte, wie langsam sein Überlebenstrieb die Angststarre überwand. Seine einzige Chance war Schulte, und er konnte nichts tun, als darauf zu hoffen, dass Schulte nicht längst die Verbindung beendet hatte, ohne zu erkennen, worum es ging. Konnte er wirklich nichts tun? Doch, er konnte Zeit schinden. Soviel Zeit wie möglich. Also musste er sich gesprächsbereit zeigen, auch wenn ihm nicht danach war.

„Also gut!", antwortete er, bemüht, sich seine Angst nicht anmerken zu lassen. „Was wollen Sie wissen?"

## 89

Einhändig durch Detmold zu kurven, war gar nicht so leicht. Aber Schulte wollte auf gar keinen Fall das Handy zur Seite legen und etwas verpassen. Wenn die Verbindung einmal unterbrochen war, hätte er keine Chance mehr. Er konnte zwar die Nummer von Rodehutskors anwählen, dieser wäre aber wohl kaum in der Lage, das Gespräch anzunehmen. Verstärkung konnte er ebenfalls nicht anfordern, ohne die telefonische Verbindung zu unterbrechen. Also wurde weiter einhändig gefahren. Eine Freisprechanlage besaß sein altes Auto nicht, Martinshorn und Blaulicht ebenso wenig. All dies hätte er jetzt gut gebrauchen können.

Wie war das möglich? Es war mittlerweile fast acht Uhr abends, und durch die Leopoldstraße quälte sich der Autoverkehr so stockend wie sonst nur im Berufsverkehr. Wieder 'ne rote Ampel! Verkehrswidrig einfach über die Ampel brettern ging auch nicht, er stand eingekeilt zwischen anderen Autos, ohne Chance, die Spur zu wechseln. Außerdem kamen ihm Fahrzeuge entgegen, die aus der Schülerstraße gekommen waren. Was war denn heute Abend los? Wo wollten die alle hin? Am Hornschen Tor dasselbe Bild. Wieder verlor er wertvolle Zeit. Jetzt war alles egal. Bei der erstbesten Gelegenheit zog er mit seinem Leichenwagen rechts an der wartenden Schlange vorbei, ignorierte das Hupen der anderen, jagte eine entsetzte alte Frau vom Zebrastreifen und fuhr mit quietschenden Reifen über die rote Ampel und um die Kurve in die Hornsche Straße. Die nächsten beiden Ampeln interessierten ihn ebenfalls nicht. Als er die vierte rote Ampel an der Ecke Paulinenstraße/Freiligrathstraße unbeachtet hinter sich gelassen hatte und mit maximalem Tempo in die Freiligrathstraße einbog, hörte er hinter sich ein Martinshorn. Gut so, dachte er brummig. Sollen sie doch hinter mir her fahren. Auch das war eine Möglichkeit, Verstärkung zu bekommen. Was er dann aber im Handy hörte, ließ ihn vor

Schreck erstarren und raubte ihm beinahe jede Hoffnung, noch rechtzeitig einzutreffen.

## 90

Zahn, der die ganze Unterredung mit Rodehutskors in dessen unmittelbarer Nähe geführt hatte, trat nun zwei Schritte zurück.

„Viel konnten Sie mir ja nicht erzählen. Aber ich glaube Ihnen. Ich glaube, dass Sie wirklich nicht mehr wissen, als Sie mir berichtet haben. Und das beruhigt mich ungemein. Denn wenn ein so neugieriger Mensch wie Sie, der viele Jahre lang an der Quelle saß, so wenig über mich weiß, wissen andere sicherlich noch weniger. Und das ist gut so, glauben Sie mir."

„Na ja, ich habe nur gesagt, was ich sicher weiß. Aber es gibt natürlich Spekulationen über Sie." Rodehutskors war klar, dass er in wenigen Sekunden tot sein würde, wenn er jetzt nicht irgendeinen Joker aus dem Ärmel zog, etwas, das die weitere Neugier Zahns erweckte. Gleichzeitig sank sein Optimismus auf den Nullpunkt. Seine Idee mit dem Handy hatte offenbar nicht funktioniert, sonst wäre die Polizei längst hier. Wahrscheinlich hatte Schulte an ein Versehen geglaubt und die Verbindung einfach gekappt.

Zahns Minenspiel zeigte deutlich die Wirkung des soeben Gehörten. Mit einem kurzen Wink des Revolvers forderte er Rodehutskors auf, fortzufahren.

„Wir anderen im Verein haben uns natürlich schon mehrfach gefragt, wodurch Ihr offensichtlicher Wohlstand zu erklären ist. Ich meine, dieses Haus, Ihr aufwändiger Lebensstil und auch die großen Zuwendungen, die Sie seit langem an S.E.L.F. geleistet haben. Machen wir uns nichts vor, ohne diese großen Summen gäbe es den Verein wahrscheinlich schon nicht mehr. Mit einem normalen Rechtsanwaltseinkommen war das nicht zu erklären. Wohlstand ja, aber so ein Reichtum? Es ist viel gerätselt worden."

„Und?", Zahn fuhr ihm ungeduldig ins Wort. „Was ist beim Rätselraten herausgekommen?"

Wenn Rodehutskors es sich hätte erlauben können, ehrlich zu antworten, hätte er sagen müssen, dass nichts dabei herausgekommen war. Ehrlichkeit war aber im Augenblick nicht gefragt. Ihm blieb nichts anderes übrig, als schamlos zu bluffen, in der schwachen Hoffnung, einen Zufallstreffer zu landen.

„Unsere Vereinsmitglieder sind gar nicht glücklich darüber, welche Wendung der Fund der römischen Artefakte genommen hat. Einige haben bereits vermutet, dass Sie hinter all dem stecken."

„Was soll das heißen?", fauchte Zahn ihn an. Rodehutskors machte tapfer weiter.

„Man vermutet, dass Sie die Gegenstände versteckt haben, um sie im richtigen Augenblick einer begeisterten Öffentlichkeit zu präsentieren, und um damit viel Geld zu verdienen. Anscheinend ist aber nicht alles nach Plan gelaufen, und die ganze Sache hat sich als ein einziger großer Flop herausgestellt."

Von Zahn kam nur ein hämisches Lachen.

„Das ist alles? Mehr als dieses dumme Geschwätz haben Sie nicht anzubieten? Ich glaube, ich verschwende meine Zeit mit Ihnen. Leben Sie wohl!"

## 91

Genau diese Worte waren es, die Schulte glauben ließen, er komme zu spät. Jetzt galt es. Er warf das Handy auf den Beifahrersitz, wo bereits das Holster mit der Dienstwaffe lag, fasste das Lenkrad mit beiden Händen und donnerte die Bandelstraße hoch, was der Volvo hergab. Im Rückspiegel registrierte er, dass der Streifenwagen der Polizei in die Freiligrathstraße, die in die Bandelstraße mündet, einbog und hinter ihm herfuhr. Hundert Meter weiter musste Schulte bereits wieder abstoppen und nach links in die Bülowstraße einbiegen. Der Streifenwagen – Martinshorn und Blaulicht an – kam näher. Bis zum Haus von Zahn war es nun nicht mehr weit. Er konnte nur hoffen, dass ihn der Streifenwagen nicht vorher schon erreichte.

**92**

Hermann Rodehutskors kniff in Erwartung des Schusses die Augen zu, denn Zahn stand direkt vor ihm und zielte auf seinen Kopf.

Dann ein letzter Versuch des alten Journalisten: „Wissen Sie eigentlich, dass Unterlagen darüber existieren, die Sie als verantwortlich für den Tod des Professor Meiersfeld nennen?"

„Was sagen Sie da?" Rodehutskors hatte voll ins Schwarze getroffen! Zahn ließ die Waffe wieder sinken. Also weiter geblufft:

„Es gibt einen Brief, in dem der ganze Fall von damals aufgeführt ist und aus dem deutlich hervorgeht, dass es dieser Herr Alzmann war", dabei blickte er auf den Toten, „der den Professor auf dem Gewissen hat. Und da Sie offenbar eine Art Auftraggeber von Alzmann waren, wie ich eben ihrer Unterhaltung entnehmen konnte, liegt es nahe, dass Sie auch hinter dem Mord an Professor Meiersfeld stecken. Schon als ich den Brief gelesen hatte, kamen mir solche Gedanken. Aber ich habe diesen Verdacht von mir gewiesen, weil ich mir niemals hätte vorstellen können, dass Sie einen Mord in Auftrag geben würden. Nachdem ich aber nun selbst erleben musste, wie kaltblütig Sie diesen Mann erschossen haben, traue ich Ihnen alles zu."

„Wo ist dieser Brief? Los, reden Sie schon?" Um Zahns Fassung war es jetzt geschehen. Lange würden seine Nerven nicht mehr mitspielen, und dann würde er schießen.

„Der Brief ist in guten Händen. Ich bin sicher, dass er der Polizei zugespielt wird, wenn mir etwas zustoßen sollte. Dann ist der Weg zu Ihnen nicht mehr weit."

Er konnte sehen, wie es in Zahn arbeitete. Er war hin- und her gerissen zwischen seinem Wunsch, endlich abzudrücken und seinem zwanghaften Verlangen, möglichst viel zu erfahren. Nach kurzem Ringen hatte er sich anscheinend dazu entschieden, dass Rodehutskors ihm nicht mehr viel nützen konnte. Er hob den Revolver wieder und zielte erneut auf den Kopf des Journalisten. Jetzt würde es passieren, dachte Hermann Rodehutskors. Das war dann wohl sein letzter Eindruck von diesem Leben …

Dann kam der Knall. Und das Geräusch zersplitternder Glasscheiben.

## 93

Schulte bremste vor der Zahnschen Villa ab, überprüfte noch einmal die Hausnummer und sprang dann aus dem Auto. Er machte sich nicht mehr die Mühe, den Motor abzustellen. Es gab Wichtigeres zu tun. Wenn es nicht schon zu spät war. Wie sollte er ins Haus kommen? Warten, bis die Kollegen mit den Streifenwagen da waren? Das konnte nur noch wenige Sekunden dauern. Aber die würden ihm ja nicht helfen. Im Gegenteil! Die hielten ihn für einen Amokfahrer, der jetzt auch noch in das Haus eines anständigen Bürgers einbrechen will. Bis er denen erklärt hatte, wer er war und worum es ginge, wäre mit Sicherheit alles zu spät. Es kam also nur ein Alleingang in Frage, koste es, was es wolle.

Schulte sprintete die Stufen der pompösen Treppe hinauf und lugte durch die Haustür. Nichts zu sehen! Aber in dem

Zimmer links neben der Haustür war Licht, allerdings waren schwere Gardinen vorgezogen worden, so dass er nichts erkennen konnte. Egal! Erstmal ins Haus kommen. Schulte fasste seine Dienstwaffe wie einen Hammer und schlug mit voller Kraft auf die Fensterscheibe. Das entstandene Loch vergrößerte er mit weiteren Schlägen, bis ein Mann seiner Größe hindurchklettern konnte.

Er hatte sich gerade auf der Fensterbank hochgestemmt, als der Streifenwagen mit quietschenden Bremsen vor dem Haus anhielt und die Beamten heraussprangen. Schulte achtete nun nicht mehr auf Glassplitter, auch nicht darauf, dass beide Hände bereits bluteten, sondern schob sich vehement durch die zersprungene Scheibe. Auf der Innenseite sprang er ins Zimmer und stand einem vor Entsetzen starren Mann mit einem Revolver in der Hand gegenüber. In einem Sessel davor saß Hermann Rodehutskors und machte den Eindruck, als wüsste er nicht recht, ob er tot oder lebendig war. Direkt vor Schultes Füßen lag ein lebloser Körper. Blitzschnell erfasste der Kommissar die Situation, übersprang den Toten und schlug Zahn, dem keine Zeit zur Gegenwehr blieb, die Waffe aus der Hand. Gerade wollte er Zahn in den Polizeigriff nehmen, da rief hinter ihm schneidend eine Stimme:

„Lassen Sie sofort den Mann los! Polizei!"

## 94

Die Sonne stand mittlerweile hoch am Himmel und sorgte dafür, dass der heutige Tag einer der schönsten bisher in diesem Frühling werden würde. Schulte blinzelte. Wie spät war es wohl? Er suchte nach seiner Uhr. Fast elf.

„Na, jetzt wird es aber Zeit aufzustehen."

Es war nach fünf geworden heute Morgen, bis er endlich ins Bett kam. Aber schlafen hätte er nach dieser Nacht auch nicht gekonnt.

Langsam aber sicher ging ihm sein Beruf mehr und mehr auf die Nerven. Auch heute, als er sich in seinem Bett von links nach rechts gewälzt hatte, war ihm immer wieder seine berufliche Zukunft durch den Kopf gegangen – natürlich ohne Ergebnis.

Noch bevor er wieder ins Grübeln kam, betrat jemand das Haus. Seine Tochter rief nach ihm.

Oh nein, dachte Schulte, nicht schon wieder Babysitten. Stand aber auf, zog sich seinen alten Bademantel an – den hatte schon sein Vater bei seinem letzten Krankenhausaufenthalt getragen – und ging in die Küche.

„Gut, dass du da bist", rief seine Tochter aufgeregt.

„Ina, was ist denn los?", fragte Schulte ziemlich verwundert. So hatte er sie noch nie erlebt. „Warum bist du nicht an der Fachhochschule?"

„Mein Chef ist krank geworden. Jetzt ruft der Kerl mich heute Morgen an und verlangt von mir, dass ich heute Nachmittag die Preisverleihung des Kurzfilmwettbewerbs der Fachhochschule moderiere. Ich habe nicht einmal etwas, um mich angemessen anzuziehen. Ich kann doch da nicht in Jeans und dieser alten Lederjacke auflaufen, vor allen Honoratioren Lippes."

„Wann beginnt denn die Veranstaltung?"

„Heute Nachmittag um sechzehn Uhr."

Schulte überlegte.

„Na, dann haben wir ja noch jede Menge Zeit, dir was zu kaufen."

„Oh nee, Papa, ich habe doch sowieso kein Geld. Ich kann mir keine Klamotten kaufen."

Schulte umfasste Inas Schulter.

„Ich glaube, ich war noch nie mit einer Frau los, um mit ihr etwas zum Anziehen zu kaufen, außer mit meiner Mutter. Und dann war es meist so, dass sie mir was angedreht hat."

„Papa, ich kann mir das nicht leisten, ich habe doch sowieso am Ende des Geldes immer so viel Monat übrig …"

„Guter Spruch! Okay, du bekommst von mir was, sozusagen als Starthilfe."

„Du hast mir doch schon so viel gegeben und dann auch noch das Auto geschenkt. Das kann ich erstens nicht annehmen und zweitens nicht zurückzahlen!"

Mach dir keine Gedanken. Ich schenke dir fünfhundert Euro. Deine Schwester Lena bekommt das Gleiche, dann ist das Geld gerecht verteilt und keiner muss ein schlechtes Gewissen haben."

„Dann kommst du aber mit zu der Preisverleihung."

„Okay, dann geh alleine einkaufen und ich begleite dich nachher zur Fachhochschule."

Als Schulte das Foyer des Fachhochschulgebäudes betrat, waren alle Honoratioren Lippes vertreten. Schulte selbst war mal wieder der mit Abstand schlechtangezogenste Teilnehmer der Veranstaltung.

Seine Tochter hingegen sah bezaubernd aus, obwohl sie ihrem Stil treu geblieben war. Sie trug eine maisgelbe Leinenjeans, dazu eine edle schwarze Lederjacke. I-Tüpfelchen war der ultramarinblaue Seidenschal, der das Maisgelb als Komplementärfarbe sehr gut zur Geltung brachte. Als Ina auf ihn zukam und sich bei ihm einhakte, war Schulte gleichsam hingerissen und stolz. Nach allgemeinem Smalltalk und einem Glas Sekt begann die Preisverleihung. Ina nahm das

Mikrofon und begrüßte die Gäste mit einer Selbstverständlichkeit, die glauben ließ, sie mache so etwas jeden Tag. Anwesend waren unter anderem der IHK-Geschäftsführer, der Landrat, die Bürgermeister von Lemgo und Detmold, der Landesverbandsvorsteher, außerdem Rektor und Kanzler der Fachhochschule sowie einige Professoren. Sie entschuldigte ihren Chef, der mit vierzig Grad Fieber das Bett hüten müsse. Nach Abschluss der Höflichkeitsfloskeln bat sie die anwesenden Gäste ins Audimax und übergab das Mikrofon an den Rektor der Hochschule, der die Preisverleihung vornehmen sollte.

Er eröffnete mit den Worten:

„Das war das diesjährige Motto, mit dem sich unsere Studentinnen und Studenten des Fachbereiches Medienproduktion auseinandergesetzt haben. Die heute prämierten Kurzfilme zählen zu den besten und meiner Meinung nach kreativsten Ergebnissen der Studierenden. Wenn wir an dieser Stelle die Bedeutung des Worts *machbar* interpretieren, dann fällt mir zuerst die Auslegung „machbar“, im Sinne von „gestaltbar“, ein. Doch schon im nächsten Gedankengang liegt die Interpretation „machbar“ im Sinne von „beeinflussbar“ nahe. In diesem Thema findet sich, wie ich meine, die ganze Dialektik des Lebens wieder (…).

Der dritte Preis geht an die Studiengruppe: *Durchblick*! Jeder der fünf Studenten erhält einen Gutschein im Wert von zweihundert Euro, einzulösen in einem Technik-Supermarkt.”

Die Namen der Studenten wurden verlesen, anschließend lief der Film. Am Schluss der Vorführung applaudierten die Zuschauer artig.

Das gleiche Ritual wiederholte sich bei der Nennung der Zweitplazierten. Danach wurde es mucksmäuschenstill im Saale.

„Den ersten Preis hat die Studiengruppe: *Nieder mit der Schwerkraft, es lebe der Leichtsinn!* gewonnen. Ein Name, der sofort die Frage aufwirft: Was verbirgt sich dahinter? Mir kommen Assoziationen wie ‚Leichtigkeit' oder ‚Provokation' in den Sinn. Lassen wir uns vom Film dieser Gruppe überraschen. Vielleicht erhalten wir dann eine Antwort."

Die ersten Bilder flimmerten über die Leinwand. Ein orientalisch aussehender Mann entstieg einer Nobel-Limousine mit Stern auf der Motorhaube. In der nächsten Einstellung überquerte er den Hof von Schloss Brake. Dann ein Schnitt. In weniger hochwertiger Bildqualität erkannte man den Landesverbandsvorsitzenden Müller, dem ein Angebot offeriert wurde: Eine Stimme bot ihm fünfzehn Millionen Euro für das Hermannsdenkmal. Die Bilder, die über die Leinwand flimmerten, waren teilweise verwackelt, allerdings wusste jeder im Saal, worum es ging.

Im Saal wurde es unruhig.

Anschließend sah man den Kämmerer und den Landesverbandsvorsteher, wie sie am Flughafen Düsseldorf eincheckten.

Weiter ging es mit einer Ansicht des Hotels „Burj Al Arab". An der Rezeption erkundigte sich der Kämmerer nach einem gewissen Mister Bin Said, worauf ihm mitgeteilt wurde, der sei hier unbekannt. Keiner der Anwesenden konzentrierte sich daraufhin noch auf das Ende des Films, alle starrten nur auf Müller, der zur Salzsäule erstarrt war wie einst die Frau des Lot.

Viele Anwesende dachten: Wenn ich der Professor gewesen wäre und diesen Kurzfilm hätte präsentieren müssen, wäre ich auch krank geworden! Der als Ersatz fungierende Rektor der Hochschule hatte jedoch etwas ganz anderes im Sinn: Wenn ich den erwische, dann ist er nach unserer Begegnung wirklich krank ...

## 95

Nach Ende der Fachhochschul-Veranstaltung entschloss sich Schulte, nach Bielefeld zu fahren, um sich über den Fortgang der Vernehmungen in Kenntnis setzen zu lassen. Dort angekommen, traf er auf eine völlig entnervte Maren Köster. Er wusste, wie seine Kollegin reagieren würde, wenn man sie in diesem Zustand auf dem falschen Fuß erwischte. Dennoch fragte er sie nach dem Stand der Dinge.

„Dieser Zahn ist ein verdammt harter Brocken. Wenn Margarete Bülow und Muffen mich nicht vor einer Stunde abgelöst hätten, wäre ich ihm an die Kehle gegangen. So ein arroganter Mistkerl!"

Dann berichtete sie:

„Nachdem die fast vollständig skelettierte Leiche in die Pathologie des Detmolder Klinikums überführt worden war, hatten Mitarbeiter des Instituts für Rechtsmedizin der Uni Münster eine Obduktion durchgeführt. Es handelte sich um einen ca. siebzigjährigen Mann, eventuell auch etwas älter. Im Rippenbereich, ungefähr auf Höhe des Herzens, waren Knochenverletzungen zu erkennen, die auf Gewaltanwendung, vermutlich durch ein Messer, schließen ließen. Da keine Organe mehr zu identifizieren waren, wollten sich die Rechtsmediziner bei der Todesursache nicht endgültig festlegen. Der Zeitpunkt des Todes musste, unter Einbeziehung der örtlichen Verhältnisse der Fundstätte, mehrere Jahre zurückliegen. Man datierte ihn auf den Zeitraum der Jahre 2000 bis 2001. Der Mann trug eine Zahnprothese, die noch sehr gut erhalten war. Anhand dieses Gebisses konnte er dann letztendlich identifiziert werden. Es handelt sich eindeutig um den vor Jahren verschwundenen Professor Meiersfeld aus dem Seniorenheim in Detmold.

Damit haben die Rechtsmediziner ihren Job erledigt und geben den Staffelstab weiter an uns. Wir müssen nun herausfinden, wer den Professor auf dem Gewissen hat. Wie häufig in solchen zurückliegenden Fällen ist es die eine Sache, den Täter zu ermitteln. Eine andere Sache ist es allerdings, ihm die Tat eindeutig nachzuweisen.

Doch diesmal liegt die Sache etwas anders. Als Axel und ich uns noch einmal intensiv mit dem Leben des Professors befasst haben, kam schnell der Name Alzmann ins Spiel. Der war ja seinerzeit beschuldigt worden, den alten Mann schwer misshandelt zu haben. Obwohl niemand ernsthafte Zweifel an Alzmanns Täterschaft hatte, konnte man ihm nichts nachweisen.

Ich war dann heute Morgen noch einmal im Seniorenheim und hatte ein längeres Gespräch mit Albert Heineke, dem Freund des Verstorbenen. Dabei ist herausgekommen, dass der Professor sich auch noch lange nach der Gerichtsverhandlung bedroht gefühlt hatte. Ich habe dem alten Mann ein Foto Alzmanns gezeigt. Nach längerem Überlegen hat sich Heineke dann festgelegt, dass er diesen Mann seinerzeit zusammen mit dem Professor gesehen habe. Gerichtsfest ist diese Behauptung wohl kaum, aber als Hinweis ist sie durchaus zu gebrauchen.

Doch je mehr sich Heineke gedanklich mit der Vergangenheit auseinandersetzte, desto klarer und spannender wurden seine Schilderungen. Als ich ihm geschildert habe, wie kaltblütig Zahn Alzmann erschossen hat und dass er sicherlich die nächsten zwanzig Jahre hinter Gittern verbringen würde, wurde der alte Mann richtig redselig.

Heineke sagte aus, Alzmann sei nur der Büttel von Zahn gewesen. Sozusagen der Schläger! Die beiden hätten neben dem Professor auch noch andere alte Menschen in der Mangel gehabt. Es handelte sich ausschließlich um alleinstehende, gut betuchte Menschen. Das Prozedere war immer gleich: unser guter Rechtsanwalt Zahn fungierte für diese alten Leute als Vorsorgeanwalt, von diesen selbst eingesetzt. Immer dann, wenn sich die Betroffenen sträubten, kam Alzmann ins Spiel.

Angeblich wussten einige Bewohner des Seniorenheims von diesen Praktiken. Doch sie wurden so eingeschüchtert, dass sie über Jahre dicht hielten.

Wie auch immer, Jupp, ich brauche erst mal einen Kaffee. Du kennst dich doch hier aus."

Sie gingen in Schultes Büro. Dort angekommen, ließ er seine Kollegin für kurze Zeit allein, kam aber schon nach wenigen Augenblicken mit zwei dampfenden Tassen zurück.

„Immer noch der gleiche Schnorrer", kommentierte die Polizistin die Situation.

„Das mache ich nur für dich, Maren, ich hoffe, du weißt das zu schätzen." Er stellte die Tassen auf den Tisch, setzte sich auf seinen Schreibtischstuhl und zog die zweite Schublade von unten heraus, um seine Beine darauf abzulegen.

„Habt ihr Korbmacher denn auch schon befragt?", begann er ein neues Gespräch.

„Ja, der arme Kerl genießt seine Freiheit jetzt wieder in vollen Zügen. Der hat in der Tat damals Beschreibungen für Rüstungen geliefert. Die in Detmold am Bielstein gefundenen Artefakte sind mit größter Wahrscheinlichkeit nach seinen Entwürfen angefertigt worden. Er hatte einige kleine Besonderheiten in die Zeichnungen einfließen lassen, an denen man wohl erkennen wird, ob es sich um die von ihm gestalteten Artefakte handelt.

Es sollte mich nicht wundern, wenn auf den Funden nicht auch ein Stempel *Made in China* gefunden würde. Dieser Kiebitz – du weißt, der Tote aus dem *Heimathaus* – betrieb einen regen Handel mit China. Die Osnabrücker Kollegen können es zwar noch nicht hundertprozentig beweisen, gehen aber davon aus, dass er Fälscherwerkstätten angeheuert hat, die Artefakte wurden dort gefertigt und dann hier verkauft. Im Allgemeinen durchaus legal und zumeist ausdrücklich als Plagiat gekennzeichnet. Was dann die Käufer der Ware mit diesen Gegenständen anfingen, sei dahin gestellt.

Kiebitz war mit der Absicht nach Jöllenbeck gekommen, Korbmacher unter Druck zu setzen, das Wissen über die Herkunft der Rüstungen für sich zu behalten. Dabei kam es zu einem Handgemenge. Das Ergebnis kennen wir."

Schulte hatte im Moment keine Fragen mehr, und so saßen sie schweigend da und tranken in kleinen Schlucken ihren Kaffee.

„Dieser Alzmann war übrigens immer verdammt gut über die Schritte der Polizei informiert. Als wir seine Leiche abtransportiert haben, stießen wir auf sein Handy. Unsere neue Kollegin von der Spurensicherung, Renate Burghausen, hat sich einmal die Anruflisten angesehen. Stell dir vor, Alzmann wurde mehrfach von einem Anschluss im Osnabrücker Polizeipräsidium angerufen! Mit etwas Glück lassen wir bald auch noch einen Maulwurf hochgehen."

Gerade als Schulte überlegte, ob er sich nicht lieber auf den Heimweg machen sollte, betrat eine völlig erschöpfte Margarete Bülow das Zimmer. Maren Köster stellte ihr einen Stuhl hin, Schulte holte ihr etwas zu trinken. Dann hörten sie zu, was die Kriminaldirektorin zu berichten hatte.

„Meine Güte, dieser Zahn war ein harter Brocken. Hochintelligent und mit einer sehr hohen Konzentrationsfähigkeit. Am Ende aber hatte er nichts mehr zuzusetzen. Zahn hat in seiner Eigenschaft als Vorsorgeanwalt mindestens fünfzehn alte Menschen um ihr Vermögen gebracht. Es lief immer nach dem gleichen Schema: Er erhielt die Vorsorgevollmacht, dann wurden die Greise entmündigt. Mitunter kamen sie sogar in die Psychiatrie, Zahn verschob ihr Vermögen. Wenn die Alten zu widerspenstig wurden, war Alzmann an der Reihe. Zunächst wurden die Heimbewohner unter Druck gesetzt. Dann fielen sie ‚zufällig' eine Treppe hinunter oder es stieß ihnen etwas Vergleichbares zu. Bei drei Alten ist er wirklich bis zum Äußersten gegangen. Einer der Getöteten war unser Professor Meiersfeld. Im Laufe der Jahre muss sich Zahn auf diese Weise mehr als fünf Millionen Euro erschwindelt haben. Wer noch beteiligt war, wissen wir noch nicht. Auch für die gefälschten Rüstungen am Bielstein war übrigens Zahn verantwortlich. Leider hat ihm der Sturm vor einigen Wochen einen Strich durch die Rechnung gemacht. Eigentlich wollte er die Funde erst ein paar Tage vor den Feierlichkeiten „Zweitausend Jahre Varus-Schlacht“ entdecken. Das wäre *der* PR-Gag für seinen Verein und für Lippe geworden. Und Zahn hätte in Lippe ein noch höheres Ansehen genossen. Wenn das überhaupt noch möglich ist. Ihr könnt euch gar nicht vorstellen, wie viele Fürsprecher im Laufe des Tages für diesen Mann angerufen haben.

## 96

Wie hell es doch heute Morgen im Schlafzimmer war. Als Schulte seine Augen öffnete, registrierte er, dass gutes Wetter im Anmarsch war. Doch diese Erkenntnis entfachte nicht den kleinsten Hauch von Unternehmungslust in ihm. Er zog sich die Decke über den Kopf und drehte sich auf die andere Seite – dem gleißenden Sonnenlicht den Rücken zudrehend -, fest entschlossen, noch ein Stündchen zu schlafen. Schließlich war er nicht mehr der jüngste, und die letzten Tage hatten ziemlich Kraft gekostet. Aber Schulte hatte wieder die Rechnung ohne seine Blase gemacht. Anscheinend hatten die kurze Wachphase sein Gehirn veranlasst, das Signal auszusenden: Zeit zu pinkeln. Er versuchte den aufkommenden Drang zu ignorieren, der aber ganz schnell so mächtig wurde, dass Schulte fluchend aus dem Bett sprang und zur Toilette hastete. Auf dem Rückweg zu seinem Bett sah er aus den Augenwinkeln, wie ein Taxi vom Hof fuhr. Er ging zum Fenster, um zu sehen wer da angekommen war. Auf dem Hof standen Margarete Bülow und ihr Hund Kalle. Unter dem Arm trug sie ein Paket, eingepackt mit buntem Geschenkpapier.

„Oh nee, das kann nicht wahr sein.“

Das Geschenk machte ihm deutlich, welcher Tag heut war. Er hatte Geburtstag. Erfolgreich hatte er seinen fünfzigsten verschweigen können, auch die „Jubeltage“ davor. Woher kannte seine Kollegin dieses Datum? Schulte sah an sich herab.

Er sah einen mindestens dreißig Jahre alten, zerschlissenen Schlafanzug. Ein schreckliches Teil. Auch wenn er sich seinen Bademantel überziehen würde, würde das seiner modischen Erscheinung nicht unbedingt zum Vorteil gereichen. Denn der Frotteemantel war mit absoluter Sicherheit ebenso alt wie der Schlafanzug. Hässlich, grau-grün gestreift. Viele der kleinen Schlingen waren aufgerissen und hingen als lose Fäden herab.

Das Aussehen des Mantels war dem eines Fußabtreters deutlich näher als dem eines Kleidungsstückes. Schulte verspürte plötzlich etwas, was ihm seit Jahren fremd war: Eitelkeit und Scham ob seines Aussehens. Dabei war gerade diese Sorge bei seiner Kollegin völlig überflüssig. Schließlich war sie blind.

Das vergangene Wochenende mit ihr hatte etwas verändert. Er war ihr seit letztem Sonntag aus dem Weg gegangen, wo immer es möglich war. Gleichzeitig hatte er immer wieder ein unbändiges Bedürfnis gehabt, sie zu sehen. Wenn er Margarete Bülow begegnete, verspürte er eine Unsicherheit, die ihm bis dato fremd war.

Seine Türglocke läutete. Hastig stürzte er in sein Schlafzimmer, griff nach dem Morgenmantel und eilte zur Haustür.

Margarete Bülow lächelte ihn an. Überreichte ihm das Geschenk und gratulierte ihm.

Verlegen bat er sie herein.

„Margarete, schön dass du da bist. Und Danke für dein Geschenk. Was für eine Überraschung. Damit hatte ich jetzt gar nicht gerechnet. Möchtest du einen Kaffee?“

„Gerne!"

Schulte führte sie in die Küche und bot ihr einen Platz an. Dann griff er nach der Kaffeedose. Sie war fast leer. Na, für drei Tassen reichte es noch. Er suchte nach einem Filter. Da ertönte wieder die Türglocke.

Verdammt, wer kam denn jetzt noch? Schulte wurde nervös. Schon wieder läutete es. Da schien es aber jemand eilig zu haben. Vor der Tür stand Ida, die Tochter seines Freundes Detlev Dierkes. Sie hielt einen bunt bemalten Stock in der Hand, außerdem einen kleinen Blumenstrauß Schneeglöckchen.

„Hallo Jupp, Herzlichen Glückwunsch zum Geburtstag. Das ist ein Zauberstab. Den habe ich selbst bemalt."

Sie hielt ihm den Stock und die Schneeglöckchen entgegen. Schulte, dem es die Sprache verschlagen hatte, beugte sich zu ihr hinunter, um die Geschenke in Empfang zu nehmen. Er bekam noch einen Kuss von Ida. Dann ging sie an ihm vorbei in seine Wohnung. Über die Schulter sagte sie noch zu ihm:

„Mama, Papa und Julius kommen auch noch."

Schulte stand kurz vor einem Herzinfarkt. Kaffee für drei Tassen im Hause, einen leeren Kühlschrank, wie sollte er mit dieser Situation umgehen? Das tiefe Wummern von Lautsprecherbässen veranlasste ihn, wieder nach draußen zu sehen. Er sah, wie sein Kollege Muffen seinen Wagen gerade neben dem Volvo einparkte.

Die Stereoanlage war noch nicht abgestellt, da fuhr schon ein roter Jaguar E auf den Hof.

„Valentin! Was will der denn hier?", entfuhr es Schulte unwillkürlich.

„Wahrscheinlich Geburtstag feiern", kam die prompte Antwort von Ida, die gleich danach einen Smalltalk mit Margarete Bülow begann. In diesem Moment traten Detlev und Lisa in den Flur, umarmten das Geburtstagskind und gratulierten herzlich.

„Große Party, Jupp?“, grinste ihn Lisa spöttisch an. „Mann, habe ich einen Hunger. Wo hast du denn das Buffet aufgebaut?“

„Mir hängt der Magen auch in den Kniekehlen“, sagte Julius, der Jupp lässig die Hand gab.

„Warum hast du denn noch einen Schlafanzug an?“, kam es von Ida.

Schulte wollte antworten, da steckte Muffen den Kopf durch die Tür, eine Flasche Obstler in der Hand. Er fragte nach Schulte, der jetzt mit den Nerven fast am Ende war.

„Ich finde nirgends ein Buffet“, stellte Julius sachlich fest und wandte sich an Schulte: „Hast du etwa deinen Geburtstag vergessen?“

Valentin und Gunda Luitjens betraten den Flur. Langsam wurde es eng. Schulte hatte längst schon Platzangst. Kalter Schweiß trat ihm auf die Stirn, er hatte das Gefühl, als ob ihm der Boden unter den Füßen weggezogen würde und suchte nach sicherem Halt.

Dann kam der Auftritt von Fritzmeiers Anton! Er hielt eine Kiste Detmolder Bier in der Hand, an einem Griff war eine kleine rote Schleife festgebunden.

„Hier ist mein Cheschenk! Stell et mal irgendwo inne Ecke. Dat Bier können wir beide mal trinken, wenn die anderen alle wieder wech sind.“

Er drückte Schulte zu allem Überfluss auch noch die Kiste Detmolder in die Hand und tat so, als seien die vielen Leute in Schultes Wohnung das Normalste auf der Welt.

Die nächsten Gäste – Maren Köster, Grafenberg, Braunert und Rodehutskors – versuchten gerade einzutreten. Keine Chance!

„Du sach mal, Jupp. Wollen wir nich lieber bei mir auffe Deele chehen? Da hasse mehr Platz.“

Schulte wusste, wie Fritzmeiers Tenne aussah. Da standen Geräte herum, die schon Jahre nicht mehr in Gebrauch waren. Dort stellte er auch seinen alten Trecker unter, und die Futterration der nächsten Woche für seine drei Schweine hatte dort ebenfalls seinen Platz.

Keine gute Idee, dachte Schulte, aber seine Wohnung war definitiv zu klein. Doch was war gewonnen, wenn die ganze Bagage zu Fritzmeier umzog? Er hatte weder Kaffee noch Brot, noch sonst irgendetwas. Er registrierte, wie Lohmanns Arm durch den Türspalt lugte, eine Flasche Wacholder schwenkend. Seinen massigen Körper konnte der Flur nicht mehr aufnehmen.

„Herzlichen Glückwunsch!", rief er von der Treppe und: „Potthast und seine Frau kommen etwas später. Er hat mich gerade auf dem Handy angerufen."

Anstatt sich zu freuen, war es Schulte zum Heulen zumute. Jetzt wusste er überhaupt nicht mehr, was er tun sollte. Doch Fritzmeier übernahm locker die Rolle des Gastgebers.

Er klickte zwei Bierflaschen gegeneinander, um sich Aufmerksamkeit zu verschaffen.

„Ich chlaube, hier bei Jupp iss es etwas eng. Kommt mal alle mit, nach mir, auffe Deele. Da können wir, chlaube ich, besser feiern. Und du Jupp, zieh dich doch endlich mal was an. Du läufs ja rum wie ein Schlunz."

Alles lachte, während Schulte an sich herunter sah. Die Besucher zogen wie bei einer Prozession hinter Fritzmeier her, quer über den Hof.

Als Schulte fünf Minuten später den Kopf durch das Scheunentor steckte, bekam er den Mund nicht wieder zu. Eine Gasheizung verbreitete angenehme Wärme, in der Mitte des aufgeräumten Raumes war eine lange Tafel mit weißen Tischdecken entstanden. An der linken Seite ein Buffet, auf dem große Platten belegter Brote und verschiedene Kuchen aufgebaut waren. Der Raum duftete nach Kaffee, seine beiden Töchter Ina und Lena trugen gerade große Schüsseln mit Salat hinein.

Dann der Höhepunkt: Alle Anwesenden außer Schulte formierten sich zu einem Chor und sangen ihm ein Geburtstagslied. Der Kommissar war so gerührt, dass ihm eine Träne über die unrasierten Wangen lief.

Später, als sich alle gestärkt hatten und bei Kaffee, Bier und auch gehaltvolleren Getränken unterhielten, sah man Fritzmeier mit Bleistift und Zettel von Gruppe zu Gruppe laufen. Schulte sah ihn fragend an.

„Fünfundzwanzich Mettwürste hab ich schon verkauft. Dreißich Chläser Blutwurst und zweiunddreißich Chläser Leberwurst. Auch Chekochtes Mett und son Zeuch. Und drei Leute wollen demnächst bei mir auffe Deele Cheburtstach feiern. Jupp, das wird ein Cheschäft."

„Wie, Geschäft?"

Schulte guckte, als spräche sein Vermieter vom Untergang der Welt.

„Ja, weisse, als ich für dich im Altenheim war, um meine früheren Kumpel auszuhorchen, da iss mir eines klar cheworden. In sonn Schuppen leben, für mich iss dat nix. Für mich iss dat Leben noch nich zu Ende. Irgendwas muss noch passieren. Heiraten oder sowat, dat kommt für mich ja nich mehr in Frage. Aber so ne richtige Aufgabe, die brauche ich noch mal, das ist mir da im Altenheim klar cheworden.

Son bisschen auf dat Blage von Ina aufpassen oder mal mit meine Elvira innet Theater chehen, dat reicht mir nich. Na, und da hab ich mich an Montach auf meinen Trecker chesetzt und bin so durche Chegend gefahren. Weisse, wenn ich so mit meinen alten Fendt durche Welt fahre, dann kann ich am Besten nachdenken. Ja, und wie ich da so übere Dörfer tuckere, da sehe ich hier ein Schild: *Hofladen* und da ein Schild: *Bio Hofladen*. Ja, und da hab ich mich chedacht: Dat machse auch. Nich so mit Bio und son Zeuch, da hab ich ja keine Ahnung von. Aber ich weiß, wo et die beste Lippische Leberwurst chibt und wo den besten Pickert.

Jau, und ne Kneipe chibt et bei uns in Heidental ebensowenich wie ein Kaufladen. Also habe ich mir überlecht, ich mache alles in einen, bei mich aufe Deele. Kneipe, Kaufladen und Hofladen und wer will, kann hier auch noch Party feiern.

Dat habe ich deine beiden Töchter erzählt. Die fanden da chans prima. Probier dat aus Anton, habense chemeint. Und dann haben wir uns chedacht: An deinen Cheburtstach testen wir dat mal. Sozusagen Cheneralprobe, wie man in Theater sacht. Hat doch chut cheklappt, oder nich? Sach mal Jupp, ich such ja noch 'nen Partner. Willse nich bei mich einsteigen? So als Kompagnon?"

Schulte kratzte sich am Kopf.

„Wenn ich mich recht erinnere, wolltest du doch schon mal einen Biergarten aufmachen, und dann haben dich die vielen Leute, die du ständig auf deinem Hof hattest, gestört."

„Jupp chlaub mir, wer rastet, der rostet! Nee nee, ich chehöre noch nich zun alten Eisen, und da will ich auch noch nich zuchehören. Sicher, wenn ich morgens aufstehe, tun mir meine Knochen schon die ersten fünf Minuten weh. Aber wenne die nich mehr spürs, dann bisse tot. Klar, wenne fit bleiben wills, musse deinen inneren Schweinehund immer wieder klein kriegen. Dass das klappt, musse auch mal Kompromisse machen."

Und mit diesen Worten ließ Anton Fritzmeier einen total verstört dreinblickenden Jupp Schulte einfach stehen und begab sich, eine Flasche Bier in der Hand, zu Schultes Töchtern Ina und Lena. Beide lachten und winkten ihrem Vater zu, bis auch er kopfschüttelnd zu ihnen trat, beide fest in den Arm nahm und lachend rief: „Das habt ihr großartig gemacht! Und jetzt brauche ich erstmal ein schönes, großes und kaltes Bier! Meine Nerven …!"